악마의 시 2

THE SATANIC VERSES
by Salman Rushdie

세계문학전집
218

Salman Rushdie : The Satanic Verses

악마의 시 2

살만 루슈디 지음
김진준 옮김

문학동네

일러두기

1. 번역 대본으로는 *The Satanic Verses*(Salman Rushdie, Ramdom House, 1992)를 사용했다.
2. 주석은 모두 옮긴이주다.
3. 원서의 우르두어, 힌디어 및 기타 언어는 이탤릭체로 처리했고, 강조 부분은 고딕체로 처리했다.

차례

2

에베레스트에서 내려오던 알렐루야 콘은 제6캠프의 서쪽 방향에 있는 얼음 도시를 보았는데, 록 밴드 너머, 초오유 산괴 아래 펼쳐진 이 도시는 햇빛을 받아 눈부시게 반짝거렸다. 그녀는 순간적으로 샹그릴라*를 떠올렸다. 그러나 그곳은 불멸의 푸른 골짜기가 아니라 거대한, 가늘고 뾰족하고 싸늘한 고드름으로 이루어진 대도시였다. 잠시 후 셰르파 펨바가 정신 차리라고 경고해 잠깐 눈길을 돌렸다가 다시 보니 도시는 온데간데없었다. 그녀는 아직 해발 2만 7천 피트 높이에 있었지만 이 믿을 수 없는 도시의 환상은 시간과 공간을 가로질러 베이스워터에 있는 서재로 그녀를 데려갔는데, 낡고 거무스름한 목제 가구와

* 제임스 힐튼의 소설 『잃어버린 지평선』에 나오는 이상향.

두꺼운 벨벳 커튼이 있는 이곳에서 미술사가이며 피카비아*의 전기 작가였던 아버지 오토 콘은 어느 날 그녀에게 '우리가 평생 동안 듣게 되는 거짓말 가운데 가장 위험한 거짓말'은 균일성의 개념이라고 말해주었으니, 그때가 그녀에게는 열네 살 되던 해였고 아버지에게는 생애의 마지막 해였다. "혹시 누가 너에게 우주에서 가장 아름답고 또 가장 사악한 이 별이 어쨌든 동질적이라고 하거든, 다시 말해 조화로운 요소로만 이루어져 모든 것이 착착 들어맞는다고 말하거든 곧바로 정신병원에 연락해라." 그의 충고는 마치 숱한 별들을 직접 가보고 내린 결론인 듯한 인상을 주었다. "잊지 마라, 세상은 모순적이란다: 난장판이야. 유령, 나치, 성자, 그 모두가 동시대에 살아 숨쉬지. 어느 한 곳에는 더없는 행복이 있는가 하면 바로 그 옆에는 지옥이 도사리고 있어. 이렇게 엉망진창인 곳은 다시없을 게다." 오토라면 세계의 지붕 위에서 얼음 도시를 발견하더라도 전혀 당황하지 않았으리라. 그의 아내이며 알리의 어머니인 알리차와 마찬가지로 그 역시 폴란드 출신의 *이민자*였고 전시의 강제수용소에서 살아남은 생존자였는데, 어린 시절 알리는 그곳이 어디였는지 단 한 번도 들어보지 못했다. 나중에 알리차가 딸에게 말했다. "그이는 그곳이 존재했다는 사실을 부정하고 싶었던 거야. 여러모로 현실적이지 못한 사람이었지. 하지만 좋은 남자였어. 내가 아는 남자 중에서는 최고였단다." 그렇게 말하며 그녀는 내심 미소를 지었다. 지금은 남편을 회상하며 제법 너그러워질 수 있지만 그가 살아 있을 때는 워낙 엉뚱한 짓을 잘해 참아내기가 쉽지 않았다. 예컨대: 공산

* 프랑스 화가로 마르셀 뒤샹과 함께 뉴욕과 유럽에서 다다이즘을 이끌었다.

주의를 증오해서 가끔 난처할 정도로 극단적인 행동을 했고 특히 크리스마스가 되면 더욱 심해졌는데, 이때 이 유대인은 '제2의 조국'에 경의를 표시하는 뜻에서 자신의 유대인 가족은 물론이고 다른 가족들까지 불러들여 이른바 '영국식' 크리스마스를 고집했다—그리고 (그의 아내가 보기에는) 분위기를 다 망쳐버렸다. 사람들이 장작불과 크리스마스트리 불빛과 브랜디를 벗삼아 응접실에서 편안히 쉴 때 오토가 느닷없이 성탄절 연극에 쓰는 중국 옷을 입고 긴 콧수염까지 붙인 채 뛰어들어와 외쳤다. "산타클로스는 죽었다! 내가 죽였지! 나는 마오*다: 그러니까 선물은 없어! 히! 히! 히!" 에베레스트산에서 알리는 그 일을 떠올리며 흠칫 놀랐다. 그녀는 얼어붙은 자신의 얼굴에 어머니의 놀라던 표정이 그대로 옮겨졌음을 알 수 있었다.

인생은 모순투성이다: 아버지의 이런 생각은 간혹 말썽을 초래하기도 했지만 해발 27,600피트에 설치된 제4캠프의 텐트 속에서는 고도 때문에 의미나 운치는 사라지고 오히려 진부하게 느껴졌다. 알리는 마치 속 빈 히말라야산맥처럼 낙하산 천을 길게 드리운 침대에서 지브릴 파리슈타에게 고백했다. "에베레스트는 사람들을 침묵하게 해. 거기서 내려오면 말할 가치가 있는 일이 아무것도 없는 것 같거든. 마치 어떤 소리처럼 공허가 우리를 둘러싸지. 무無. 물론 그 상태를 지속할 수는 없어. 곧 세상이 밀려오니까. 아무튼 입을 다물게 되는 이유는 완벽한 것을 보았기 때문인 것 같아. 완벽한 생각이나 완벽한 문장은 불가능한데 굳이 말할 필요가 있겠어? 그때는 말을 하면 자신의 경험을 배반하

* 마오쩌둥.

는 일처럼 느껴지거든. 그렇지만 그런 기분은 금방 흐려져요. 계속 살아가려면 어떤 타협이나 종결이 필요하다는 현실을 받아들이게 되지." 두 사람이 함께 지내기 시작하면서 처음 몇 주 동안은 대부분의 시간을 침대에서 보냈다: 서로에 대한 욕망은 끝이 없는 듯했고 하루에도 예닐곱 번이나 사랑을 나누었다. 그녀가 말했다. "당신이 나를 활짝 열어줬어. 입에 햄을 물고 있던 당신이. 마치 나에게 말을 건네는 듯했고 당신 속내를 읽어낼 수 있을 듯했어. 아니, '마치'가 아니지." 그녀는 자신의 말을 정정했다. "정말 당신 속내를 읽은 거지?" 그는 고개를 끄덕였다: 사실이니까. 알리는 놀라워했다. "난 당신 속내를 읽었고, 그러자 적당한 말이 저절로 입에서 튀어나왔어. 그냥 술술 흘러나왔다고. 야호: 사랑이었지. 태초에 말씀이 계시니라*."

그녀의 어머니는 알리의 삶에 일어난 이 극적인 사건에 대해 숙명론적 견해를 피력했다. 화이트채플 블룸스에서 수프와 크레플럭**으로 점심식사를 하며 어머니가 말했다. "네가 그 소식을 전했을 때 어떤 생각을 했는지 솔직히 말해줄게. 나는 말이다, 맙소사, 열애로구나, 불쌍한 알리가 이제 그런 일을 겪어야 하는구나, 가엾은 것, 하고 생각했단다." 알리차의 생활 방침은 자신의 감정을 철저히 다스리는 것이었다. 그녀는 키 크고 풍만하고 입술이 육감적인 여자였지만, 자신의 표현대로 '예나 지금이나 불평쟁이는 아니었다'. 알리차는 자신의 성적 수동성에 대해 알리에게 숨김없이 털어놓으며 오토에 대해 이렇게 말했다. "마음이 딴 데 있었다고 해두자. 그이는 열애를 좋아했지만 결과는 번번이 비참

---

* 「요한복음」 1:1.

** 밀가루 반죽을 삼각형으로 빚고 다진 고기나 치즈를 넣어 끓인 유대식 요리.

했고, 그래서 나는 화를 낼 수도 없었단다." 알리차는 왜소하고 겁 많은 대머리 남편이 주로 그녀처럼 크고 토실토실한 여자들과 사귄다는 것을 알고 오히려 안심했다. "하지만 한결같이 뻔뻔스러웠지. 그이가 원하는 일을 해주고, 이런저런 소리를 질러 자극하고, 한껏 오르가슴을 가장하고. 그 여자들은 아마 그이의 열성에 반응했을 게다. 수표책도 도움이 됐겠지. 워낙 구시대 사람이라 걸핏하면 푸짐한 선물을 안겨줬으니까."

오토는 알렐루야를 '우리 소중한 진주'라고 불렀고 그녀의 화려한 미래를 꿈꾸었다. 이를테면 콘서트 피아니스트, 그것이 여의치 않으면 시인. 세상을 떠나기 삼 주 전, '세계 명작'과 피카비아의 유물—오토가 저 악명 높은 〈세잔의 초상, 렘브란트의 초상, 르누아르의 초상〉*의 '초안'이라고 주장했던 원숭이 인형, 약한 전기충격을 주는 성기 자극기를 포함한 온갖 기계장치, 자리Jarry의 『위뷔왕』 초판본 등등—이 있는 서재에서 그는 이런 말을 했다. "난 솔직히 네 언니가 실망스럽구나. 엘레나는 욕심만 많고 생각이 없단 말이야." 오토는 그녀의 이름을 영국식으로—옐리에나에서 엘레나로—바꾸었는데, '알렐루야'를 줄여 알리로 만들고 성까지 뜯어고쳐 바르샤바의 코헨에서 콘으로 변신한 것도 그의 발상이었다. 과거의 메아리가 그를 괴롭혔다. 그는 폴란드 문학을 읽지 않았고, 헤르베르트와 미워시는 물론이고 바란차크 같은 '젊은 친구들'까지 외면했는데,** 역사 때문에 폴란드어가 돌이킬 수 없을 만큼 오염되었다고 믿기 때문이었다. 그래서 그는 동유럽 억양이 짙게 깔린

---

* 판지에 원숭이 인형을 붙인, 피카비아의 1920년 작.

** 각각 시인 즈비그니에프 헤르베르트, 1980년 노벨문학상 수상자인 체스와프 미워시, 시인 스타니스와프 바란차크를 칭한다.

발음으로 도도하게 말하곤 했다. "난 이제 영국인이다. 웃기는 미드오프*! 흥, 첫! 윈저의 미망인!** 엿 먹어라." 굳이 말은 안했지만 그는 영국 신사를 흉내내는 생활에 충분히 만족하는 듯 보였다. 그러나 지금 돌이켜보면 그런 연극이 얼마나 부질없는지 스스로 잘 알았던 것 같다. 그는 두꺼운 커튼을 거의 영구적으로 쳐놓고 살았는데, 세상은 무질서한 곳이므로 혹시라도 바깥에 있는 괴물들을 보게 되거나 낯익은 모스코 로드 대신 달 표면을 보게 될까봐 염려해서였다.

"그이는 철저히 동화되길 원했지." 치미스***를 듬뿍 퍼먹으며 알리차가 말했다. "그이가 성을 바꿀 때 나는 이렇게 말했어. 오토, 그럴 필요는 없어, 여긴 미국이 아니라 런던 W2****라고. 하지만 그이는 과거를 깨끗이 청산하고 싶어했어. 유대인이라는 사실까지. 미안한 얘기지만 정말이란다. 그때 유대인 협회 사람들과 얼마나 싸웠던지! 끝까지 점잖고 정중한 말이 오갔지만 실상은 무시무시한 싸움이었어." 남편이 죽자마자 알리차는 다시 코헨과 유대교 회당과 하누카*****와 블룸스로 돌아갔다. "모조품 인생은 지긋지긋해." 그녀는 음식을 씹으며 그렇게 말하더니 별안간 포크를 휘둘렀다. "그 영화.****** 나도 미치도록 좋아

---

* 크리켓에, 투수의 왼쪽에 자리잡은 야수(野手).

** 러디어드 키플링이 빅토리아여왕에게 붙인 별칭.

*** 유대식 스튜.

**** 패딩턴 지역의 우편번호.

***** 11월이나 12월에 8일간 진행되는 유대교 축제.

****** 1959년 제작된 영화 〈모조품 인생(Imitation of Life)〉(국내 제목 '슬픔은 그대 가슴에')을 가리킨다. 라나 터너가 주연을 맡았으며 가스펠 가수 머핼리아 잭슨도 단역으로 출연했다.

했단다. 라나 터너 맞지? 머핼리아 잭슨이 교회에서 노래했고."

오토 콘은 일흔을 넘기고 엘리베이터 통로 속으로 뛰어내려 절명했다. 알리차는 금기시되는 문제에 대해서도 거리낌없이 말할 수 있는 사람이지만 그 일에 대해서만큼은 언급을 회피했다: 수용소에서 살아남아 지난 사십 년을 멀쩡히 살던 사람이 무엇 때문에 스스로 목숨을 끊어 괴물들이 실패했던 일을 완수한단 말인가? 안간힘을 쓰며 저항해도 결국 악이 승리하고야 마는 것일까? 악은 혈관 속에 날카로운 한 조각의 얼음을 남기고, 그것이 서서히 움직여 마침내 심장을 찌르는 것일까? 더 나아가서: 혹시 한 인간의 삶과 죽음은 서로 상반되는 것이 아닐까? 아버지가 죽었다는 소식을 들었을 때 알리의 첫 반응은 분노였고 당시 어머니에게 그런 질문을 퍼부었다. 그러나 어머니는 챙 넓은 검은색 모자를 쓰고 돌처럼 굳은 얼굴로 이렇게 대꾸할 뿐이었다. "너도 네 아빠를 닮아 자제력이 부족하구나."

오토가 죽은 후 알리차는 고상하고 품위 있는 옷차림과 언행을 포기했다. 세실 비턴*풍의 귀부인이 되려고 나름대로 노력했던 것도 실은 완벽한 모양새를 원하는 남편의 소망에 부응하기 위해서였기 때문이다. 알리차가 알리에게 털어놓았다. "후유, 오랜만에 대충 걸쳐 입었더니 정말 편하구나." 그녀는 이제 헝클어진 백발을 아무렇게나 묶었고, 날이면 날마다 슈퍼마켓에서 구입한 똑같은 꽃무늬 드레스를 번갈아가며 입었고, 화장은 그만두었고, 아픔을 참아가며 틀니를 끼었고, 오토가 영국식 화원으로 꾸며야 한다고 (즉 나도싸리와 골담초를 '키메

---

* 영국 사진작가이자 디자이너. 영화 〈마이 페어 레이디〉에서 의상 디자인을 맡아 오스카상을 받았다.

라 접목법'으로 접붙인 상징적인 나무 한 그루를 중앙에 심고 그 둘레에 단정한 화단을 배치해야 한다고) 주장하던 곳에 야채를 심어버렸고, 손님을 초대하더라도 골치 아픈 대화가 오가는 만찬보다는 점심식사—기름진 스튜, 그리고 최소 세 종류가 넘는 굉장한 푸딩—를 대접했는데, 그 자리에는 헝가리의 반체제 시인들이 찾아와 구르지예프*파 신비주의자들에게 난해한 농담을 던지기도 했고, 또 더러는 (일이 잘 안 풀릴 때는) 손님들이 바닥에 놓인 쿠션에 앉아 음식이 담긴 접시를 우울하게 바라보았는데, 그럴 때는 거의 완벽한 적막이 찾아와 순간순간이 한없이 길게 느껴지곤 했다. 결국 알리는 일요일 오후의 이런 행사를 한사코 피하게 되었고, 그 대신 자기 방에 틀어박혀 시무룩하게 시간을 보냈고, 이윽고 독립할 만한 나이가 되자 알리차의 적극적인 동의를 얻어 집을 떠났고, 그와 동시에 아버지가 선택해주었던 인생길에서도 벗어났다. 아버지도 생존을 포기함으로써 그녀를 몹시 화나게 했으니까. 알리는 행동 쪽으로 향했다. 그리고 올라야 할 산을 발견했다.

알리차 코헨은 알리가 진로를 변경한 일에 대해 충분히 이해할 만하고 더 나아가 칭찬할 만하다고 생각하며 처음부터 끝까지 응원을 아끼지 않았다. 그러나 (그녀는 커피를 마시며 고백했다) 저승에서 돌아온 인도 영화배우 지브릴 파리슈타의 문제에 대해서만은 도무지 딸의 생각을 이해할 수 없었다. "네 말을 들어보니 그 사람은 네 부류가 아닌 것 같구나." 알리차는 그 말을 네 타입이 아니다라는 뜻으로 생각했고 그 속에 인종적 혹은 종교적 비방이 내포되어 있다는 걸 알았다면 기겁했

* 20세기 초엽의 신비사상과 1960년대 히피문화에 큰 영향을 미친 러시아의 신비주의 사상가.

겠지만, 그녀의 딸은 당연히 그런 의미로 받아들일 수밖에 없었다. "제겐 상관없어요." 알리는 발끈하여 대꾸하고는 곧 자리에서 일어났다. "사실은요, 저는 제 부류를 별로 좋아하지도 않는다고요."

그녀는 발의 통증 때문에 후다닥 뛰쳐나가지도 못하고 절뚝거리며 레스토랑을 빠져나갔다. 그때 등뒤에서 어머니가 모두 들으라는 듯 큰 소리로 말했다. "목하 열애중이겠다, 말재간 좋겠다, 도무지 못하는 소리가 없다니까."

무슨 까닭인지 그녀의 교육에는 듬성듬성 빠진 곳이 있었다. 아버지가 세상을 떠난 지 얼마 안 된 어느 일요일, 그녀가 길모퉁이 매점에서 일요신문을 살 때 매점주인이 말했다. "이번 주가 마지막이란다. 벌써 이십삼 년째 이 모퉁이에서 장사를 했는데 결국 패키 놈들 때문에 쫓겨나는구나." 이 '패키'라는 말을 들었을 때 그녀는 모스코 로드에 코끼리떼가 몰려들어 일요신문 판매상들을 납작하게 짓밟는 엽기적인 장면을 떠올렸다. "패키가 뭔데요?" 그녀가 어리석은 질문을 던지자 날카로운 답변이 돌아왔다. "갈색 유대인이지." 그러나 그때부터 꽤 오랫동안 그녀는 동네 '과담신'(즉 과자장수-담배장수-신문장수)이 모두 '패키덤'*에 속한다고 믿었는데: 피부색 때문에 미움받고 따돌림 당하는 사람들이었다. 알리는 그 이야기도 지브릴에게 해주었다. 그러자 그가 딱

* 후피동물.

잘라 말했다. "아하, 코끼리 농담*이군." 상대하기 쉽지 않은 남자였다.

그러나 그는 이미 그녀의 침대에 있었고 이 몸집 크고 저속한 사내에게 그녀는 전에 없이 몸과 마음을 활짝 열었다. 그는 그녀의 가슴속으로 손을 넣어 심장을 어루만질 수 있는 사람이었다. 그녀로서는 이토록 신속하게 성관계에 돌입한 것도 아주 오랜만이었고 더구나 그렇게 서둘러 정사를 나누고도 전혀 후회하지 않고 자기혐오에 빠지지도 않은 것은 이번이 처음이었다. 그런데 그가 한참 동안 연락을 끊어버리자(보스탄호 탑승자 명단에 그의 이름이 들어 있음을 알기 전에는 그렇게 생각할 수밖에 없었으니까) 몹시 괴로웠다. 이번 만남에 대한 두 사람의 가치판단이 서로 다른 듯했기 때문이다. 그러나 그의 그 욕망, 몸을 던지는 듯하던 뜨거운 욕망이 설마 나만의 착각이었을까? 그러다가 그가 죽었다는 소식을 듣게 되자 두 가지 반응이 나타났다: 한쪽에는 그가 그녀와 더불어 새로운 삶을 시작하려고 자신의 삶을 송두리째 포기했다는 데 대한 기쁨과 고마움이 있고, 다른 쪽에는 진실로 사랑받았다는 사실을 알게 된 바로 그 순간에 그를 잃은 데 대한 허전한 슬픔이 있었다. 그러나 얼마 후에는 조금 못마땅한 기분도 들었다. 그게 도대체 무슨 짓인가? 그렇게 한 마디 예고도 없이 쳐들어오려 하다니, 내가 언제든지 쌍수를 들고 환영하려니, 내 인생엔 아무런 방해물도 없으려니, 내 아파트가 두 사람이 살 만큼 널찍하려니 제멋대로 판단해버렸단 말인가? 이런 행동은 그야말로 자기가 원하는 것은 무엇이든 잘 익은 과일처럼 무릎에 뚝 떨어지리라 생각하는 버릇없는 영화배우가 할 만

* '코끼리를 냉장고에 넣는 방법은?' 등 1950년대부터 유행한 '코끼리'가 들어가는 수수께끼의 한 유형.

한 짓인데…… 간단히 말해서 침해당한 기분, 아니, 침해당할 뻔했다는 기분이었다. 그러나 그녀는 이내 자신을 꾸짖으며 그런 생각을 멀찌감치 던져버렸다. 왜냐하면 설령 주제넘은 행동이었더라도 그 행동 때문에 그는 이미 큰 대가를 치렀기 때문이다. 죽은 연인을 위해서라면 그 정도쯤이야 봐줘야지.

그런데 그가 느닷없이 의식을 잃고 눈밭에 쓰러진 모습으로 다시 나타났고, 그때 그녀는 그가 살아 있다는 이 믿을 수 없는 사실에 놀랄 수밖에 없었고, 곧이어 혹시 이것도 착시현상이 아닐까—그녀는 좀더 함축적인 환상이라는 말보다 이 중립적인 표현을 더 좋아했다—산소통을 비웃고 폐활량만으로 초몰룽마*를 정복하겠다고 결심한 이후로 줄곧 그녀를 괴롭히는 그 증상이 아닐까 하는 생각을 잠시나마 떠올렸다. 그러나 그를 일으켜세워 그의 팔을 어깨에 둘러메고 반쯤 안아올리다시피 하며—사실은 반 이상—자기 아파트로 지고 나르는 그 힘겨운 과정을 통하여 그녀는 그가 절대로 망상이 아니고 무거운 육신을 가졌음을 확신할 수 있었다. 두 발은 집에 가는 내내 아팠고, 그 고통은 그가 죽었다고 믿으며 억눌렀던 모든 원망을 되살려냈다. 이제 저 사람을, 침대에 나자빠진 저 멍청이를 어찌해야 한단 말인가? 맙소사, 그동안 까맣게 잊고 있었지만 이 사내는 자리를 많이 차지했다. 밤마다 침대를 독점하고 이불마저 다 빼앗아가기 일쑤였다. 그러나 곧 다른 감정도 되살아났고 그것으로 결론이 내려졌다. 진작 희망을 버렸건만, 지금은 그가 그녀의 보호를 받으며 여기 잠들어 있지 않은가: 마침내, 사랑

* 에베레스트산의 티베트 명칭.

이여.

그는 일주일 동안 끊임없이 잠만 잤고 가끔 배고픔과 용변 때문에 잠깐씩 깨어나긴 했으나 말은 거의 하지 않았다. 고달픈 잠이었다: 그는 침대 위에서 이리저리 뒹굴었고 이따금 헛소리까지 했다: 자힐리아, 알라트, 힌드. 깨어 있을 때는 잠을 안 자려고 버티는 듯했지만 결국 굴복할 수밖에 없었다. 잠의 파도가 그를 덮쳤고, 그가 힘없는 팔을 내저으며 속절없이 가라앉는 모습은 애처로울 정도였다. 도대체 얼마나 충격적인 일을 겪었기에 이런 증세를 보이는지 알리로서는 짐작할 길이 없었고, 불안을 견디지 못한 그녀는 결국 어머니에게 전화를 걸었다. 알리차가 도착하여 잠든 지브릴을 살펴보더니 입술을 오므리며 단언했다. "이 사람은 귀신에 씌었구나." 그녀는 요즘 싱어 형제*를 연상시키는 디벅 미신에 깊이 빠졌는데, 실용주의적인 산악인인 딸은 어머니가 신비적 성향을 드러낼 때마다 어김없이 화를 냈다. 알리차가 제안했다. "귀에다 빨펌프를 써보면 어떨까? 거기가 귀신들이 애용하는 통로라던데." 알리는 어머니를 문밖으로 내몰았다. "고마워요. 나중에 말씀드리죠."

이레째 되던 날 그가 완전히 깨어났는데, 인형처럼 눈을 번쩍 뜨더니 곧장 그녀의 몸에 손을 댔다. 워낙 뜻밖일 뿐 아니라 너무 무례한 행동이라 그녀는 오히려 웃음을 터뜨렸다. 그러나 이내 자연스럽고 당연한 일이라는 느낌이 다시 찾아와 빙그레 웃었다. "좋아, 당신이 자초한

---

* 폴란드 태생의 미국 소설가 아이작 싱어와 이스라엘 싱어. 아이작의 대표작 『고레이의 사탄』 그리고 이스라엘의 소설 『카르노브스키 일가』에 유대 민담에서 사람의 몸을 빼앗는 악령인 디벅의 존재가 그려진다.

일이야." 그러면서 고무줄 달린 펑퍼짐한 밤색 헐렁바지와 낙낙한 재킷을 벗어던졌고—그녀는 몸매가 드러나는 옷을 싫어했다—그때부터 시작된 섹스 마라톤은 두 사람 다 온몸이 쑤시고 행복하고 기진맥진할 때까지 줄기차게 계속되었다.

그가 그녀에게 말했다: 자신은 하늘에서 떨어졌으나 살아났다고. 그녀는 깊은 숨을 들이쉬고 그 말을 믿어버렸는데, 인생에서 온갖 모순적인 일이 가능하다고 믿었던 아버지의 신념 때문이기도 했고 산에서 얻은 깨달음 때문이기도 했다. 그녀가 숨을 내쉬며 말했다. "좋아. 믿어줄게. 하지만 우리 엄마한테는 비밀이야, 알았지?" 우주는 경이로운 일들이 가득한 곳이다. 다만 습관과 일상의 마취 효과 때문에 우리의 시력이 약해졌을 뿐이다. 며칠 전 그녀는 하늘의 별들이 자연적으로 연소되는 과정에서 탄소가 다이아몬드로 변화한다는 내용을 읽었다. 별들이 우주 공간에 다이아몬드를 흩뿌리다니: 그 이야기도 기적처럼 들렸다. 그런 일이 가능하다면 이런 일도 가능하리라. 아기들은 수천수만 층 높이의 창문에서 떨어져도 멀쩡히 살아난다. 프랑수아 트뤼포의 영화 〈용돈〉에도 그런 장면이 나왔고…… 그녀는 생각을 가다듬었다. 그리고 말하기로 결심했다. "가끔 나에게도 놀라운 일이 일어나."

그녀는 지금껏 아무에게도 말하지 않았던 일을 그에게 털어놓았다: 에베레스트에서 본 환상, 천사, 얼음 도시. "에베레스트에서만 그랬던 것도 아니야." 그리고 잠시 망설이다가 이야기를 계속했다. 런던으로 돌아온 후, 그녀는 산과 지브릴을 마음속에서 지워버리기 위해 강둑으로 산책을 나갔다. 이른아침이었는데 안개가 자욱하고 눈이 소복소복 쌓여 모든 것이 흐릿했다. 그때 빙산이 나타났다.

빙산은 모두 열 개였고 한 줄로 늘어서서 상류 쪽으로 장엄하게 올라왔다. 빙산 주변은 안개가 더 짙었으므로 코앞까지 다가왔을 때 겨우 형태를 알아볼 수 있었는데 세계에서 가장 높은 열 개의 산을 정밀하게 축소시킨 모습이었고, 오름차순으로 배열되어 제일 뒤쪽에 그녀의 산, 바로 그 산이 있었다. 그녀는 이 빙산들이 강을 가로지르는 수많은 다리 아래를 어떻게 통과했을까 궁리해보는데, 그때 안개가 짙어지더니 잠시 후 깨끗이 걷히며 빙산도 함께 사라지고 말았다. 그녀는 지브릴에게 힘주어 말했다. "하지만 정말 있었다고. 낭가파르바트, 다울라기리, 시샤방마펭." 그는 반론을 제기하지 않았다. "당신이 그렇다고 하면 나도 진짜라고 믿어."

빙산은 대지가 되려고 노력하는 물이다. 산은, 특히 히말라야는, 특히 에베레스트는 하늘로 변신하려고 시도하는 대지다. 지상에 발 묶인 비상이며, 대기로—거의—둔갑하여 진정한 의미에서 숭고해진 땅이다. 이 산을 직접 대면하기 오래전부터 알리는 자신의 영혼에 산이 깃들었음을 느꼈다. 그녀의 아파트에는 히말라야가 가득했다. 코르크, 플라스틱, 타일, 돌, 아크릴, 벽돌 따위로 만든 에베레스트 모형이 자리다툼을 벌였다. 심지어 전체를 얼음으로 조각한 것도 있었는데, 그녀는 이 작은 빙산을 냉동실에 넣어두고 가끔씩 꺼내 친구들에게 자랑하곤 했다. 왜 그렇게 많으냐고? 왜냐하면—달리 어떤 대답이 가능하랴—산이 그곳에 있으니까.* "이것 봐." 그녀는 침대에 누운 채 베드테이블로 팔을 뻗어 최근에 얻은 수집품을 집어들었다. 해묵은 소나무로 만든 단순

* 1953년 에베레스트 등정에 성공했던 에드먼드 힐러리 경이, 산을 오르는 이유를 묻는 질문에 답변했던 말.

한 형태의 에베레스트였다. "남체바자르*에서 셰르파들이 준 선물이야." 지브릴은 그것을 받아들고 이리저리 돌려보았다. 펨바는 그녀와 작별할 때 수줍은 듯 이 선물을 건네며 셰르파 모두가 주는 것이라고 말했지만 사실은 그가 손수 깎은 것이 분명했다. 세밀한 모형이었다. 정상에 이르는 마지막 관문인 힐러리 스텝과 빙폭까지 실물 그대로였고 그들이 지나갔던 등반 루트를 깊이 새겨놓았다. 지브릴은 모형을 뒤집어보다가 밑바닥에 정성껏 새긴 영문 메시지를 발견했다. 알리 비비에게. 우리 운좋았어요. 두 번 할 짓 아니에요.

알리가 지브릴에게 말하지 않은 것은 셰르파의 이 경고문이 그녀에게 두려움을 안겨주었다는 사실, 만약 이 여신의 산에 다시 발을 들여놓는다면 틀림없이 죽게 되리라 확신한다는 사실이었다. 하찮은 인간이 신의 얼굴을 한 번 이상 보는 일은 허락되지 않으니까. 그러나 산은 고귀할 뿐 아니라 잔인했고, 아니, 고귀함과 잔인함이 하나였고, 그래서 그녀는 펨바의 금족령을 떠올리기만 해도 절박한 갈망에 사로잡혀 성적 희열이나 절망에 빠진 사람처럼 소리 내어 신음했다. 그녀가 진심을 감추려고 말했다. "히말라야산맥은 물리적 절정일 뿐 아니라 정신적 절정이기도 해. 오페라처럼. 그래서 그렇게 위대한 거지. 현기증나게 까마득한 높이, 그것밖에 없거든. 그렇지만 꽤나 힘겨운 일이기도 하지." 알리는 말을 하면서 구체적 사물과 추상적 관념 사이를 마음대로 넘나드는 경향이 있는데, 그런 표현 방식이 워낙 자연스러워 듣는 사람은 그녀가 과연 두 가지를 구별할 수 있는지 궁금해하기 마련이었다.

* 네팔 동부에 있는 마을로, 에베레스트 등정의 근거지이며 셰르파의 주거지로 유명하다.

아니, 궁극적으로 그런 구별이 존재하는지조차 의심스러울 때도 많았다.

알리가 말하지 않은 것은 또 있었다: 산을 진정시키지 못하면 그녀 자신이 죽을 수밖에 없다는 것, 평발 때문에 본격적인 등반은 아예 생각도 못할 처지에 놓였지만 여전히 에베레스트를 떨쳐버리지 못한다는 것, 그리고 그녀의 가슴속 깊은 곳에는 불가능한 계획 하나가 숨어 있다는 것. 모리스 윌슨에게 죽음을 안겨주었던 치명적인 꿈, 지금껏 아무도 이룩하지 못한 꿈. 그것은 바로: 단독 등정.

그녀가 고백하지 않은 것은: 런던으로 돌아온 뒤에도 가끔 모리스 윌슨을 보았는데, 반바지를 입고 태머섄터 모자를 쓰고 도깨비처럼 굴뚝에 올라앉아 손짓했다.—지브릴 파리슈타도 레카 메르찬트의 유령이 따라 다닌다는 사실을 알리에게 말하지 않았다. 육체적으로는 친밀한 관계가 되었지만 둘 사이에는 아직도 굳게 닫힌 문이 있었으니: 둘 다 위험한 유령을 비밀로 했다.—그리고 알리가 보았던 다른 환상에 대해 듣고 나서 지브릴은 어정쩡하게 대답했지만—당신이 그렇다고 하면 나도—속으로는 크나큰 동요를 느꼈으니, 알리의 이야기에서 또하나의 증거를 발견했기 때문인데: 꿈의 세계가 생시의 시간 속으로 새어나온다는 것, 두 세계를 갈라놓았던 봉인이 부서져간다는 것, 당장이라도 두 세계가 합쳐질 수 있다는 것,—다시 말해서 모든 것이 끝나는 종말이 가까워졌다는 것. 어느 날 아침, 완전히 지쳐 꿈도 없는 잠을 자고 깨어난 알리는 블레이크의 「천국과 지옥의 결혼」에 몰두한 지브릴을 보았는데, 그녀가 오랫동안 펼쳐보지 않았던 이 책에는 책을 존중할 줄 모르던 시절에 남겨놓은 수많은 흔적이 있었다: 밑줄, 여백에 남긴

체크 표시, 느낌표, 몇 개씩 중첩된 물음표. 그녀가 깨어난 모습을 보고 지브릴이 짓궂은 미소를 지으며 그중 한 대목을 읽어주었다. "'지옥의 격언들'이야. 염소와 같은 욕정은 신의 선물이로다." 그녀의 얼굴이 새빨개졌다. "더 심한 것도 있더군. 6천 년이 끝날 때 세계가 불길에 휩싸인다는 옛말은 진실이니, 내가 지옥에서 들은 바와 같더라. 그리고 조금 더 내려가서: 이는 관능적 향락을 드높임으로써 실현되리라. 그건 그렇고, 이건 누구지? 책갈피 속에 끼어 있던데." 그는 그녀에게 죽은 여자의 사진을 건넸다: 여기 묻힌 채 까맣게 잊혔던 언니 엘레나였다. 또 한 명의 환상중독자, 그리고 그 중독의 희생자. "우리집에선 언니 얘기를 잘 안 해." 알리는 알몸으로 침대 위에 무릎을 꿇고 엷은 금발로 얼굴을 감췄다. "있던 자리에 도로 넣어둬."

생물의 유한한 인식능력으로는 하느님을 볼 수도 들을 수도 없었으나 내 의식은 천지만물 속에서 조물주를 발견했노라. 그는 이리저리 책장을 넘기다가 '갱생한 사람'이라는 삽화 옆에 엘레나 콘을 넣어주었다. 그림 속에는 벌거벗은 남자가 다리를 벌린 채 언덕 위에 앉아 있고 엉덩이 뒤에서 햇살이 비쳤다. 나는 옛날부터 허영심 많은 천사들이 자기들만 현명하다고 말하는 것을 보았노라. 알리가 두 손으로 얼굴을 가렸다. 지브릴은 그녀를 달래주려 했다. "당신이 면지에 이렇게 적어놨군: '어셔 대주교가 계산한 천지창조의 시기, 기원전 4004년. 세계 종말의 추정 시기, 1996년.' 그렇다면 관능적 향락을 드높일 시간이 아직 남았네." 그녀가 고개를 가로저었다: 그만해. 그는 말을 멈추고 책을 치웠다. "얘기해봐."

엘레나는 불과 스무 살 때 런던의 넋을 송두리째 빼앗았다. 라반*의 황금빛 사슬 갑옷 속에서 언뜻언뜻 내비치는 신장 6피트의 야성적 몸매. 지구를 통째로 소유한 사람처럼 언제나 신비로운 자신감을 드러냈다. 도시는 그녀의 영토였고 그녀는 그곳에서 물고기처럼 자유롭게 헤엄쳤다. 그리고 스물한 살에 죽었는데, 찬물이 담긴 욕조에서 익사했고 체내에는 향정신성 약물이 그득했다. 오래전이었지만 당시 알리는 이런 생각을 했다: 자신의 서식지에서 빠져죽는 일이 가능할까? 물고기가 물속에서 익사한다면 인간은 대기 속에서 질식사할 수도 있을까? 그 시절 열여덟아홉이던 알리는 엘레나의 자신만만한 태도를 부러워했다. 내 서식지는 어디일까? 어떤 정신적 주기표에서 찾아야 할까?— 지금 평발의 히말라야 베테랑은 잃어버린 그곳을 아쉬워했다. 드높은 곳에 도달한 후 다시 상자 속으로, 비좁은 섬으로, 영원한 내리막길로 돌아가기가 쉽지 않다. 그러나 그녀의 발은 배신자들이었고 산은 곧 죽음을 의미했다.

신화적인 엘레나, 표지 모델, 플라스틱 의상으로 몸을 감싼 그녀는 자신의 불멸을 확신했다. 언젠가 월즈엔드 골방으로 그녀를 찾아갔을 때 엘레나가 각설탕**을 권했는데 알리는 뇌손상 운운하며 거절했고, 그러면서 엘레나와 한자리에 있을 때마다 늘 그랬듯이 왠지 주눅이 들었다. 언니의 얼굴, 미간이 너무 넓고 턱은 너무 뾰족하지만 전체적으

* 패션 디자이너 파코 라반.

** 이 무렵에는 LSD를 각설탕에 넣어 판매했다.

로는 숨막히게 아름다운 얼굴이 비웃듯이 알리를 바라보았다. "뇌세포가 모자랄 일은 없어. 웬만큼 없어져도 끄떡없다고." 넉넉한 두뇌 용량은 엘레나의 자본이었다. 자기가 원하는 높이를 찾아가는—시쳇말로 '뿅 날아가는'—과정에서 뇌세포를 돈처럼 소비했다. 삶이 그랬듯이 그녀에게는 죽음도 설탕에 담겨왔다.

그녀는 동생 알렐루야를 '뜯어고치려' 했다. "얘, 너처럼 잘 빠진 애가 왜 그런 작업복으로 몸매를 다 감추고 다녀? 맙소사, 너야말로 어디 모자라는 구석이 하나도 없는데." 어느 날 밤 그녀는 알리에게 주름 장식이 달린 올리브색 스커트를 입혔는데 길이가 하도 짧아 보디스타킹을 입은 사타구니가 보일락 말락 할 정도였고, 그때 알리는 청교도 같은 생각을 했다: 내가 무슨 과자라고 이렇게 설탕을 입히다니, 친언니가 동생을 가게 진열창에 내놓으려 하다니, 참 고맙기도 해라. 그들은 신바람난 귀공자가 즐비한 도박 클럽을 찾아갔지만, 알리는 엘레나가 한눈을 파는 사이에 재빨리 빠져나왔다. 일주일 후, 겁쟁이처럼 굴었던 일도 부끄럽고 친해지려는 언니의 노력을 거부한 일도 부끄러웠으므로 알리는 다시 월즈엔드의 빈백에 앉아 처녀가 아니라는 사실을 엘레나에게 고백했다. 그러자 언니는 그녀의 입을 찰싹 때리며 고전적인 욕설을 퍼부었다: 허튼계집, 탕녀, 매춘부. "엘레나 콘은 사내자식들한테 손가락 한 개도 허락하지 않아!" 엘레나는 자신을 삼인칭으로 생각하는 재주를 선보이며 고함을 질렀다. "손톱만큼도 어림없지. 나는 내 가치를 알고, 일단 고추를 받아넣으면 신비감이 사라진다는 것도 아니까. 네가 갈보가 될 줄은 몰랐네. 아마 개 같은 빨갱이 새끼였겠지." 이런 부분에서는 아버지의 편견을 고스란히 물려받았다. 그러나 알리는 달랐고 엘레나도 알았다.

그후 그들은 별로 만나지 못했는데, 엘레나는 죽을 때까지 도시의 처녀 여왕이었고—검시 결과에서도 *숫처녀*라는 사실이 확인되었다—반면에 알리는 속옷을 안 입기 시작했고, 사회에 불만이 많은 이런저런 소규모 잡지사에서 임시직으로 일했고, 언니가 아무도 손댈 수 없는 여자였기에 알리는 정반대의 여자가 되었다. 그녀의 성행위 하나하나가 하얗게 입술을 깨물며 매섭게 노려보던 언니의 뺨을 후련하게 후려갈기는 셈이었다. 이 년 동안 세 번이나 낙태를 했고 경구피임약을 복용한 덕분에 발암률이 매우 높은 집단에 들었음을 뒤늦게 알았다.

그녀가 언니의 최후를 알게 된 것은 신문매점 게시판에서였다: 패션모델, 약욕藥浴중* 사망. 죽은 뒤에도 말장난에서 벗어나지 못하는구나, 그것이 알리의 첫 반응이었다. 그리고 좀처럼 눈물이 안 나왔다.

그녀는 지브릴에게 말했다. "그때부터 몇 달 동안이나 잡지에서 언니를 볼 수 있었지. 패션지는 준비기간이 기니까." 엘레나의 시신이 훤히 비치는 베일만 두르고 모로코의 사막에서 춤을 추기도 하고, 달 표면의 '그림자 바다'에서 우주 비행사 헬멧을 쓰고 실크 넥타이 대여섯 장으로 가슴과 사타구니만 간신히 가린 알몸을 보여주기도 했다. 알리는 사진마다 콧수염을 그려 신문판매상들의 분노를 샀고 좀비처럼 죽지도 살지도 못하는 언니를 잡지에서 찢어내 구겨버렸다. 정기 간행되는 엘레나의 유령에게 시달리며 뽕 날아보려는 시도가 얼마나 위험한지 새삼 되새겼다. 그런 이카로스 같은 자들은 결국 불길에 휩싸인 채 추

---

* acid bath. 금속의 불순물을 제거하는 산 세척을 뜻하나 엘레나의 대표 이미지인 황금빛 사슬이 연상되며 'acid'는 LSD를 뜻하는 속어이기도 하다.

락하여 끔찍한 지옥에 떨어질 수밖에! 알리는 엘레나를 고통받는 영혼으로 여겼고, 그녀가—더러는 실물보다 세 사이즈나 더 크게 만든 플라스틱 유방을 달고, 더러는 선정적인 표정이랍시고 이를 드러내고, 또 더러는 배꼽을 가로질러 광고문이 찍힌 모습으로—갇혀 있는 도색적인 달력 속의 저 움직임 없는 세계야말로 엘레나에게 주어진 지옥이라고 믿었다. 알리는 그녀의 눈동자에 깃든 비명을 볼 수 있었고, 패션 화보 속에 영원히 갇혀버린 괴로움도 읽어낼 수 있었다. 엘레나는 악마들에게 고문당하고 불길에 휩싸여 활활 타면서도 몸조차 움직이지 못하고…… 얼마 후부터 알리는 판매대에 언니의 얼굴이 있을 만한 가게들을 피해 다니는 수밖에 없었다. 감히 잡지를 펼쳐볼 수도 없었고, 가지고 있던 엘레나 사진도 모두 감춰버렸다. 그리고 어렸을 때의 애칭으로 엘레나를 부르며 추억 속의 언니에게 말했다. '안녕, 옐. 더는 언니를 볼 수가 없어.'

"그런데 나도 결국 언니와 똑같아졌어." 산이 노래하며 알리를 불렀고, 그래서 그녀도 짜릿한 흥분을 위해 뇌세포를 희생시키기 시작했다. 등반가들에게 발생하는 문제점은 저명한 의사들이 이미 여러 차례에 걸쳐 합리적인 선에서는 의문을 제기할 수 없을 만큼 확실하게 입증했는데, 인간이 해발 8천 미터에서 좀더 올라가면 산소마스크 없이는 생존할 수 없다고 한다. 우선 눈에서 출혈이 생겨 회복 불가능한 피해를 당하고, 두뇌도 폭발하기 시작하여 수십억 개의 뇌세포를—너무 많이, 너무 빨리—잃어버리고, 결과적으로 고산변패증이라는 영구적인 손상을 입어 곧 사망한다. 그리고 이 눈먼 시체들은 높은 산비탈의 영구동토층에서 영원히 보존된다. 그러나 알리와 셰르파 펨바는 올라갔다가 멀쩡히 살아 돌아왔다. 뇌세포의 저축액에 약간의 손실이 있었지만 두뇌 속의 금고로 충당이 되었다. 눈이 터지지도 않았다. 그렇다면 과학자들은 왜 틀렸을까? 알리는 낙하산 천 밑에서 지브릴을 부둥켜안고 누워 이렇게 대답했다. "주로 편견 때문이지. 의지력은 측정할 수 없으니 계산에서 제외시켰다고. 하지만 에베레스트에 오르는 힘은 바로 의지력이거든. 의지력과 분노, 그것만 있으면 자연의 어떤 법칙도 이겨낼 수 있지, 적어도 잠시 동안은 말야. 중력도 예외가 아니고. 그렇다고 행운을 과신해서는 안 되겠지만."

어느 정도의 손상은 있었다. 알 수 없는 건망증에 시달렸는데: 예측할 수 없는 자질구레한 일이 생겼다. 한번은 생선가게에서 '생선'이라는 낱말을 잊어버렸다. 또 어느 날 아침에는 멍하니 칫솔을 집었는데 도무지 용도를 생각해낼 수 없었다. 그리고 어느 날 아침, 잠든 지브릴 곁에서 눈을 떴는데, 그를 흔들어 깨워 '당신 도대체 누구죠? 어떻게 내 침대에 들어왔어요?' 하고 물으려 할 때 간신히 기억이 되살아났다. 그녀가 지브릴에게 말했다. "일시적인 현상이길 바랄 뿐이야." 그러나 지금도 필즈 곳곳의 지붕 위에 이따금 모리스 윌슨의 유령이 나타나서 손짓해 부른다는 사실만은 털어놓지 않았다.

그녀는 능력 있는 여자였고 여러 방면에서 얕잡아볼 수 없는 여자였다. 1980년대를 주름잡는 대표적인 스포츠우먼이었고 대기업 맥머리 광고사의 고객으로서 아낌없는 지원을 받았다. 요즘은 그녀도 광고에 출연했다. 그녀의 이름이 붙은 각종 야외용품과 레저의류 판촉광고였는데, 헬 밸런스의 말처럼 '세계'를 극대화하기 위해 전문 산악인보다는 주로 아마추어와 행락객들을 겨냥한 제품이었다. 그녀는 세계의 지붕을 정복한 인기인이었고 오토 콘이 딸들에게 즐겨 쓰던 표현대로 '우리 튜턴족 아가씨들' 중 살아남은 한 명이기도 했다. 옐, 난 또 이렇게 언니의 발자취를 따라가네. 털북숭이 사내들만 판치는 스포츠계에 매력적인 여자가 등장했으니 상품 가치는 충분했고 '얼음여왕'이라는 이미지도 방해가 되지는 않았다. 돈이 되는 일이고, 그녀도 지금은 한 번의 어깻짓과 웃음으로 예전의 불꽃같던 이상주의와 가볍게 타협할 만큼 나이를 먹었으니 돈벌이를 시작할 준비가 끝난 셈이고, 아니, 더 나아가서, 텔레비전 토크쇼에 출연하여 해발 2만여 피트 높이에서 사내들과 함께 지내는 생활에 대해 캐묻는 변함없고 피할 길 없는 질문을 받을 때마다 외설적인 암시를 섞어가며 간단히 물리칠 각오까지 한 터였다. 그러나 이런 유명인의 삶이 마냥 속 편하지는 않았다. 스스로 생각하는 자신의 모습과는 달랐기 때문이다: 그녀는 아직도 자기가 천성적으로 외톨이이며 지극히 내성적인 여자라고, 그래서 사업으로 분주한 생활이 자신을 둘로 쪼개놓는다고 굳게 믿었다. 이 문제 때문에 지브릴과 처음으로 다투었는데, 그가 평소처럼 단도직입적으로 말했기 때문이다. "카메라가 쫓아온다는 걸 아니까 죽어라 도망치는 거겠지. 만약에 안 쫓아온다면 어떨까? 그땐 아마 당신이 쫓아갈걸." 나중에 화해한 뒤 그녀는 자신의 인기가 점점 높아지는 것을 두고(에베레스트를 정복한 최초의 섹시한 금발 여성이므로 세상이 떠들썩할 수밖에 없었고, 우편으로 멋진 남자들의 사진이 속속 날아들었고, 사교계의 야회 초대장도 끊이지 않았고, 더러 미치광이처럼 욕설을 퍼붓는 편지도 적지 않았다) 지브릴을 놀려주었다. "당신이 은퇴했으니 이번엔 내가 영화에 출연해도 되겠네. 혹시 알아? 정말 그럴지." 그러자 그는 몹시 강압적인 말투로 그녀를 놀라게 했다. "내 눈에 흙이 들어가기 전엔 어림도 없어."

알리는 현실의 오염된 물에 기꺼이 뛰어들어 흐름을 거스르지 않고 헤엄쳐보겠다는 실리적인 생각을 했지만 머지않아 무서운 재난이 닥치리라는 예감을 지워버리지 못했다. 아버지와 언니의 갑작스러운 죽음이 남겨놓은 흔적이었다. 등골이 오싹하고 머리털이 쭈뼛 곤두서는 이 느낌 때문에 그녀는 늘 신중한 등반가였고, 남들이 흔히 말하는 '진짜 약빠리'였고, 좋아하던 친구들이 산에서 하나둘씩 죽어갈 때마다 그녀는 점점 더 조심스러워졌다. 등산을 하지 않을 때도 이따금 긴장하고 신경질적인 모습을 보였다. 피할 수 없는 공격에 대비하여 철통같은 방어 태세를 갖춘 요새 같은 분위기였다. 그래서 빙산처럼 싸늘한 여자라는 평판이 더욱 굳어졌다. 사람들은 일정한 거리를 유지했지만 그녀는 호젓한 생활의 대가라고 생각하며 기꺼이 외로움을 감수했다.—그러나 여기에도 모순이 존재했다. 최근에 그런 조심성을 내던지고 산소 없이 에베레스트에 도전했기 때문이다. 광고사측에서도 점잖은 축하 편지를 통하여 이렇게 단언했다. '다른 의미는 제쳐두고, 그 결심 덕분에 사람들에게 당신이 더 인간적으로 보이게 되었습니다. 당신에게도 무모한 구석이 있다는 사실이 드러난 셈인데, 충분히 긍정적인 일면입니다.' 그들은 이런 효과를 이용하려고 작업중이었다. 한편, 그녀의 깊은 곳을 향해 슬슬 미끄러져 내려가는 지브릴에게 나른한 격려의 미소를 던지며 알리는 생각했다. 당신 일만 해도 그렇지. 거의 모르는 사이였던 당신이 이렇게 들어와 사니까. 맙소사, 게다가 당신을 안고 문지방을 넘은 게 나였으니 내가 불러들인 셈이지 뭐야. 안겨 들어온 당신을 나무랄 수도 없고.

그는 실내생활에 필요한 버릇을 들이지 못했다. 하인들에게 익숙해진 그는 옷이나 음식 부스러기나 사용한 홍차 티백 따위를 아무데나 내버려두었다. 아니, 더 심했다: 그런 것들을 떨어뜨렸다. 누군가는 치워야 할 자리에 일부러 던져놓았다. 그러나 어처구니없게도 자신의 행동을 전혀 의식하지 못했고, 다만 길거리를 헤매는 가난한 소년이었던 자기가 이제 스스로 뒤처리를 하지 않아도 되는 사람임을 끊임없이 자신에게 보여줄 뿐이었다. 알리를 미치게 만드는 일은 그것만이 아니었다. 그녀가 포도주 두 잔을 따라놓으면 자기 몫을 홀라당 마셔버리고 안 보는 사이에 그녀의 잔까지 가로채기 일쑤였는데, 그러면서 천사 같은 얼굴로 한없이 천진난만하게 '아직 많이 남았잖아?' 하고 능쳤다. 지브릴은 온 집안을 돌아다니며 버릇없는 짓만 했다. 그는 방귀 뀌길 좋아했다. 집이 너무 좁다고 불평—눈밭에서 구해준 사람이 누군데 뻔뻔스럽게 불평이라니!—했다. "두 걸음만 걸어도 얼굴이 벽에 부딪힌단 말이야." 그리고 전화를 걸어오는 사람들에게 무례했다. 누구냐고 물어보지도 않고 다짜고짜 문자 그대로 무례하게 굴었다. 어쩌다 하인들이 자리를 비워 그런 귀찮은 일을 스스로 해야 할 때 봄베이 영화배우들이 흔히 그러듯이 아예 습관이 된 행동이었다. 그렇게 한바탕 질펀한 욕지거리를 들어야 했던 알리차가 나중에 (간신히 딸이 전화를 받았을 때) 말했다. "이런 말을 해서 미안하다만, 얘야, 내 생각에 네 애인은 아무래도 중증인 것 같다."

"중증이라뇨, 엄마?" 그러자 알리차는 지극히 엄숙한 목소리로 대답했다. 오토가 죽은 후 뜨내기 여자로 변장하기로 마음먹었지만 지금도 필요에 따라 얼마든지 위엄을 부릴 수 있었다. 지브릴이 인도산 수입품이라는 점을 감안한 그녀의 대답은 다음과 같았다. "사이비 교주들처럼 왕창 돌았다는 거지 뭘."

알리는 어머니의 말을 반박하지 않았다. 지브릴이 지구를 가로질러 찾아오긴 했지만, 그러다가 하늘에서 떨어지기까지 했지만, 그래도 계속 그와 함께 살아갈 수 있을지 전혀 자신이 없었기 때문이다. 장기적인 예측은 어려웠다. 아니, 중기적으로도 불투명했다. 지금 당장 알리가 할 수 있는 일은, 처음부터 티끌만한 의심도 없이 자기가 그녀의 일생일대의 사랑이라고 믿어버렸다는 이 사내를 좀더 알아가는 일뿐이었다. 까다로운 순간이 허다했다. 그가 알고 있는 것들을 그녀는 몰랐고, 그래서 무엇을 당연시해야 하는지도 알 수 없었다. 한번은 나보코프의 불행한 체스선수 루진에 대한 이야기를 꺼냈는데, 체스에서처럼 인생에서도 간혹 절묘한 수법에 걸려들면 패배할 수밖에 없다고 생각하는 루진을 입에 올린 까닭은 머지않아 재앙이(일정하게 반복되지 않으므로 미리 예측할 수 없고 따라서 피할 수도 없는 재앙이) 닥치리라는 자신의 예감을 (사실은 좀 다르지만) 비교 설명하기 위해서였으나 지브릴은 곤란 얼굴로 쳐다볼 뿐이었고, 그제야 알리는 그가 『방어』*는 커녕 작가의 이름조차 들어본 적이 없음을 알게 되었다. 마찬가지로 지

---

* 블라디미르 나보코프의 소설 『루진의 방어』.

브릴도 '왜 하필 피카비아였을까?'라는 뜬금없는 질문으로 그녀를 놀라게 했다. 공포의 수용소를 경험했던 오토 콘이 기계와 맹목적인 힘을 숭배하고 비인간화를 미화하는 네오파시스트적인 예술을 좋아하다니 이상하지 않으냐는 설명이었다. "조금이라도 기계를 사용해본 사람이라면 다 알겠지만, 그러니까 누구나 다 알겠지만, 컴퓨터든 자전거든 모든 기계에는 무엇보다 딱 한 가지 확실한 공통점이 있단 말씀이야. 언젠가는 고장난다는 사실이지." 알리는, 그런 얘기는 어디서, 하고 말문을 열다가 잘난 체하는 듯한 어조가 마음에 들지 않아 머뭇거렸지만, 지브릴은 거들먹거리지 않고 선선히 대답해주었다. 마리네티*에 대해 처음 들었을 때 그는 미래파가 인형과 관계가 있다고 오해했다. "마리오네트, 카트푸틀리.** 그때는 영화에서 마귀 같은 초자연적 존재를 표현하는 첨단 인형 기법에 관심이 많았거든. 그래서 책을 샀지." 그래서 책을 샀지: 독학생 지브릴의 이 말은 투자를 했다는 소리처럼 들렸다. 알리는 책을 숭상하는 집안에서 자랐고—아버지는 식구들이 책을 방바닥에 떨어뜨릴 때마다 그 책에 입을 맞추게 했다—그래서 한때는 이에 반발하여 누가 주인인지 보여주려고 자기가 갖고 싶거나 싫어하는 페이지를 북북 찢어내고 여기저기 낙서를 하는 등 책을 학대하기도 했는데, 그런 그녀에게 지브릴의 태도는—불손하지만 그렇다고 구박하지도 않고, 굳이 경배하거나 파괴할 필요도 못 느끼고, 다만 책에 담긴 내용을 이용하려는 태도는—사뭇 생소했고 유쾌하기도 했다. 그녀는 그에게 한 수 배웠다. 그런데 그는 그녀가 가르쳐주고 싶어하는—

---

* 미래파의 창시자인 이탈리아 작가.

** 각각 '꼭두각시'를 지칭하는 프랑스어, 힌디어.

이를테면 더러운 양말을 벗어놓는 올바른 장소 따위—모든 지혜에 무감각한 듯했다. 그러다가 '협조 좀 하라'고 했더니 깊은 상처를 받은 사람처럼 팩 토라져 그녀가 자기 기분을 달래주길 바랐다. 그리고 그녀는—적어도 그 순간만큼은—기꺼이 그렇게 해주고 싶었고, 그런 자신에게 혐오감을 느껴야 했다.

그러나 지브릴의 가장 안 좋은 점은 남들이 자기를 무시하고 얕잡아보고 비난한다고 생각하는 비상한 재주라는 것이 알리의 잠정적 결론이었다. 그러다보니 그에게는 도무지 무슨 말을 할 수 없었다. 아무리 합리적인 말을 해도, 아무리 부드럽게 표현해도 막무가내였다. '저리가, 가서 혼자 잘난 척하라고' 하고 외치며 상처받은 자존심으로 천막을 치고 틀어박혔다.—그리고 그의 가장 매혹적인 점은 그녀가 원하는 것을 본능적으로 알아차린다는 사실, 그래서 마음만 먹으면 그녀의 은밀한 속생각을 대신 해결해줄 수 있다는 사실이었다. 따라서 그들의 섹스는 문자 그대로 전류가 흘러 짜릿했다. 맨 처음 입을 맞출 때 불꽃이 튀었던 일은 한 번으로 끝나지 않았다. 그런 현상은 계속 되풀이되었고, 사랑을 나눌 때 그녀는 가끔 둘 사이에 흐르는 전류가 따닥따닥 튀는 소리를 분명히 들었다고 생각했다. 이따금 머리카락이 곤두서는 것을 느끼기도 했다. "아버지 서재에 있던 전기 딜도가 떠오른다니까." 그녀가 지브릴에게 말했고 두 사람은 웃음을 터뜨렸다. "당신에게도 내가 일생일대의 사랑이야?" 그녀가 재빨리 묻자 지브릴도 똑같이 재빨리 대답했다. "당연하지."

그녀는 아무도 가질 수 없는 여자라든지 심지어 불감증이라고까지 말하는 온갖 소문이 사실 어느 정도는 근거가 있음을 일찍부터 지브릴에게 고백했다. "옐이 죽은 뒤에는 언니의 그런 면까지 닮게 된 거지." 언니를 모욕하기 위해 애인들을 거느릴 필요가 없어졌다. "그리고 더는 즐겁지도 않았어. 그 당시에는 대개들 혁명적인 사회주의자들이었는데, 이 남자들은 삼 주 동안 쿠바를 여행할 때 본 영웅적인 여자들을 꿈꾸며 나를 대용품으로 써먹었지. 물론 그 여자들에겐 손가락 하나 까딱할 수 없었고. 전투에서 오는 피로, 이데올로기적 순수성, 그런 것들 때문에 미리부터 잔뜩 겁을 먹었으니까. 그래서 〈관타나메라〉를 흥얼거리며 집으로 돌아와서는 나한테 전화를 걸었던 거야." 알리는 거기서 벗어나기로 했다. "이렇게 생각했어. 우리 세대 최고의 지성들이 권력에 대해 혼잣말을 하고 싶으시다, 그럼 다른 불쌍한 여자 몸뚱이에 올라타고 하라지, 난 빠질 테니까." 그녀는 산을 오르기 시작했고 그때부터 이렇게 말했다. "아무도 거기까지 따라오진 못할 테니까. 하지만 곧 생각을 바꿨어. 헛소리 집어치워, 내가 남자들 때문에 산을 탔다니, 내가 원해서 한 일이지."

그녀는 내려앉은 발바닥을 단련하기 위해 저녁마다 한 시간씩 맨발로 나가 자기 아파트와 일층 사이의 계단을 발끝으로 오르내렸다. 운동이 끝나면 화난 얼굴로 쿠션 더미에 털썩 쓰러졌고, 지브릴은 어쩔 줄 모르고 맴돌다가 대개는 그녀에게 독한 술을 따라주는 정도가 고작이었다. 주로 아이리시 위스키였다. 발 문제가 현실이라는 사실을 자각하면서부터 술을 꽤 많이 마셨다. (광고사 직원이 통화중에 사뭇 초현실적인 발언을 했다: "제발 그 발 좀 조용히 있으라고 해요. 소문나면 종치고, 막 내리고, 안녕, 사요나라, 다 끝장이란 말입니다.") 둘이 함께 지낸 지 스무하루째 되던 밤, 제임슨 위스키를 더블로 다섯 잔이나 해치운 후 알리가 말했다. "내가 산에 올라간 진짜 이유. 웃지 마. 선과 악에서 벗어나기 위해서였어." 지브릴은 웃지 않았다. "산은 윤리를 초월한 곳이라고 생각해?" 진지한 질문이었다. "혁명을 통해 배운 게 있지. 이거야: 20세기 어느 시점에 모든 정보가 말살됐는데, 정확히 언제였는지는 알 수 없어. 그도 그럴 것이, 그 정보도 같이 마샬, 말살됐거든. 그때부터 우리는 동화의 세계에서 사는 거야. 알아듣겠어? 모든 일이 마법으로 일어난다고. 우리 요정들은 뭐가 어떻게 돌아가는지 쥐뿔도 몰라. 그러니 그게 옳은 일인지 그른 일인지 어떻게 알겠어? 무슨 일이 벌어졌는지도 모르는데. 그래서 생각했지: 상황을 알아내려고 가슴이 터져라 애쓰든지, 아니면 산에 올라가든지, 왜냐하면 모든 진리가 산으로 갔으니까, 믿거나 말거나, 이런 도시에서는 우리가 밟고 다니는 땅바닥까지 날조돼서, 다 거짓이라서, 진리는 부랴부랴 도망쳐 숨어버렸으니까, 거짓말쟁이들은 대가리가 터져버릴까봐 감히 따라오지 못할 만큼 공기가 아주아주 희박한 그곳에. 진리는 거기 있어. 나도 가봤지. 그래서 알지." 그녀가 잠들었다. 지브릴이 침대로 옮겨주었다.

그가 비행기 사고로 사망했다는 소식을 들은 후, 알리는 지브릴을 창조하며 자신을 괴롭혔다: 다시 말해서, 잃어버린 연인에 대해 온갖 추측을 했다. 오 년이 넘도록 남자와 잠자리를 하지 않았던 그녀가 참으로 오랜만에 맞이한 사내였다: 그녀의 인생에서 결코 무시할 수 없는 존재였다. 그때까지 알리는 성생활을 멀리했는데, 그러지 않으면 그 속에 빠져 헤어나지 못하리라는 직감 때문이었다. 그녀에게 성은 중요한 문제였고 앞으로도 늘 그럴 텐데, 이 암흑의 대륙을 탐험하고 해안 구석구석 지도를 작성하며 살아갈 텐데 그런 탐험가로 살긴 싫었다. 더는 혹은 아직은. 그렇지만 '사랑'을 모르는 것이 크나큰 손해라는 생각도 떨쳐버릴 수 없었다. 이 원형적이고 막강한 정령에게 완전히 사로잡히는 일, 상대를 향한 갈망, 자아의 경계마저 흐려지다가 마침내 울대뼈에서 사타구니까지 온몸이 활짝 열리는 느낌은 어떤 것일까. 경험한 적이 없으니 말뿐이었다. 알리는 상상했다: 그가 나에게 왔다면 어떻게 되었을까. 난 그를 조금씩 배워갔을 텐데, 한 걸음씩 올라가 마침내 정상을 밟았을 텐데. 발이 약해 산을 오르지 못하는 대신 그에게서 산을 찾았을 텐데: 베이스캠프를 설치하고, 등반 루트를 개척하고, 숱한 빙폭과 크레바스와 오버행을 건너며 앞으로 앞으로 나아갔을 텐데. 정상을 공략하고 춤추는 천사들을 보았을 텐데. 아, 그러나 그는 죽어 바다 밑바닥에 가라앉았다.

그러다가 그를 다시 만났다.—어쩌면 그 역시 그녀를 창조했는지도, 즉 그녀를 조금 뜯어고침으로써 자신의 과거를 버리고 달려가 사랑할 만한 여자로 만들었는지도 모른다.—별로 특별한 일도 아니다. 흔한 일이니까. 두 창조자는 서로의 군더더기를 깎아내고, 자신의 피조물을 가다듬고, 상상을 바탕으로 실물을 빚어내고, 그러면서 함께 살아가는 방법을 익힌다: 또는 실패한다. 잘될 수도 있고 안 될 수도 있다. 그러나 지브릴 파리슈타와 알렐루야 콘이 그렇게 뻔한 길을 걸어갔으리라 기대한다면 그들의 관계가 평범하다는 생각에서 비롯된 착각이다. 결코 평범하지 않았다. 평범한 사이가 될 가능성은 전혀 없었다.

심각한 결점을 내포한 관계였다.

(어느 날 목마 위에 걸터앉은 오토 콘이 식탁에 둘러앉아 따분해하는 식구들에게 한바탕 연설을 했다. "현대 도시는 공존할 수 없는 현실

들이 만나는 곳이야. 함께 어울릴 일이 없었던 인생들이 버스 안에 나란히 앉게 되니까. 하나의 우주가 횡단보도를 건너다가 전조등 불빛 때문에 토끼처럼 눈을 껌벅거리는 그 순간, 자동차 안에는 전혀 다른 또 하나의 모순적인 존재가 타고 있지. 그것으로 끝난다면, 즉 밤중에 스쳐지나가거나 지하철역에서 부대끼거나 어느 호텔 복도에서 목례를 나누고 각자 흩어질 뿐이라면 별로 나쁠 게 없지. 그런데 제대로 만난다면! 우라늄과 플루토늄의 만남이랄까, 서로에게 핵분열을 일으키고, 콰앙." 그러자 알리차가 무덤덤하게 말했다. "사실은 여보, 당신과 나도 공존하기 어렵다는 생각이 자주 들어.")

알렐루야 콘과 지브릴 파리슈타의 열애에 깃든 결점은 다음과 같다: 자신의 은밀한 욕망, 즉 사랑에 대한 그녀의 은밀한 두려움—그것 때문에 그녀는 그의 애정을 간절히 원하면서도 오히려 도망치거나 심지어 난폭하게 공격하기 일쑤였고,—가까워질수록 더 거세게 반발했고, —그래서 이미 그녀를 절대적으로 신뢰하며 방어막을 완전히 거둬버린 상대방은 그녀의 일격을 고스란히 얻어맞고 망연자실하기 마련인데—지브릴 파리슈타가 바로 그런 일을 당했다. 장장 삼 주에 걸쳐 둘 다 일찍이 경험하지 못했던 황홀한 정사를 나눈 후 그는 달리 살 곳을 찾아보라는 단도직입적인 선언을 들었는데, 알리의 다소 날선 발언의 이유인즉슨 이대로는 운신의 폭이 좁아 답답하다고,—

—그리고 그의 극심한 소유욕과 질투심인데, 그는 여자를 소중히 생각한 적이 없고, 다시 말해서 한 여자를 빼앗으려 덤벼드는 해적 같은 무리로부터 무슨 일이 있어도 지켜내야 하는 보물로 여긴 적이 없고, 따라서 자신의 이런 성향을 전혀 의식하지 못했는데,—이 문제에

대해서는 곧 다시 언급하게 될 테고,—

—그리고 정말 치명적인 결점은 지브릴 파리슈타가 곧 얻게 될 깨달음인데—망상이라고 불러도 좋겠지만—내용인즉슨 자기가 사실은 인간의 모습을 한 대천사라는 것, 그것도 보통 대천사가 아니라 '신탁의 천사', 그야말로 천사 중에서도 (샤이탄이 타락한 지금으로서는) 가장 고귀한 천사라는 것.

∽

그들은 욕망의 이불로 몸을 감싸고 세상으로부터 완전히 격리된 채 하루하루를 보냈고, 따라서 일찍이 이아고*가 '사람의 살을 파먹으며 그 살을 비웃는 괴물'이라고 경고한바 있는 격렬하고 걷잡을 수 없는 질투심도 금방 드러나지는 않았다. 그러다가 처음으로 표출된 것은 어처구니없게도 알리가 현관문 옆에 나란히 걸어놓은 만화 석 장 때문이었는데, 크림색 대지와 함께 고금색 액자에 담긴 이들 그림에는 모두 똑같은 말이 적혔으니, 크림색 대지의 우측 하단에 휘갈긴 말: A에게, 희망을 품고, 브루넬. 이 기록을 발견한 지브릴은 화가 난 듯 팔을 쭉 뻗어 만화 쪽을 가리키며 해명을 요구했는데, 나머지 한 손으로는 몸에 휘감은 침대 시트를 꽉 움켜쥐고 있었다(이렇게 간소한 옷차림을 하한 까닭은 이제 집안을 한 번쯤 샅샅이 훑어볼 때가 되었다는 결론 때문이었는데, 그는 등 깔고 누워 한평생을 보낼 수는 없잖아, 내 등이든 당신 등

* 셰익스피어의 『오셀로』의 등장인물로 야심 넘치고 음흉한 인물형.

이든, 하고 표현했다). 알리는 당연히 웃을 수밖에 없었다. 그러면서 그를 놀려댔다. "당신 모습이 꼭 브루투스 같네. 무시무시하고, 위엄이 넘치고. 훌륭한 사나이의 표상이군." 그러자 그가 버럭 고함을 질러 그녀를 놀라게 했다. "저 개자식이 누군지 당장 말하라니까."

알리가 말했다. "설마 진담은 아니겠지." 잭 브루넬은 애니메이터였고 나이는 오십대 후반이었으며 예전에 알리의 아버지와 알고 지내던 사람이었다. 그녀 쪽에서는 그에게 조금도 관심이 없었지만 그는 막무가내였고, 이따금 이렇게 그림을 선물하는 갑갑하고 말없는 방식으로 사랑을 전했다.

"그런데 왜 쓰레기통에 처박지 않았어?" 지브릴이 소리쳤다. 그러나 그의 노여움이 얼마나 큰지를 아직 제대로 파악하지 못한 알리는 가벼운 태도로 일관했다. 그녀가 이 그림들을 간직한 이유는 마음에 들어서였다. 첫 작품은 옛날 〈펀치〉*에 실렸던 만화인데, 자신의 작업실에서 제자들에게 둘러싸인 레오나르도 다빈치가 〈모나리자〉를 프리스비처럼 던지며 말했다: '기억해둬라, 언젠가는 사람들이 이런 것을 타고 파도바까지 날아갈 테니.' 두번째 액자에 든 것은 2차 대전 당시 발간되던 영국 어린이 만화책 『토프』의 한 페이지였다. 수많은 아이들이 피난민으로 전락했던 그 시절, 어른들의 세계에서 벌어지는 일을 만화로 쉽게 풀어 설명할 필요가 있다는 생각으로 만든 책이었다. 그래서 매주 한 번씩 우리 편—즉 토프(이튼 재킷과 가는 세로 줄무늬 바지를 입고 외알 안경을 낀 섬뜩한 아이)와 헝겊 모자를 쓰고 무릎이 다 닳은 바지

* 1841년 창간되어 1992년까지 발행된 영국 주간지.

를 입은 버트—과 비열한 적 호풀 하돌프*와 끔찌칸놈들(이 지독한 악당들에게는 저마다 하나씩 아주 끔찍한 부분이 있는데, 이를테면 손 대신 강철 갈고리를 달았다든지, 발이 짐승의 발처럼 생겼다든지, 이빨이 남의 팔을 물어 끊을 만큼 날카롭다든지)이 맞붙었다. 물론 언제나 영국 팀이 이겼다. 액자에 담긴 이 만화를 바라보는 지브릴의 얼굴에 경멸이 가득했다. "당신네 *영국인*들. 정말 이런 식으로 생각하지. 당신들에겐 전쟁도 이런 거였어." 알리는 아버지에 대해 거론하지 않기로 마음먹었다. 그리고 『토프』에 참여했던 만화가 한 명이—베를린에 살았던 그는 철두철미한 반나치주의자였고 이름은 볼프였다—어느 날 영국 내의 다른 독일인들과 함께 체포되어 모처에 연금되었는데 동료들은 (잭 브루넬의 말에 의하면) 그를 구하기는커녕 손가락 하나 까딱하지 않았다는 이야기도 지브릴에게는 말하지 않기로 했다. 그때 잭은 이렇게 말했다. "냉정하지. 만화가에게 정말 필요한 건 그것뿐이야. 디즈니가 냉정한 사람이었다면 얼마나 굉장한 예술가가 됐을까. 그게 치명적 결점이었어." 브루넬은 『오즈의 마법사』의 등장인물 이름을 따서 허수아비 프로덕션이라는 애니메이션 스튜디오를 운영했다.

세번째 액자에 든 마지막 그림은 일본의 위대한 애니메이터 쿠리 요지가 제작한 만화영화의 한 장면인데, 유별나게 냉소적인 그의 작품은 감상주의와는 거리가 먼 브루넬이 만화예술을 바라보는 견해를 잘 보여주었다. 이 만화영화에서는 한 남자가 고층 빌딩에서 떨어지고 소방차가 현장으로 달려와 그 밑에 자리잡는다. 소방차 지붕이 열리고 거대

* Hawful Hadolf. '못된 아돌프(Awful Adolf)', 즉 히틀러를 가리키는 말.

한 쇠못이 나타나는데, 알리의 벽에 걸린 스틸에서는 거꾸로 떨어져 내린 남자의 머리가 쇠못에 꽂혀버렸다. "역겹잖아." 지브릴 파리슈타가 말했다.

이렇게 값진 선물로도 아무런 성과를 거두지 못하자 브루넬은 결국 은신처를 박차고 나와 직접 모습을 나타낼 수밖에 없었다. 어느 날 밤, 그가 예고도 없이 알리의 아파트에 불쑥 찾아왔는데, 벌써 꽤 많이 취했으면서도 낡은 서류 가방 속에서 다크럼 한 병을 새로 꺼냈다. 그리고 새벽 세시 무렵에 럼주를 다 마셨지만 여전히 나갈 기색을 보이지 않았다. 알리는 여봐란듯이 화장실로 가서 이를 닦았다. 그런데 거실로 돌아와보니 애니메이터가 양탄자 한복판에 알몸으로 우뚝 서 있었다. 놀라울 정도로 균형 잡힌 몸매였고 엄청난 양의 하얀 털이 온몸을 뒤덮었다. 그가 그녀를 보더니 두 팔을 벌리며 외쳤다. "나를 가져! 마음대로 하라니까!" 그녀는 최대한 상냥한 태도를 유지하며 그에게 옷을 입히고 서류 가방과 함께 문 밖으로 점잖게 내보냈다. 그는 다시 찾아오지 않았다.

지브릴에게 이 이야기를 들려줄 때 알리는 시종 솔직하게 말하며 연신 킥킥거렸고, 이로 미루어 이 일이 몰고 올 파란을 전혀 예상치 못한 것이 분명했다. 그러나 어쩌면 (며칠 동안 둘 사이에는 약간의 긴장감이 감돌았으므로) 이 순진해 보이는 태도는 다소 표리부동했는지도 모르는데, 다시 말해서 그녀는 그가 좋지 않은 행동을 시작하길, 그리하여 그뒤의 결과에 대해서도 자기가 아니라 그의 책임으로 돌릴 수 있게 되길 은근히 바랐는지도…… 어쨌든 지브릴의 분노는 하늘을 찔렀고, 알리가 이야기의 결말을 조작했다고 비난했고, 가엾은 브루넬은 여전히 전화기 옆에서 기다리고 있을 테고, 또한 알리도 파리슈타 자신이 등을 보이자마자 곧바로 브루넬에게 연락할 것이 뻔하다고 말했다. 간단히 말하자면 모두 헛소리였고, 과거에 대한 질투, 그야말로 최악의 질투를 보여주었다. 이 지독한 감정에 사로잡힌 상태에서 그는 그녀가 거쳤을 수많은 연인들을 머릿속에 만들어냈고 사방팔방에 그들이 숨어 있다고 상상했다. 그는 그녀가 브루넬 이야기로 자신을 조롱했으며, 고의적이고 잔인한 협박이라고 소리쳤다. "당신은 남자들이 무릎 꿇길 바라겠지. 하지만 나는 절대로 그럴 수 없어." 고래고래 악쓰는 그의 모습에서 자제력이라고는 이미 찾아볼 수 없었다.

"더는 못 참겠네. 나가."

그러자 그의 분노가 더욱 거세졌다. 몸에 두른 토가를 부여잡고 성큼성큼 침실로 들어가더니 돈 엔리케 다이아몬드의 회색 펠트 트릴비와 진홍색 안감의 개버딘 외투가 포함된 단벌로 갈아입었다. 알리도 문간에 서서 지켜보았다. "내가 다시 올 거라고 착각하지나 마!" 그렇게 외치며 그는 자신의 분노가 정말 이 집에서 나가고도 남을 만큼 강렬하다는 사실을 알았고, 그래서 그녀가 지금이라도 달래주길, 다정한 말을 건네주길, 그리하여 그냥 머무를 수 있는 길을 열어주길 기다렸다. 그러나 그녀는 어깨를 으쓱거렸을 뿐, 이내 다른 곳으로 가버렸다. 바로 그때, 분노가 절정에 도달하는 바로 그 순간, 그는 댐이 터지는 듯한 굉음을 들었고, 꿈의 세계에 살던 혼령들이 구멍을 비집고 평범한 세계로 쏟아져나왔고, 지브릴 파리슈타는 신을 보았다.

블레이크의 이사야*에게 신은 천지만물에 내재하는 존재이며 무형의 분노에 지나지 않았다. 그러나 지브릴 앞에 나타난 절대자의 환상은 조금도 추상적이지 않았다. 그는 침대 위에 앉아 있는 한 남자를 보았는데, 나이는 지브릴 자신과 비슷해 보였고 키는 중키에 몸집이 꽤 육중했으며 턱선을 따라 짧게 깎은 수염이 희끗희끗했다. 무엇보다 지브릴을 놀라게 한 것은 이마가 훌렁 벗어졌다는 점, 비듬이 있다는 점, 그리고 안경을 끼었다는 점이었다. 결코 그가 기대했던 전능한 신의 모습이 아니었다. "누구십니까?" 지브릴이 사뭇 관심어린 목소리로 물었다. (이때 알렐루야 콘은 그의 관심권에서 완전히 벗어났는데, 그녀는 그가 혼잣말을 시작하는 소리에 걸음을 멈추고 몹시 당황한 표정으로 지브릴을 관찰하는 중이었다.)

환상이 대답했다. "우파르발라. '위층에 사는 친구'지."

그러자 지브릴이 약삭빠르게 물었다. "그 반대가 아니라는 걸 어떻게 믿죠? 니차이발라, '아래층에 사는 작자' 말예요."

이 대담한 질문은 짜증 섞인 대답을 유발했다. 이 신은 비록 겉모습은 눈 나쁜 공증인처럼 생겼을지 몰라도 신성한 분노를 표현하는 전통적 소품들을 동원할 정도의 능력쯤은 충분히 갖고 있었다. 창밖에 먹구름이 모여들고 바람과 천둥이 방안을 뒤흔들었다. 필즈에서는 나무가 픽픽 쓰러졌다. "너에 대한 인내심이 한계에 이르렀다, 지브릴 파리슈타. 너는 벌써 오랫동안 나를 의심하지 않았더냐." 지브릴은 신의 노여움에 짓눌려 고개를 푹 숙였다. 꾸지람은 계속되었다. "너에게 내 정체를 설명할 의무 따위는 없느니라. 내가 여러 모습을 지녔든, 하나가 아니라 여럿이든, '우파르'와 '니차이'처럼 상반되는 요소가 결합된 잡종

---

* 기원전 8세기에 활동한 이스라엘 예언자로, 블레이크의 시 「천국과 지옥의 결혼」에 언급된다.

이든, 또는 순수하고 완벽하고 궁극적인 존재든, 지금은 그런 문제를 따질 계제가 아니다." 지브릴의 손님은 조금 전까지 엉덩이를(지브릴은 이제야 그의 엉덩이마저 다른 부위처럼 희미하게 빛나는 것을 보았다) 대고 앉아 있던 어수선한 침대를 몹시 못마땅한 눈으로 내려다보았다. "중요한 것은, 이제부터는 빈둥거리지 말아야 한다는 점이다. 내가 존재한다는 분명한 증거를 원했더냐? 나는 네 꿈속에 계시를 내려 나의 정체뿐만 아니라 너의 정체도 확연히 드러냈다. 그런데 너는 저항했지. 잠을 통하여 너를 깨우려 했건만 너는 잠을 거부하려 했어. 네가 진실을 두려워하는 까닭에 결국 내가 적잖은 불편을 무릅쓰고 이렇게 나타날 수밖에 없었다. 여자의 집에, 그것도 야심한 시각에. 이젠 정신 차릴 때가 되었다. 쓸데없이 평발 가진 (물론 예쁘긴 하지만) 금발 여자와 토닥토닥 싸움질이나 하라고 너를 하늘에서 엄선한 줄 아느냐? 해야 할 일이 있느니라."

"준비됐습니다." 지브릴은 공손히 대답했다. "어차피 나가려던 참이니까요."

"이봐." 알리 콘이 말했다. "지브릴, 젠장, 다퉜던 일은 잊어버려. 당신을 사랑한단 말이야."

이제 아파트 안에는 두 사람밖에 없었다. 지브릴이 조용히 말했다. "가야 돼." 그녀가 그의 팔을 붙잡았다. "당신 정말 정상이 아닌 것 같아." 그러나 그는 위엄 있는 태도를 고수했다. "나가라고 했으니까 이젠 내 건강에 대해서도 이러쿵저러쿵하지 마." 그러면서 나가버렸다. 알렐루야도 따라가려 했지만 그 순간 양쪽 발에 날카로운 통증을 느꼈고, 결국 방바닥에 쓰러져 눈물을 흘릴 수밖에 없었다: 마살라 영화*의 여주인공처럼, 또는 지브릴이 마지막으로 떠나가던 날 레카 메르찬트가 그랬듯이. 어쨌든 알리로서는 꿈에도 상상하지 못한 상황이었다.

∽

자신의 종에 대한 신의 분노 때문에 일어난 기상학적 혼란이 가라앉자 둥그런 달이 은은히 빛나는 맑고 상쾌한 밤하늘이 다시 나타났다. 사라져버린 존재의 힘을 증언하는 것은 여기저기 쓰러진 나무뿐이었다. 머리에는 트릴비를 눌러 쓰고, 허리에는 전대를 단단히 두르고, 개버딘 외투 속에 두 손을 깊이 찔러넣고—오른손으로는 염가판 책 한 권을 만지작거리며—지브릴은 이처럼 무사히 탈출했다는 사실에 소리 없는 감사의 말을 되풀이했다. 이제 대천사라는 신분을 확신한 그는 그동안의 불신에 대한 후회를 몰아내고 새로운 결심으로 빈자리를 채웠는데: 현대판 아드 또는 타무드**라고 할 수 있는 이 죄 많은 자들의 대도시에 신을 가르치고 암송문, 즉 신성한 '말씀'의 축복을 내리기로 마음먹었다. 예전의 자신이 툭 떨어져나가는 것을 느꼈지만 대수롭지 않게 여겼다. 그러나 당분간은 인간의 체구를 유지하기로 했다. 아직은 하늘을 가릴 만큼 거대한 모습을 내보일 때가 아니다—물론 머지않아 그런 때가 오겠지만.

도시의 길거리가 뱀떼처럼 꿈틀거리며 이리저리 이어졌다. 런던은 다시 불안정한 곳이 되어 어지럽고 변화무쌍한 본질을 드러냈다. 옛 모

---

* 인도의 감상적인 영화 장르.

** 쿠란에서 신의 예언자들을 거부하고 악행을 일삼다가 멸망한 두 부족.

습을 잃어버린 도시는 이기적이고 성난 가면과 시늉만 남은 무기력한 현재를 괴로워했고, 더는 지탱할 수 없지만 그렇다고 버릴 수도 없는 과거라는 짐에 짓눌려 찌그러진 채 황량하고 곤궁한 미래를 멍하니 바라보았다. 그는 이 도시의 거리를 이리저리 돌아다니며 그날 밤을 보냈고, 이튿날 낮과 밤에도 그랬고, 나중에는 빛과 어둠마저 아무런 차이가 없어졌다. 음식이나 휴식도 더는 필요하지 않은 듯했고, 이 고통받는 대도시 안에서 끊임없이 움직일 뿐이었다. 도시의 구조는 이제 완전히 변모했다. 부자 동네의 집은 응고된 두려움으로 건설되고, 관공서는 허영과 경멸이 반반이고, 가난한 자들의 거처는 혼란과 물질적인 꿈으로 만들어졌다. 천사의 눈으로 들여다보면 겉모습이 아니라 실체가 보인다. 거리에 오가는 사람들의 껍질 속에는 물집이 잡혀 부글거리며 썩어가는 영혼이 보이고, 그들의 어깨 위에 새의 형상으로 앉아 있는 자비로운 영령도 보인다. 이 탈바꿈한 도시를 배회하며 그는 거짓으로 만들어진 건물의 모퉁이마다 박쥐 날개를 가진 도깨비가 도사리고 있는 것도 보고, 남자 화장실의 부서진 소변기에서 악귀가 벌레처럼 기어나오는 것도 보았다. 13세기 독일의 수도사 리할무스는 눈만 감으면 지상의 모든 남녀를 구름처럼 둘러싸고 햇빛 속에 떠도는 먼지처럼 춤추는 조그마한 마귀들을 볼 수 있었다지만, 지금 지브릴은 햇빛이 비치든 달빛이 비치든 상관없이 눈을 뜬 채로 사방에서 숙적의 존재를 감지할 수 있었다. 오래된 낱말이 본래의 의미를 되찾았다: 샤이탄.

그는—이제 대천사의 신분으로 돌아왔으므로 대천사의 모든 기억과 지혜가 조금씩 되살아나는 모양이다—대홍수보다 훨씬 오래전에 있었던 일을 생각해냈다. 꽤 많은 천사들이 (제일 먼저 떠오른 이름은 셈자자와 아자젤*이었다) 인간의 딸을 탐내다가 천국에서 쫓겨났고 그 여자들은 곧 사악한 거인족을 낳았다. 지브릴은 자기가 알렐루야 콘을 떠남으로써 얼마나 큰 위험에서 벗어났는지 이제야 깨닫기 시작했다. 부정하기 짝이 없는 요물이여! 바람의 권능을 가진 왕녀여!—일찍이 예언자도 (그의 이름에 평화 있으라) 첫 와히wahi, 즉 계시를 받았을 때 혹시 미치지나 않았을까 걱정하지 않았던가?—그때 누가 확신을 심어 주었더냐?—바로 그의 아내 카디자였다. 그녀는 그가 헛소리를 늘어놓는 미치광이가 아니라 신의 사자라는 사실을 스스로 믿게 해주었다.—그런데 알렐루야는 나를 위해 무엇을 해주었나? 당신 지금 제정신이 아니야. 정상이 아닌 것 같아.—시련을 가져오는 여인이여, 분쟁과 상심의 창조자여! 세이렌, 요부, 인두겁을 쓴 마귀여! 그 백설 같은 몸뚱이, 그 색 엷은 머리카락: 그것들을 이용하여 그녀는 내 영혼을 흐려놓았고, 육신이 약해진 상태에서는 정말 저항하기 힘들었고…… 사랑이라는 거미줄에 꽁꽁 묶인 채 나는 최후의 타락을 목전에 두고 있었다. 그러나 절대자는 얼마나 너그러우신가!—지브릴은 이제 선택은 간단하다는 것을 알았다: 인간의 딸에 대한 사악한 사랑이냐, 신을 향한 거룩한 애모의 마음이냐. 후자를 선택하는 것이 가능하다는 사실을 알았다. 아슬아슬한 순간이었다.

그는 오른쪽 외투 주머니에서 책을 꺼냈다. 천년쯤 지난 듯 아득한 옛날, 로사의 집을 떠날 때부터 지녔던 책이다: 그 속에 그가 구원하려는 이 도시, 진짜 런던, 빌라예트의 수도가 지극히 상세하게 담겼다. 없

* 구약성서의 위서 중 하나인 「에녹서」에 등장하는 사악한 천사들.

는 것이 없었다. 이 도시를 구하리라: '런던 지도' 전체를, A부터 Z까지.

예전에는 예술가들과 급진주의자들, 그리고 창녀를 찾는 남자들이 모여드는 곳으로 유명했지만 지금은 광고인이나 자잘한 영화 제작자들의 손으로 넘어가버린 지역*의 길모퉁이에서 대천사 지브릴은 어느 길 잃은 영혼을 우연히 만났다. 젊은 사내였는데 키도 훤칠하고 지극히 아름다웠다. 코는 인상적인 매부리코였고 검은 장발에 기름을 발라 가운뎃가르마를 탔으며 이는 금니였다. 이 길 잃은 영혼은 도로 쪽을 등지고 보도 가장자리에 서서 몸을 약간 앞으로 숙인 채 오른손에는 뭔가 대단히 소중한 물건을 꼭 쥐고 있었다. 행동이 특이했는데: 먼저 손에 쥔 물건을 뚫어지게 들여다보다가 좌우로 휙휙 고개를 돌리며 무서운 집중력으로 행인들의 얼굴을 하나하나 살펴보았다. 지브릴은 너무 성급히 접근하기 꺼림칙해 처음에는 그냥 지나쳤는데, 지나가면서 보니 영혼이 들고 있는 것은 작은 여권사진이었다. 다시 돌아가서는 곧장 이 낯선 사내에게 다가가 도와주겠다고 했다. 상대방은 의심쩍은 눈초리로 쳐다보더니 사진을 코앞에 들이밀었다. 그리고 긴 집게손가락으로 사진을 쿡쿡 찌르며 말했다. "이 남자. 이 남자 아십니까?"

지브릴이 사진 속에서 발견한 것은 인상적인 매부리코와 기름을 발라 가운뎃가르마를 탄 검은 장발의 지극히 아름다운 청년이었고, 그 순

* 런던의 소호 지역을 가리킨다.

간 자신의 육감이 정확했음을 알았다. 지금 이 혼잡한 길모퉁이에서 혹시 자기 자신이 지나가지나 않을까 싶어 사람들을 유심히 살펴보는 이 사람은 잃어버린 육신을 찾는 영혼이었다. 이 유령은 육체라는 껍데기를 분실하고 이렇게 필사적으로 찾아 헤매는 터였다—왜냐하면, 대천사들도 잘 알듯이 카ka, 즉 영혼은 (몸과 연결된 빛나는 황금빛 끈이 끊어지면) 하루 낮과 밤을 넘기지 못하니까. "내가 도와주겠다." 지브릴이 약속했지만 젊은 영혼은 전혀 못 믿겠다는 표정이었다. 지브릴은 카의 얼굴을 두 손으로 감싸쥐고 입술에 단호하게 입을 맞추었다. 대천사의 입맞춤을 받은 혼령은 곧 잃었던 방향 감각을 되찾아 진실하고 올바른 길을 걸어갈 수 있기 때문이다.—그러나 길 잃은 영혼은 대천사의 입맞춤에 몹시 놀라운 반응을 나타냈다. "이 망할 자식! 내가 좀 절망적이긴 해도 그렇게까지 절망적이진 않아!" 그렇게 외치더니 육체로부터 떨어져나온 혼령에게서는 좀처럼 찾아볼 수 없는 단단한 주먹을 주님의 대천사에게 안겨주었는데, 바로 사진을 쥐고 있던 손으로 지브릴의 콧잔등을 힘차게 후려갈겼다. 머리가 핑 돌고 피가 쏟아졌다.

이윽고 시야가 다시 밝아졌을 때 길 잃은 영혼은 이미 온데간데없고, 그 대신 양탄자를 타고 지상에서 2피트 높이에 둥실 떠 있는 레카 메르찬트가 그의 당황한 모습을 비웃을 뿐이었다. "시작이 별로 안 좋군. 대천사 좋아하네. 지브릴 자나브*, 당신은 돌아버린 거야. 내 말 믿으라고. 그동안 날개 달린 족속의 배역을 너무 많이 연기한 탓이지. 그리고 내가 당신이라면 그 신이라는 작자도 안 믿겠어." 마지막 말은 좀

* 사히브와 같은 경칭.

더 친근한 어조였지만, 지브릴에게는 비꼬는 투로 들렸다. "그 작자도 인정한 셈이잖아. 우파르냐 니차이냐 물었을 때 대답을 얼버무렸으니. 빛과 어둠, 선과 악, 이런 역할 분담에 대해서 이슬람의 생각은 아주 명확하지만—아담의 자식들이여, 악마의 유혹에 넘어가지 말라, 그는 너희 부모의 옷을 벗기고 부끄러움을 가르쳐 낙원에서 추방당하게 했나니*—조금만 더 거슬러 올라가보면 비교적 최근에 생긴 믿음이라는 걸 알 수 있어. 기원전 8세기에 아모스는 이런 질문을 던졌지: '여호와의 시키심이 아니고야 재앙이 어찌 성읍에 임하겠느냐.'** 그로부터 이백 년 후, '제2의 이사야'***는 야훼가 이런 말을 했다고 기록했어: '나는 빛도 짓고 어둠도 창조하며 평안도 주고 재앙도 일으키나니, 나는 이 모든 일을 행하는 자이니라.' 그러다가 「역대기」가 나오던 기원전 4세기 무렵부터 비로소 '샤이탄'이라는 말이 신의 한 속성이 아니라 별개의 어떤 존재를 의미하게 됐다고." 생전의 '진짜' 레카였다면 절대로 이런 말을 늘어놓지 못했으리라. 그녀는 다신교 집안에서 자라났거니와 비교종교학에 대해서는 조금도 관심을 보이지 않았다. 더구나 경외서라면 더 말할 나위도 없다. 그러나 보스탄호에서 떨어질 때부터 줄곧 지브릴을 따라다니는 이 레카는 심리적으로나 육체적으로나 결코 진짜가 아니다. 그렇다면 무엇일까? 지브릴 자신이 만들어낸 존재—그의 친구이며 적, 다시 말해서 마음속의 악마—라고 생각하기 쉬우리라. 그렇다면 그녀가

---

* 쿠란의 일절.

** 구약성서 중 「아모스서」 3:6.

*** 「이사야서」의 뒷부분인 40~66장은 후대에 추가된 것으로 추정되며 그 집필자를 '제2의 이사야'라 이른다. 이어지는 구절은 「이사야서」 45:7.

수수께끼 같은 말을 술술 인용하는 것도 납득할 만하다.—그러나 지브릴 자신은 어디서 그런 지식을 얻었을까? 지금 되살아난 기억이 말해주듯이 정말 옛날에는 다 알다가 언젠가부터 까맣게 잊어버렸을까? (어쩐지 이 기억은 정확하지 않은 듯한데, 그가 자신의 '암흑기', 즉 무슨 까닭인지 자기가 대천사라는 사실을 믿지 않았던 시절을 떠올리려 하자 느닷없이 짙은 먹구름이 가로막았고, 아무리 눈에 불을 켜고 노려보아도 희미한 그림자만 보였다.)—혹시 지금 그의 뇌리를 채운 아련한 기억들은, 가령 한 가지만 예를 들자면 그의 부하였던 천사 이슈리엘과 제폰이 일찍이 에덴에서 이브의 귓가에 두꺼비처럼 웅크리고 간계를 부려 '그녀의 상상의 기관을 움직여 / 환상과 꿈, 온갖 환상을 마음대로 만들어내는'* 적을 발견하던 일, 이런 기억마저 사실은 바로 그 모호한 존재가, 그 '위층-아래층 친구', 알렐루야의 내실에서 마주쳤던, 그리고 생시의 기나긴 잠에서 지브릴을 일깨웠던 그 존재가 그의 머릿속에 심어준 것은 아닐까?—만약 그렇다면 아마 레카도 그 신이 보냈으리라. 죄의식이 낳은 내면의 그림자가 아니라 신께서 내려주신 외부의 적수, 지브릴과 맞붙어 싸워 그를 다시 온전하게 만들기 위해 이곳으로 파견된 존재.

피가 흐르는 코에서 욱신거리는 통증이 느껴지기 시작했다. 그는 옛날부터 고통을 잘 못 참았다. "언제나 엄살쟁이라니까." 레카가 비웃었다. 차라리 샤이탄이 더 이해심이 많았다.

---

* 밀턴의 『실낙원』에서 인용.

고통을 즐기는 자가 어디 있으랴?
설령 심판을 받아 지옥에 떨어졌더라도
누군들 길을 알면서도 도망치지 않으랴?
그대 역시 그러하리니,
어디든 고통에서 가장 먼 곳으로 달아나리라,
아픔을 씻어낼 희망이 있는 곳으로……*

지브릴 자신이라도 이보다 훌륭하게 표현할 수는 없었다. 지옥에 떨어진 자는 무슨 짓이든 망설이지 않으리라. 강간, 강탈, 살인, *자살*, 어떻게든 빠져나갈 수만 있다면…… 그는 손수건으로 코를 닦았다. 한편 여전히 비행 양탄자를 타고 있는 레카는 지브릴이 형이상학적 사색의 영역으로 상승(하강?)했다는 사실을 알아차리고 대화를 좀더 익숙한 곳으로 이끌려 했다. "당신은 내 곁에 남았어야 했어. 그랬다면 나를 정말 사랑하게 됐을 텐데. 나는 사랑할 줄 아는 여자야. 그런 능력은 아무에게나 있는 게 아냐. 내겐 있어, 아니, 있었어. 남몰래 아이를 가질 생각을 하면서도 당신에겐 말도 안 하려고 했던 그 이기적인 금발머리 계집애 따위와는 전혀 다르다고. 당신의 그 신과도 달라. 옛날엔 그런 존재도 제대로 관심을 가져주었지만 요즘은 영 딴판이거든."

이 발언에 대해서는 논쟁의 소지가 많았다. "당신은 처음부터 끝까지 결혼한 몸이었어. 볼베어링 말이야. 나는 당신의 군것질거리였지. 그리고 그분이 어떤 징조를 보여주시길 그토록 오래 기다렸던 내가 이

* 『실낙원』에서 사탄이 가브리엘에게 하는 말.

제 몸소 나타나신 그분을 보고도 헐뜯을 수야 없는 일이고. 마지막으로, 아이가 어쩌고 하는 소리는 또 뭐야? 당신은 정말 물불을 안 가리는군."

그러자 그녀는 냉정한 체하던 가면을 벗어버리고 날카롭게 쏘아붙였다. "지옥이 어떤 곳인지 당신은 몰라. 그렇지만 알게 될 테니까 두고 봐. 당신이 말만 했으면 그 따분한 볼베어링맨 따위는 이 초 만에 팽개쳤을 텐데, 당신은 끝내 아무 말도 안 했지. 그러니까 나중에 거기서 만나자고. 니차이발라호텔에서."

지브릴도 지지 않았다. "당신은 끝까지 아이들을 포기하지 못했을 거야. 가엾은 것들, 당신은 뛰어내리기 전에 아이들부터 떨어뜨릴 정도였으니까." 그 말이 그녀를 폭발시켰다. "닥쳐! 어디서 감히 그런 말을! 당신, 내가 끝장내고 말겠어! 심장을 튀겨 토스트에 얹어 먹겠다고!—그리고 당신의 그 백설공주 말인데, 그 여자는 아이가 오직 엄마의 것이라고 믿어. 남자들이야 있다가도 없는 거지만 자신은 언제나 그 자리에 있으니까, 안 그래? 그 여자는 밭이고 당신은 미안하지만 씨앗일 뿐이야. 누가 씨앗에게 심어도 되느냐고 허락을 구하겠어? 하긴, 당신 같은 봄베이 얼간이가 여자들의 현대식 사고방식을 알 리가 있나."

지브릴도 강하게 맞받아쳤다. "그럼 당신은, 가령, 옥상에서 새끼들을 내던지기 전에 애비한테 허락은 받은 거야?"

그러자 레카는 분노와 노란 연기를 터뜨리며 펑 사라져버렸다. 그 폭발로 지브릴은 비틀거렸고 모자가 훽 벗겨졌다(모자는 그의 발치에 떨어져 뒤집힌 채 보도 위에 나뒹굴었다). 레카는 후각적인 효과까지 동원했고, 지독한 악취 때문에 지브릴은 웩웩 구역질을 했다. 그러나

나오는 것은 없었다: 여러 날 동안 아무것도 먹지 않았으므로 뱃속이 음식물도 액체도 없이 텅 비었기 때문이다. 지브릴은 생각했다: 영생이여, 육신의 압제를 벗어던지는 고귀한 해방이여. 그는 두 사람이 호기심어린 눈으로 자신을 쳐다보고 있음을 알았다. 한 명은 징이 박힌 가죽옷을 입고 모히칸 헤어스타일에 무지갯빛 염색을 하고 콧잔등을 따라 지그재그로 번개 모양의 페이스페인트를 칠한 난폭해 보이는 젊은이였고, 또 한 명은 머리 스카프를 쓴 친절한 얼굴의 중년 여자였다. 차라리 잘됐다: 기회를 놓치지 말자. 그는 정열적으로 소리쳤다. "회개하라! 나는 주님의 대천사로다."

그러자 모히칸족이 말했다. "불쌍한 양반." 그는 파리슈타가 떨어뜨린 모자 속에 동전 하나를 던져넣고 가버렸다. 그러나 눈빛이 반짝이고 친절해 보이는 부인은 은밀한 태도로 바싹 다가와 전단지 한 장을 건넸다. "관심 가지실 만한 일이에요." 얼른 훑어보았더니 이 나라의 흑인 시민들을 '본국송환'하라고 요구하는 인종차별적인 글이었다. 지브릴은 그녀가 자기를 백인 천사로 보았음을 짐작할 수 있었다. 천사들도 그런 차별에서 벗어나지 못하는군. 그런 생각을 떠올리자 새삼 신기했다. "이렇게 한번 생각해보세요." 그의 침묵을 망설임으로 생각했는지 여자는 발음도 너무 또박또박하고 목소리도 너무 크게 말했는데, 이로 미루어 그녀는 지브릴이 순종 백인은 아니고 키프로스나 그리스 같은 레반트 지방의 천사라고 생각하여 '환자용 말투'가 필요하다고 판단한 모양이었다. "당신이 사는 곳에 흑인들이 잔뜩 몰려오면 어떻겠어요! 기분 나쁘겠죠."

∽

콧잔등을 얻어맞고, 유령들에게 조롱당하고, 존경심 대신 동냥이나 받고, 또한 여러 가지 일을 통하여 이 도시의 주민들이 얼마나 깊은 수렁에 빠졌으며 이곳에 자리잡은 악의 힘이 얼마나 완강한지 실감하고, 그러면서 지브릴은 선을 널리 펼치겠다는 결심을 더욱 굳혔다. 한시바삐 적의 세력을 몰아내야 했다. 주머니 속의 지도책이 그의 계획안이었다. 이 도시를 네모칸 하나씩 차례차례 구원하리라, 지도상의 서북쪽 귀퉁이에 있는 호클리 목장에서 동남쪽 챈스우드까지, 그 일이 끝나면 임무 완수를 자축하는 뜻에서 지도의 제일 바깥쪽에 자리잡은 골프장에서 골프 한 게임 치는 것도 좋겠다: 이름마저 그럴싸한 윌더니스*.

그리고 이 일이 끝나기 전에 적과 마주치게 되리라. 샤이탄, 이블리스**, 그 밖에 또 어떤 이름을 쓰든 간에—사실 그 이름은 지브릴의 혀끝에서 뱅뱅 돌았는데—뿔이 돋고 악독해 보이는 적의 얼굴도 여전히 흐릿할 뿐이고…… 그러나 머지않아 얼굴도 뚜렷해지고 이름도 다시 떠오르리라. 지브릴은 그렇게 믿었다. 나의 능력은 날이 갈수록 더 강해지지 않는가, 과거의 영광을 되찾기만 하면 곧 적을 저 캄캄한 심연으로 다시 집어던질 대천사가 바로 나 아니더냐?—그런데 그 이름: 뭐였더라? 'ㅊ' 뭐였는데? 추 체 친 초. 상관없어. 때가 되면 생각나겠지.

---

* 광야.

** 쿠란에 나오는 악마의 이름.

그러나 부패한 도시는 지도 제작자의 지배에 순종하길 거부하며 예고도 없이 제멋대로 모습을 바꾸었고, 그래서 지브릴은 기대했던 것처럼 체계적인 방식으로 임무를 수행할 수 없었다. 어떤 날은 인육으로 건설되어 살가죽을 긁으면 피가 흐르는 거대한 주랑을 지나 모퉁이를 돌았더니 지도에도 없는 황무지가 나타났다. 황무지 건너편엔 높고 낯익은 건물들, 렌의 돔*, 거대한 금속성 스파크 플러그처럼 생긴 텔레콤 타워 등이 보였는데 저마다 바람에 날려 모래성처럼 부서져갔다. 이름 모를 낯선 공원을 비틀비틀 지나면 느닷없이 웨스트엔드의 혼잡한 거리가 나오기도 했는데, 그곳에는 하늘에서 산성액이 뚝뚝 떨어져 노면에 큼직큼직한 구멍을 뚫고 운전자들을 당황하게 만들었다. 이런 허상들이 가득한 아수라장 속에서 그는 종종 웃음소리를 들었는데: 도시가 그의 무능을 비웃으며 그가 결국 포기하길, 이곳에서 벌어지는 일은 자기로서는 변화시키기는커녕 이해할 수조차 없음을 스스로 인정하길 기다렸다. 그는 여전히 얼굴 없는 적에게 저주를 퍼부었고, 신에게 다시 계시를 내려달라고 호소했고, 자신의 힘이 정말 임무에 미치지 못하는 것은 아닐까 걱정했다. 간단히 말해서 그는 대천사 중에서도 가장 비참하고 초라한 대천사가 되어갔다. 옷은 지저분하고, 머리는 축 늘어져 기름기가 번질거리고, 턱에는 수염이 걷잡을 수 없이 자라났다. 이렇게 한심스러운 꼴을 한 채 지하철 에인절역에 도착했다.

---

* 크리스토퍼 렌이 설계한 세인트폴대성당의 둥근 지붕을 가리킨다.

아마 이른새벽이었던 모양이다. 그가 보는 앞에서 역무원들이 올라와 밤새 잠가두었던 자물쇠를 풀고 금속제 창살문을 열었다. 그는 그들을 따라 안으로 들어갔다. 고개를 푹 숙이고 두 손은 주머니에 깊이 찔러넣고(도로 지도는 이미 오래전에 버린 뒤였다) 발을 질질 끌며 걸었다. 그러다가 마침내 시선을 드는 순간, 금방이라도 눈물을 흘릴 듯한 누군가의 얼굴을 보게 되었다.

"안녕." 그가 인사를 건네자 매표소 안의 젊은 여자가 모질게 쏘아붙였다. "안녕은 무신 놈의 안녕이라."* 그러더니 기어이 눈물을 쏟았다. 크고 둥근 눈물방울이 펑펑. "자, 자, 울지 마라." 그러자 그녀는 의심쩍은 표정으로 쳐다보았다. "댁이 웬 참견이라?" 지브릴은 조금 머뭇거리며 대답했다. "난 천사 지브릴이다." 그녀는 방금 갑작스레 울었던 것처럼 이번에는 갑작스레 웃기 시작했다. "여기서 천사라면 크리스마스 때 가로등에 달아놓는 천사뿐이라. 조명등 말이라. 시청에선 아예 모가지를 묶어 매달아뿔고." 그러나 지브릴은 물러서지 않았다. 그녀를 똑바로 응시하며 다시 말했다. "난 지브릴이다. 말해보아라." 그러자 매표원은 놀라움이 역력한 얼굴로, 내가 왜 이라는지 모르겄지만, 뜨내기헌테 속사정을 털어놓다니, 참말 이러긴 싫은데, 말하기 시작했다:

그녀의 이름은 오르피아 필립스, 스무 살, 양친 모두 생존하며 그녀가 부양하는 중이다. 특히 바보 같은 언니 히아신스가 물리치료사로 일하다가 '쓰잘머리 없는 짓으로' 일자리를 잃는 바람에 더욱 힘들다. 남자의 이름은—당연히 남자가 있을 수밖에 없으니까—유라이어 모클

* 이 에피소드의 등장인물들은 대개 카리브해 사투리를 사용한다.

리였다. 이 역은 최근에 번쩍거리는 새 엘리베이터 두 대를 설치했고 오르피아와 유라이어가 담당자였다. 러시아워에는 엘리베이터 두 대를 모두 가동했으므로 두 사람이 대화를 나눌 시간은 거의 없었다. 그러나 하루 중 나머지 시간에는 엘리베이터를 한 대만 사용했다. 오르피아는 엘리베이터 통로 바로 앞에 있는 집표소가 근무지였고 유리도 자주 그곳으로 내려와 많은 시간을 함께 보낼 수 있었다. 그는 번쩍거리는 엘리베이터 문설주에 기대서서, 옛날 증조할아버지가 어느 농장주에게서 훔쳤다는 은제 이쑤시개로 이를 쑤셨다. 진실한 사랑이었다. "그런데 내가 좀 흥분허는 경향이 있어라. 언제나 너모 서둘러대서." 오르피아가 지브릴에게 구슬프게 말했다. 어느 날 오후, 한가한 시간에 그녀는 자기 위치를 벗어나 그가 등을 기대고 이를 쑤시는 곳으로 곧장 다가갔고, 그녀의 눈빛을 본 그는 곧 이쑤시개를 치웠다. 그날부터 출근하는 그의 발걸음은 용수철이 달린 듯 경쾌했고, 그녀도 지구의 창자 속으로 내려갈 때마다 천국에 들어가는 듯 행복했다. 그들의 입맞춤은 점점 더 길어지고 뜨거워졌다. 때로는 엘리베이터를 부르는 호출음이 들려도 그녀가 떨어지려 하지 않았다. 그때는 유라이어가 억지로 밀어내야 했다. "진정혀, 시민들이 기다리잖여." 유라이어는 철저한 직업의식을 가지고 근무에 임했다. 제복에 대한 자부심, 시민에게 봉사하고 사회에 헌신한다는 만족감을 토로하기도 했다. 오르피아는 그의 말투가 조금 거만하다고 생각했고, 그래서 말해주고 싶었다. '유리, 너는 엘리베이터 보이일 뿐이잖어.' 그러나 그렇게 현실적인 말을 좋게 받아들일 듯싶지 않아 자신의 말썽 많은 혀를 묶어놓았다. 아니, 유리의 입속으로 밀어넣었다.

터널 속에서의 포옹은 전쟁 같았다. 그가 웃옷의 주름을 펴며 빠져나가려 할 때 그녀가 그의 귀를 깨물며 그의 바지에 손을 넣었다. "너 미쳤구나." 그래도 그녀는 계속하며 따져 물었다. "그래서? 화났쩌?"

그들은 결국 들키고 말았다: 머리 스카프를 쓰고 트위드 옷을 입은 어느 친절해 보이는 여자가 그들을 고발했다. 다행히 일자리는 잃지 않았다. 다만 오르피아는 엘리베이터 통로를 빼앗기고 '지상근무'로 밀려나 매표소에 갇히는 신세가 되었다. 더구나 그녀의 자리를 차지한 사람이 하필 역내 최고의 미녀 로셸 왓킨스였다. 오르피아는 성난 목소리로 외쳤다. "지금 워떤 일이 벌어지는지 다 알어라. 로셸이 머리를 매만지구 허먼서 올라올 때 표정만 봐두 알어라." 요즘 유라이어는 자꾸 오르피아의 시선을 피했다.

그녀는 얼떨떨한 표정으로 말을 맺었다. "내 문제를 왜 댁헌테 얘기허는지 알다가두 모르겄네요. 댁은 천사가 아니라. 고것만은 분명해라." 그러나 아무리 노력해도 그녀는 그의 꿰뚫는 듯한 시선을 떨쳐버릴 수 없었다. 지브릴이 말했다. "그대 마음을 아느니라."

그는 창구 안으로 손을 넣어 그녀의 저항하지 않는 손을 붙잡았다.—그래, 바로 이거야. 그녀가 지닌 욕망의 힘이 그에게로 흘러들었고, 그는 그것을 변화시켜 다시 그녀에게 돌려주었다: 과감하게 실천할 수 있는 힘, 그녀가 꼭 해야만 하는 말과 행동을 가능케 해주는 힘이었다. 그는 자기 앞에 있는 사람과 하나가 되는 능력을 되찾았고 이제부터 벌어질 일은 둘이 합심한 결과였다. 드디어 대천사의 능력이 되살아나는구나, 하고 그는 생각했다.—매표소 안에서는 여직원 오르피아 필립스가 눈을 감은 채 의자 위에 축 늘어져 나른하고 둔해 보이는 모습으로 입술을 움직였다.—그리고 지브릴의 입술도 그녀와 동시에 움직였다.—자. 되었다.

그 순간 역장이—화가 잔뜩 난 왜소한 사내였는데, 귀 높이에 있던 아홉 가닥의 긴 머리카락을 가져다가 대머리에 찰싹 붙였다—작은 문을 열어젖히고 뻐꾸기처럼 불쑥 튀어나왔다. 그가 지브릴에게 소리쳤다. "이게 무슨 짓입니까? 경찰을 부르기 전에 썩 물러나시오." 지브릴은 그 자리에 그대로 있었다. 역장은 오르피아가 무아경에서 깨어나는 모습을 보고 고함을 지르기 시작했다. "너, 필립스. 이런 경우는 처음 본다. 바지만 입었으면 아무한테나, 그래도 이건 말도 안 되잖아. 내 평생 정말. 게다가 근무중에 졸다니, 나 참." 오르피아는 벌떡 일어나 비옷을 걸치고 접는 우산을 집어들더니 매표소에서 빠져나왔다. "공공재산을 비워두고 나오다니. 당장 도로 들어가지 않으면 해고될 줄 알아." 그러나 오르피아는 나선형 계단을 통해 아래로 내려가기 시작했다. 부하직원을 놓쳐버린 역장이 지브릴에게로 홱 돌아섰다. "가쇼. 썩 꺼져요. 어디서 굴러먹던 양반인지 몰라도 빨리 사라지란 말이오."

지브릴은 위엄 있게 대답했다. "엘리베이터를 기다리는 중이니라."

계단을 다 내려간 오르피아 필립스가 모퉁이를 돌자 평소와 같은 자세로 집표소 부스에 기대고 선 유라이어 모즐리와 기쁨에 겨워 웃는 로젤 왓킨스가 보였다. 그러나 오르피아는 해야 할 일이 무엇인지 알았다. 그녀가 소리쳤다. "로젤헌테 네 이쑤시개 만져보게 해줬니, 유리? 보나마나 좋아헐 틴디."

둘 다 뜨끔해서 허리를 폈다. 유라이어가 호통을 치기 시작했다. "천박하게 굴지 마, 오르피아." 그러나 그녀의 눈빛을 보더니 입을 다물었다. 그리고 로셸을 내버려두고 꿈꾸듯 몽롱한 표정으로 오르피아에게 다가오기 시작했다. 오르피아는 그에게서 한순간도 눈을 떼지 않으며 조용히 말했다. "그랴, 유리. 이리 와. 나한테로 오랑개." 이제 엘리베이터 쪽으로 슬슬 뒷걸음질치다가 잽싸게 유리를 낚아채고 둘이서 휭허니 떠나버리면 그만이여.—그런데 뭔가 일이 잘못되었다. 그는 이제 걸음을 옮기지 않았다. 어느새 로셸 왓킨스가 그의 곁에 서 있었고, 그것도 너무 바싹 달라붙어 있었고, 그는 움직이지 않았다. 로셸이 말했다. "재한테 말해줘, 유라이어. 그런 시시껄렁한 오비아는 안 통한다고 말여." 유라이어는 한 팔로 로셸 왓킨스를 끌어안았다. 오르피아가 꿈꾸던 장면이 아니었다. 그 지브릴이라는 작자가 손을 잡았을 때는 갑자기 확신이 생겼는데, 이미 정해진 일인 것 같았는데. 오르피아는 생각했다: 요상허네. 내가 어떻게 된 거여? 그녀는 앞으로 성큼 나아갔다. 로셸이 소리쳤다. "얘 좀 떼어줘, 유라이어! 제복이랑 다 엉망으로 만들잖어." 유라이어는 몸부림치는 매표원의 양쪽 손목을 움켜쥐고 새로운 소식을 전해주었다. "로셸에게 청혼했단 말여!" 그 순간 오르피아는 전의를 상실했다. 땋은 머리를 묶은 구슬도 이제 휙휙 날거나 짤랑거리지 않았다. 유라이어가 조금 헐떡거리며 말을 이었다. "그러니까 네가 실수헌 거여, 오르피아 필립스. 그리구, 로셸이 말했듯이 오비아 같은 건 소용없어." 오르피아는 옷매무새가 흐트러진 채 역시 숨을 몰아쉬며 곡면으로 된 터널 벽에 등을 기대고 바닥에 털썩 주저앉았다. 열차가 들어오는 소리가 들렸다. 결혼을 약속한 두 사람은 오르피아를 남겨두고 황급히 자기 위치로 돌아갔다. 유라이어 모즐리가 작별인사를 던졌다. "넌 너무 난폭해서 별로여." 로셸 왓킨스가 집표소 부스에서 유라이어에게 입맞춤을 보냈다. 그는 엘리베이터에 기대고 이를 쑤셨다. 로셀이 그에게 약속했다. "집에서 요리해줄게. 놀랄 일 같은 건 없을겨."

오르피아 필립스는 패배의 나선형 계단 이백마흔일곱 개를 올라가서 지브릴에게 바락바락 소리쳤다. "이 드러운 비렁뱅이! 돼먹지 못헌 마귀 겉은 놈. 누가 너더러 내 인생 이렇게 망쳐놓으래?"

끊어진 전구처럼 후광마저 꺼져버렸는데 나는 후광 파는 가게가 어디 있는지 모른다. 지브릴은 역 근처 작은 공원의 벤치에 앉아 지금까지의 헛된 노력을 곰곰이 돌이켜보았다. 그러자 또다시 불경스러운 생각이 떠올랐다: 도시락 자체에 표시가 잘못되어 엉뚱한 사람에게 배달된 경우, 그게 어디 도시락 배달원의 잘못일까? 그리고 특수효과가—이를테면 트래블링 매트 같은—잘못된 경우, 그래서 날아다니는 사람의 몸에 파랗게 빛나는 테두리가 나타나는 경우, 어떻게 배우를 탓할 수 있으랴? 마찬가지로, 내가 천사 노릇을 했는데 제대로 되지 않았다면 누구의 잘못이란 말이냐? 내 잘못이냐, 아니면 다른 어떤 존재의 잘못이냐?—이렇게 그가 작은 구름과 장미덤불과 절망에 둘러싸인 채 의혹에 빠졌을 때 공원에는 아이들이 놀고 있었다. 할머니 발자국 놀이, 고스트버스터 놀이, 술래잡기. 엘오엔 디오엔, 런던. 지브릴은 생각했다: 천사들의 타락은 인간의 타락과 다르다. 사람들의 경우에는 윤리가 문제였다. 그들은 선악과를 먹지 말아야 했는데 먹어버렸다. 먼저 여자가 먹었고, 그녀의 권유에 따라 남자도 먹었고, 그리하여 달콤한 사과맛의 금지된 윤리 규범을 지니게 되었다: 뱀이 그들에게 가치체계를 가져다주었다. 그래서 그들은 무엇보다 신을 판단하게 되었고, 머지않아 온갖 거북스러운 질문을 던졌다: 악은 왜 있나요? 고통은 왜 있나요? 죽음은 왜 있나요?—그래서 결국 쫓겨났다. 신은 자신의 귀여운 피조물들이 본분에서 벗어나길 바라지 않았기 때문이다.—아이들이 지브릴을 보며 킥킥거렸다: 우리 동네에 괴애상한 게 나타났대요.* 광선총으로 무장한 그들은 지브릴을 시시한 잡귀신처럼 때려잡는 시늉을 했다. 한 여자가 소리쳤다: 빨리 이리 와! 아주 단정한 차림새, 백인, 빨강 머리, 눈 밑에 주근깨가 넓게 퍼졌다. 목소리에 혐오감이 역력하다. 내 말 안 들려? 당장! —그러나 천사들의 타락은 단순히 권력의 문제였다: 천상의 치안업무, 반역에 대한 처벌, 모질지만 효과적인 '*본보기*'였다.—그렇다면 얼마나 쩨쩨한 신인가: 자기가 만든 최고의 피조물들이 옳고 그름을 아는 것조차 바라지 않고, 가장 가까운 동료들에게까지 무조건적인 순종을 강요하고, 이에 따르지 않는 자들은 저 불타는 시베리아, 굴라그**, 즉 지옥으로 추방하는 등 공포정치를 일삼고…… 지브릴은 자신을 억제했다. 사악한 생각, 이블리스-바알세불-샤이탄이 심어놓은 생각이다. 어쩌면 믿음을 저버렸던 일 때문에 아직도 벌을 받는 중인지도 모르는데, 이런 식으로는 용서받을 길이 없다. 죄를 씻고 정화되어 본래의 권능을 모두 되찾을 때까지 계속 노력해야 한다. 마음을 비운 그는 점점 어두워져가는 공원에서 아이들이 (이제 좀 멀찌감치 떨어져) 노는 모습을 지켜보았다. 입-딥-하늘빛 누가-있나-너는-안-돼 더러워서도-아니고

* 영화 〈고스트버스터〉(1984)의 주제가.

** 옛 소련의 강제노동수용소.

깨끗해서도-아니고, 그리고 지브릴은 그중 유난히 눈이 크고 엄숙해 보이는 열한 살짜리 사내아이 하나가 자신을 똑바로 쳐다보았다고 확신했다: 우리-엄마가-그러는데 너는-요정여왕이래.

레카 메르찬트가 나타났다. 보석과 장신구로 화려하게 치장한 그녀가 조롱했다. "이젠 *어린애*들까지 당신을 비웃는 노래를 부르네, 천사님. 아까 그 매표소 아가씨도 그다지 좋은 인상을 받은 것 같진 않던데. 내가 보기엔 말이야, 바바, 당신 여전히 죽 쑤는 것 같아."

∽

그러나 자살한 레카 메르찬트의 영혼이 이번에 찾아온 까닭은 단지 약 올리기 위해서만은 아니었다. 그녀는 지금까지 그가 겪었던 수많은 시련이 자신의 소행이라고 주장하여 지브릴을 놀라게 했다. 그녀는 이렇게 외쳤다. "당신의 그 '하나'님만 능력을 가진 줄 알아? 어이, 바람둥이 아저씨, 내가 한 수 가르쳐주지." 그녀의 건방진 봄베이식 영어는 불현듯 지브릴에게 잃어버린 도시를 그리워하는 강렬한 향수를 불러일으켰다. 그러나 레카는 그가 평정을 되찾을 때까지 기다려주지 않았다. "알다시피 나는 사랑 때문에 죽었어, 못돼먹은 자식아. 그러니까 내게도 권리가 있다고. 다시 말해서 당신 인생을 완전 개판으로 만들어 복수할 권리가 있다 이거야. 애인을 자살하게 만든 놈은 고생 좀 해봐야 돼. 안 그래? 어쨌든 그게 규칙이야. 지금까지는 나도 당신 속을 꽤 뒤집어놨지. 그런데 이젠 지겨워. 내가 얼마나 용서를 잘해줬는지 생각해봐! 당신도 좋아했잖아? 그래서 아직도 타협이 가능하다는 말을 해주러 왔어. 의논 좀 해볼래, 아니면 지금 이대로 미친 짓이나 하며 천사는 커녕 한 푼 없는 부랑자로, 한심한 놀림감으로 전락할래?"

지브릴이 물었다. "어떤 타협인데?"

그러자 레카의 태도가 돌변하여 한없이 상냥해지고 눈에서도 빛이 났다. "뭐가 있겠어? 나의 *천사님*, 아주 작은 일이야."

사랑한다는 말만 해준다면:

그 말만 해준다면 일주일에 한 번씩 그녀가 찾아와 곁에 누울 때마다 그 사랑을 보여주기만 한다면:

즉 볼베어링맨이 사업상 집을 비울 때 그랬듯이 하룻밤을 함께 보낼 수만 있다면:

"그렇게만 해준다면 더이상 이 도시에 혼란을 일으켜 당신 괴롭히지 않을게. 그리고 이 도시를 바꿔놓겠다느니, 무슨 전당포에 맡긴 물건처럼 '되찾겠다느니' 정신병자 같은 생각도 더는 안 하게 해줄게. 모든 게 조용해질 거야. 그 창백한 여자랑 같이 살 수도 있고 세계 최고의 영화배우가 될 수도 있어. 내가 어떻게 질투를 하겠어, 지브릴, 나는 이미 죽었는데. 내가 그 여자만큼 중요하다고 말해달라는 것도 아니고, 그저 이등급 사랑, 군것질 같은 사랑으로 만족할게. 그냥 양다리 걸치라는 거야. 어때, 지브릴, 겨우 세 마디 말만 하면 되는데, 어떻게 할래?"

시간을 줘.

"안 하던 짓을 하라는 것도 아니잖아. 전에도 동의했던 일, 하던 일, 즐기던 일이잖아. 유령하고 같이 자는 것도 그리 나쁘진 않다고. 다이아몬드 부인 집에서도 그랬잖아? 그날 밤, 보트 창고 안에서 말이야. *굉장한 경험*이 아니었나? 그래: 그게 누구였다고 생각하지? 이봐: 나는 당신이 원하는 어떤 모습으로도 변할 수 있어. 지금 내 상태에서 누릴 수 있는 장점이지. 그 여자, 보트 창고에서 만났던 석기시대 여자를 원해? 짜자잔. 당신의 그 땀투성이 등반가 말괄량이 빙산 아가씨와 똑같은 모습을 원해? 수리수리 마수리. 그 할머니가 죽은 다음에 당신을 기다렸던 여자, 누구였다고 생각해?"

그날 밤 그는 밤새도록 길거리를 비집고 다녔다. 도시는 다시 자연법칙의 지배를 받게 된 듯 평범하고 안정적이었다. 그리고 레카는—무대에 오른 가수처럼 양탄자를 타고 머리 높이보다 조금 위에 떠오른 채 지브릴보다 앞서서 둥실둥실 날아가며—상아로 장식한 낡은 하모니엄*으로 직접 반주까지 해가며 한없이 감미로운 사랑 노래들을 불러줬는데, 그중에는 파이즈 아흐마드 파이즈의 가잘도 있었고 옛날 영화에 나왔던 아름다운 노래도 있었다. 예를 들자면 50년대의 고전 〈무갈에 아잠〉에서 무희 아나르칼리가 무굴황제 악바르 앞에서 불렀던 도전적인 노래,—여기서 무희는 살림 왕자를 향한 이루어질 수 없는 금단의 사랑을 당당히 밝히는데,—'퍄르 키야 토 다르나 캬?'—대강 풀이하자면 '무엇 때문에 사랑을 두려워하랴?'라는 뜻이다. 의혹의 공원에서 레카의 유혹을 받은 지브릴은 음악이 자신의 심장을 묶어 그녀 쪽으로 잡아당기는 힘을 느꼈다. 그녀도 말했듯이 사실 그녀의 요구는 아주 작은 것이었기 때문이다.

그는 강변에 이르렀다. 그리고 '클레오파트라의 바늘'** 밑에서 무쇠 낙타들이 널빤지를 떠받치는 또하나의 벤치에 앉았다. 눈을 감았다. 레

* 풍금 비슷한 옛 건반악기.

** 현재 템스 강변에 있는 기원전 1500년경의 이집트 오벨리스크.

카가 파이즈의 노래를 불렀다.

> 기대하지 마세요, 내 사랑이여,
> 예전에 품었던 그대 향한 사랑을……
> 그대 여전히 아름답지만
> 나도 어쩔 수 없답니다.
> 세상엔 사랑 말고도 다른 슬픔이 있고
> 다른 기쁨도 있으니까요.
> 기대하지 마세요, 내 사랑이여,
> 예전에 품었던 그대 향한 사랑을.

지브릴은 눈을 감은 채 한 남자를 보았다: 파이즈는 아니고 다른 시인, 한창때를 한참 넘긴 노쇠한 사내.—그래 그의 이름은: 바알. 그런데 저 사람이 왜 나타났지? 무슨 할 말이 있는 걸까?—그는 분명히 뭔가 말하려 했다. 그러나 목소리가 탁하고 발음이 똑똑하지 않아 알아듣기 힘들었는데…… 마훈드여, 새로운 사상은 반드시 두 가지 질문을 받게 되오. 하나는 그 사상이 약할 때: **너는 어떤 존재인가?** 타협하고 거래하고 사회에 순응하며 자기 자리를 찾아 살아남으려 노력하는가, 아니면 앞뒤가 꽉 막힌 고집불통에 꼬장꼬장하고 게다가 멍청하기 짝이 없어 산들바람에 휘어지느니 차라리 부러지는 쪽을 택하는가?—후자인 경우, 대개는 (백 번 중 아흔아홉 번쯤) 산산이 부서지기 마련이오. 그러나 백번째에는 세상을 뒤바꿀 수도 있소.

지브릴이 소리 내어 물었다. "두번째 질문은 뭐요?"

첫번째부터 대답하시오.

∽

동틀녘에 지브릴이 눈을 떴을 때 레카는 기대감과 불확실성 때문에 노래도 못하고 침묵을 지켰다. 그는 그녀에게 단도직입적으로 말해주었다. "이건 속임수야. 신 이외의 신은 없어. 당신은 신자도 아니고 신의 적도 아니고 시끄럽게 빽빽거리는 안개일 뿐이야. 타협은 없어. 안개 따위와는 거래하지 않아." 그 순간 레카의 몸에서 에메랄드와 수단옷이 떨어져나가고 곧이어 살도 없어져 앙상한 해골만 남더니 이내 그것마저 부스러지고 말았다. 마침내 비참하고 날카로운 비명을 마지막으로 레카는 (아직도 남은 부분이 무엇이든 간에) 패배의 분노를 안고 태양을 향해 날아가버렸다.

그리고 다시 나타나지 않았다: 적어도 결말에 도달—또는 접근—하기 전에는.

지브릴은 하나의 시험을 이겨냈다고 확신하며 아주 무거운 짐이 사라졌음을 깨달았다. 시시각각 마음이 가벼워졌고, 마침내 해가 떠올랐을 때는 그야말로 기쁨에 겨워 어쩔 줄을 몰랐다. 이젠 정말 시작할 수 있으리라: 적들—레카, 알렐루야 콘, 그 밖에도 욕망과 노래의 사슬로 그를 묶으려 했던 모든 여자들—의 횡포는 완전히 끝났다. 이제 그는 보이지 않는 머리 뒤쪽의 어느 한 지점에서 다시금 뻗어나가는 빛을 느낄 수 있었다. 몸무게도 줄어들기 시작했다.—그렇다, 그는 인간으로서의 마지막 흔적까지 툭툭 털어내는 중이었고, 그렇게 환한 공기로 이루어진 가벼운 몸을 갖게 되자 비행 능력도 다시 돌아왔다.—지금 당장이라도 이 시꺼먼 난간을 박차고 저 잿빛 강물 위로 솟구칠 수 있다.—아무 다리에서나 훌쩍 날아올라 다시는 땅을 밟지 않을 수도 있다. 그렇다면: 이제 이 도시에서 굉장한 장면을 보여줄 시간이다. 떠오르는 햇살을 받으며 서쪽 지평선 위에 우뚝 선 대천사 지브릴의 장엄한 모습을 보게 된다면 사람들은 곧 두려움에 사로잡혀 죄를 뉘우치리라.

그는 자신의 몸을 점점 크게 부풀렸다.

그런데 이 얼마나 놀라운 일인가: 강둑을 따라 달려가는 수많은 운전자들—지금은 러시아워니까—중에서 지브릴이 있는 쪽을 쳐다보거나 아는 체하는 사람이 단 한 명도 없다니! 참으로 보는 눈을 잃어버린 자들이다. 그러나 인간과 천사의 관계는 원래 좀 애매해서—말라이카, 즉 천사들은 자연의 관리자이며 신과 인간 사이의 매개자이기도 하지만, 또한 쿠란에도 명시되었듯이, 하느님이 천사들에게 이르시되 아담에게 순종하라 했거늘, 이 말은 곧 천사들이 상징하는 자연력을 인간이 지식으로써 다스릴 수 있다는 뜻이므로—비록 무시당하고 화가 나기는 했으나 사실 말라크 지브릴이 할 수 있는 일은 별로 없었다. 대천사는 인간이 듣고자 할 때만 말할 수 있었다. 형편없는 것들! 그래서 내가 처음부터 절대자께 저 사악하고 죄 많은 자들에 대해 말씀드리지 않았던가? '저들은 보나마나 못된 짓을 저지르고 피를 쏟을 텐데 어째서 지상에 살게 하십니까?' 그렇게 물었지만 신은 평소와 다름없이 자기가 다 알아서 한다고 대답했다. 그리하여 인간은 저렇게 지상의 주인이 되었다: 바퀴 달린 깡통에 갇힌 참치처럼, 눈먼 박쥐처럼, 머릿속에는 못된 생각만 가득하고, 신문마다 유혈이 낭자하고.

정말 어처구니없는 일이었다. 여기 이렇게 천상의 존재가 나타났건만, 눈부신 빛과 선을 뿜어내는, 빅벤보다도 거대한, 템스강 양쪽에 발을 걸칠 수도 있는 거인 같은 대천사가 나타났건만, 저 조그마한 개미들은 여전히 교통 방송에 귀를 기울이며 다른 운전자들과 말다툼을 벌일 뿐이었다. "나는 지브릴이다." 그의 목소리는 강변에 늘어선 빌딩들을 뒤흔들었다: 아무도 알아차리지 못했다. 흔들리는 건물에서 지진을 피하려고 뛰쳐나오는 사람도 전혀 없었다. 눈멀고 귀먹고 잠든 자들.

그는 힘으로 밀어붙이기로 마음먹었다.

자동차 행렬이 그의 앞을 지나갔다. 그는 엄청나게 큰 숨을 들이마시고 어마어마한 발을 들어올렸다가 성큼 내려놓으며 차들을 가로막았다.

∽

몹시 멍들고, 두 팔과 얼굴에 많은 찰과상을 입고, 그 충격으로 제정신을 되찾고—그런 지브릴 파리슈타를 다시 알리의 문 앞에 데려다준 사람은 작고 말쑥한 신사였다. 말을 심하게 더듬는 그는 자기가 영화감독 S. S. 시소디아라고 밝혔다. "위위스키라고도 하죠. 제가 숫숫 술을 좆좆 좋아하거든요. 마마담, 제 명명 명함입니다." (좀더 친해졌을 때 시소디아는 알리를 자지러지도록 웃겼는데, 느닷없이 오른쪽 바짓가랑이를 걷어올려 무릎을 드러내고 정강이에 영화인들이 쓰는 커다란 안경을 씌우더니 이렇게 말했다: '내 잣잣 자화상입니다.' 그는 꽤 심한 원시안이었다: '영화를 봅봅 보는 데는 어려움이 없지만 혀혀 현실 세계엔 클로클로즈업이 너무 많아서요.') 지브릴을 들이받은 차는 시소디아가 타고 있던 임대 리무진이었는데, 다행히 교통체증 때문에 서행 중 일어난 사고였다. 엔진 덮개 위로 나가떨어진 배우는 영화에서 가장 흔해빠진 대사를 읊었다: 여기가 어디요? 그 순간, 사라졌던 대배우의 전설적인 얼굴이 자기 리무진 앞유리에 콱 찌그러진 꼴을 보며 시소디아는 문득 이렇게 대답하고 싶었다: 다당신이 있어야 할 곳, 이스카 이스카 이스크린 속으로 돗돗 돌아온 겁니다. 시소디아가 알리에게 말했다. "뼙뼙 뼈는 안 부러졌어요. 긱긱 기적이죠. 각각 갑자기 차 앞으로 뚯뚯 뛰어들었어요."

알리는 말없이 지브릴을 맞아들였다. 다시 왔네. 당신은 어디서 뛰었다 하면 꼭 이쪽으로 떨어지는군.

영화감독이 다시 별명 문제로 돌아갔다. "스카치 앤 시소디아*라고도 하하 합니다. 익살스러운 볍볍 별명이죠. 제가 좋아하는 숫숫 술이거든요."

알리는 그제야 알아차렸다. "지브릴을 데려다주셔서 고맙습니다. 저희가 술 한 잔 대접하고 싶은데요."

그러자 시소디아는 손뼉까지 치며 좋아했다. "그그럼요! 그럼요! 오늘은 저에게도, 그리고 히히 힌디 영화계 저전체에 있어서도 격격 경사스러운 날이니까요."

---

* 칵테일의 일종인 스카치 앤 소다를 빗댄 농담.

"너 혹시 자기가 나폴레옹 보나파르트 황제라고 생각하던 과대망상증 환자 얘기 들어봤니? 거짓말 탐지기로 시험해보는 얘기 말이야." 블룸스에서 굶주린 사람처럼 게필테 피시*를 퍼먹던 알리차 코헨이 포크를 딸의 코앞에 들이대고 흔들며 말했다. "그 환자한테 이렇게 물었어: 당신이 나폴레옹입니까? 그랬더니 환자가 대답했는데, 아마 능글맞게 웃으며 말했겠지: 아니오. 그래서 거짓말 탐지기를 확인해봤더니, 현대과학을 총동원했다는 이 기계엔 글쎄 그 정신병자 말이 거짓말이라고 나오더라는 거야." 또 블레이크가 나오겠군, 하고 알리는 생각했다. 그때 내가 물었다: 어떤 것이 진실이라고 굳게 믿는다 해서 그것이 진실이 됩니까? 그가—즉 이사야가—대답했다. 시인은 모두 그렇게 생각하나니, 상상력의 시대에는 굳은 신념의 힘으로 산을 옮기기도 했노라. 그러나 아무것도 못 믿는 자들이 즐비하도다.** "너 지금 내 얘기 듣고 있니? 나는 심각하단 말이야. 네 침대에 누워 있는 그 신사분: 그 사람에게 필요한 건 네가 밤마다 보여주는 그런 관심이 아니고—미안하다만 어쩔 수 없는 상황이니 솔직하게 말해야겠다—단도직입적으로 말해서, 벽마다 패드를 붙인 병실이란다."

알리가 반격했다. "엄마라면 그러고도 남겠죠. 그리고 아예 열쇠까지 내던져버리겠죠. 어쩌면 전기충격을 줄지도 모르고. 머릿속에서 마귀들을 태워 없애려고. 우리가 가진 편견이 좀처럼 변함없다니 신기하네요."

---

* 송어, 잉어 따위의 생선에 달걀, 양파 등을 넣어 수프로 끓인 유대식 요리.

** 블레이크의 「천국과 지옥의 결혼」에서 인용.

그러자 알리차는 딸을 약올리려고 한없이 멍청하고 천진한 표정으로 생각에 잠긴 시늉을 했다. "흐음. 그것도 괜찮겠는데? 그래, 약간의 전기를 써보면, 조금만 충격을 주면 혹시 또……"

"그 사람한테 필요한 건 지금 다 있어요, 엄마. 적절한 의료관리, 충분한 휴식, 그리고 엄마가 잊어버린 무엇." 그녀는 갑자기 혀가 굳어진 듯 말을 멈추었다. 그리고 건드리지도 않은 샐러드를 내려다보며 전혀 달라진 나지막한 음성으로 마지막 한 마디를 던졌다. "사랑."

"아, 사랑의 힘이라." 알리차가 딸의 손을 토닥거렸다. (알리는 즉시 손을 치웠다.) "아냐, 나는 잊어버리지 않았다, 알렐루야. 너는 네 아름다운 인생에서 이제 막 사랑을 배우기 시작했을 뿐이야. 그런데 누구를 골라잡았니?" 알리차는 다시 공세를 취했다. "정신 나간 녀석! 골빈 놈! 해까닥 돌아버린 놈! 아니, 천사라니, 얘, 이런 경우는 처음 본다. 사내들이란 원래 이런저런 특권을 내세운다지만 그런 놈은 없었어."

"엄마……" 알리가 입을 열었지만 그새 알리차의 기분이 다시 바뀌었고, 알리차가 말을 이을 때 알리는 그녀의 말이 아니라 그 말이 드러내면서 또한 감추고 있는 고통에 귀를 기울였다: 역사의 잔인한 만행을 겪어야 했던, 이미 남편을 잃은, 그리고 언젠가 그녀가 말했던 그 잊을 수 없는 불쾌한 농담처럼 (아마 스포츠 면을 읽다가 우연히 그 말을 보았으리라) 이른 목욕*으로 딸 하나를 앞세워야 했던 한 여자의 고통. 알리차 코헨이 말했다. "알리, 우리 아기, 너를 잘 보살펴줘야 되겠구나."

---

* 원래는 축구나 럭비에서 반칙퇴장을 가리키는 말.

알리가 어머니의 얼굴에서 공황과 고뇌를 발견할 수 있었던 한 가지 이유는 최근 지브릴 파리슈타의 얼굴에서도 똑같은 표정을 보았기 때문이었다. 시소디아가 지브릴을 그녀에게로 다시 데려온 후, 그가 뼛속 깊이 충격을 받았다는 사실이 명백해졌다. 넋 나간 표정, 겁에 질려 눈이 휘둥그레진 표정이 알리의 가슴을 아프게 찔렀다. 지브릴은 자신의 정신 질환을 가볍게 다루거나 엉뚱한 말로 얼버무리지 않고 용감하게 직시했다. 그렇지만 현실을 인정하면서도 위축될 수밖에 없었다. 이제는 알리가 '열애'를 품었던 그 원기왕성한 속물이 (적어도 현재로서는) 아니었다. 그러나 이렇게 나약해진 모습이 알리에게는 더욱 사랑스럽기만 했다. 차츰 그녀는 그에게 제정신을 되찾아주겠다고 결심하게 되었다: 끝장을 보고 말리라, 이 폭풍을 이겨내리라, 정상을 정복하리라. 그리고 지금으로서는 지브릴도 지극히 온순하고 다루기 편한 환자였다. 모즐리병원 전문의들이 처방해준 강력한 약물 때문에 다소 몽롱했고, 잠도 많이 잤고, 깨어 있을 때에도 그녀의 모든 요구에 군말 없이 따랐다. 정신이 맑을 때는 자신이 병들게 된 배경을 설명해주기도 했다: 연속적인 이상한 꿈, 그리고 그전에 인도에서 쓰러져 하마터면 죽을 뻔했던 일. "이젠 잠이 무섭지 않아. 깨어 있을 때 일어나는 일이 훨씬 더 끔찍하니까." 그가 잔뜩 겁에 질린 모습은 왕정복고 후에도 다시 '여행을 떠나게' 될까봐 전전긍긍하던 찰스 2세*의 두려움을 연상시켰다. 지브릴은 그녀에게 양처럼 순하게 말했다. "그런 일이 다시는 안 생긴다면 뭐든지 바치겠어."

* 청교도혁명으로 부왕 찰스 1세가 처형된 후 유럽 대륙에서 오랜 망명생활을 했다.

고통을 좋아하는 자가 어디 있으랴? 알리는 그를 안심시켰다. "다시는 안 생길 거야. 당신은 최고로 좋은 치료를 받고 있으니까." 그는 돈 문제에 대해 캐물었고, 그녀가 질문을 피하려 하자 자신의 전대에 든 적잖은 금액에서 정신과 치료비를 지불하게 했다. 그는 늘 우울했다. 그녀가 명랑한 낙관주의를 보일 때마다 그는 이렇게 중얼거렸다. "뭐라고 해도 소용없어. 이 속엔 광기가 들었고, '그놈'이 언제 또 튀어나와 주도권을 잡을지 모른다는 생각을 할 때마다 미칠 지경이라고." 지브릴은 자신의 '신들린' 자아, '천사'인 자아를 또하나의 인격체로 규정했다: 베케트식으로 표현하자면, 내가 아니다. 그다. 지브릴의 하이드 씨. 알리는 그런 표현 방식에 반론을 제기했다. "그건 '그놈'이 아니라 바로 당신이야. 당신이 다 나으면 그때는 더이상 당신이 아니겠지만."

그래도 허사였다. 그러나 치료는 한동안 효과를 보는 듯했다. 지브릴은 좀더 침착해지고 안정을 되찾는 것 같았다. 연속적인 꿈은 여전했지만—지금도 한밤중에 자기가 알지도 못하는 언어인 아랍어로 된 시를 읊어대곤 했는데, 예를 들자면 틸크 알가라니크 알울라 와 이나 샤파아타후나 라투르타자, 알고 보니 그 말은 이런 뜻이었다(그의 잠꼬대 때문에 깨어난 알리는 그 발음을 종이에 받아 적어 브릭홀 모스크로 가져갔는데, 그녀가 그 시를 읽자 터번을 쓴 물라의 머리카락이 쭈뼛 곤두섰다): '그들은 고귀한 여신이니 행하는 바가 참으로 바르도다'—그는 이 같은 야간흥행을 자신과는 별개의 것으로 생각할 수 있는 듯했고, 그래서 알리와 모즐리병원의 정신과 의사들은 지브릴이 서서히 꿈과 현실 사이의 벽을 다시 쌓아올리는 중이라고 믿었다. 그런데 나중에 알고 보니 이런 구별은 그가 자신을 두 개의 인격체로 분리시켜 인식하는 것과 관련된, 아니, 동일한 현상이었다. 그는 둘 중 어느 한쪽을 억누르려고 초인적인 노력을 기울이면서도 자신과는 동떨어진 것으로 규정함으로써 오히려 그것을 보존하고 영양을 공급하며 남몰래 키웠다.

한편 알리는 예전의 그 쭈뼛거리는 느낌을 얼마 동안 잊고 살았다: 자기가 가짜 환경 속에, 낯선 이야기 속에 갇혀 있다는 잘못된 느낌. 지브릴을 보살피고, 그녀 자신의 표현에 의하면 그의 두뇌를 위해 투자하고, 그를 구하기 위해 싸우고, 그렇게 두 사람이 다시금 저 위대하고 신나는 사랑의 투쟁을 계속할 수 있도록 노력하고—왜냐하면 우린 아마 무덤에 들어갈 때까지 끊임없이 다툴 테니까, 인생의 황혼녘에도 베란다에 앉아 신문지를 말아 쥐고 서로에게 힘없이 휘둘러대는 괴팍한 늙은이들일 테니까, 하고 그녀는 너그럽게 생각했다—그러면서 날이 갈수록 지브릴에게 더욱더 밀착되는 것을 느꼈다: 말하자면 그의 대지에 뿌리를 내린다고나 할까. 굴뚝 위에 올라앉아 죽음을 찾아가자고 손짓하는 모리스 윌슨의 모습을 마지막으로 본 것도 꽤 오래전이었다.

ᔓ

'위스키' 시소디아 씨, 안경을 쓰고 반짝반짝 빛나는 이 매력덩어리 무릎은 지브릴의 요양기간 동안에 단골손님이 되었고—일주일에 서너 번씩 찾아왔으니까—매번 맛좋은 음식이 그득한 상자를 가져왔다. 지브릴은 '천사 노릇'을 하는 동안 그야말로 죽기 직전까지 굶었는데, 의학적 소견에 의하면 이런 굶주림도 그의 환각증상에 적잖은 영향을 미쳤다고 한다. "그러니 이젠 살을 찟찟 찌워야죠." 시소디아는 손바닥을 짝 마주쳤다. 환자의 위장이 견딜 만하게 되자 '위스키'는 진수성찬을 자꾸 권했다: 중국식 사탕옥수수와 닭고기 수프, 봄베이식 벨푸리 따위였는데, 이런 요리는 최근 개업한 멋진 식당에서 사온 것으로, 이 집은 '파갈 카나'라는 불행한 이름이 붙었지만(이 상호는 정신병원이라고 번역할 수도 있다) 거기서 파는 '미친 음식'은 특히 영국에 사는 아시아계 젊은이들 사이에서 선풍적인 인기를 끌어 지금껏 오랜 명성을 지켜온 샨다르 카페와 경쟁할 정도였다. 그러나 그는 너무 편파적인 인상을 주지 않으려고 샨다르 카페에서도 먹을거리를—사탕 과자, 사모사, 닭고기 파이 등등—구입했고, 지브릴은 점점 식욕이 왕성해졌다. 시소디아는 손수 요리한 생선카레, 라이타, 시바얀, 키르 따위도 가져왔고, 음식과 더불어 디너파티에 얽힌 이야기를 들려주며 유명인들과의 친분을 과시했다: 파바로티도 자기가 만든 라시를 좋아하더라는 둥, 가엾은 제임스 메이슨은 매콤한 참새우 요리에 감탄해 마지않았다는 둥. 버네사, 아미타브, 더스틴, 스리데비, 크리스토퍼 리브 등의 이름이 줄줄 흘러나왔다. "이스 이스 이슈퍼스타는 동료들의 입맛도 잣잣 잘 알아야죠." 알리는 지브릴을 통하여 시소디아도 전설적인 인물이라는 사실을 알게 되었다. 영화계에서 가장 약삭빠르고 말솜씨 좋은 사람으로 손꼽히는 그는 형편없는 저예산으로 수많은 '수작'을 만들어냈으며 순전히 매력과 부단한 활동력을 바탕으로 벌써 이십 년이 넘도록 버티고 있었다. 시소디아의 프로젝트에 참여한 사람들은 보수를 받아내기가 무척이나 힘들었지만 어쩐지 언짢은 기색도 보이지 않았다. 한번은 출연진이 반란을 일으켰는데—물론 돈 때문이었다—시소디아는 그들 모두를 데리고 인도에서 가장 화려한 마하라자의 궁전에서 거창한 피크닉을 열어 간단히 해결했다. 그곳은 괄리오르나 자이푸르나 카슈미르쯤 되는 명문거족 이외에는 좀처럼 출입할 수 없는 곳이었다. 그가 어떻게 손을 썼는지는 아무도 몰랐지만 그렇게 엄청난 대접을 받은 후에는 돈 문제도 쑥 들어갔고 당시의 출연진은 시소디아의 다음 프로젝트에도 거의 전원이 참여했다. 지브릴은 이렇게 덧붙였다. "필요할 때는 언제든지 도와주는 사람이지. 한번은 시소디아의 영화에 자주 출연하던 댄서 겸 여배우 차룰라타가 암 치료를 받게 되자 몇 년째 밀린 출연료가 하룻밤 사이에 나타났거든."

요즘은 『카타사리트사가르』*—『아라비안나이트』보다 길고 그만큼 흥미진진한 '이야기 바다'—에서 가려 뽑은 옛이야기들을 바탕으로 예상치 못한 박스오피스 히트작을 연달아 터뜨렸고, 덕분에 봄베이 레디머니 테라스의 작은 사무실에 얽매이지 않고 런던과 뉴욕에도 아파트를 소유했으며 화장실마다 오스카상이 널려 있었다. 들리는 말에 의하면, 그의 지갑 속에는 홍콩에서 활동하는 쿵푸영화 제작자 런런 쇼의 사진이 들었는데, 시소디아는 그를 우상처럼 섬기면서도 이름조차 제대로 발음하지 못한다고 했다. "어떨 때는 런이 네 개, 어떨 때는 여섯 개라는 거야." 지브릴이 말했고, 알리는 그가 모처럼 웃는 모습을 보고 기뻐했다. "물론 장담할 수는 없어. 연예계에 떠도는 소문일 뿐이니까."

알리는 시소디아의 세심한 배려가 고마웠다. 유명한 감독이면서도 얼마든지 시간을 낼 수 있는 모양이었다. 한편 알리는 바로 그 무렵부터 몹시 바빠졌다. 냉동식품을 취급하는 대형 체인과 광고 계약을 체결

---

* 11세기의 카슈미르 시인 소마데바가 편찬한 산스크리트어 운문 설화집으로 18권 42,000행이 넘는 대작.

했는데, 이 광고를 맡은 헬 밸런스 씨는 체력보충용 아침식사를—그레이프프루트, 아무것도 안 바른 토스트, 카페인을 뺀 커피를 모두 도체스터 가격으로—먹으며 알리의 프로필에 대해 말했다. "(우리 고객의) 긍정적 요소인 '차가움'와 '시원함'을 두루 갖추셔서 아주 제격이오. 어떤 스타들은 오히려 흡혈귀처럼 브랜드 네임이 받아야 할 관심을 다 빨아먹어버리지. 그런데 이번엔 진짜 상승작용이 있을 듯싶소." 그리하여 알리는 이제 냉동식품점 개업식에 가서 테이프를 끊어야 했고, 판매회의에 참석해야 했고, 여러 아이스크림 통과 함께 광고사진을 찍어야 했다. 게다가 그녀의 서명이 들어간 장비와 레저 의류의 디자이너 및 제조업자를 만나는 정기 회의도 있었다. 그녀 자신의 건강관리 프로그램도 빠뜨릴 수 없었다. 알리는 인근 스포츠센터에서 크게 호평받는 조시 씨의 무술강좌에 등록했고, 유릿조각을 밟는 듯한 고통을 무릅쓰고 필즈에 나가 억지로 다리를 움직이며 매일 5마일씩 달리기도 계속했다. 시소디아는 명랑하게 손을 흔들며 그녀를 배웅했다. "괘괜찮아요. 돗돗 돌아올 때까지 여기 잇잇 있을게요. 지지브릴과 함께 지낼 수 있다는 건 오히려 틋틋 특권이니까." 알리는 그가 끝없이 많은 일화와 견해와 일반적인 잡담 따위로 파리슈타를 즐겁게 해주는 모습을 보며 집을 나섰는데, 돌아와서 보아도 시소디아는 여전히 지칠 줄 모르고 떠드는 중이었다. 알리는 그 속에도 몇 개의 주된 화제가 있음을 알게 되었는데, 특히 두드러지는 것은 '영국인들의 문제점'에 대한 끊임없는 발언이었다. "여영국인들의 문제점은 그들의 엿엿 역사가 주로 해외에서 지진행됐기 때문에 자기들도 뭄뭄 뭐가 뭔지 모른다는 사실이죠."— "런던에서 딋딋 디너파티를 여는 요령은 영국인들이 가가 과반수가 안

되게 하는 겁니다. 영국인들은 수숫자가 적을 때는 얌전하지만 마맘 많아지면 말썽을 일으키거든요."—"고고 공포의 방*에 가보면 영국인들이 엇엇 어디가 잘못됐는지 알 수 있어요. 영국인들이 좃좃 좋아하는 게 바바로 그런 것들이죠. 유혈이 나나 낭자한 시체, 미치광이 이발사, 기타 기타 드등등. 싯싯 신문에도 변태적인 이스 이스 이섹스와 죽음이 가득해요. 그런데도 자기들은 꾹꾹 꽤나 점잖은 척, 꾸꿋꿋한 척합니다. 그걸 믿는 우리도 멍멍 멍청한 거죠." 지브릴도 이런 편견에 전적으로 동의하는 것처럼 보여 알리는 몹시 화가 났다. 도대체 이 사람들은 영국에서 보고 배운 것이 그런 통념뿐이란 말인가? 시소디아는 부끄러운 기색도 없이 미소를 지으며 선선히 시인했다. "아뇨. 하하지만 이런 이야기를 하면 긱긱 기분이 좋거든요."

모즐리 사람들이 지브릴의 투약량을 크게 줄여도 되겠다고 판단할 즈음, 시소디아는 아예 지브릴의 침대에 딸린 부속품이랄까, 좀 괴짜이긴 해도 재미있는 게으름뱅이 사촌 같은 존재가 되었고, 그래서 그가 마침내 올가미를 잡아당겼을 때 지브릴과 알리는 완전히 허를 찔리고 깜짝 놀랄 수밖에 없었다.

∽

시소디아는 그동안 봄베이에 있는 동료들과 연락을 주고받았는데: 바로 지브릴이 인도항공 420편 보스탄호에 탑승하는 바람에 곤경에

---

* 런던의 밀랍 인형 박물관 내 역사상 가장 무서운 사건들을 재현한 전시실.

빠졌던 일곱 명의 영화 제작자였다. 시소디아가 지브릴에게 말했다. "당신이 삿삿 살아 있다는 소식을 듣고 다들 깁깁 기뻐하더군요. 그런데 부부 불행하게도 겍겍 계약 위반 문제가 제기됐어요." 그 밖에도 여러 명의 이해관계자가 부활한 파리슈타를 대상으로 거액의 소송을 준비중이었는데, 특히 핌플 빌리모리아라는 여배우는 소득상의 피해와 직업상의 손해를 주장했다. "며몇 크로레*가 될지도 몰라요." 그러면서 시소디아는 사뭇 우울한 표정이었다. 알리는 화가 치밀었다. "당신이 벌집을 쑤셔놨군요. 진작 알았어야 했는데: 어쩐지 너무 착해 보인다 했더니."

시소디아는 침착성을 잃었다. "젯 젯 젯."

"숙녀 앞입니다." 아직도 약기운 때문에 조금 멍한 상태에서 지브릴이 경고했다. 그러나 시소디아는 두 팔을 마구 내둘렀다. 너무 흥분해서 잘 나오지 않는 말을 억지로 끄집어내려고 노력중이라는 뜻이었다. 그리고 마침내: "제 의도는 솟솟 손해를 줄이자는 겁니다. 배배신이 아니니까 오해하지 맘맘 마세요."

시소디아의 설명에 의하면 봄베이에서 정말 지브릴을 고소하려는 사람은 아무도 없었다. 황금 알을 낳는 거위를 법정에 끌고 가서 죽여버릴 필요는 없으니까. 예전의 프로젝트들을 다시 추진할 수 없다는 것은 이해관계자 모두가 아는 사실이었다: 배우, 감독, 주요 제작진, 하다못해 방음 스튜디오까지 다른 일에 묶여 있었다. 그리고 지브릴이 죽었다가 되살아난 것이 이미 죽어버린 어떤 영화보다도 상업적 가치가 높

* 천만 (루피).

다는 것도 모두 알았다. 그러므로 문제는 어떻게 하면 이 상황을 최대한 활용하여 관련자 모두에게 이롭게 하느냐였다. 그리고 지브릴이 런던으로 왔다는 것은 국제적인 연줄이 있다는 뜻이고, 그렇다면 외국인 투자, 인도를 벗어난 해외 로케이션, '외국인' 스타들의 참여 등등이 가능할 수도 있었다: 간단히 말해서, 바야흐로 지브릴이 은퇴를 끝내고 다시 카메라 앞에 서야 할 시기였다. 시소디아가 지브릴에게 말했다. "섯섯 선택의 여지가 없어요." 지브릴은 정신을 차리려고 침대에서 일어나 앉았다. "만약 걱걱 거절한다면 모두 핫핫 한 덩어리가 돼서 덤벼들 테고, 그때는 전 재산으로도 몸몸 모자랄 겁니다. 파산, 가가감옥, *끝장이죠.*"

그래서 시소디아는 곤란한 일을 자청했다: 주요 당사자 전원이 이 문제에 대한 집행권을 그에게 맡기기로 했고, 이에 따라 그는 아주 대단한 해결책을 마련했다. 영국에서 활동하는 사업가 빌리 바투타가 파운드화와 더불어 '동결된 루피화'까지 기꺼이 투자하고 싶어했는데, 원래는 영국인 영화 배급업자들이 인도 아대륙에서 벌어들인 수익금이지만 본국으로 송금할 수 없는 돈이었고, 그래서 바투타가 유통가능한 통화로 크게 (자그마치 37포인트) 할인된 금액을 지불하고 넘겨받은 터였다. 인도에 있는 제작자들도 전원 동참하기로 했고, 미스 펌플 빌리모리아에게는 춤추는 장면이 적어도 두 번 이상 나오는 그럴듯한 조연 하나를 맡겨 입을 다물게 할 예정이었다. 촬영은 세 대륙에서 진행된다: 유럽, 인도, 북아프리카 해안. 지브릴에게는 제목보다 먼저 이름이 나오게 해주고, 제작자들의 순익에서 삼 퍼센트 포인트를 주고…… 이때 지브릴이 말허리를 끊었다. "십, 아니면 총수익의 이 퍼센트." 머리가 많이 맑아진 모양이었다. 시소디아는 눈 하나 깜짝하지 않았다. "십 아니면 이, 조좋아요. 사전 홍보 활동은 닷닷 다음과 같이……"

"그런데 어떤 프로젝트죠?" 알리 콘이 물었다. '위스키' 시소디아 씨는 입이 찢어지도록 활짝 웃었다. "마마담. 그는 댓댓 대천사 지브릴 역할입니다."

∽

계획안에 의하면 이번 프로젝트는 역사물과 현대물을 아우르는 연작 영화인데, 각각의 작품은 대천사의 길고 빛나는 업적 중에서 한 사건씩 다룬다고 했다: 최소 삼부작이었다. 알리는 작고 말쑥한 거물을 조롱했다. "내가 맞춰볼게요. '자힐리아의 지브릴' '지브릴, 이맘을 만나다' '지브릴과 나비 소녀'." 그러나 시소디아는 부끄러워하기는커녕 오히려 자랑스러운 듯 고개를 끄덕였다. "벌써 줄거리, 싯싯 시나리오 초안, 배배역 선정까지 상당히 짓짓 진행된 상태죠." 알리는 더이상 참을 수 없었다. "구역질나요!" 그녀가 왈칵 화를 내자 시소디아는 후닥닥 도망쳤는데, 이 무릎은 부들부들 떨면서도 상대방을 진정시키려 했고, 한편 알리는 그를 뒤쫓았고, 결국 아파트 안에서 이리 뛰고 저리 뛰고 가구에 부딪히고 문을 쾅쾅 여닫으며 본격적인 추격전이 벌어졌다. "이건 지브릴의 병을 이용해먹겠다는 수작이고, 지금 저이한테 필요한 게 뭐든 아랑곳하지 않고, 더구나 본인의 의사마저 깡그리 무시하는 짓이지 뭐예요. 저이는 은퇴했어요. 당신들은 그걸 존중해줄 수 없나요? 저이는 스타가 되길 원치 않아요. 그리고 제발 좀 가만히 있어요. 잡아먹지 않을 테니까."

시소디아는 달리기를 멈추었다. 그러나 소파를 사이에 두고 신중하게 마주섰다. "제제발 이해를, 이건 정말 불 불 불가." 불안 때문에 혀가 굳어져 더욱더 더듬었다. "다달님이 은퇴할 수 이있습니까? 그리고 밈밈 미안하지만 그는 이일곱 개나 서 서 서. 서명을 나남겼어요. 그러니 꼬꼼짝달싹도 못하죠. 혹시 극극 그리로 보낸다면 또 모르지만: 파파파." 시소디아는 땀을 뻘뻘 흘리다가 포기해버렸다.

"어디 말예요?"

"파갈 카나. 정신병원. 그것도 하한 가지 방법이죠."

알리는 대뜸 에베레스트 모양의 묵직한 황동 잉크병을 집어들고 던질 자세를 취했다. "정말 스컹크 같은……" 바로 그때 지브릴이 문가에 나타났다. 아직도 좀 창백하고 여위고 눈이 움푹 꺼진 모습이었다. "알렐루야, 어쩌면 내가 원하는 일인지도 모르겠어. 다시 일을 시작하는 게 나한테 좋을지도 몰라."

"지브릴 사히브! 얼마나 반가운지 이루 말할 수 없습니다. '스타 재탄생'이군요." 빌리 바투타는 전혀 뜻밖이었다: 이제는 헤어젤을 바르고 반지를 몇 개나 끼고 신문 사교란을 장식하는 사기꾼의 모습이 아니라 놋쇠 단추가 달린 블레이저와 청바지를 입은 수수한 차림새였고, 알리의 예상과 달리 거만하게 으스대는 태도가 아니라 오히려 공손하다고 할 만큼 언행을 삼가는 매력적인 태도를 보여주었다. 그리고 멋진 염소수염을 길러 토리노 수의에 찍힌 그리스도의 모습과 놀랍도록 흡사했다. 세 사람을 맞아들이며 (시소디아가 지브릴과 알리를 자기 리무진에 태워 데려왔는데, 여기까지 오는 동안 세인트루시아 출신의 멋쟁이 운전사 나이젤은 자신의 번개 같은 반사신경 덕분에 지브릴 말고도 얼마나 많은 보행자들이 중상이나 죽음을 면했는지 말해주었고, 그런 회상의 사이사이에는 카폰을 통해 막대한 돈이 걸린 은밀한 거래가 이루어졌던 이야기도 가끔 들려주었다) 빌리는 알리와 따뜻한 악수를 나누더니 다짜고짜 지브릴에게 달려들어 끌어안으며 순수하고 전염성 있는 기쁨을 표시했다. 그러나 그의 동반자 미미 마몰리언은 그런 저자세가 아니었다. 그녀가 발표했다. "모든 게 준비됐어요. 과일, 신인 여배우들, 파파라치, 토크쇼, 뜬소문, 스캔들에 대한 약간의 암시: 세계적인 스타에게 필요한 것은 빠짐없이 갖췄죠. 꽃, 신변 안전, 어마어마한 액수의 계약서 등등. 내 집처럼 편히들 지내세요."

그게 주목적이지, 하고 알리는 생각했다. 그녀는 처음부터 이번 일에 반대했지만 지브릴이 흥미를 보이는 바람에 결국 지고 말았는데, 나중에는 의사들까지 덩달아 말려들어 낯익은 환경으로 돌아가는 편이—어떤 면에서는 귀향이라고도 할 수 있으니—건강에도 이로우리라 예상했다. 그리고 시소디아가 지브릴의 침대 옆에서 들은 꿈 이야기를 가로챈 것도 어쩌면 행운일 수도 있는데: 왜냐하면 그 이야기가 인공적으로 조작된 영화의 세계에서 재현되면 지브릴도 그것이 환상이라는 사실을 더 쉽게 깨달을 테니까. 그렇게 되면 꿈과 생시 사이의 베를린 장벽도 더 빨리 복원되리라. 아무튼 시도해볼 만하다는 것이 중요했다.

그런데 일은 (모든 일이 그렇듯이) 계획대로 풀리지 않았다. 알리는 시소디아와 바투타와 미미가 지브릴의 삶 속에 너무 깊이 들어와버린 것이 못마땅했다. 그들은 지브릴의 의상과 하루 일정을 자기들 멋대로 결정했고, '영속적인 관계'를 갖기에는 '이미지상' 아직 이르다면서 알리의 아파트에서 지브릴을 빼앗아갔다. 지브릴은 한동안 리츠에 머물다가 시소디아의 집에서 방 세 개를 쓰게 되었는데, 그로스베너 스퀘어 근처 오래된 맨션의 한 층을 차지한 이 집은 널찍하고 실내장식도 멋들어졌다: 바닥은 온통 아르데코풍 대리석이었고 벽에는 바림칠이 되어 있었다. 무엇보다도 알리를 화나게 하는 것은 지브릴이 이런 변화를 순순히 받아들인다는 사실이었다. 알리는 지브릴이 이미 제2의 천성이 되어버린 그런 것들을 모두 버리고 그녀를 찾아 나섰던 것이 얼마나 큰 결단이었는지 이제야 조금씩 이해할 수 있었다. 지금 그는 무장경호원들이 있고 아침식사가 담긴 쟁반을 들여오며 킥킥거리는 하녀들이 있는 세계로 다시 빠져드는 중이었다. 그렇다면 혹시 예전에 알리의 인생에 극적으로 뛰어들었듯이 이번에는 극적으로 그녀를 버리지나 않을까? 그의 역逆이주를 한몫 거들어준 덕분에 그녀 자신은 멀리 밀려나고 마는 것이 아닐까? 신문, 잡지, 텔레비전, 어디를 보아도 수많은 여자들과 팔짱을 끼고 바보처럼 웃는 지브릴의 모습이 눈에 띄었다. 알리는 그 모습이 지긋지긋하게 싫었지만 지브릴은 아랑곳하지 않았다. 작은 픽업트럭만한 가죽소파에 몸을 묻으며 그녀의 말을 일축했다. "뭐가 걱정인데? 저런 건 카메라 인터뷰일 뿐이야: 사업, 그뿐이라고."

그러나 최악의 상황은: 그가 질투한다는 사실이었다. 독한 약을 끊으면서, 그리고 그의 일 (또는 그녀의 일) 때문에 서로 떨어질 수밖에 없는 경우가 잦아지면서, 지브릴은 언젠가 브루넬의 만화를 놓고 어처구니없는 싸움을 야기했던 불합리하고 통제 불가능한 의심에 다시 사로잡혔다. 만날 때마다 꼬치꼬치 캐물으며 그녀를 달달 볶았다: 어디 갔었느냐, 누구를 만났느냐, 그놈이 무슨 짓을 했느냐, 그녀 쪽에서 유혹한 것이 아니냐? 알리는 숨이 막힐 것 같았다. 그의 정신 질환, 그의 삶에 영향을 미치는 새로운 요소들, 그리고 이번에는 밤마다 어김없이 시작되는 가혹한 심문: 이렇게 잘못된 것들의 눈사태 속에서 그녀의 진짜 인생, 그녀가 원하는 인생, 그녀가 지금껏 견디고 투쟁하며 추구했던 인생은 점점 더 깊이 파묻혀갔다. 알리는 목이 터져라 외치고 싶었다: 나에게 필요한 것들은 어쩌란 말이야, 나는 언제 조건을 내세울 수 있지? 자제력의 한계까지 내몰린 그녀는 최후의 수단으로 어머니의 조언을 구했다. 모스코 로드에 있는 아버지의 옛 서재에서—알리차는 이 방을 오토가 좋아하던 그대로 놓아두었는데, 다만 지금은 커튼을 활짝 열어 영국의 미약한 햇빛이나마 한껏 쏟아져들어오게 하고 요소요소에 꽃병을 배치했다—알리차가 제일 먼저 꺼낸 말은 세상에 대한 권태에 지나지 않았다. "그래, 여자의 인생 계획은 남자의 뒷전으로 밀려나기 마련이지. 여자로 태어난 걸 어쩌겠니. 나는 오히려 네가 그렇게 흥분하는 게 신기하구나." 그래서 알리는 고백했다: 지브릴에게서 떠나고 싶은데 도저히 그럴 수 없다고. 심각한 문제가 있는 사람을 버린다는 죄책감 때문만이 아니었다. '열애' 때문이었다. 지금도 입 밖에 내려고 할 때마다 혀가 바싹 말라버리는 그 말 때문이었다. "넌 그의 아이를 원하는 거야." 알리차가 가르쳐주었다. 알리는 먼저 발끈했다. "내 아이를 원하는 거예요." 그러나 금방 수그러지더니 코를 풀며 멍하니 고개를 끄덕였다. 울음이 터지기 직전이었다.

"너도 머리 검사를 받는 게 좋겠다." 알리차는 알리를 위로해주었다. 이렇게 서로 얼싸안았던 때가 언제였던가? 너무 오래전이었다. 그리고 이번이 마지막일 수도…… 알리차는 딸을 포옹하며 말했다. "그러니 눈물 닦아라. 좋은 소식이 있어. 네 연애는 엉망이 돼버렸지만 어미는 사정이 좀 나은 편이란다."

보닉이라는 미국인 대학 교수로, 유전공학 분야에서 꽤 알아주는 사람이었다. "아무 말 마라, 넌 아무것도 모르잖아, 이건 프랑켄슈타인이나 기프* 같은 것 말고도 유익한 용도가 많은 분야란 말이야." 알리차는 불안한 기색이 역력했지만, 알리는 놀라움과 자신의 비참한 기분을 이겨내고 흐느낌 섞인 후련한 폭소를 터뜨렸다. 어머니도 함께 웃었다. 알리가 울먹이며 말했다. "그 나이에, 부끄러운 줄 아셔야죠." 그러자 미래의 보닉 부인이 대꾸했다. "글쎄, 나는 모르겠는데. 교수, 그것도 캘리포니아 스탠퍼드 교수니까 이젠 내 인생에도 햇빛이 찾아들겠지. 살을 태우며 많은 시간을 보낼 생각이란다."

∽

지브릴이 자신에게 미행을 붙였다는 사실을 알게 되었을 때 (시소디아 궁전의 책상 서랍에서 우연히 보고서를 발견했다) 알리는 마침내

---

* 염소와 양의 교배종.

결별을 단행했다. 쪽지 한 장을 써서—더는 못 참겠어—보고서 속에 끼워 책상 위에 올려놓았다. 그리고 작별인사도 없이 나가버렸다. 지브릴은 끝내 연락하지 않았다. 이 무렵 그는 인도 영화배우들이 무대 위에서 노래와 춤을 보여주는 인기 쇼를 통해 대중 앞에 화려하게 재등장하려고 한창 리허설중이었는데, 바로 얼스 코트에 있는 빌리 바투타의 한 회사에서 추진하는 공연이었다. 지브릴은 예고 없이 불쑥 나타나 관객을 사로잡을 깜짝 손님이었고, 벌써 몇 주째 코러스 라인과 함께 춤 연습을 하고 녹음된 음악에 맞춰 입을 뻥긋거리는 재주를 다시 익히는 중이었다. 바투타의 홍보팀은 이 '비밀의 사나이' 또는 '다크 스타'에 대해 온갖 소문을 퍼뜨리며 예의주시했고, 밸런스의 광고회사에 의뢰하여 일련의 라디오용 '티저 광고'와 전지 48장 크기의 포스터를 제작하게 했다. 지브릴이 얼스 코트 무대에 나타나는 순간은—그는 연기와 판지로 만든 구름에 둘러싸인 채 무대 천장에서 서서히 내려간다—그가 영국땅에서 슈퍼스타의 자리로 귀환하는 절정의 순간이 될 테고 그 다음은 봄베이 차례였다. 지브릴은 알렐루야 콘에게서 '버림받았다'고 생각했고, 이번에도 '비굴하게 무릎 꿇을 수 없다'고 마음먹었다. 그래서 더욱 일에만 몰두했다.

다음으로 잘못된 일은 빌리 바투타가 뉴욕에서 악마 사기 사건으로 체포된 일이었다. 일요신문에서 이 기사를 읽은 알리는 자존심을 억누르고 지브릴의 연습실로 전화를 걸어 그런 명백한 범죄자들과 어울리지 말라고 경고했다. "바투타는 날건달이야. 모든 게 연극이고 거짓이었다고. 맨해튼 귀부인들에게 인기를 끌려고 우리에게 먼저 시험해본 거란 말이야. 그 염소수염! 그리고 대학교 블레이저, 참 기가 차네: 우리가 어쩌다 속아넘어갔지?" 그러나 지브릴은 냉담하고 서먹서먹했다. 그의 관점에서 알리는 자신을 차버린 여자였고 그런 배신자의 충고는 들어볼 필요도 없었다. 더구나 바투타의 홍보팀과 시소디아는—지브릴도 이미 닦달해보았지만—빌리 문제로 축제의 밤(제목은 '필르멜라')이 지장을 받지는 않는다고 말했다. 재정적인 합의 사항에도 변동이 없고, 보수나 출연료로 지급할 돈도 이미 할당되었고, 봄베이에서 활동하는 스타들에게서 모두 계획대로 참여한다는 확답을 받았다고 했다. 시소디아는 이렇게 장담했다. "계획은 수순조롭게 진행되고 있어요. 공연은 계속돼야 하는 거니까."

다음으로 잘못된 일은 지브릴의 내면에서 일어났다.

이 다크 스타에 대해서는 사람들이 계속 궁금해하도록 만들어야 한다는 것이 시소디아의 확고한 생각이었고, 그래서 지브릴은 얼스 코트의 무대 출입구로 들어갈 때도 부르카를 뒤집어써야 했다. 그래서 성별조차 밝혀지지 않았다. 지브릴은 제일 넓은 분장실을 쓰게 되었는데—문짝에는 까만 오각 별 하나가 붙어 있었다—안경 낀 무릎처럼 생긴 감독이 다짜고짜 문을 잠가버렸다. 분장실에는 천사 의상이 놓였는데, 그중에는 이마에 둘러쓰면 뒤통수에 달린 전구가 후광 같은 효과를 내는 장치도 있었다. 그리고 폐쇄회로 텔레비전도 있어 쇼를 지켜볼 수 있었는데—미툰과 키미는 '*광란의 디스코*'를 선보이고, 자야프라다와 레카는(관계없음: 이 사람은 양탄자를 타고 다니는 허깨비가 아니라 대스타니까) 무대 위에서 위풍당당한 태도로 인터뷰에 응하는데, 특히 자야는 일부다처제에 대한 견해를 밝히고, 레카는 다른 삶에 대한 공상을 늘어놓고('인도에서 태어나지 않았다면 파리의 화가가 됐을 거예요'), 비노드와 다르멘드라는 남성적인 묘기를 보여주고, 스리데비는 사리가 다 젖어버리고—이윽고 지브릴이 무대 위에 높이 매달려 윈치로 작동하는 '전차'에 올라탈 시간이었다. 무선 전화기가 있었는데, 시소디아가 대만원이라는 소식을 전하기는 했지만—시소디아는 "벼별 의별 사람들이 다 몸몸 모였어요" 하고 의기양양하게 말하며 지브릴에게 자신의 관객 분석법을 알려주었다: 파키스탄인은 옷차림이 화려하고, 인도인은 수수한 편이고, 방글라데시인은 감각이 형편없어 '하나같이 자기들이 좋아하는 짓짓 진홍색이나 분홍색이나 그금색 고타만 입으니까' 금방 알아볼 수 있다는 설명이었다—그때 말고는 벨이 울리지 않고 조용했다. 그리고 마침내 선물 포장을 한 커다란 상자 하나가 나타났는데 사려 깊은 감독이 주는 작은 선물이었고 그 속에는 금색 리본을 주렁주렁 걸치고 애교만점의 표정을 짓는 미스 펌플 빌리모리아가 들어 있었다. 영화계가 총출동했다.

그 이상한 느낌이 시작된—아니, 재발한—것은 지브릴이 '전차'를 타고 하강의 순간을 기다릴 때였다. 그는 자신이 지금 어떤 노선을 따라 나아가는 중이며 이제 곧 어떤 선택을 하게 되리라 생각했는데, 그것은—이 생각은 그가 도와주지 않아도 머릿속에서 저절로 진행되었다—두 가지 현실 중 선택하는 것이었으니, 하나는 바로 이 세계였고, 또하나는 보이지만 안 보이는 세계, 그러나 분명히 존재하는 세계였다. 몸이 나른하게 무거웠고, 자신의 의식마저 까마득히 멀게 느껴졌고, 그는 자기가 어떤 길을 선택하게 될지, 어느 세계로 들어가게 될지 짐작조차 할 수 없다는 사실을 깨달았다. 그리고 의사들이 자신을 정신분열증 환자로 진단한 것은 착오였음을 알게 되었다. 분열한 것은 그가 아니라 세계였다. 어느덧 저 밑에서는 엄청난 환호성이 밀물처럼 차오르기 시작했고, 마침내 전차가 내려가기 시작할 때 그는 대사의 서두를 연습했는데—내 이름은 지브릴 파리슈타, 내가 돌아왔습니다—그 말은 굳이 표현하자면 스테레오처럼 들려왔으니, 이 말도 서로 다른 의미를 지니고 두 개의 세계에 공존하기 때문이었고,—이제 조명이 그에게 쏟아졌고, 그는 두 팔을 높이 치켜들었고, 그는 구름에 둘러싸인 채 돌아오는 중이었고,—군중들이 그를 알아보았고, 동료 연기자들도 마찬가지였고, 공연장에 모인 사람들은 남녀노소를 불문하고 모두 자리에서 벌떡 일어났고, 아무도 멈출 수 없는 바다가 되어 무대 쪽으로 몰려왔다.—제일 먼저 당도한 사람이 소리쳤다: 저를 기억하십니까, 지브릴? 여섯 발가락? 마슬라마입니다, 존 마슬라마. 당신이 우리 곁에 오셨다는 사실은 결코 누설하지 않았습니다. 다만 주께서 곧 오신다는 소식만은 당신보다 먼저 알렸습니다, 광야에서 외치는 자의 소리가 있어, 굽은 것이 곧아지고 험한 길이 평탄해지리라*—그러나 그는 곧 끌려가버렸고, 경비원들이 지브릴을 둘러쌌고, 도저히 통제불능입니다, 제기랄, 폭동이에요, 그러니 빨리—그러나 지브릴은 떠나려 하지 않았으니, 왜냐하면 적어도 군중의 절반 이상은 머리에 괴상한 물건을 쓰고 있었는데, 거기 달린 고무 뿔은 사람들이 누구를 섬기고 누구를 배척하는지 말해주는 상징인 듯하고, 그래서 그들의 모습도 악마처럼 보였고,—적의 표식을 발견하는 순간 지브릴은 세계가 둘로 갈라지는 것을 느끼고 그중 왼쪽 길로 접어들었다.

이후 일어난 일에 대해서는 공식적인 발표가 있었고 곧 모든 언론매체가 받아들였는데, 내용인즉슨 윈치로 작동하는 전차를 타고 하강하던 지브릴 파리슈타는 미처 내려설 겨를도 없이 다시 상승하여 위험지대를 벗어났고, 그렇게 혼란의 현장을 떠나 아무에게도 보이지 않는 높고 격리된 장소에 이르렀으니 밖으로 빠져나가는 일도 간단했으리라. 이 같은 설명은 꽤 설득력이 있어 〈보이스〉에 '폭로기사'가 실린 뒤에도 끄떡없었는데, 이 기사에 의하면 당시 윈치를 담당했던 무대 조감독은 전차가 일단 바닥에 닿은 뒤에는 윈치를 작동하지 않았고, 다시 강조하지만 작동하지 '않았고,' 그래서 사실 이 전차는 희열에 사로잡힌 영화팬들이 난동을 부리는 동안에도 줄곧 밑에 있었고, 주최측은 날조된 이야기를 뒷받침하도록 무대 임직원에게 상당한 돈을 풀었다고 한다. 그래도 이 날조된 이야기는 완전히 허구였으므로 오히려 구독자들이 믿을 만큼 현실적이었다. 그러나 사실 지브릴 파리슈타는 얼스 코트 무대에서 자력으로 둥실 떠올라 공중으로 사라져버렸다는 소문이 이 도시의 아시아인들 사이에 급속히 퍼져나갔고, 그의 뒤통수에서 후광을 보았다는 수많은 목격담이 소문을 더욱 부채질했다. 지브릴 파리슈타의 두번째 실종 사건으로부터 채 며칠이 지나지 않았을 때 브릭홀과 웸블리와 브릭스턴의 신제품 가게에는 온갖 장난감 후광이 등장하

---

* 「누가복음」 3:4~5.

여 (그중에서도 최고 인기 품목은 초록색 형광 테였다) 두 개의 고무 뿔이 달린 머리띠만큼이나 절찬리에 판매되었다.

지브릴은 런던 상공에 높이 떠 있었다!—하하, 이젠 아무도 나를 건드리지 못한다, 그 복마전에서 나에게 덤벼들던 악마들도!—그는 도시를 내려다보고 영국인들을 굽어보았다. 영국인의 문제점은 그들이 영국인이라는 사실이다: 냉정한 놈들cold fish!—연중 대부분의 시간을 물속에서 보내고 낮에도 밤의 빛깔을 띠는 싸늘한 물고기 같은 놈들!—자: 이제 내가 왔으니, 위대한 '변혁자'가 나타났으니, 이번에는 더러 달라지는 것들이 있으리라—자연의 법칙은 곧 변화의 법칙이고 나야말로 그것을 마음대로 부릴 수 있으니까!—아무렴, 그렇고말고: 먼저 맑음이다.

저들에게 보여주리라—그렇다!—나의 권능을.—저 무력한 영국인들!—그들은 자기들의 역사가 되돌아와 자기들을 괴롭힐 것을 모르는가?—'원주민이란 억압받는 사람들이며 그들은 끊임없이 박해자가 되는 꿈을 꾼다'(파농).* 영국 여자들은 더이상 나를 묶어두지 못한다. 그들의 음모가 백일하에 드러났으니까!—그러므로 모든 안개는 사라져라. 나는 이 땅을 새롭게 하리라. 나는 대천사 지브릴이다.—내가 돌아왔다!

* 프랑스령 마르티니크 태생의 평론가, 정신분석학자, 사회철학자로 인종문제를 주로 다룬 프란츠 파농의 저서 『대지의 저주받은 사람들』에서 인용.

적의 얼굴이 다시 눈앞에 나타나더니 점점 또렷하고 선명해졌다. 냉소적으로 일그러진 입매, 달처럼 둥그런 얼굴: 그러나 이름은 아직 떠오르지 않는데…… '차tcha', 홍차 같은? '샤Shah', 임금님? 아니면 (왕족? 홍차?) 춤 종류: '차차차Shatchacha.'—거의 비슷한데.—그리고 적의 성격은: 자신을 혐오하여 가짜 자아를 구축하는 자기 파괴적 성향. 다시 파농: '이 같은 방법으로 개개인은'—즉 파농이 말하는 원주민은—'신이 정한 파멸을 받아들이고, 정착민 무리에게 고개를 숙이고, 내면적 안정 회복의 과정을 통하여 돌과 같은 고요를 얻는다.'—내가 그 자에게 돌과 같은 고요를 주리라!—원주민과 정착민, 이 해묵은 갈등은 피아의 범주가 뒤바뀐 채 지금도 저 질척질척한 길거리에서 계속된다.—이때 그는 문득 자신과 적이 영원히 하나로 결합되었다는 생각을 하게 되었다. 그들의 팔은 서로의 몸뚱이를 부둥켜안고, 입과 입을 맞대고, 머리와 꼬리를 맞대고, 둘이서 지상으로 떨어질 때 그랬듯이: 그들이 지상에 정착할 때 그랬듯이.—한번 시작된 일은 계속되기 마련이다.—그렇다, 그가 점점 다가온다.—치치? 사사?—나의 맞수, 나의 사랑……

…… 아냐!—그는 녹지대 위로 날아가다가 버럭 소리쳐 새들을 놀라게 했다.—영국 땅이 유발시킨 이런 불투명한 생각, '성경의 사탄'에서 비롯된 혼란스러운 생각, 다 집어치워!—맑음, 맑음, 무슨 일이 있어도 오로지 맑음!—이 샤이탄은 타락한 천사가 아니다.—아침의 아들이니 뭐니 하는 허구는 모두 잊어라. 그자는 원래 선했다가 악해진 것이 아니고 순수한 악일 뿐이다. 사실을 말하자면 처음부터 천사가 아니었다!—'그는 정령이었고, 그래서 거역했다.'—쿠란 18:50, 여기 분

명히 그렇게 명시되었다.—이 설명 쪽이 훨씬 더 명료하지 않으냐! 훨씬 더 합리적이고 현실적이고 이해하기도 쉽지 않으냐!—이블리스/샤이탄은 어둠을 상징하고, 지브릴은 빛을 상징하고.—사라져라, 감상적인 것들은 모두 꺼져버려라: 결합, 부둥켜안음, 사랑 따위. 색출하여 파괴한다: 그뿐이다.

……도시 가운데 가장 교활하고 사악한 도시여!—엄존하는 뚜렷한 대립 관계도 여기서는 끝없이 내리는 잿빛 부슬비에 씻겨 흐지부지 가라앉고 만다.—예를 들자면, 내가 저 '사탄의 성경'에서 비롯된 의혹들을 뿌리쳤던 것은 얼마나 잘한 일인가,—신께서 당신의 부하들에게 이견을 허용하지 않았다고 생각했던 것도 그렇고,—왜냐하면 이블리스/샤이탄은 애당초 천사가 아니었고, 따라서 신이 반체제 천사들을 진압해야 했던 일도 없었으니까,—그리고 금단의 열매에 대해 생각했던 것, 즉 신께서 피조물에게 윤리적 선택권을 주지 않았다고 생각했던 것도 그렇고,—왜냐하면 암송문 쿠란을 샅샅이 뒤져보아도 선악을 알게 한다는(성경에 의하면) 나무에 대한 이야기는 없으니까. 그것은 전혀 다른 나무였다! 에덴의 남녀를 유혹할 때 샤이탄은 이 나무를 '영생의 나무'라고 불렀다—그런데 그는 거짓말쟁이고, 따라서 금단의 열매가 (사과라고 명시되지는 않았으니까) 달린 나무는 사실 (뒤집어 생각해보면 알 수 있듯이) 다름 아닌 '죽음의 나무', 즉 인간의 영혼을 파멸시키는 나무였다.—그렇다면 윤리를 두려워하는 신은 어찌 되는가? 그런 신은 어디서 찾아야 할까?—저 아래, 저 영국인들의 마음속에만 있다.—나 지브릴이 그것을 바꿔놓으리라.

아브라카다브라!

수리수리 마수리!

그런데 어디서부터 시작할까?—자, 영국인들의 문제점은 그들의:

그들의:

한 마디로 말해서—지브릴은 엄숙히 선언했다—그들의 날씨다.

구름을 타고 둥실 떠 있던 지브릴 파리슈타는 영국인들의 흐리멍덩한 윤리의식이 기상학적 요인 때문이라는 결론을 내렸다. 그의 논리는 다음과 같았다. "낮이 밤보다 따뜻하지 않을 때, 빛이 어둠보다 밝지 않을 때, 땅이 바다보다 건조하지 않을 때, 사람들은 틀림없이 분별력을 잃어버리고 모든 것이—정당이든 섹스 파트너든 종교적 신념이든—그저 비슷비슷-엇비슷, 둘러치나-메치나, 엉덩이나-궁둥이나라고 생각하게 된다. 이 얼마나 어리석은 일이냐! 진실이란 극단적인 것이므로 이것은 저것이 아니고 그는 그녀가 아니다. 진실은 관람용 스포츠가 아니라 유격전이다. 간단히 말해서 화끈하다. 도시여!" 그의 외침은 천둥소리처럼 대도시를 뒤흔들며 퍼져나갔다. "나는 너를 열대로 만들겠노라."

지브릴은 런던을 열대 도시로 바꿨을 때의 이점을 하나하나 열거했다: 윤리적 명확성이 증진되고, 시에스타가 국가적으로 제도화되고, 국민은 더 활달하고 대범해지고, 대중음악도 고급화되고, 나무 위에는 새로운 새들이 살고(마코앵무새, 공작새, 코카투앵무새), 새들 밑에는 새로운 나무가 자란다(코코야자, 타마린드나무, 수염을 늘어뜨린 바니안나무). 거리의 생활도 좋아지고, 대단히 화려한 빛깔의 꽃이 피고(자홍색, 주홍색, 네온그린색), 떡갈나무숲에는 거미원숭이가 뛰논다. 에어컨과 실링팬과 모기향과 살충제의 국내 소비량이 급증한다. 코이어 및

코프라* 산업이 등장한다. 런던은 국제회의 등등의 중심지로서 더 큰 매력을 갖게 되고, 더 우수한 크리켓 선수들이 배출되고, 프로 축구선수들의 제구력도 더욱 강조되고, '높은 작업률'을 고집하던 영국의 무자비한 전통은 더위 때문에 힘을 잃는다. 종교열도 고조되고, 정치 소요도 늘어나고, 지식계급에 대한 관심도 되살아난다. 영국인들의 냉정한 성격도 사라지고, 탕파는 영원히 추방되고, 그 대신 퀴퀴한 밤마다 느릿느릿 향기로운 사랑을 나눈다. 사회적 가치관도 달라진다: 친구들은 약속도 없이 서로의 집을 불쑥불쑥 찾아가기 시작하고, 양로원들은 문을 닫고, 대가족의 중요성이 부각된다. 음식맛이 더 진해지고, 영국 화장실에서도 휴지뿐만 아니라 물도 사용하게 되고, 첫 장맛비가 내릴 때 옷을 입은 채 달려보는 즐거움도 생긴다.

단점은: 콜레라, 장티푸스, 재향군인병, 바퀴벌레, 흙먼지, 소음, 무절제의 문화.

지브릴은 지평선을 밟고 서서 두 팔을 뻗어 하늘을 덮으며 소리쳤다. "이루어져라."

세 가지 일이 순식간에 일어났다.

첫번째는, 그의 몸에서 상상할 수도 없을 만큼 엄청난 자연력이 한꺼번에 빠져나가면서 (왜냐하면, 그가 곧 자연력의 화신이 아니던가?) 일시적으로 포근하고 어질어질하고 노곤하고 졸리고 울렁거리는 (그러나 결코 불쾌하지 않은) 느낌에 사로잡혔고, 그래서 비록 찰나에 불과했지만 눈을 감았다는 것.

* 코이어는 야자껍질의 빳빳한 섬유, 코프라는 야자의 과육을 말린 것이다.

두번째는, 그렇게 눈을 감는 순간 마음속의 스크린에는 뿔이 달리고 염소를 닮은 살라딘 참차 씨의 모습이 지극히 또렷하고 선명하게 나타났고, 그와 동시에 마치 자막이라도 찍힌 듯 적의 이름도 불현듯 생각났다는 것.

그리고 세번째는, 지브릴 파리슈타가 눈을 떴을 때 그는 다시 알렐루야 콘의 문 앞에 쓰러져 용서를 빌며 징징거리고 있었다는 것: 오 맙소사, 또 그랬어, 그 일이 정말 또 일어났어.

∽

알리는 지브릴을 침대에 눕혔다. 지브릴은 잠 속으로 도망쳤다: 허둥지둥, 진짜 런던을 떠나 자힐리아로—왜냐하면 진짜 공포가 부서진 경계벽을 넘어 생시로 침투해왔으니까.

알리가 전화로 이 소식을 전했을 때 알리차는 이렇게 말했다. "귀소본능이라: 터무니없는 일이 꼬리를 무는구나. 네가 무슨 신호를 보내는 모양이다. 삑삑거리면서 말이야." 평소처럼 그녀는 염려하는 마음을 빈정거리는 말 속에 감추었다. 이윽고 그녀가 본론을 꺼냈다. "이번엔 좀 현명하게 굴어라, 알렐루야, 알았니? 이번엔 꼭 정신병원이다."

"두고 봐야죠, 엄마. 지금은 자고 있어요."

"그럼 아주 안 일어난다든?" 알리차는 그렇게 핀잔을 주다가 자제했다. "그래, 나도 안다, 네 인생이지. 그건 그렇고, 요즘 날씨, 굉장하지 않니? 몇 달 동안 계속될지도 모른다더라: '봉쇄 양상'이라나, 텔레비전에서 들었는데, 모스크바엔 비가 내리고 여긴 열대성 폭염이란다. 스탠퍼드에 있는 보닉한테 전화를 걸어 말해줬지: 이젠 런던에도 날씨 변화가 생겼다고."

제6부

자힐리아로 돌아오다

검은 돌의 집에 있는 알라트 석상의 왼쪽 눈가에서 흘러내리는 핏빛 눈물 한 방울을 보았을 때 시인 바알은 예언자 마훈드가 사반세기에 걸친 망명생활을 끝내고 자힐리아로 돌아오고 있음을 알았다. 그는 요란하게 트림을 했는데—이 또한 나이 때문에 생긴 골칫거리인바, 이 천박한 짓도 결국 세월에서 비롯된 전반적인 경화현상과 일맥상통하는 듯하니, 몸과 더불어 혀도 굳어져가고, 피도 서서히 응고되고, 그리하여 바알은 쉰 살의 나이에 벌써 젊은 시절의 팔팔하던 모습과는 전혀 딴판이었다. 때로는 공기마저 굳어져 저항하는 듯하고, 그래서 잠시만 걸어 다녀도 숨이 차고 팔이 쑤시고 가슴이 불규칙하게 두근거리고…… 그러니 마훈드도 많이 변했을 터, 하다못해 아내도 없이 빈손으로 황망히 도망쳤던 그가 이번에는 광휘와 전능한 힘을 거느리고 돌아온다. 예순다섯 살의 마훈드. 바알은 생각했다. 우리 이름은 서로 만나고 헤어지고 다시 만나지만 그 이름을 가진 사람들은 그대로가 아니지. 그는 찬란한 햇빛 속에 드러나기 시작한 알라트를 두고 그 자리를 떠나다가 문득 등뒤에서 숨죽여 킬킬거리는 웃음소리를 들었다. 힘겹게 돌아섰다. 아무도 안 보인다. 모퉁이 뒤로 사라지는 옷자락뿐. 요즘은 낯선 자들이 길거리에서 바알의 초라한 행색을 보고 낄낄거리는 일이 많다. "개자식!" 목청껏 소리쳤다. 신전 안에 있던 다른 참배객들이 분개한다. 늙어빠진 시인 바알, 또 저렇게 행패를 부리는군. 그는 어깨를 으쓱거리고 집으로 향했다.

자힐리아는 이제 더이상 모래로 지은 도시가 아니다. 다시 말하자면, 세월의 흐름, 사막 바람의 마술, 무엇이든 돌로 변하게 하는 달의 힘, 사람들의 망각, 피할 수 없는 진보의 발걸음, 그 모든 것이 도시를 굳어지게 만들었고, 그리하여 자힐리아는 사람이 살 수 있는 신기루처럼 끊임없이 모습을 바꾸던 예전의 가변성을 잃어버리고 지금은 사뭇 평범하고 시시하고 (그곳에 사는 시인들처럼) 가난한 도시가 되고 말았다. 마훈드의 팔이 길어졌다. 그의 힘은 자힐리아를 포위하고 이 도시의 생명수였던 순례자들과 대상들을 차단해버렸다. 요즘 자힐리아의 장터는 보기에도 안쓰러울 지경이다.

심지어 대공조차 누추해 보이기만 했으니, 백발도 치아도 여기저기 듬성듬성했다. 첩들은 노령으로 하나둘씩 죽어갔고, 그에게는 다른 첩을 맞아들일 만한 정력도—꼬불꼬불한 뒷골목에서 수군거리는 풍문에 의하면 그럴 만한 욕구도—남지 않았다. 어떤 날은 면도하는 것마저 잊어버려 더욱 추레하고 비참해 보였다. 힌드만 옛날과 똑같았다.

전부터 그녀에게는 마녀라는 소문이 따라다녔는데, 자신의 가마가 지나갈 때 절을 하지 않으면 병에 걸리게 한다고도 했고, 남자들을 데리고 놀다가 싫증나면 요술을 부려 사막의 뱀으로 둔갑시킨 후 꼬리를 움켜쥐어 사로잡고 껍질째 요리하게 하여 저녁거리로 먹어치운다고도 했다. 이제 그녀도 예순 살의 나이에 이르렀지만 놀랍고 괴이하게도 전혀 늙지 않아서 주술을 쓴다는 소문을 뒷받침하는 새로운 근거가 되었다. 주변의 모든 것이 굳어지고 침체되었지만, 상어 부족의 옛 패거리도 이젠 중년이 되어 길모퉁이에 쭈그리고 앉아 카드놀이를 하거나 주사위를 굴렸지만, 늙은 매듭 점쟁이나 곡예사들은 시궁창에서 굶주림으로 죽어갔지만, 새로 한 세대가 자라났고 그들은 십중팔구 실직과 빈곤에 시달릴 것을 알기에 한사코 보수주의를 신봉하고 무조건적으로 물질을 숭상했지만, 이 대도시는 자기 정체성을 잃어버렸고 심지어 죽은 자를 숭배하는 의식마저 인기가 시들해져 자힐리아의 낙타들이 안도했으니, 오금이 잘린 채 인간의 무덤 위에 버려지길 싫어하는 심정이야 이해하고도 남을 일이지만…… 아무튼 간단히 말해서 자힐리아는 그렇게 쇠퇴했으나, 힌드는 여전히 주름살 하나 없고, 몸매도 젊은 여자처럼 팽팽하고, 머리도 까마귀 깃털처럼 새까맣고, 눈동자도 칼날처럼 반짝거리고, 거동도 변함없이 도도하고, 목소리도 예나 지금이나 이견을 용납하지 않았다. 이제 이 도시를 다스리는 사람은 심벨이 아니라 힌드였다. 어쨌든 그녀는 그렇게 믿었다.

대공이 늙어 힘없고 뚱뚱한 노인이 되자 힌드는 시민들 앞으로 훈계와 권고가 담긴 몇 통의 편지 또는 교서를 썼다. 이 글은 시내 모든 거리에 나붙었다. 그리하여 자힐리아인들은 곧 아부 심벨이 아니라 힌드를 이 도시의 화신으로, 즉 살아 있는 아바타로 여기게 되었으니, 그들은 그녀의 육체적 불변성과 성명서의 단호한 결단력에서 자신들의 모습을 발견했고, 과거 심벨의 쭈글쭈글한 얼굴을 거울삼아 보았던 것보다 훨씬 마음에 드는 모습이었기 때문이다. 힌드가 써붙인 방문은 그 어떤 시인의 시보다 영향력이 컸다. 그녀는 성적인 면에서도 여전히 지칠 줄 몰랐고, 도시 안의 모든 글쟁이와 잠자리를 가졌다(물론 바알이 그녀의 침실에 발을 들인 것은 벌써 옛일이지만). 이제 글쟁이들은 쓸모가 없어져 버림받았고 그녀는 걷잡을 수 없이 날뛰었다. 펜뿐만 아니라 칼도 휘둘렀다. 그녀는 힌드였다. 일찍이 남장을 하고 자힐리아군에 입대하여 전쟁의 폭풍 속에서 마술로 창과 칼이 모조리 비껴가게 만들며 동생들을 죽인 살인자를 찾았던 힌드. 예언자의 숙부를 도살하고 늙은 함자의 간과 심장을 먹어버린 힌드.

누가 그녀에게 대항할 수 있으랴? 그녀의 영원한 젊음, 그녀의 것이면서 또한 자힐리아인들의 것이기도 한 그 젊음 때문에, 그들에게 천하무적이라는 환상을 심어주었던 그녀의 사나움 때문에, 그리고 그녀의 교서들, 시간과 역사와 시대를 거부하던, 이 도시의 꺼지지 않는 장엄함을 노래하고 길거리에 가득한 쓰레기와 모든 낡음을 한 마디로 일축하던, 오로지 위대함과 지도력과 영원성을 내세우고 자힐리아인이야말로 신들의 수호자라고 주장하던…… 그 문장들 때문에 사람들은 그녀의 음란성을 용서했고, 힌드가 생일날 에메랄드를 주렁주렁 달았다는 이야기를 듣고도 못 들은 척했고, 난교 파티를 벌인다는 소문도 묵살했고, 옷장 속에 금박으로 만든 잠옷 오백여든한 벌과 루비 구두 사백이십 켤레가 있다는 말도 그저 웃어넘겼다. 자힐리아 시민들이 다니는 거리는 점점 더 위험한 곳이 되어갔는데, 푼돈을 얻기 위해 살인을 저지르는 일도 흔했고, 늙은 여자들이 강간을 당한 후 잔인하게 살해되었고, 굶주린 사람들이 폭동을 일으키면 힌드의 사설 경찰인 맨티코어 부대가 나서서 무자비하게 진압했다. 그러나 사람들은 자기들의 눈과 배와 돈지갑이 제시하는 명백한 증거를 무시하고 힌드가 그들의 귀에 속삭이는 말만 믿었다: 군림하라, 자힐리아여, 세계의 영광이여.

물론 모두가 그랬던 것은 아니다. 예를 들자면 바알도 그렇지 않았다. 그는 사회적인 일을 외면하고 짝사랑에 대한 시를 썼다.

무 한 개를 우적우적 씹으며 집에 도착한 그는 금이 간 담벼락 사이의 더러운 아치문으로 들어갔다. 그곳은 깃털과 야채 껍질과 핏자국이 너저분하고 지린내가 진동하는 작은 안뜰이었다. 사람이 사는 흔적은 보이지 않았다. 파리떼와 그림자들과 두려움뿐. 요즘은 항상 경계를 늦추지 말아야 한다. 잔학한 하샤신* 무리가 이 도시를 배회한다. 부유한 사람들은 자기 집으로 돌아갈 때도 혹시 누가 그 집을 지켜보지나 않는지 길 건너편에서 잘 살펴보라는 충고를 들었다. 그러다가 이상이 없으면 후다닥 달려가되 매복한 범죄자가 밀고 들어오기 전에 얼른 문을 닫아걸어야 한다면서. 그러나 바알은 굳이 그런 예방책을 쓰지 않았다. 한때는 그도 부유했으나 이미 사반세기 전의 일이다. 지금은 풍자시에 대한 수요가 전혀 없다. 마훈드에 대한 도시 전체의 공포심 때문에 모욕과 위트의 시장이 죽어버린 탓이다. 그리고 죽은 자를 숭배하는 의식이 한물가면서 묘비명이나 의기양양한 복수의 송시에 대한 주문도 급

* 암살자, 자객.

격히 감소했다. 어느 모로 보나 어려운 시절이다.

바알은 이미 옛일이 되어버린 향연들을 되새겨 꿈꾸며 건들거리는 나무 계단을 지나 자신의 작은 방으로 올라갔다. 나에게 훔칠 만한 물건이 있기나 해? 오히려 칼이 아깝지. 그런데 문을 열고 막 들어서는 순간 누군가 확 떠밀었고, 그 바람에 방안으로 곤두박질치며 맞은편 벽에 부딪혀 코피가 터졌다. 그는 정신없이 소리쳤다. "살려주세요. 제발, 죽이지 마요, 자비를, 오."

상대방의 손이 문을 닫았다. 바알은 이 쓸쓸한 방이 세상으로부터 완전히 차단되었고 아무리 비명을 질러도 소용없음을 알았다. 어차피 아무도 오지 않는다. 바알 자신도 만약 이웃의 비명을 듣는다면 오히려 침대로 문을 막아버릴 테니까.

침입자는 두건이 달린 망토를 걸쳐 얼굴이 전혀 보이지 않았다. 바알은 무릎을 꿇고 코피를 닦았다. 온몸이 걷잡을 수 없이 떨렸다. 그는 애원했다. "돈이라곤 없어요. 아무것도 없다고요." 그러자 낯선 사내가 말했다: "먹을 것을 찾는 굶주린 개는 개집을 뒤지지 않는 법이다." 그리고 잠시 후: "바알. 너도 이젠 별 볼일 없구나. 더 나은 모습을 기대했는데."

그 말에 바알은 두려움과 더불어 묘한 모욕감을 느꼈다. 혹시 정신나간 팬이 아닐까? 힘이 넘치던 옛 작품에 걸맞지 않게 이런 꼴로 산다고 죽이려 들지나 않을까? 그는 여전히 떨면서도 겸양의 말을 던져보았다. "글쟁이들이란 막상 만나보면 대개 실망스럽기 마련이죠." 그러나 상대방은 그 말을 무시했다. "마훈드가 온다."

이 무덤덤한 말은 바알에게 극심한 공포감을 안겨주었다. "그게 나하고 무슨 상관입니까? 그가 원하는 게 뭔데요? 그건 아주 오래된—까마득한—그야말로 옛날 옛적이잖아요. 원하는 게 뭐랍니까? 그럼 당신은, 그가 당신을 보냈나요?"

"그는 얼굴도 길지만 지나간 일도 길이길이 기억하지." 그렇게 말하며 침입자는 두건을 뒤로 젖혔다. "아냐, 나는 그의 심부름꾼이 아니다. 너와 나에겐 공통점이 있어. 둘 다 그를 두려워한다는 거지."

"내가 아는 분인데."

"맞아."

"말씨를 들어보니 외국분이군요."

그러자 낯선 사내가 말했다. "'물장수와 이민자와 노예 들의 혁명.' 바로 네가 했던 말이지."

바알은 드디어 생각해냈다. "그 이민자였군. 페르시아인. 술라이만." 그러자 페르시아인은 일그러진 미소를 떠올리며 잘못을 바로잡아주었다. "살만이야. 지혜롭진 않지만 평화를 사랑하지."*

바알은 어리둥절했다. "자네도 그 사람과 아주 가까웠는데."

그러자 살만은 씁쓸히 대답했다. "마술사 곁에 가까이 있으면 속임수를 눈치채기도 그만큼 쉽지."

그리고 지브릴은 꿈꾸었다:

야트리브의 오아시스에서 신흥종교 '순종교'의 신자들은 가진 땅도 없어 가난할 수밖에 없는 처지였다. 그래서 오랫동안 산적질로 살림을

* 술라이만(Sulaiman)은 이스라엘의 지혜로운 왕 솔로몬(Solomon)의 아랍식 표기이며, '살만'이라는 이름에는 '평화'라는 뜻이 담겼다.

꾸려갔는데, 주로 값진 물건을 싣고 자힐리아를 오가는 낙타 행렬을 습격했다. 살만이 바알에게 들려준 이야기에 따르면, 마훈드에게는 양심 따위에 신경쓰거나 수단과 방법을 가릴 만한 여유가 없었다. 신자들은 무법자 노릇을 하며 살아갔지만, 그 시절에도 마훈드는—아니, 대천사 지브릴이라고 해야 할까?—알라라고 해야 할까?—율법에 집착했다. 오아시스의 야자나무 숲에서 예언자 앞에 나타난 지브릴은 별의별 규정, 규정, 규정을 폭포처럼 쏟아냈고, 그래서 신자들은 계시라는 말만 들어도 소름이 끼칠 정도였는데, 별의별 시답잖은 일에도 규정이 따라다녔으니, 가령 방귀를 뀐 사람은 반드시 바람을 향해 얼굴을 돌려야 했고, 뒤를 닦을 때는 어느 쪽 손을 사용해야 한다는 규정까지 있었다. 도무지 인간의 생활에서 아무런 규제 없이 자유로운 부분은 하나도 없는 듯했다. 계시는—즉 암송문은—신자들에게 음식을 얼마나 먹어야 하고 얼마나 깊이 잠들어야 하고 심지어 신께서 허락하신 체위가 어떤 것들인지에 대해서까지 시시콜콜 규정해주었고, 그래서 신자들은 대천사가 항문 성교와 정상위에는 찬성하되 여자가 위로 올라가는 모든 체위는 금지 항목에 포함됨을 알게 되었다. 더 나아가 지브릴은 대화 내용에 대해서도 허락된 화제와 금지된 화제를 일일이 나열했고, 견딜 수 없이 가려워도 절대로 긁어서는 안 되는 신체 부위를 정해놓았다. 참새우를 먹는 것도 금했고—신자들은 이 괴상망측한 생물이 어떻게 생겼는지 구경조차 못 해봤건만—또한 짐승을 잡을 때는 피를 흘리게 하여 천천히 죽여야 한다고 했는데, 그렇게 철저히 죽음을 경험해야만 제 삶의 의미를 이해할 수 있으며 모든 생물은 죽음의 순간에만 자기 삶이 일종의 꿈이 아니라 현실이었음을 알 수 있다는 이야기였다. 그리고 대천사 지브릴은 사람을 매장하고 재산을 분배하는 방법까지 자세히 설명했고, 그래서 페르시아인 살만으로서는 도대체 무슨 신이 이렇게 장사꾼처럼 구는지 의아하지 않을 수 없었다. 바로 그때부터 그는 결국 믿음을 잃게 만들 어떤 생각을 하게 되었는데, 왜냐하면, 돌이켜 보건대 마훈드도 원래 장사꾼이었으며 게다가 아주 유능한 장사꾼이어서 조직이나 규정 따위에는 통달한 사람이었고, 따라서 그에게는 이렇게 장사꾼 같은 대천사를 내세워 육체는 없을지언정 대단히 조직적인 신의 경영 방침을 전달하게 하는 것이 지극히 편리한 일이었기 때문이다.

그후 살만은 천사의 계시가 얼마나 유용하고 시기적절하게 내려오는지 주목하기 시작했다. 가령 우주여행의 가능성이나 지옥의 영속성 등 어떤 문제에 대해서든 신자들이 마훈드의 견해에 반론을 제기하기만 하면 어김없이 천사가 나타나 해답을 내놓았는데, 그때마다 천사는 마훈드 쪽을 지지했으니, 이를테면 인간이 달에 올라가 걷는 일은 절대로 불가능하다고 티끌만한 의심도 없이 딱 잘라 말했고, 천벌이 유동적이라는 데 대해서도 역시 단호한 태도를 보였다. 제아무리 사악한 죄인이라도 나중에는 지옥불로 깨끗이 정화되어 결국 향기로운 동산 굴리스탄과 보스탄에 들어간다고 했다. 살만이 바알에게 투덜거렸다. 만약 마훈드가 먼저 지브릴에게서 계시를 받은 후 자기 입장을 밝혔다면 이야기가 좀 달랐겠지. 그런데 천만에, 마훈드는 먼저 율법을 정해버렸고 천사는 나중에 나타나 그걸 확인해줄 뿐이었어. 그래서 나는 뭔가 고약한 냄새를 맡기 시작했는데, 그때 이렇게 생각했지: 이건 틀림없이 저 전설 속의 부정한 생물이 풍기는 냄새일 거야, 그게 뭐라더라, 그래, 참새우.

살만은 이 비릿한 냄새를 떨쳐버릴 수 없었다. 당시에는 페르시아의 교육 환경이 더 좋았으므로 마훈드의 측근 중에서는 살만의 교육 수준이 제일 높았다. 이렇게 공부를 많이 한 덕분에 그는 마훈드의 공식 서기로 임명되었고, 따라서 무한정 늘어나는 규정을 받아 적는 일도 그의 몫이었다. 그는 바알에게 말했다: 그 편리한 계시는 끝도 없이 이어졌고 그 일은 하면 할수록 점점 더 힘들어졌어.—그러나 한동안 그는 의혹을 접어둘 수밖에 없었는데, 낙타 행렬을 괴롭히고 장사를 방해하는 파리떼를 박멸하기 위해 자힐리아군이 야트리브로 진격해왔기 때문이다. 그다음은 다 아는 일이니 새삼스럽게 되풀이할 필요는 없겠지. 그렇게 말해놓고도 살만은 잠시 겸손의 미덕을 망각하고, 자기가 참호를 생각해내서 야트리브를 확실한 파멸로부터 구해내고 마훈드의 목숨을 건져주었다는 이야기를 바알에게 들려주었다. 살만은 담장 하나 없는 오아시스 부락에 빙 둘러 거대한 도랑을 파서 저 유명한 자힐리아 기마대의 전설적인 아랍 말도 뛰어넘을 수 없게 하자고 예언자를 설득했다. 참호: 바닥에는 뾰족한 말뚝을 박고. 물론 자힐리아인들도 이 교활하고 야비한 두더지 작전을 목격했지만 명예와 기사도 정신을 숭상하는 그들은 참호를 못 본 체하고 전속력으로 돌진했다. 그리하여 자힐리아군의 자랑이었던 기마대는 살만의 페르시아식 술책에 희생되어 말도 사람도 모두 꼬챙이에 꿰이는 신세가 되고 말았다.—그런데 자힐리아를 물리친 다음에는? 살만은 바알에게 한탄을 늘어놓았다: 넌 내가 영웅이 됐으려니 생각하겠지. 나도 허영심이 강한 놈은 아니지만 영예는 다 어디로 갔으며 어째서 마훈드는 감사할 줄도 모르고 어째서 대천사도 나에 대해서는 아무 말도 안 했을까? 아무것도, 일언반구도 없었고, 신자들도 내 참호를 값싼 잔재주로 생각하는 듯했어. 마치 요상하고 수치스럽고 비겁한 짓이었다는 듯이, 마치 그것 때문에 자기들의 인격이 손상됐다는 듯이, 마치 내가 자기들을 살려줘서 자존심이 상한다는 듯이. 나는 입을 꾹 다물고 아무 말도 안 했지만 그날 이후로 많은 친구를 잃었어. 사람들은 자기한테 은혜를 베푼 자를 미워하니까.

야트리브의 참호가 있었는데도 신자들은 자힐리아와의 전쟁에서 많은 희생자를 냈다. 기습 공격을 나가면 적의 목숨을 빼앗는 만큼 아군의 목숨도 빼앗겼다. 그리고 전쟁이 끝난 후, 짜자잔, 대천사 지브릴이 나타나서 살아남은 남자들에게 남편을 잃은 여자들과 결혼하라고 분부했다. 과부들이 이교도와 재혼하면 순종교의 신자가 또 줄어들기 때문이다. 이 얼마나 실리적인 천사냐, 하고 살만은 바알에게 빈정거리며 말했다. 이때 두 사람 앞에는 살만이 망토 속에서 끄집어낸 야자술 한 병이 놓여 있었고 그들은 어두워져가는 방안에서 끊임없이 잔을 비웠다. 병에 담긴 노란 물이 줄어들수록 살만은 점점 더 수다스러워졌다. 바알은 이렇게 말 많은 사람을 만난 기억이 없었다. 살만이 부르짖었다: 아, 그 사무적인 계시들! 심지어 유부남이라도 상관없다는 말까지 나왔는데, 능력만 있다면 네 명까지 아내를 가질 수 있다고 했으니, 알 만하잖아, 남자들은 좋아서 어쩔 줄 몰랐지.

마침내 살만이 마훈드와 결별하게 된 이유는: 여자 문제, 그리고 '악마의 시' 때문이었다. 살만은 취한 목소리로 이렇게 털어놓았다. 이봐, 남의 일로 이러쿵저러쿵하긴 싫지만 말이야, 마누라가 죽은 후 마훈드도 천사처럼 살진 않았어. 무슨 뜻인지 알겠지? 그런데 야트리브에서는 그야말로 맞수를 만났던 거야. 거기 여자들, 겨우 일 년 사이에 그의 수염을 반백으로 만들어놨지. 여보게, 바알, 우리 예언자님은 말씀이야, 여자들이 말대꾸하는 건 딱 질색이었고 어머니 같은 여자 아니면 딸 같은 여자를 좋아했어. 첫 부인과 아예샤를 생각해보라고: 그가 사랑했던 두 여자, 한 명은 너무 늙었고 한 명은 너무 어리잖아. 자기 또래에서 골라볼 생각은 안 하고 말이야. 그런데 야트리브 여자들은 좀 다르거든. 여기 자힐리아에서는 남자들이 여자들을 마음대로 휘두르지만 거기 여자들은 그런 걸 참아주질 않는다 이거야. 남자가 결혼을 하면 처갓집 식구들하고 같이 산다니까! 생각 좀 해봐! 놀랍지 않아? 게다가 결혼해서도 마누라는 자기 천막을 따로 쓴다고. 그러다가 남편이 귀찮아지면 천막을 반대편으로 돌려놓는데, 남편이 찾아갔을 때 문이 제자리에 없으면 그걸로 땡이고, 쫓겨나는 거고, 그게 이혼이고, 그래도 남편은 어쩔 도리가 없지. 그런데 말이야, 무슨 망상에 사로잡혔는지 우리 쪽 여자들도 그런 방식을 좋아하게 돼버렸거든. 그러자 당장, 펑, 다시 규정집이 튀어나오고, 천사께서는 여자들이 해서는 안 될 일에 대해 이런저런 규정을 주워섬기며 예언자가 좋아하는 고분고분한 태도를 여자들에게 강요하기 시작한 거야. 고분고분하거나 모성적인 여자, 세 걸음 뒤에서 남편을 뒤따르거나 집에 들어앉아 점잖게 턱수염이나 뽑는 여자, 간단히 말해서 현모양처가 되라는 거였지. 야트리브 여자들이 우리를 보고 얼마나 웃었는지 몰라. 하지만 그 사람은 마술사야. 아무도 그의 마력에 거역하지 못했어. 여자 신자도 그가 시키는 대로 따랐지. 그냥 '순종'했던 거야. 어쨌든 그는 낙원을 약속했으니까.

술병이 거의 다 비어갈 무렵 살만이 말했다. "아무튼 나는 결국 그를 시험해보기로 마음먹었어."

어느 날 밤, 이 페르시아인 서기는 콘산에 있는 예언자의 동굴에서 마훈드를 내려다보며 둥실 떠 있는 꿈을 꾸었다. 처음에는 자힐리아에서 지냈던 옛 시절을 그리워하는 향수어린 꿈이라고만 생각했는데, 문득 그 꿈속에서 자신의 위치가 대천사와 같았음을 상기하게 되었고, 그 순간 '악마의 시' 사건이 어제 일처럼 생생히 떠올랐다. "어쩌면 꿈속에서 나는 지브릴이 아니었는지도 몰라. 어쩌면 샤이탄이었는지도 몰라." 그런 가능성을 깨닫게 되자 악마적인 착상이 떠올랐다. 그때부터 그는 예언자의 발치에 앉아 규정 규정 규정을 받아 적을 때마다 남몰래 내용을 바꿔놓기 시작했다.

"처음엔 사소한 것부터였어. 가령 마훈드가 암송한 시에서 하느님이 만사를 들으시며 만사를 아시나니라고 했다면 나는 만사를 아시며 만사에 밝으시니라고 적는 식이었지. 결론은 이거야: 마훈드는 뭐가 달라졌는지 눈치채지 못했어. 그래서 결국 내가 율법 책을 쓰기 시작한 거야. 적어도 고쳐 쓴 것만은 사실이지. 내 속된 말로 하느님의 말씀을 더럽혔으니까. 그렇지만 이거야 원, 하느님의 사자라는 사람이 계시의 말씀을 보면서 내가 바꿔놓은 어설픈 말조차 가려내지 못한다면 무슨 뜻일까? 신성한 시詩는 무슨 꼴이 되지? 나는 정말 엄청난 충격을 받고 만 거야. 혼자 똑똑한 체하며 뭔가 수상하다고 어렴풋이 의혹을 품는 것도 문제지만 자기 생각이 옳았다는 게 밝혀졌을 때는 문제가 또 달라지잖아. 이봐: 나는 그 사람을 위해 인생을 바꿔버린 놈이야. 조국을 떠났고, 머나먼 곳으로 찾아왔고, 나를 치사한 겁쟁이 외국인으로 생각하는 사람들하고 같이 살았어. 자기들을 누가 살려줬는데, 그래도 고마워하기는

커녕, 아냐, 그 얘긴 그만두지. 사실은 말이야, 처음에 작은 것 하나를 고치면서, 그러니까 만사를 아시나니를 만사에 밝으시니로 적으면서 내가 기대했던 것은—아니, 원했던 것은—그걸 다시 예언자에게 읽어주었을 때 그가 이렇게 말하는 거였어: 너 어떻게 된 거냐, 살만, 갑자기 귀머거리가 됐느냐? 그러면 난, 아이쿠, 맙소사, 이런 실수를, 제가 어쩌다가, 그러면서 잘못을 바로잡는 거지. 그런데 그렇지 않았어. 계시의 말씀을 내 마음대로 썼는데도 아무도 알아차리지 못했고, 그렇다고 자백할 용기도 없었어. 죽도록 겁에 질렸으니까. 그리고: 내 평생 그렇게 슬프긴 처음이었어. 그래서 그 짓을 계속할 수밖에 없었지. 어쩌다 한 번 놓치셨겠지, 실수는 누구나 하는 거니까. 그래서 다음번엔 좀더 큰 것을 바꿔쳤어. 그가 기독교인이라고 말했을 때 유대인이라고 적었던 거야. 이건 틀림없이 알아차리시겠지, 어떻게 모를 수가 있겠어? 그런데 내가 그 장을 읽어줬더니 그는 고개를 끄덕이며 수고했다고 점잖게 말했고, 나는 눈물을 글썽이며 그의 천막을 빠져나왔어. 그때부터 나는 야트리브에서 살아갈 날도 얼마 안 남았다는 걸 알았지. 그렇지만 그 짓은 계속할 수밖에 없었어. 그럴 수밖에 없었다고. 자기가 유령을 믿었다는 걸 깨달았을 때, 그렇게 쓰라린 원한은 세상에 다시없을 거야. 내가 파멸할 것은 분명했지만 그 사람도 함께 파멸시키고 싶었지. 그래서 시구를 바꿔놓는 장난을 계속했는데, 그러던 어느 날 내가 쓴 내용을 읽어줬을 때 그는 얼굴을 찌푸리며 정신을 가다듬는 듯 머리를 흔들었고, 이내 천천히 고개를 끄덕이긴 했지만 조금 의심쩍은 표정이었어. 나는 막바지에 이르렀다는 걸 알았지. 다음번에 또 율법 책을 고쳐 썼다가는 그가 모든 것을 눈치챌 게 뻔했어. 그날 밤 나는 잠들지 못했어. 나는 그때 내 운명과 그의 운명을 두 손에 움켜쥐고 있었던 거야. 나 자신이 몰락하는 걸 무릅쓴다면 그 역시 몰락하게 만들 수 있었지. 그 끔찍했던 밤, 나는 선택을 해야 했어: 복수를 하고 죽느냐, 아무것도 없이 사느냐. 보다시피 나는 삶을 선택했어. 동트기 전에 낙타를 타고 야트리브를 떠나 자힐리아로 돌아왔으니까. 그 사이에 수많은 고난을 겪었지만 그 얘긴 생략하지. 그런데 이제 마훈드가 금의환향하고 있다는 거야. 나는 결국 목숨을 잃고 말겠지. 그리고 그의 힘이 너무 커져서 이젠 나도 꺾을 수가 없게 돼버렸어."

바알이 물었다. "어째서 그가 자네를 죽일 거라고 확신하지?"

페르시아인 살만이 대답했다. "그의 '말씀'이 옳으냐 내 말이 옳으냐 하는 상황이니까."

살만이 방바닥에서 그대로 의식을 잃었을 때 바알은 짚을 넣은 까칠까칠한 침상에 드러누웠다. 이마 둘레가 강철 테를 두른 듯 지끈거리고 심장이 경고하듯 두근거렸다. 인생이 지겨워질 때마다 그는 더이상 늙지 않길 바라곤 했다. 그러나 살만도 말했듯이 어떤 일을 꿈꾸는 것과 그 일이 현실로 닥치는 것은 전혀 다른 문제였다. 그는 이제 자신의 눈이 예전과 다르다는 사실을 무시할 수 없었고, 눈이 흐려진 탓에 삶은 더욱 어두워지고 더욱 파악하기 어려워졌다. 모든 것이 흐릿해져 잘 보이지 않았다: 그러니 시가 고갈되어버린 것도 무리가 아니었다. 귀도 점점 들리지 않았다. 이런 식으로 가다가는 곧 오감을 잃고 모든 것으로부터 차단되고 말 텐데…… 그러나 어쩌면 그런 기회조차 없을지도 모른다. 마훈드가 오고 있으니까. 어쩌면 두 번 다시 여자에게 입을 맞추지 못할지도 모른다. 마훈드, 마훈드. 화가 치밀었다. 이 수다쟁이 주정뱅이는 왜 나를 찾아온 거야? 자기가 누구를 배신했건 나하고 무슨 상관이지? 내가 오래전에 그런 풍자시를 썼던 이유는 누구나 알잖아. 그 사람도 알겠지. 대공이 얼마나 협박하고 들볶았느냔 말이야. 나는 아무 책임도 없어. 그리고 도대체: 이리저리 날뛰며 빈정거리던 그 신동, 날카로운 혀를 가졌던 바알이라는 녀석, 그게 누구야? 나는 그게 누군지 모르겠어. 나를 보라고: 무겁고, 둔하고, 근시안에, 곧 귀머거리가 될 테고. 이런 내가 누구에게 위협이 되지? 아무에게도 아니야. 그는 살만을 흔들기 시작했다: 일어나, 나는 자네와 관련되기 싫으니까, 자네 때문에 나까지 고생하겠어.

그러나 페르시아인은 코를 골 뿐이었다. 다리를 쩍 벌리고 방바닥에 앉아, 벽에 등을 기대고, 인형의 머리처럼 고개를 옆으로 기울인 채 바알은 두통에 시달리며 도로 잠자리에 누워버렸다. 그리고 생각했다: 내 시, 그게 어떤 내용이었더라? 오늘날 순종이란 젠장, 제대로 생각나지도 않잖아 대체 무엇이더냐 그래, 대충 그런 내용이었는데, 워낙 오래된 일이니 별로 놀라울 것도 없지 남몰래 도망치는 것 어쨌든 그게 마지막 구절이었어. 마훈드여, 새로운 사상은 반드시 두 가지 질문을 받게 되오. 그 사상이 약할 때: 타협할 것인가? 이 문제에 대한 답은 우리가 이미 알고 있소. 그리고 마훈드여, 그대가 자힐리아로 돌아오는 지금, 이제 두번째 질문을 던질 때요: 승리했을 때 어떻게 행동할 것인가? 적들을 마음대로 처리할 수 있을 때, 절대적인 힘을 갖게 되었을 때: 그때 어떻게 할 것인가? 우리는 모두 변했소: 힌드를 제외한 모두가. 이 술고래의 말을 듣자하니 그 여자는 자힐리아보다 야트리브 여자들과 비슷한 듯싶소. 그대들 두 사람이 사이좋게 지내지 못한 것도 무리가 아니오: 그녀는 그대의 어머니가 되지도 않고 그대의 딸이 되지도 않을 테니까.

서서히 잠에 빠져들며 바알은 자신의 쓸모없는 모습과 실패한 문학을 돌이켜보았다. 대중 앞에 서길 포기해버린 지금, 그의 시는 온통 상실에 대한 것뿐이었다: 잃어버린 젊음, 아름다움, 사랑, 건강, 천진성, 야망, 활력, 자신감, 희망. 잃어버린 학식. 잃어버린 돈. 그리고, 잃어버린 힌드. 그의 송시 속에서 많은 것이 그의 곁을 떠나갔고, 열렬히 외쳐 부를수록 더 빨리 멀어져갔다. 그의 시에 담긴 풍경은 여전히 사막이었다. 꼭대기에서 하얀 먼지를 피워 올리며 끊임없이 움직이는 모래언덕이었다. 폭신폭신한 산, 끝내지 못한 여행, 일시적인 천막. 바람에 날려 날마다 새로운 모습이 되는 고장을 어떻게 지도로 표시할 수 있으랴? 이런 질문 때문에 그의 언어는 너무 추상적이었고, 그의 심상은 너무 유동적이었고, 그의 운율은 너무 불규칙했다. 그래서 그는 키메라 같은 형상들을 창조했고, 사자의머리 염소의몸 뱀의꼬리, 존재하지 않는 것들, 그들은 쉴새없이 모습을 바꾸었고, 그래서 고전적 순수성을 간직했던 문장 속에 통속성이 끼어들고 끊임없이 침투하는 우스갯소리가 사랑의 이미지를 훼손시켰다. 아무도 그런 시를 좋아하지 않아, 하고 그는 벌써 천 번이나 했던 생각을 한 번 더 했고, 의식의 끈을 놓치는 순간, 마음에 위안을 주는 결론을 내렸다: 나를 기억하는 사람은 아무도 없지. 망각은 곧 안전이다. 그때 심장이 박자 하나를 건너뛰었고 그는 화들짝 깨어났다. 덜컥 겁이 나서 가슴이 서늘해졌다. 마훈드여, 어쩌면 그대가 보복을 못하게 될지도 모르겠군. 그날 밤 그는 바다처럼 으르렁대는 살만의 코고는 소리를 들으며 깨어 있었다.

지브릴은 모닥불을 꿈꾸었다:

어느 날 밤, 뜻밖의 유명인사가 마훈드의 군대가 피워놓은 모닥불 사이로 걸어온다. 어둠 때문인지,—아니면 이곳에 나타날 리 없는 인물이기 때문인지,—권력의 마지막 순간에 자힐리아의 대공은 어쩐지 예전의 힘을 일부나마 되찾은 듯하다. 그는 혼자 왔고, 예전의 물장수 할리드와 전직 노예 빌랄의 안내를 받아 마훈드의 거처로 향했다.

다음, 지브릴은 대공이 집으로 돌아가는 꿈을 꾸었다:

도시에는 뒤숭숭한 소문이 떠돌고 집 앞에는 군중이 모였다. 얼마 후 힌드의 성난 목소리가 또랑또랑하게 들린다. 이윽고 위층 발코니에 힌드가 나타나더니 군중에게 자기 남편을 갈가리 찢어 죽이라고 요구한다. 그녀 곁에 대공이 나타난다. 그리고 다정한 아내에게 양쪽 뺨을 호되게 얻어맞는 수모를 당한다. 그녀가 온갖 노력을 기울였는데도 결국 남편이 이 도시를 마훈드에게 넘겨주고 말았다는 사실을 힌드도 알게 되었기 때문이다.

더 나아가서: 아부 심벨은 그 종교에 귀의해버렸다.

그는 패배했지만 나약해 보이던 인상은 오히려 종전보다 훨씬 덜하다. 그는 힌드의 손찌검을 순순히 얻어맞는다. 그리고 군중에게 차분히 말하는데: 마훈드가 대공의 집안에 있는 사람들은 아무도 해치지 않겠다고 약속했다. "그러니 들어들 오시오, 여러분 모두, 가족도 데려오시오."

힌드가 성난 군중을 대변한다. "멍청한 늙은이. 집 한 채에 얼마나 많은 시민이 들어갈 수 있지? 이 집이 아무리 넓다 해도. 당신은 제 목숨 하나 건지려고 거래를 한 거야. 그런 인간은 조각조각 잘라서 개미떼한테 먹여야 돼."

그러나 대공은 여전히 담담하다. "또한 마훈드는 자기 집에서 문을 닫고 있는 사람들도 안전하리라 말했소. 우리집에 들어오지 않겠다면 각자 집으로 돌아가 기다리시오."

그러자 그의 아내는 세번째로 군중에게 자기 남편에 대한 반감을 부추긴다. 이것은 사랑이 아니라 증오의 발코니 장면이다. 그녀가 외친다: 마훈드와의 타협은 있을 수 없다, 그자는 믿을 수 없다, 모두 나서서 아부 심벨을 축출하고 최후의 한 사람까지 싸울 준비를 해야 한다. 그녀 자신도 자힐리아의 자유를 위해 앞장서서 싸우다 죽을 각오다. "저 가짜 예언자에게, 저 *위선자*에게 그냥 굴복하시렵니까? 자기가 태어난 도시를 습격하려는 자에게 무슨 명예를 기대할 수 있습니까? 타협하지 않는 자에게 타협을 바랄 수 있습니까, 무자비한 자에게 자비를 바랄 수 있습니까? 우리는 자힐리아의 막강한 시민들입니다. 결국에는 저 무적의 여신들께서 승리하실 것입니다." 그녀는 군중에게 알라트의 이름으로 싸우라고 명령한다. 그러나 사람들은 떠나가기 시작한다.

남편과 아내는 발코니에 서 있고 그들의 모습은 모두에게 잘 보인다. 이 도시는 오랫동안 이들 두 사람을 거울로 삼았는데, 최근에 백발의 대공보다 힌드의 모습을 선호하던 자힐리아인들은 지금 엄청난 충격을 받았다. 스스로 천하무적의 위대한 시민이라고 생각하던 사람들, 무슨 일이 있어도 이 신화를 굳게 믿던 사람들, 그런 사람들은 잠들었다고나 할까, 혹은 일종의 광기에 사로잡힌 사람들이다. 이제 대공이 그들의 잠을 깨웠고, 그들은 어리둥절해 눈을 비비며 처음에는 도저히 믿지 못한다. 우리가 그렇게 막강하다면 어떻게 이토록 빨리, 이토록 철저히 몰락할 수 있단 말인가? 그러나 이윽고 믿음이 찾아오고, 그들은 지금까지의 자신감이 결국 사상누각에 지나지 않았음을, 힌드의 열정적인 성명서 이외에는 아무런 근거도 없었음을 깨닫는다. 그들은 그녀를 버리고, 그녀와 함께 희망도 버린다. 절망에 빠진 자힐리아 시민들은 집으로 돌아가 문을 잠근다.

그녀는 그들에게 고함을 지르고 애원하고 머리를 풀어헤친다. "검은 돌의 집으로 오세요! 와서 라트 여신께 제물을 바치세요!" 그러나 사람들은 모두 가버렸다. 힌드와 대공은 발코니에 단둘이 우두커니 서 있고, 자힐리아에는 무거운 침묵이, 무거운 적막이 찾아오고, 힌드는 저택의 벽에 기대며 눈을 감는다.

끝이다. 대공이 나지막이 중얼거린다. "마훈드를 두려워할 이유가 당신만큼 많은 사람은 별로 없지. 누군가의 소중한 숙부에게서 내장을 꺼내 익히지도 않고 하다못해 소금이나 마늘도 없이 먹어치운 사람은 상대방이 자신을 고깃덩어리처럼 취급해도 할 말이 없는 법이오." 그리고 그는 그녀의 곁을 떠나 개들조차 자취를 감춘 거리를 지나서 성문을 열어주러 간다.

지브릴은 어떤 신전을 꿈꾸었다:

자힐리아의 성문이 열리고 그 옆에는 우자 여신의 신전이 서 있더라. 예전에는 물장수였으나 지금은 더 무거운 짐을 짊어진 할리드에게 마훈드가 이와 같이 말하였더라. "가서 저곳을 깨끗이 치우라." 그리하여 할리드는 병력을 이끌고 신전으로 몰려갔으니, 이는 마훈드가 바로 성문 옆에 그처럼 혐오스러운 집이 있는 도시에는 발을 들여놓기조차 싫어한 까닭이더라.

신전지기는 상어 부족의 한 사람이었는데, 수많은 전사 무리를 이끌고 달려오는 할리드를 보자 곧 칼을 집어들고 여신의 우상 앞으로 나아갔더라. 그리고 마지막 기도를 올리더니 칼을 목에 대고 이와 같이 말하였더라. "당신이 진정 여신이라면, 우자여, 마훈드의 침탈로부터 당신과 당신의 종을 지키소서." 이때 할리드가 신전 안으로 들어섰고, 그래도 여신이 움직이지 않자 신전지기가 말하였더라. "이제야 내가 마훈드의 신이 진정한 신이며 이 돌은 다만 돌에 지나지 않음을 알겠구나." 이에 할리드가 신전과 우상을 부수고 마훈드의 천막으로 돌아갔더라. 그러자 예언자가 물었더라. "너는 무엇을 보았느냐?" 할리드는 두 팔을 벌렸더라. "아무것도 보지 못했습니다." 그러자 예언자가 외쳤더라. "그렇다면 너는 그녀를 멸하지 못하였도다. 다시 가서 너의 일을 끝내도록 하여라." 그리하여 할리드가 무너진 신전으로 돌아갔을 때 거대한 여자가 달려오는데, 긴 진홍색 혀를 제외하고는 온몸이 검었으며 머리끝부터 발끝까지 발가벗었고 치렁치렁한 흑발이 머리에서 발목까지 내려와 흩날렸더라. 여자가 할리드의 앞에 이르러 걸음을 멈추더니 유황과 지옥불이 타오르는 무시무시한 목소리로 읊조렸더라. "너희는 알라트와 알우자, 그리고 세번째이자 마지막인 알마나트에 대하여 들어

보았느냐? 그들은 고귀한 여신이니……" 그러나 이때 할리드가 그녀의 말을 끊으며 이같이 말하였더라. "우자여, 그것은 '악마의 시', 그리고 그대는 악마의 딸, 감히 섬기지 말고 부인해야 하는 존재로다." 그러면서 칼을 뽑아 여자를 베었더라.

그리고 마훈드의 천막으로 돌아가 제가 본 것을 고하였더라. 그러자 예언자가 말하였더라. "이제 우리가 자힐리아에 들어가도 좋으리라." 그들은 함께 일어나 도시로 들어갔고, 그리하여 '가장 높으신 분', 저 '인간 파멸자'의 이름으로 도시를 점령하였더라.

∽

검은 돌의 집에는 우상이 몇 개나 있었던가? 잊지 말자: 삼백 하고도 예순 개였다. 태양신, 독수리신, 무지개의 신. 후발의 거상. 이 삼백예순이 마훈드를 기다리는데, 그들은 결코 살아남지 못할 것을 스스로 안다. 그리고 아닌 게 아니라: 하지만 여기서 시간을 낭비하지는 말자. 석상이 쓰러지고, 돌이 부서지고, 해야 할 일이 이루어졌을 따름이다.

이 집을 정화한 후 마훈드는 옛 장터에 천막을 세운다. 천막 주변으로 사람들이 몰려와서 승리한 종교에 귀의한다. 자힐리아의 순종: 이 또한 불가피했던 일, 길게 이야기할 필요는 없다.

자힐리아인들이 마훈드에게 머리를 조아리며 목숨을 지켜줄 문장을 말할 때, 신 이외의 신은 없다, 마훈드가 할리드에게 속삭인다. 내 앞에 무릎 꿇지 않은 자, 오랫동안 기다리던 자가 있다. 예언자가 묻는다. "살만 그놈을 찾았느냐?"

“아직. 놈은 숨어 있지만 오래 가진 못할 겁니다.”

그들의 시선을 빼앗는 일이 벌어진다. 베일을 쓴 여인이 무릎을 꿇고 마훈드의 발에 입을 맞춘다. 마훈드가 분부한다. “그만두시오. 섬겨야 할 분은 하느님뿐이오.” 그러나 이 얼마나 기막힌 입맞춤인가! 발가락 하나하나, 관절 하나하나, 여인은 일일이 핥고 빨고 입을 맞춘다. 마훈드는 기겁하며 다시 말한다. “그만두라니까. 이건 옳지 않소.” 그러나 여인은 이제 그의 발바닥으로 넘어가서 두 손으로 발꿈치를 받쳐 드는데…… 마훈드는 엉겁결에 발길질을 하고, 그 발이 그녀의 목에 정통으로 꽂힌다. 여인은 푹 쓰러져 콜록거리다가 마훈드 앞에 엎드려 단호하게 말한다. “신 이외의 신은 없고 마훈드는 하느님의 예언자로다.” 마훈드는 마음을 가라앉히고 사과하며 손을 내민다. 그리고 안심시킨다. “아무도 그대를 해치지 않을 것이오. 순종하는 자는 죽이지 않소.” 그러나 그는 묘한 당혹감을 느끼다가 이제야 이유를 깨닫는다. 그리고 자신의 발을 숭배하던 그녀의 곤혹스럽고 과도하고 관능적인 행동에 분노와 쓰라린 비아냥이 깃든 까닭을 이해한다. 여인이 베일을 젖힌다: 힌드.

“아부 심벨의 아내요.” 그녀가 낭랑한 음성으로 말하자 장내가 조용해진다. 마훈드가 말한다. “힌드. 나도 잊지 않았소.”

그러나 한참 후 그는 고개를 끄덕인다. “그대는 순종했소. 그러므로 내 천막에 오신 것을 환영하오.”

이튿날, 사람들의 개종이 계속되는 가운데 페르시아인 살만이 예언자 앞으로 끌려온다. 할리드가 살만의 귀를 움켜쥐고 목에 칼을 들이댄 채 들어와서 이 훌쩍거리고 울먹이는 이주자를 마훈드의 *권좌* 앞에 대령한다. "아니나 다를까, 창녀와 함께 있는 걸 찾아냈습니다. 그 여자는 이 녀석이 화대를 주지 않는다고 소리소리 지르더군요. 술 냄새가 지독합니다."

"살만 파르시—" 예언자가 막 사형선고를 내리려 할 때 죄인이 칼마를 외치기 시작한다. "라 일라하 일랄라! 라 일라하!"

마훈드는 고개를 가로젓는다. "살만, 너의 불경죄는 결코 용서받을 수 없다. 내가 끝내 모르리라 여겼더냐? 감히 하느님의 말씀을 네 말로 바꿔치다니."

서기, 참호를 파는 자, 사형수: 그는 터럭만큼의 체면도 지키지 못하고 그저 울고 흐느끼고 애원하고 가슴을 치고 자신을 비하하고 뉘우친다. 이윽고 할리드가 말한다. "시끄러워 견딜 수가 없습니다, 사자님. 목을 쳐버리면 안 됩니까?" 그러자 소음이 급증한다. 살만은 다시 충성을 바치겠다고 맹세하며 싹싹 빌더니 필사적인 희망을 걸고 한 가지 제안을 내놓는다. "진짜 적들이 있는 곳을 알려드릴 수 있습니다." 그 말이 살만에게 몇 초의 시간을 벌어준다. 예언자가 고개를 숙이며 귀를 기울인다. 할리드는 무릎 꿇은 살만의 머리끄덩이를 쥐고 뒤로 젖힌다. "어떤 적 말이냐?" 그러자 살만이 이름 하나를 말한다. 마훈드는 쿠션에 깊숙이 몸을 묻는다. 기억이 되살아난다.

"바알." 그는 그 이름을 두 번 더 되풀이한다. "바알, 바알."

할리드에게는 몹시 실망스러운 일이지만 페르시아인 살만은 결국 사형선고를 받지 않는다. 빌랄이 그를 위해 변명해주고, 마음이 딴 곳에 가 있는 예언자가 선선히 허락한다: 그래, 그래, 그 불쌍한 놈을 살려주어라. 오, '순종'의 너그러움이여! 힌드도 목숨을 구했고 살만도 살아났다. 자힐리아 전체에서 단 한 개의 문짝도 부서지지 않고, 숙적을 밖으로 끌고 나가 배를 가르고 창자를 닭 내장처럼 땅바닥에 팽개치는 일도 일어나지 않는다. 이것이 저 두번째 질문에 대한 마훈드의 대답이다: 승리했을 때 어찌하겠는가? 그러나 이름 하나가 마훈드를 괴롭힌다: 그의 주위를 깡충깡충 맴도는, 젊은, 잘생긴, 화장을 한 길쭉한 손가락으로 손가락질하는, 고통스러울 정도로 잔인하고 재기 발랄한 시를 노래하는 이름. 그날 밤, 탄원자들이 떠난 후 할리드가 마훈드에게 묻는다. "아직도 그자를 생각하십니까?" 하느님의 사자가 고개를 끄덕인다. 그러나 말은 하지 않는다. 할리드가 말한다. "살만을 데리고 그자의 방으로 가보았는데 놈은 거기 없었습니다. 다른 곳으로 숨어버린 모양입니다." 이번에도 끄덕거림, 그리고 무언. 할리드가 다그친다. "놈을 색출할까요? 별로 어렵진 않을 겁니다. 놈을 어찌하면 좋겠습니까? 이렇게? 이렇게?" 그러면서 할리드는 손가락으로 먼저 목을 긋는 시늉을 하더니 배꼽 부위를 푹 찌른다. 마훈드가 벌컥 화를 낸다. "멍청한 녀석!" 그는 이제 자신의 군사 참모장이 된 전직 물장수에게 고함을 지른다. "내 도움이 없으면 스스로 아무것도 할 수 없느냐?"

할리드가 절하고 나간다. 마훈드는 잠을 잔다: 옛날부터 갖고 있던 재능, 기분이 나쁠 때 해결하는 방법.

그러나 마훈드의 장군 할리드는 바알을 찾아내지 못했다. 집집마다 뒤져보고 성명서를 발표하고 돌 하나하나를 뒤집어보았지만 시인은 붙잡히지 않았다. 그리고 마훈드는 여전히 입을 굳게 다물고 끝까지 의향을 밝히지 않았다. 결국 할리드는 짜증을 내며 수색을 중단해버렸다. 온화함과 그림자들이 가득한 예언자의 천막에서 할리드는 이렇게 다짐했다. "단 한 번이라도, 언제 어느 때라도 그 망할 자식이 얼굴을 보이기만 하면 제가 놈의 몸뚱이를 얇게 저며 한 조각 한 조각이 훤히 비치게 만들어놓겠습니다."

할리드가 보기에는 마훈드가 실망한 표정인 듯했다. 그러나 천막 안이 워낙 어두웠으므로 확신할 수 없었다.

자힐리아는 새로운 삶에 적응했다: 매일 다섯 번의 기도, 금주, 그리고 부인들의 연금생활. 힌드도 자기 처소에 틀어박히고…… 그런데 바알은 어디 있을까?

지브릴은 장막을 꿈꾸었다:

'장막', 히잡, 그것은 자힐리아에서 제일 인기 있는 유곽의 이름이었다. 물방울을 듬뿍 머금은 뜨락에 대추야자가 있는 거대한 궁전, 모자이크처럼 어지럽게 배열된 수많은 방, 그리고 일부러 비슷비슷하게 치장한 미로 같은 복도: 그곳에는 한결같이 사랑에 대한 서예작품이 걸렸고, 한결같이 똑같은 양탄자가 깔렸고, 한결같이 벽 앞에 커다란 돌항아리가 놓여 있었다. '장막'의 손님들은 누가 도와주지 않으면 자기가 좋아하는 창녀의 방을 찾지도 못하고 다시 길거리로 나갈 수도 없었다. 그래서 여자들은 원치 않는 손님을 피할 수 있고 손님들은 떠나기 전에 반드시 화대를 지불해야 했다. 램프의 정령 같은 우스꽝스러운 옷차림의 덩치 큰 시르카시아족 내시들이 손님들을 목적지로 안내하거나 다시 데리고 나오는데, 때로는 실 꾸러미를 이용하기도 했다. 창문도 없고 휘장만 즐비한 이 세계를 다스리는 여주인은 어느 이름 모를 노파였는데, 검은 베일을 두른 의자에 몸을 감추고 호령하는 그녀의 목쉰 음성은 세월의 흐름에 따라 흡사 신탁처럼 엄숙한 분위기를 자아냈다. 그녀의 종업원들도 손님들도 그 신비로운 목소리를 거역하지 못했는데, 어떤 면에서 본다면 그 목소리는 이곳에서 그리 멀지 않고 들어가기도 한결 쉬운 천막에서 들을 수 있는 마훈드의 신성한 발언과 유사한 세속적 발언이라고 할 수 있었다. 그러므로, 겁에 질린 시인 바알이 그녀 앞에 엎드려 도와달라고 빌었을 때, 그리고 그녀가 한때나마 아름답고 팔팔하고 짓궂은 청년이었던 바알의 지난날을 회상하는 의미에서 그를 숨겨주고 목숨을 건져주기로 결심했을 때, 감히 이의를 제기하는 사람은 아무도 없었다. 그리고 할리드의 병사들이 이 유곽을 수색하러 왔을 때 내시들은 구불구불 앞뒤가 안 맞는 모순투성이 길로 그들을 안내했고, 그래서 병사들은 머리가 핑핑 돌 지경이었고, 그렇게 도합 서른아홉 개의 돌 항아리를 들여다보았지만 고약이나 피클 따위 말고는 아무것도 발견하지 못하자 마구 욕설을 내뱉으며 나가버렸는데, 그들은 꿈에도 몰랐지만 사실 이 집에는 그들이 가보지 못한 마흔번째 복도가 있고, 그곳에는 마흔번째 항아리가 있고, 그 속에는 그들이 그토록 애타게 찾던 시인이 도둑처럼 몸을 감추고 바지를 적셔가며 벌벌 떨고 있었다.

그후 여주인은 내시들을 시켜 시인의 피부와 머리를 새까맣게 물들이게 했고, 곧이어 정령처럼 헐렁바지와 터번 차림으로 갈아입히더니 당장 운동을 시작하라고 명령했는데, 그의 건강상태가 워낙 부실해서 하루빨리 체력을 단련하지 않으면 의심을 살 것이 분명했기 때문이다.

바알은 '장막 뒤에' 숨어 있었지만 바깥 사정을 파악하는 데는 전혀 어려움이 없었다. 실은 오히려 정반대였는데, 왜냐하면 내시로 변장하여 쾌락의 방 앞에서 경비를 설 때마다 손님들의 쑥덕공론을 엿들을 수 있었기 때문이다. 손님들은 창녀들의 즐거운 애무에 몸을 맡겼고, 여기서는 비밀이 지켜진다는 것을 알았고, 그래서 무슨 말이든 거리낌없이 해버렸고, 덕분에 그들의 말을 엿듣고 있던 시인은 근시안에다 가는귀까지 먹었으면서도 현재의 상황을 훤히 꿰뚫어보게 되었다. 만약 금욕적인 곳으로 변해버린 이 도시의 거리를 마음대로 활보할 수 있었다면 도저히 그런 통찰력을 얻지 못했으리라. 귀가 잘 안 들리니 가끔은 어려울 때도 있었다. 손님들이 목소리를 낮춰 속닥거리는 일이 잦아서 못 듣는 내용이 많았기 때문이다. 그러나 엿듣기에서 음란한 요소를 최소화시켜준다는 장점도 있었으니, 간통행위에 수반되는 신음소리는 좀처럼 들리지 않았다. 물론 절정에 오른 손님이나 절정을 연기하는 일꾼들이 진짜 또는 가짜 쾌감에 겨워 목소리를 높일 때는 예외였다.

바알이 '장막'에서 알게 된 내용은:

불만을 품은 백정 이브라힘은 최근 돼지고기 판매가 금지되었지만 자힐리아의 허울 좋은 개종자들이 이 금지된 고기를 몰래 사려고 고깃간 뒷문으로 모여든다는 소식을 가져왔다. 그는 자기가 골라잡은 아가씨의 몸에 올라탄 채로 이렇게 중얼거렸다. "매상이 늘었어. 돼지고기 암거래 가격이 아주 비싸니까. 그렇지만 젠장, 새로 생긴 규정 때문에 내 일이 무척 어려워졌던 말이야. 돼지라는 게 워낙 남몰래 소리 없이 잡기가 수월찮은 짐승이거든." 그러더니 느닷없이 자기가 꽥꽥거리기 시작했는데, 아마도 고통이 아니라 쾌락 때문이었으리라 짐작된다. 그리고 식료품장수 무사는 누워서 돈 버는 다른 아가씨에게 오래된 버릇은 고치기 힘들다고 고백했는데, 아무도 듣는 사람이 없을 때는 지금도 '내 평생 사모하던 마나트께, 그리고 가끔은, 에라 모르겠다, 알라트께도' 기도를 올린다고 말했다. "뭐니뭐니해도 여신이 최고라고. 여신한테는 남신한테 없는 게 있잖아." 그러더니 그 역시 지상에 태어난 여신 모조품에게 허겁지겁 덤벼들었다. 그리하여 이미 시들고 또 계속 시들어가는 바알은 이 괴로운 처지에서 결국 절대적인 권력도 없고 완벽한 승리도 없음을 알게 되었다. 그리고 서서히 마훈드에 대한 비판이 시작되었다.

바알은 변해갔다. 타이프*에 있는 알라트의 대신전이 파괴되었다는 소식은 비밀 돼지백정 이브라힘이 꿀꿀거리는 소리와 더불어 바알의 귀에 들어왔는데, 이 소식은 그에게 깊은 슬픔을 안겨주었다. 한창 냉소적이었던 젊은 시절에도 여신에 대한 사랑만은 진심이었고, 어쩌면 유일하게 진실한 감정이었고, 그녀의 몰락으로 바알은 그렇게 반항조

* 메카 남동쪽의 도시.

차 못하는 돌덩어리에 하나뿐인 참사랑을 바친 자신의 인생이 얼마나 공허한지 깨달았다. 처음에 느꼈던 날카로운 슬픔의 칼날이 조금 무뎌졌을 때 바알은 알라트의 몰락이 곧 자신의 종말도 멀지 않았다는 뜻이라고 믿게 되었다. 그는 '장막'에서 생활하며 잠시나마 누렸던 안도감을 잃고 말았다. 그러나 이렇게 자신의 무상한 신세를 새삼 절감하고 또한 틀림없이 발각되어 역시 틀림없이 죽게 되리라 확신하면서도 두려워하지 않았다는 것은 꽤나 흥미로운 사실이다. 그는 평생토록 한사코 겁쟁이 노릇만 했는데, 막상 죽음이 가까이 다가오자 참으로 인생의 단맛을 느끼게 되어 자신도 몹시 놀랐고, 이렇게 값비싼 거짓만 가득한 집에서 그런 진실에 눈뜨게 되었다는 역설적 상황에 경탄을 금치 못했다. 그렇다면 그 진실은 무엇이었을까? 알라트는 죽었다는 것—살았던 적도 없다는 것—그러나, 그렇다고 마훈드가 예언자라는 뜻은 아니라는 것. 요컨대 바알은 무신론자가 되었다. 그는 신과 지도자와 규정 등의 관념을 더듬더듬 초월해갔고, 자신과 마훈드의 인생이 한데 뒤얽혀 과격한 해결책이 필요하다는 것을 인식했다. 그 해결책은 십중팔구 자신의 죽음을 의미하겠지만, 그는 크게 충격을 받거나 걱정하지도 않았다. 그러던 어느 날 식료품장수 무사가 예언자의 열두 아내에 대해 투덜거렸을 때, 우리한테는 규정을 지키라면서 자기는 제멋대로잖아, 바알은 어떤 방법으로 순종교와 최후의 대결을 벌여야 할지를 알게 되었다.

'장막'의 아가씨들이—그들을 '아가씨'라고 부르는 것은 관례일 뿐이고, 사실 그중 최연장자는 오십 줄을 훌쩍 넘긴 여자였으며 최연소자는 열다섯 살에 불과하지만 웬만한 오십대 여자보다 노숙했다—비실

비실한 바알을 좋아하게 되었는데, 그가 내시 아닌 내시라는 사실도 그들에게는 반가운 일이었고, 그래서 일하지 않는 시간에는 달콤한 희롱을 일삼았으니, 그에게 속살을 보여주거나 그의 입술에 유방을 갖다대거나 그의 허리를 다리로 휘감거나 그의 얼굴에 바싹 다가가 자기들끼리 뜨겁게 입맞춤을 나눠 결국 이 창백한 글쟁이를 대책 없이 흥분시키기 일쑤였고, 그때마다 그의 발기한 성기를 보고 깔깔거리며 놀려대 얼굴을 붉히게 만들었고, 마침내 그가 모든 기대를 버리고 단념했을 때 자기들 가운데 한 명을 뽑아 자기들이 불러일으킨 욕망을 공짜로 해결해주었다. 근시안을 가진 얌전한 황소처럼 눈을 껌벅거리며 시인은 이런 식으로 하루하루를 보냈는데: 여자들의 무릎에 머리를 얹고, 죽음과 복수를 생각하며, 자기가 세상에서 가장 복 많은 사내인지 가장 비참한 사내인지 알쏭달쏭했다.

그러던 어느 날, 하루 일이 끝나고 여자들이 내시들과 함께 술을 마시며 그렇게 장난을 칠 때였는데, 바알은 제일 어린 아가씨가 자기 손님인 식료품장수 무사에 대해 말하는 소리를 듣게 되었다. "그 인간! 예언자의 마누라들 때문에 정신을 못 차린다니까요. 그 여자들을 너무 미워해서 이름만 꺼내도 흥분할 정도예요. 그 사람 말로는 내가 아예샤를 쏙 빼닮았대요. 다들 알다시피 그 여자는 거물 나리의 애처잖아요. 나 참."

그러자 오십대 창녀가 불쑥 끼어들었다. "이봐, 그 하렘의 여자들 말인데, 요즘은 사내들이 온통 그 얘기뿐이란 말씀이야. 마훈드가 그 여자들을 가둬놓은 것도 당연한 일이지. 그런데 그것 때문에 사태가 더 심각해졌어. 보이지 않는 것에 대해서는 사람들이 온갖 상상을 하기 마련이니까."

특히 이 도시에서는 더 그렇지, 하고 바알은 생각했다. 우리의 자힐리아, 자유분방한 도시, 마훈드가 규정집을 들이대기 전에는 여자들이 늘 화려한 옷차림을 하던 도시, 화제가 온통 성교와 돈, 돈과 섹스에 집중되었고 말만으로 그치지도 않았던 도시.

그는 제일 어린 창녀에게 물었다. "그렇다면 그자한테 흉내를 내주지 그래?"

"누구 말예요?"

"무사. 아예샤가 그렇게 짜릿한 쾌감을 준다면 그 친구의 아예샤가 되어주는 것도 좋지 않겠어?"

그러자 아가씨가 말했다. "맙소사. 그 말을 누가 들으면 당신 불알을 버터에 튀길 거예요."

아내가 몇 명이라고? 열둘, 그리고 오래전에 죽어버린 늙은 마누라 하나. '장막'에는 창녀가 몇 명? 역시 열둘, 그리고 검은 천막을 친 권좌에 몸을 감추고 여전히 죽음을 비웃는 늙어빠진 여주인 하나. 믿음이 없는 곳에는 불경죄도 없는 법이다. 바알은 여주인에게 자신의 착상을 밝혔다. 그녀는 후두염 걸린 개구리 같은 목소리로 이 문제를 매듭지었다. "굉장히 위험한 짓이지만 장사는 아주 잘 되겠어. 조심해야겠지만 한번 해보자고."

열다섯 살짜리가 식료품장수의 귓가에 어떤 말을 속삭였다. 그러자 당장 그의 눈이 빛을 발하기 시작했다. 그가 애걸했다. "다 말해줘. 당신의 어린 시절, 좋아하던 장난감, '솔로몬의 말'*이든 뭐든, 당신이 탬버린을 치고 예언자가 와서 구경했다는 얘기도 들려줘." 그녀는 다 말해주었고, 그러자 그는 열두 살 때 순결을 잃은 일에 대해 물었고, 그녀는 그것도 말해주었고, 나중에 그는 '내 평생 이렇게 좋기는 처음'이라며 평소보다 두 배의 화대를 지불했다. 여주인이 바알에게 말했다. "심장 약한 사내들은 조심해서 다뤄야겠어."

ℳ

'장막'의 창녀들이 제가끔 마훈드의 아내로 탈바꿈했다는 소문이 자힐리아 전역으로 퍼져나가면서 이 도시의 수컷들은 남몰래 강렬한 흥분을 맛볼 수 있었다. 그러나 그들은 이 사실이 발각될까봐 몹시 두려워했는데, 우선 자기들이 이렇게 불경스러운 행위에 가담했다는 사실을 마훈드나 졸개들이 알게 된다면 목숨을 잃을 것이 뻔하기 때문이기도 했지만 또한 '장막'의 새로운 서비스가 계속 유지되길 바라는 마음 때문이기도 했고, 그래서 당국은 이 비밀을 까맣게 몰랐다. 당시 마훈드는 아내들과 함께 야트리브로 돌아가고 없었다. 자힐리아의 무더위보다는 북쪽 지방의 선선한 오아시스가 더 편안했기 때문이다. 그래서 도시는 할리드 장군이 맡아 관리했는데, 그에게 무엇인가를 감추기는 어렵지 않았다. 한때 마훈드는 할리드를 시켜 자힐리아의 유곽을 모두 폐쇄할 생각도 했지만 아부 심벨이 너무 경솔한 처사라며 한사코 말렸다. "자힐리아인들은 새로 개종한 사람들입니다. 서두르지 마십시오."

---

* 무함마드의 애처 아예샤가 어렸을 때 좋아했다는 장난감.

지극히 실리적인 예언자였던 마훈드는 잠시 과도기를 두기로 결정했다. 그리하여 예언자가 없는 사이에 자힐리아의 사내들은 '장막'으로 속속 모여들었고, 덕분에 이 집의 매상이 세 곱절로 뛰었다. 당연한 일이지만 길거리에서 길게 줄을 서는 것은 결코 현명한 짓이 아니었고, 그래서 유곽에서 가장 안쪽에 있는 뜨락에 남자들이 줄지어 늘어서는 날이 많았는데, 그들은 뜨락 한복판에 있는 '사랑의 샘'을 둘러싸고 차례차례 앞으로 나아갔다. 이유는 좀 다르지만 저 유서 깊은 검은 돌 주위를 도는 순례자들과 비슷한 광경이었다. '장막'의 손님들에게는 모두 가면이 지급되었고, 그렇게 원을 그린 가면들을 높은 발코니에서 내려다보며 바알의 마음은 자못 흐뭇했다. '순종'하길 거부하는 방법에도 여러 가지가 있는 법이다.

그후 몇 달 동안 '장막'의 종업원들은 이 새로운 업무에 점점 더 깊이 몰입했다. 돈을 내는 고객들에게 제일 인기가 좋았던 것은 열다섯 살의 어린 창녀 '아예샤'였는데, 이는 마훈드가 역시 같은 이름의 아내를 제일 사랑하는 것과 마찬가지였고, 또한 야트리브에 있는 장엄한 모스크의 하렘에서 정숙하게 살아가는 그 아예샤처럼 자힐리아의 이 아예샤도 남달리 총애받는 자리를 빼앗기지 않으려고 노심초사했다. 그녀는 '형님들' 중 누군가의 손님이 늘어나거나 유별나게 많은 팁을 받을 때마다 못마땅하게 여겼다. 나이도 제일 많고 제일 뚱뚱한 창녀는 '사우다'라는 이름을 쓰게 되었는데, 그녀는 손님들에게—그녀의 손님도 적지 않았으니, 모성적인데다 늘 고마워하는 그녀의 매력 때문에 일부러 찾아오는 자힐리아 남자들이 많았다—아예샤가 아직 어린애였을 때 마훈드가 자신과 아예샤를 한날한시에 맞아들였다는 이야기를 들려주었다. "우리 둘을 통해서 그이는 죽은 첫 아내의 두 가지 모습을 본답니다: 딸 같은 모습, 그리고 어머니 같은 모습." 그 말은 사내들을 몹시 흥분시켰다. 창녀 '하프사'는 같은 이름을 가진 마훈드의 아내처럼 다혈질로 변했고, 이렇게 열두 명이 제가끔 맡은 역할의 성품까지 닮아감에 따라 유곽 내부의 친소관계도 야트리브의 모스크에서 벌어지는 정치적 파벌관계를 고스란히 반영하게 되었다. 예를 들자면 '아예샤'와 '하프사'는 서로 합심하여 제일 도도한 두 창녀와 끊임없이 사소한 경쟁을 벌였다. 예전부터 다른 여자들이 좀 건방지다고 생각하던 이 두 창녀는 역시 가장 귀족적인 신분을 선택했는데, 한 명은 다름아닌 '마크줌 가문*의 움 살라마'가 되고 또 한 명은 그야말로 거만하기 짝이 없는 '람라'가 되었으니, 마훈드의 열한번째 아내인 그녀는 바로 아부 심벨과 힌드의 딸이었다. 그 밖에도 '자이나브 빈트 자시'가 있고, 군사원정 중 사로잡혀 졸지에 신부가 되고 만 여자의 이름을 따서 '주와이리야'가 있고, '유대인 레하나' '사피아' '마이무나', 그리고 창녀들 중에서도 가장 색정적인 여자가 있었으니, 많은 기술을 알면서도 경쟁상대인 '아예샤'에게는 결코 가르쳐주지 않는 그녀는: 저 매혹적인 이집트 여자, '콥트인 마리'였다. 그러나 가장 기이한 창녀는 '자이나브 빈트 쿠자이마'였는데, 그녀는 마훈드의 이 아내가 최근에 죽었다는 사실을 알면서도 굳이 그 이름을 골랐다. 손님들은 그녀에게 꼼짝도 하지 말라고 요구했는데, 그들의 이 같은 시체성애는 '장막'의 새로운 체제에서 비교적 불쾌한 측면의 하나였다. 그래도 장사는 장사일 뿐이고, 따라서 창

* 무함마드가 태어난 쿠레이시 부족의 부유한 상인 가문.

녀들은 이런 욕구도 기꺼이 충족시켜주었다.

처음 한 해가 끝나갈 무렵이 되자 열두 창녀는 각자의 역할에 아주 숙달되어 급기야는 예전의 자기 모습을 차츰 잊어버리기 시작했다. 바알은 한 달 한 달이 다르게 눈도 귀도 어두워졌고, 그래서 지나가는 아가씨들의 형체가 어렴풋이 보일 뿐 윤곽은 흐릿했고, 어찌된 영문인지 모습이 이중으로 보여 마치 그림자 위에 그림자가 겹쳐진 듯했다. 아가씨들도 바알에 대해 새로운 생각을 갖게 되었다. 그 시대에는 창녀들이 이런 일을 처음 시작할 때 자신을 조금도 괴롭히지 않을 일종의 남편을 정하는 것이 관례였는데—이를테면 산이나 샘이나 수풀 따위—그럼으로써 형식적으로나마 유부녀의 자격을 얻었다. '장막'에서는 모든 아가씨가 으레 중앙 뜨락에 있는 '사랑의 분수'와 결혼했는데, 이제 일종의 반란이 일어날 조짐이 보였고, 마침내 매춘부들은 여주인에게 몰려가서, 어차피 자기들이 곧 예언자의 아내라고 생각하기 시작한 마당이니 물을 뿜는 돌 따위를 남편으로 삼는다는 것은 우상숭배에 가깝기도 하거니와 아무래도 좀더 나은 남편이 필요하다고 선포했고, 모두 한꺼번에 저 뒤틈바리 바알의 새색시가 되기로 뜻을 모았다는 사실도 아울러 밝혔다. 여주인은 처음에는 극구 만류했지만 아가씨들이 진심임을 알게 되자 곧 요청을 허락하고 그들에게 글쟁이를 들여보내라고 지시했다. 열두 명의 창녀는 서로 쿡쿡 찌르고 낄낄거리며 이 굼뜬 시인을 알현실로 데려갔다. 그런데 계획을 전해들었을 때 별안간 바알의 심장이 몹시 불규칙하게 뛰기 시작했고, 그는 균형을 잃고 쓰러졌고, '아예샤'가 놀라 비명을 질렀다. "맙소사, 이러다간 마누라가 돼보기도 전에 과부가 돼겠네."

그러나 그는 죽지 않았다: 심장이 안정을 되찾았다. 그리고 달리 선택의 여지도 없었던 그는 열두 명의 청혼을 받아들였다. 그리하여 여주인이 몸소 그들을 결혼시켰고, 결국 이 타락의 소굴에서, 이 반反 모스크에서, 이 신성모독의 미궁에서 바알은 전직 장사꾼 마훈드의 열두 아내의 남편이 되었다.

아내들은 그에게 모든 면에서 남편으로서의 의무를 충실히 이행할 것을 명확하게 요구했고, 그가 돌아가면서 아가씨들 가운데 한 명과 함께 낮을 보내도록 순번을 정해놓았다('장막'에서는 밤낮이 뒤바뀌었으니 밤은 일하는 시간이고 낮은 휴식의 시간이었다). 그러나 그가 이 힘겨운 예정표에 따라 움직이기 시작하자마자 회의가 소집되었고, 이 자리에서 그는 좀더 '진짜' 남편처럼, 즉 마훈드처럼 행동해야 한다는 말을 듣게 되었다. "당신도 우리처럼 이름을 바꾸는 게 어때요?" 다혈질 '하프사'가 요구했다. 그러나 바알은 선을 그었다. "별로 자랑스러울 건 없지만 그래도 엄연히 내 이름이오. 더군다나 나는 여기서 손님들을 상대하는 게 아니잖소. 사업상 이름을 바꿀 만한 이유가 없소." 그러자 요염한 '콥트인 마리'가 어깨를 으쓱거렸다. "글쎄요, 아무튼, 이름이야 어찌 됐건, 우린 당신이 그 사람처럼 행동하길 원해요."

"난 별로 아는 게 없어서—" 바알이 항변하려 했는데, 창녀들 중에서 실제로 가장 매력적인, 또는 바알이 요즘 그렇게 생각하는 '아예샤'가 애교 있게 뾰로통한 표정을 지으며 살살 구슬렸다. "말도 안 돼요, 서방니임. 그렇게 어려운 일도 아니라고요. 우리가 원하는 건, 아시잖아요. 주인님이 되라는 거예요."

알고 보니 '장막'의 창녀들은 자힐리아에서도 가장 구식이고 인습적인 여자들이었다. 직업상 냉소적이고 세상만사에 환멸을 느끼는 성격으로 변하기 쉬웠을 텐데 (물론 가끔 손님들에 대해 지독한 독설을 퍼붓기는 했지만) 그들은 오히려 몽상가가 되었다. 바깥세상으로부터 격리된 탓으로 '평범한 생활'에 대한 환상을 품었는데, 그들이 무엇보다 원하는 것은 현명하고 다정하고 튼튼한 한 남자의 온순한, 그리고—그렇다—순종적인 내조자가 되는 일이었다. 다시 말해서: 오랫동안 남자들의 환상을 충족시켜주는 생활을 하다보니 결국 여자들의 꿈도 오염되었고, 그래서 그들은 스스로 남자들의 가장 오래된 환상에 부합하는 여자가 되길 진심으로 원하게 되었다. 게다가 예언자의 가정생활을 흉내낸다는 짜릿한 양념이 더해지면서 모두 몹시 들뜬 상태였고, 덕분에 바알은 어리둥절한 가운데 열두 명의 여자가 서로 자신에게 환심을 사고 한 조각의 미소라도 얻어내려 경쟁한다는 것이 어떤 기분인지 알게 되었다. 그의 발을 씻기고, 머리카락으로 닦아주고, 몸에 기름을 발라주고, 그를 위해 춤을 추고, 그 밖에도 수천 가지 방법을 통해 그들은 자기들이 정말 누릴 수 있으리라 기대하지 못했던 꿈속의 결혼생활을 실현했다.

도저히 저항할 길이 없었다. 그는 차츰 자신감을 얻어 그들을 마음대로 부려먹었고, 그들 사이의 다툼을 심판했고, 화가 나면 벌을 주기도 했다. 한번은 그들의 싸움에 짜증이 나서 한 달 동안 모두를 멀리하겠다고 선언한 적도 있었다. 그후 스물아홉 밤이 지나고 '아예샤'를 만나러 갔을 때 그녀는 그사이를 못 참고 찾아왔느냐며 놀려댔다. 그는 '지난달은 스무아흐레뿐이었소' 하고 대답했다. 그리고 한번은 그가 '아예샤'의 날에 '하프사'의 방에서 '콥트인 마리'와 함께 있다가 '하프사'에게 들키고 말았다. '하프사'에게 바알은 '아예샤'에게는 절대로 말하지 말라고 부탁했는데, 왜냐하면 '아예샤'를 사랑했기 때문이다. 그러나 '하프사'는 '아예샤'에게 다 말해버렸고, 그때부터 꽤 오랫동안 바알은 하얀 살결과 곱슬곱슬한 머리카락을 가진 '마리' 곁에 얼씬도 할 수 없었다. 간단히 말해서, 그는 남몰래 마훈드의 세속적인 거울이 될 수 있는 이 매혹적인 기회를 뿌리치지 못했다. 그리고 다시 시를 쓰기 시작했다.

요즘 쓰는 시는 그의 시 중에서 가장 감미로웠다. 아예샤와 함께 있을 때 그는 이따금 몸이 나른하고 무거워져 곧 드러누워야 했다. 그가 그녀에게 말했다. "희한한 일이오. 마치 내 옆에 서 있는 나 자신을 보는 듯하거든. 그리고 나는 그가, 즉 서 있는 내가 말하게 할 수도 있소. 그리고 일어나서 그의 시를 받아 적는 거요." 아내들은 바알의 이 예술적 무기력증에 감탄해 마지않았다. 한번은 피로가 몰려와 '마크줌 가문의 움 살라마'의 방에서 안락의자에 앉아 잠깐 졸았다. 그런데 깨어나보니 어느새 몇 시간이 지났고, 온몸이 쑤시고 목과 어깨가 뻣뻣했고, 그래서 움 살라마를 꾸짖었다. "왜 깨우지 않았소?" 그러자 그녀가 대답했다. "당신이 시를 듣고 있을까봐 그랬어요." 바알은 고개를 가로저었다. "그런 걱정은 하지 마시오. 시가 나오는 것은 당신이 아니라 '아예샤'와 함께 있을 때뿐이오."

∽

바알이 '장막'에서의 생활을 시작한 후 이 년 하고도 하루가 지났을 때, 물들인 피부와 헐렁바지와 운동에도 불구하고 아예샤의 손님 하나가 바알의 얼굴을 알아보았다. 그 손님이 아예샤의 방에서 나올 때 마침 바알이 그곳에 배치된 탓인데, 손님은 그를 가리키며 이렇게 소리쳤다. “바로 여기 있었구먼!” 아예샤가 겁에 질린 눈으로 달려 나왔다. 그러나 바알이 말했다. “괜찮소. 이 사람은 말썽을 일으키지 않아.” 그는 페르시아인 살만을 자기 방으로 불러들여 으깨지 않은 포도로 만든 달콤한 포도주의 마개를 땄다. 자힐리아인들은 그들이 무례하게 ‘규정집’이라고 부르는 책에서 포도주는 금하지 않았음을 알고부터 이 술을 만들고 있었다.

“내가 여기 온 것은 드디어 이 지긋지긋한 도시를 떠나게 되었기 때문이야.” 살만이 말했다. “오랫동안 여기서 헛고생만 했으니 한순간이라도 즐거움을 누려보고 싶었거든.” 빌랄이 오랜 우정을 이유로 살만을 두둔한 후, 이 이주자는 금융가 대로변에 책상다리를 하고 앉아 편지 대필을 비롯하여 잡다한 필기 업무를 맡아보았다. 그러는 동안에 그의 냉소주의와 좌절감도 햇볕에 타서 더욱 빛을 발했다. 살만은 급하게 술을 들이켜며 말했다. “사람들이 글을 쓰는 이유는 거짓말을 하기 위해서야. 그러니까 전문적인 거짓말쟁이는 돈을 잘 벌기 마련이지. 내가 쓴 연애편지나 업무용 통신문은 시내에서 최고라는 명성을 얻었는데, 그건 진실을 아주 조금만 왜곡시켜 멋진 거짓말을 꾸며내는 재간 덕분이지. 그래서 겨우 이 년 만에 고향으로 돌아갈 여비를 마련했어. 고향! 그리운 조국 땅! 내일 출발할 거야. 그동안 참 용케도 버텼지.”

술병이 비어갈 무렵부터 살만은 (바알의 예상대로) 자신의 모든 불행의 근원이던 하느님의 사자와 그의 가르침에 대해 다시 지껄이기 시작했다. 그는 마훈드와 아예샤의 싸움에 대해서도 말해주었는데, 뜬소문에 불과한 이야기를 마치 부인할 수 없는 사실처럼 자세하게 설명했다. "그 여자는 남편이 그렇게 많은 여자들을 원하는 걸 참을 수 없었지. 그는 불가피한 일이라느니 정략결혼이라느니 떠들었지만 그 여자는 속지 않았어. 누가 나무랄 수 있겠나? 마침내 그는—또 뭐가 있겠어?—무아경에 빠져들었고, 대천사의 말을 듣고 깨어났지. 지브릴이 불러준 시는 그를 전폭적으로 지지하는 내용이었어. 여자들을 얼마든지 따먹어도 좋다고 하느님이 몸소 허락하신 거지. 그러니: 하느님의 시에 대해 가엾은 아예샤가 무슨 말을 할 수 있겠어? 그녀가 뭐라고 했는지 아나? 이랬어: '당신의 하느님은 당신한테 곤란한 일만 생기면 언제든지 벌떡 일어나 해결해주시는군요.' 자아! 그게 아예샤가 아니었다면 그가 무슨 짓을 저질렀을지 모를 일이지만, 어차피 딴 여자였다면 처음부터 그런 말을 꺼낼 엄두도 못 냈을 거야." 바알은 살만의 이야기를 방해하지 않고 내버려두었다. 순종교의 성적인 일면들은 이 페르시아인을 적잖이 흥분시켰다. 그가 말했다. "불건전해. 이런 차별. 결과가 좋을 리 없지."

마침내 바알도 의견을 내놓기 시작했는데, 살만은 이 시인이 마훈드를 편들자 깜짝 놀랐다. "그 사람 생각에도 일리가 있네. 어떤 집안에서 신부를 보내주겠다는데 거절한다면 적을 만들게 되고,—게다가 그는 특별한 사람이니 특별대우를 받아야 한다는 주장도 납득할 만하고,—또 여자들을 가둬놓는 일에 대해서는, 그래, 그중에서 누군가에게 안 좋은 일이라도 생긴다면 얼마나 망신스러운 일이겠나! 이보게, 자네도 여기서 살아봤다면 성적 자유가 조금 줄어드는 것도 그리 나쁠 게 없다는 것쯤은 알 게 아닌가,—보통 사람들한테는."

그러자 살만이 딱 잘라 말했다. "돌았군. 너무 오랫동안 햇빛을 못 본 모양이야. 아니면 그 옷 때문에 광대처럼 말하게 됐거나."

이때쯤에는 바알도 꽤 취해서 열띤 반론을 펼치려 했지만 살만이 휘청거리는 손 하나를 들어올렸다. "싸우긴 싫어. 그 대신 하나만 말해주지. 방금 나온 따끈따끈한 얘기야. 후우, 후우! 그리고 자데가, 아니, 자네가 했던 말과도 관계가 있어."

살만의 이야기는: 아예샤와 예언자가 멀리 떨어진 어느 마을로 여행을 떠났는데, 야트리브로 돌아오는 길에 일행은 모래언덕에서 야영을 하게 되었다. 그리고 동트기 전에 어둠 속에서 천막을 거두었다. 그런데 마지막 순간에 아예샤가 용변을 보려고 우묵한 곳으로 달려갔다. 그리고 그녀가 없는 사이에 가마꾼들이 그녀의 가마를 메고 걸어가기 시작했다. 아예샤가 워낙 가벼운 여자였고 가마는 무거웠으므로 무게 차이를 별로 느끼지 못한 가마꾼들은 그녀가 타고 있으려니 생각했다. 이윽고 아예샤가 볼일을 보고 돌아왔을 때는 이미 아무도 보이지 않았고, 때마침 사프완이라는 젊은 사내가 낙타를 타고 그곳을 지나가지 않았다면 그후 그녀가 어떻게 되었을지 아무도 모를 일인데…… 사프완은 아예샤를 무사히 야트리브로 데려다주었다. 바로 이때부터 사람들이 입방아를 찧기 시작했는데, 특히 하렘에서는 더 심했으니, 아예샤의 힘을 약화시킬 기회가 오자 적들이 얼씨구나 덤벼들었기 때문이다. 젊은 남녀가 단둘이 사막에서 긴 시간을 함께 보냈는데, 게다가 사프완이 아주 잘생긴 사내라는 암시가 곁들여지고, 점점 더 과장되고, 어쨌든 예언자가 이 어린 여자보다 훨씬 나이가 많다는 것은 어김없는 사실이고,

그렇다면 그녀가 자기 또래에 가까운 청년에게 끌리지 않았을까? 살만은 즐거운 듯이 덧붙였다. "굉장한 추문이지."

바알이 물었다. "마훈드가 어떻게 할까?"

살만이 대답했다. "아, 벌써 해버렸지. 늘 하던 식으로. 애지중지하는 대천사를 만났고, 지브릴이 아예샤의 결백을 밝혀줬다고 발표했어." 살만은 세상사에 대해 체념한다는 듯이 두 팔을 벌렸다. "그리고 이번엔 말이야, 그 여자도 시가 참 편리한 수법이라느니 불평하진 않더라."

∽

이튿날 아침 페르시아인 살만은 북쪽으로 가는 낙타 행렬에 합류했다. '장막'에서 바알과 헤어질 때 살만은 시인을 끌어안고 양쪽 뺨에 입을 맞추며 말했다. "어쩌면 자네 말이 맞을지도 몰라. 어쩌면 햇빛을 피하는 게 나을지도 모른다고. 오래오래 버티길 빌어." 바알이 대답했다. "자네가 고향을 잘 찾아가길, 그곳에 사랑할 만한 게 있길 바라겠네." 살만의 표정이 굳어졌다. 그는 입을 열었다가 다시 다물고 그냥 가버렸다.

안심이 안 되었는지 '아예샤'가 바알의 방으로 들어왔다. 그녀는 바알의 머리카락을 어루만지며 물었다. "그 사람, 또 취해서 비밀을 누설하는 건 아니겠죠? 술을 많이 마시던데요."

바알이 말했다. "이젠 모든 것이 예전과는 달라졌소." 살만과의 만남을 계기로 바알은 '장막'에서 지내는 동안 서서히 빠져들었던 꿈속에서 깨어났고 다시 잠들 수 없었다.

아예샤가 힘주어 말했다. "아니, 그렇지 않아요. 모든 게 그대로일 거예요. 두고 보세요."

바알을 고개를 가로저으며 평생 처음이자 마지막으로 예언적인 말을 했다. "뭔가 큰 일이 벌어질 거요. 남자가 언제까지나 치맛자락 뒤에 숨어 있을 수는 없소."

이튿날 마훈드가 자힐리아로 돌아왔고, 병사들이 찾아와 '장막'의 여주인에게 과도기가 끝났음을 알렸다. 유곽은 모두 폐쇄해야 한다. 참을 만큼 참았다. 여주인은 휘장 뒤에서 도의를 들먹이며 손님들이 빠져나갈 수 있도록 한 시간 동안만 철수해달라고 병사들에게 부탁했는데, 풍속 단속반의 조장이 워낙 경험이 부족한 사람이어서 선선히 승낙해주었다. 여주인은 내시들을 시켜 아가씨들에게 알리고 손님들을 뒷문으로 내보내게 했다. 그러면서 내시들에게 이렇게 지시했다. "손님들께 방해해서 죄송하다고 말씀드리고, 상황이 상황이니만큼 돈은 안 받겠다고 해라."

그것이 그녀의 마지막 말이었다. 놀란 아가씨들이 이 최악의 사태가 정말인지 알아보려고 알현실로 몰려들어 한꺼번에 떠들기 시작했지만(우린 일자리를 잃는 건가요, 어떻게 먹고살아요, 감옥에 들어가나요, 우린 어떻게 되나요) 여주인은 그들의 겁먹은 질문에 일절 대답하지 않았고,—마침내 '아예샤'가 용기를 내어 지금껏 아무도 하지 못한 일을 감행했다. 그녀가 검은 휘장을 걷어올리는 순간 그들은 죽은 여자를 보았는데, 쉰 살일 수도 있고 백스물다섯 살일 수도 있는 이 여자는 키가 석 자도 채 안 되어 큼직한 인형 같았으며 쿠션이 잔뜩 놓인 고리버들 의자에 웅크리고 앉아 한 손에는 빈 독약 병을 움켜쥐고 있었다.

바알이 방안으로 들어와 말했다. "기왕 시작한 일이니 모든 장막을 걷어내시오. 이젠 햇빛을 가리려고 애쓸 필요가 없소."

∽

유곽 주인이 자살했음을 알게 되자 풍속 단속반의 젊은 조장 우마르는 제법 성깔을 부렸다. "흠, 우두머리를 교수형시킬 수 없다면 아랫것들이라도 끌고 가야지." 그렇게 외치며 부하들에게 저 '갈보들'을 모조리 체포하라고 명령했고 부하들은 이 임무에 대단한 열성을 보여주었다. 여자들이 소리소리 지르며 발버둥쳤지만 내시들은 꼼짝도 않고 멍하니 구경만 했는데, 우마르가 미리 그들에게 이렇게 귀띔했기 때문이다. "저 잡년들은 재판을 받겠지만 너희들에 대해서는 아무런 지시도 받지 못했다. 그러니까 불알에 이어서 대가리까지 잃기 싫다면 얌전히들 있어라." 그래서 내시들은 '장막'의 여자들을 지켜주지 못했고, 병사들은 여자들을 붙잡아 땅바닥에 찍어 눌렀다. 내시들 속에는 피부를 물들인 시인 바알도 끼어 있었다. 제일 어린 '잡년' 또는 '쌍년'이 재갈을 물리기 직전에 소리쳤다. "서방님, 제발, 좀 도와줘요, 당신도 사내대장부라면." 그러자 풍속 단속반 조장은 즐겁다는 표정이었다. 터번을 쓴 얼굴들을 하나하나 유심히 살피며 그가 물었다. "누가 저년 서방이냐? 자, 빨리 불어라. 마누라가 뭇 사내와 붙어먹는 꼴을 구경하는 맛이 어떻더냐?"

바알은 우마르의 뱁새눈과 더불어 '아예샤'의 도끼눈을 피하려고 아득히 먼 곳을 응시했다. 조장이 그의 앞에서 걸음을 멈추었다. "너냐?"

바알은 거짓말을 했다. "짐작하시겠지만 그냥 하는 말일 뿐입니다.

저 아가씨들은 농담을 잘 하지요. 우리를 서방이라고 부르는 것은 우리가, 우리가……"

이때 우마르가 느닷없이 바알의 사타구니를 콱 움켜쥐었다. "사내구실을 못하기 때문이란 말이지. 서방이라. 재미있군."

통증이 가라앉았을 때 바알은 여자들이 이미 가버린 것을 알았다. 우마르가 밖으로 나가며 내시들에게 충고의 말을 던졌다. "다들 썩 꺼져라. 내일은 네놈들을 잡아들이라는 명령이 떨어질지도 몰라. 이틀 연속으로 재수가 좋은 놈은 별로 못 봤다."

'장막'의 아가씨들이 끌려간 후 내시들은 '사랑의 샘' 앞에 철퍼덕 주저앉아 걷잡을 수 없이 울어버렸다. 그러나 바알은 너무 부끄러워 울지도 못했다.

지브릴은 바알의 죽음을 꿈꾸었다:

체포된 지 얼마 안 되었을 때, 열두 창녀는 그간 새로운 이름에 너무 익숙해져 이제는 옛 이름이 아예 생각나지 않는다는 사실을 깨달았다. 그렇다고 훔친 이름을 옥리들에게 대기도 무서웠고, 그래서 결국 어떤 이름도 말해줄 수 없었다. 옥리들은 한참 동안이나 호통을 치며 위협하다가 마침내 단념하고 여자들을 '장막 1호' '장막 2호' 등의 숫자로 기재했다. 그들의 손님이었던 남자들도 창녀들이 한 짓을 입에 올렸다가 무슨 일을 당할까 두려워 침묵을 지켰고, 따라서 시인 바알이 감옥 담벼락에 시를 써붙이기 시작하지 않았다면 끝내 아무도 이 비밀을 알아내지 못했을지도 모른다.

그들이 붙잡힌 후 이틀이 지나자 감옥은 창녀들과 포주들로 터질 지경이었는데, 순종교가 자힐리아에 남녀분리법을 도입하고 이 년이 흐르는 사이에 상당수가 늘어난 탓이었다. 자힐리아의 많은 남자들이—동네 떨거지들이 조롱을 퍼부어도 아랑곳없이, 더구나 새로 생긴 풍기문란 죄로 기소될 가능성마저 무시하고—감옥 창문 아래 모여들어 사랑하는 화류계 여인들을 위해 세레나데를 불러주었다. 그러나 갇혀 있는 여자들은 이렇게 헌신적인 애정에도 전혀 감동받지 않았고, 잠긴 문 앞의 구애자들을 격려하지도 않았다. 그런데 사흘째 되던 날, 사랑에 번민하는 이 바보들 속에 유달리 수심이 가득한 사내가 나타났는데, 터번과 헐렁바지 차림이었고 검은 피부가 눈에 띄게 얼룩덜룩했다. 많은 행인들이 그 모습을 보고 킬킬거렸지만 그가 노래를 부르기 시작하자 웃음소리가 뚝 그쳤다. 자힐리아인들은 예로부터 시문학에 일가견이 있었는데, 이 괴짜 신사가 노래하는 송시가 하도 아름다워 모두 걸음을 멈추었다. 바알은 사랑의 시를 노래했고, 그 속에 담긴 고통 때문에 다른 시인들은 곧 입을 다물고 바알에게 자기들의 마음을 대변하게 했다. 격리된 창녀들도 시의 마법에 이끌려 감옥 창문에 처음으로 얼굴을 내보였다. 음창을 끝낸 바알은 담벼락에 못을 박아 자기 시를 걸어놓았다. 문을 지키던 경비원들도 눈물을 줄줄 흘릴 뿐, 그를 제지하려 하지 않았다.

이 괴상한 사내는 그날부터 저녁마다 어김없이 나타나 새로운 시를 음창했는데, 그의 시는 날이 갈수록 점점 더 아름다워졌다. 그 아름다움에 취한 탓이었을까, 제각기 다른 여자에게 바치는 열두 편의 시가 완성되는 열두번째 저녁이 올 때까지 사람들은 그의 열두 '아내'의 이름이 다른 열두 명의 이름과 똑같다는 사실을 전혀 눈치채지 못했다.

그러나 열두번째 날에는 이 사실이 포착되었고, 바알의 시를 들으려고 모여들었던 수많은 군중은 당장 태도를 싹 바꾸었다. 감동이 분노로 돌변했고, 바알은 이 완곡하고 교활하기 짝이 없는 모욕의 이유를 따져 묻는 성난 사람들에게 포위되고 말았다. 그때 바알이 우스꽝스러운 터번을 벗어버렸다. "나는 바알이오. 나는 내 뮤즈 이외에는 어떤 권위도 인정할 수 없소. 아니, 정확히 말하자면 나의 열두 뮤즈라고 해야겠지."

경비원들이 그를 붙잡았다.

할리드 장군은 바알을 즉각 처형하고 싶어했지만, 마훈드는 이 시인을 창녀들 다음에 재판하라고 말했다. 그리하여 돌과 이혼하고 바알과 결혼한 열두 아내에게 부도덕한 삶의 대가로 돌로 쳐죽이는 형벌이 내려진 후 바알은 마침내 예언자와 대면하게 되었다. 실물과 거울의 만남, 빛과 어둠의 만남이었다. 마훈드의 오른편에 앉은 할리드가 바알에게 자신의 비열한 짓을 해명할 마지막 기회를 주었다. 시인은 '장막'에서 보낸 시간을 이야기했는데, 지극히 이해하기 쉬운 말을 사용했고, 아무것도 감추지 않았고, 심지어 최후의 비겁한 행동까지 숨김없이 밝혔으니, 그때 이후로 그가 했던 모든 일은 그 행동을 보상하기 위해서였다. 그런데 여기서 희한한 일이 벌어졌다. 이 심판의 천막에는 사람들이 잔뜩 모였는데, 죄인이 한때는 자힐리아에서 가장 예리한 혀와 날카로운 기지를 지녔던 유명한 풍자시인 바알이라는 사실을 모두가 알기 때문이었다. 그런데 그들이 (참으려고 무진 애를 쓰면서도 어쩔 수 없이) 웃기 시작했다. 바알이 '예언자의 열두 아내'와의 결혼생활에 대해 솔직담백하게 설명하면 할수록 청중의 겁먹은 웃음은 더욱더 걷잡을 수 없이 커져만 갔다. 그리하여 이야기가 끝날 무렵이 되자 자힐리아의 선량한 시민들은 그야말로 눈물을 흘리며 웃어댔고, 생가죽 채찍과 언월도를 지닌 병사들이 당장 죽여버린다고 위협하는데도 웃음을 억누르지 못했다.

"농담이 아닙니다!" 바알이 소리치자 군중은 기다렸다는 듯이 환호성을 지르고 괴성을 지르고 무릎을 두드렸다. "정말이라니까!" 하 하 하. 그러다 마침내 다시 침묵이 찾아왔다: 예언자가 벌떡 일어섰기 때문이다.

적막 속에서 마훈드가 말했다. "예전에 너는 암송문을 조롱했다. 그때도 이들은 네 조롱을 들으며 즐거워했지. 그리고 지금은 내 집안의 명예를 더럽히는데, 이번에도 너는 사람들에게 악영향을 미치는 데 성공했구나."

바알이 대답했다. "내 이야기는 끝났소. 마음대로 하시오."

그리하여 그는 한 시간 이내에 목을 베라는 판결을 받았는데, 병사들에게 붙잡혀 처형장으로 끌려가며 바알이 어깨 너머로 소리쳤다. "창녀들과 글쟁이들 말인데, 마훈드, 당신은 우리를 결코 용서할 수 없을 거요."

그러자 마훈드가 대꾸했다. "창녀들과 글쟁이들이라. 내가 보기엔 별 차이가 없다."

옛날 옛날 한 옛날에, 변하지 않는 여자가 있었다.

아부 심벨이 자힐리아를 마훈드에게 고스란히 갖다바치는 반역행위를 저지른 후, 그리하여 이 도시의 위대함이라는 이념이 마훈드라는 현실로 대체된 후, 힌드는 발가락을 빨고 라일라하를 외우고 나서 자기 저택의 높은 탑에 틀어박혔는데, 타이프의 알라트 신전이 무너지고 이 여신의 신상이란 신상은 모조리 파괴되었다는 소식이 거기까지 들려왔다. 힌드는 탑 속의 방에서 오래된 책들과 함께 칩거했는데, 이 책에 적힌 글자들을 해독할 수 있는 사람은 자힐리아 전체에서 그녀뿐이었다. 힌드는 하루에 한 번씩 간소한 음식을 접시에 담아 문밖에 놓아두고 그때 요강도 비우라 지시해놓고 이 년 이 개월 동안 그곳에 머물며 남몰래 이 비서들을 연구했다. 이 년 이 개월 동안 아무도 만나지 않았다. 그러다가 어느 날 새벽, 화려하게 치장한 그녀가 남편의 침실에 들어섰다. 손목, 발목, 발가락, 귀, 목에서 온갖 보석이 반짝거렸다. 그녀는 휘장을 걷으며 명령했다. "어서 일어나요. 오늘은 경축일이라고요." 아부 심벨은 그녀가 지난번에 마지막으로 보았던 모습에서 조금도 늙지 않았음을 확인했다. 아니, 오히려 전보다 더 젊어 보였고, 그래서 그녀가 탑 속의 방에 마법을 걸어 시간이 거꾸로 흐르게 했다는 소문에도 신빙성이 있는 듯했다. 자힐리아의 전직 대공은 평소처럼 아침 객혈을 하며 물었다. "무엇을 경축한다는 거요?" 힌드가 대답했다. "내가 역사의 흐름을 뒤집을 수는 없어도 복수는 달콤한 것이지요."

그로부터 미처 한 시간이 지나기도 전에 예언자 마훈드가 죽을병에 걸렸다는 소식이 들렸다. 머릿속에 마귀들이 들끓는 듯 지독한 두통에 시달리며 아예샤의 침대에 누워 있다고 한다. 힌드는 차분하게 잔치 준비를 계속했고 시내 곳곳으로 하인들을 보내 손님들을 초대했다. 그러나 물론 그날의 향연에는 아무도 참석하려 하지 않았다. 저녁이 되자 힌드는 복수의 황금 접시와 수정잔이 즐비한 대연회실에 홀로 앉았고, 김이 모락모락 피어오르는 온갖 향기로운 요리에 둘러싸인 채 소박한 쿠스쿠스 한 접시를 먹었다. 아부 심벨은 그녀의 식사에 대해 역겹다고 말하며 합석하길 거절했다. 심벨은 이렇게 외쳤다. "그의 숙부의 심장을 먹더니 이젠 그의 심장까지 먹으려 하는군." 그러나 그녀는 남편을 비웃었다. 그리고 하인들이 울기 시작하자 그들마저 내보내고 혼자서 축하의 시간을 가졌다. 일렁이는 촛불이 타협을 모르는 그녀의 변함없는 얼굴에 기이한 그림자를 던졌다.

지브릴은 마훈드의 죽음을 꿈꾸었다:

두통이 점점 더 심해지자 신의 사자는 마침내 '선택'의 시간이 왔음을 알았다:

왜냐하면 모든 예언자는 죽기 전에 반드시 낙원의 모습을 보게 되고, 그후 이승과 저승 중에서 선택할 기회를 얻기 때문이다:

그래서 그는 사랑하는 아예샤의 무릎을 베고 누워 눈을 감았고, 곧 그에게서 생명이 떠나가는 듯했으나 얼마 후 그는 다시 돌아왔다:

그리고 아예샤에게 말했다. "선택의 기회를 얻었고 나는 하느님의 왕국을 선택했소."

그녀는 그의 말이 죽음을 뜻한다는 사실을 알고 눈물을 흘렸고, 그의 시선은 그녀를 떠나 방안의 다른 존재를 응시하는 듯했는데, 아예샤가 그쪽을 돌아보았지만 그곳에는 대 위에 놓인 램프 하나가 타고 있을 뿐이었다.

그가 말했다. "거기 누구요? 당신이오, 아즈라일*?"

이때 아예샤는 무시무시하고 감미로운 목소리를 들었는데, 여자의 음성이 대답했다: "아니다, 알라의 사자여, 나는 아즈라일이 아니다."

그러자 램프가 꺼져버렸고, 그 어둠 속에서 마훈드가 물었다: "그렇다면 이 병도 그대가 가져다준 것이오, 알라트여?"

그러자 그녀가 대답했다: "이것은 나의 보복이며 나는 이제 흡족하다. 사람들이 낙타의 오금을 잘라 그대의 무덤 위에 놓아두리라."

그리고 그녀는 가버렸고, 꺼졌던 램프가 되살아나 밝고 은은한 빛을 뿌렸고, 사자가 중얼거렸다. "그래도, 고맙소, 알라트여, 이 선물."

머지않아 그는 숨을 거두었다. 아예샤는 옆방으로 건너갔고, 무거운 마음으로 기다리고 있던 다른 아내들과 제자들이 대성통곡을 했다.

그러나 아예샤는 눈물을 닦으며 말했다: "여기 신의 사자를 섬겼던 사람이 있다면 슬퍼하세요. 마훈드는 죽었으니까. 그렇지만 여기 신을 섬겼던 사람이 있다면 기뻐하세요. 신은 분명히 살아 계시니까."

그것이 꿈의 끝이었다.

---

* 이슬람교에서 말하는 죽음의 천사. 말세가 오면 나팔을 분다고 한다.

제7부

천사 아즈라일

1

모든 것은 결국 사랑으로 귀결되기 마련이지, 하고 살라딘 참차는 자신의 골방에서 생각했다: 사랑, 메약과 알레비가 쓴 『카르멘』의 가사에서 반항적인 새라고 불렀던 그것—이 말은 참차가 근심 없던 시절 '비유의 새장'에 모아두었던 귀중한 표본 중 하나인데, 이 새장에는 그 밖에도 '감미로운 새'(청춘), '시샘하는 새'(나보다 다복하다니), 하이얌과 피츠제럴드*가 설파했던, 형용사 없는 '시간의 새'(이 새는 비록 멀리 날지 못하지만, 보라! 쏜살같이 날아가나니), 그리고 '음탕한 새' 따위의 날개 달린 은유가 들어 있었다. 특히 마지막 말은 아버지 헨리 제

---

* 하이얌(1048?~1131)은 페르시아 시인, 수학자, 천문학자, 철학자로, 영국 시인 피츠제럴드가 그의 사행시집 『루바이야트』를 영역했다.

임스*가 아들들에게 쓴 편지에서 나온 것인데…… '적어도 정신 연령이 십대쯤 되는 사람이라면 누구나 깨닫기 마련이다: 인생은 결코 익살극이 아니라는 것을, 하다못해 점잖은 희극도 아니고, 정반대로 오히려 본질적 결핍이라는 깊디깊은 비극적 심연에 뿌리내린 채 꽃피우고 열매 맺는다는 것을. 그러므로 정신생활을 영위할 줄 아는 이들은 늑대가 울부짖고 밤의 음탕한 새가 지저귀는 위험한 숲을 물려받는다.' 명심해라, 이 녀석들아.—그리고 이 새장과는 별개이면서도 역시 비슷한 유리 진열장 속에는 지금보다 젊고 행복했던 시절에 참차가 품었던 환상들이 갇혀 있는데, 그 속에서 파닥거리는 것은 인기곡 순위에도 올랐던 버블검 록의 한 구절이었으니, 바로 '잡히지 않는 찬란한 나비'**였고, 이 말도 '*반항적인 새*'처럼 '*사랑*'을 뜻하는 말이었다.

사랑, 인간적인(즉 스키너***가 말하는 인조인간이나 로봇 같은 존재와 구별되는) 경험 체계를 이룩하고자 하는 사람이라면 결코 멈출 수 없는 그것, 그러나 그것은 분명히 너를 속였고, 더욱이 어쩌면 너를 철저히 망쳐놓았는지도 모른다. 게다가 그것은 너에게 미리 경고까지 해주었다. 이상적인 연인이며 완벽한 여인이었던 저 영원하고 거룩한 카르멘은 일찍이 이렇게 노래했다: '사랑은 보헤미아의 갓난아기, 그러므로 그대가 나를 사랑한다면 부디 조심하시길.' 그 무엇이 이보다 공명정대할 수 있으랴. 살라딘도 한때는 많은 사랑을 경험했고, 지금은 (그

---

* 미국 철학자(1811~1882). 소설가 헨리 제임스(1843~1916)와 철학자 윌리엄 제임스(1842~1910)의 부친.

** 보브 린드의 히트곡 〈잡히지 않는 나비〉(1966)의 가사.

*** 미국 심리학자로 자극과 반응에 기초한 실험적 행동심리학을 발전시켰다.

는 이렇게 믿었다) 어리석은 연인에게 주어지는 '사랑'의 보복을 경험하는 중이었다. 정신적인 것 중에서 그가 가장 사랑했던 것은 영어권 국민의 변화무쌍하고 무진장한 문화였다. 파멜라에게 구애하던 시절, 그는 『오셀로』가, '이 희곡 하나가' 다른 언어권의 여느 극작가가 평생에 걸쳐 집필한 작품을 모두 합친 것만큼이나 값지다고 말했는데, 다소 과장된 표현이라는 점은 스스로도 의식했지만 많이 과장되었다고 생각하지는 않았다. (물론 파멜라는 자신의 계급과 인종을 배반하려는 노력을 그치지 않았고, 아니나 다를까, 오셀로와 샤일록을 싸잡아 묶은 몽둥이로 인종차별주의자 셰익스피어의 머리통을 후려갈겼다.) 일찍이 벵골인 작가 니라드 차우두리가 그랬듯이 살라딘도—비록 그 장난꾸러기 식민지 지식인처럼 남들에게 앙팡 테리블로 보이고 싶어하지는 않았지만—'*나는 영국 시민이다*'라는 문구에 충실하게 살아가려고 노력했다. 제국은 이미 존재하지 않지만, 그는 여전히 '자기 안에 살아 숨쉬는 모든 것'이 서늘한 이성의 바다에 둘러싸인 이 감성의 작은 섬을 만나면서부터 '만들어지고 다듬어지고 활짝 피어났다'는 사실을 알았다.—그리고 물질적인 것 중에서는 런던에 사랑을 바쳤는데, 자기가 태어난 도시를 포함하여 그 어떤 도시보다도 런던을 사랑했고, 이 도시를 향해 살금살금 다가가며 점점 흥분이 고조되는 것을 느꼈고, 도시가 자기 쪽을 쳐다볼 때마다 석상처럼 굳어졌고, 언젠가는 이 도시를 소유하게 되기를, 그리하여 어떤 의미에서는 도시 그 자체가 되기를 꿈꾸었다: 이를테면 할머니 발자국 놀이에서 '술래'(요즘 런던 아이들은 '짱'이라고 부르지만)를 건드리는 아이는 그 소중한 신분을 이어받게 되는 것처럼, 또는 황금 가지의 신화에서처럼.* 런던, 그곳의 복합성은 살라던 자신의 성격과 닮은꼴이었고, 과묵한 면도 비슷했다. 그곳의 이무깃돌, 길거리에서 들려오는 로마인들의 희미한 발소리, 그곳을 떠나가는 기러기들의 울음소리. 그곳의 친절함—그렇다!—이민법이 있음에도 불구하고, 그리고 최근에 몸소 체험했던 일에도 불구하고, 그는 여전히 그 말이 옳다고 믿었다: 물론 이 도시의 환대는 불완전하고 때로는 편협한 것도 사실이지만, 그래도 엄연한 진실이니, 그 증거로 남부 런던의 어느 구에는 순전히 우크라이나 말만 사용하는 선술집도 있고, 또한 제국의 메아리들로 둘러싸인—'엠파이어 웨이' '엠파이어 풀'—거대한 경기장에서 돌을 던지면 닿을 거리에 있는 웸블리에서는 해마다 친목회가 열리는데, 여기 모여드는 백 명도 넘는 참석자들의 계보를 더듬어 올라가면 모두가 고아Goa의 어느 조그마한 마을 출신이다.—살라딘은 '친절에 대해서라면 우리 런던인들이 자부심을 가질 만하지'라고 파멜라에게 말한 적이 있고, 그때 그녀는 웃음을 참지 못하고 깔깔거리다가 그를 데리고 똑같은 제목을 가진 버스터 키튼의 영화를 보러 갔는데, 거기서 이 희극 배우는 우스꽝스러운 기차 여행을 마치고 도착한 곳에서 아주 끔찍한 대접을 받았다. 그 시절만 하더라도 두 사람은 이렇게 대립적인 입장을 오히려 즐겼고, 뜨거운 논쟁을 벌인 뒤에는 결국 침대로 올라가곤 했는데…… 그는 이렇게 딴생각을 하다가 중단하고 다시 대도시라는 주제로 돌아왔다. 런던은—하고 그는 집요하게 생각했다—피난처로서 유구한 역사를 가졌다. 피난민의 후손이 아무리 반항적이고 배은망덕해도 런던은 피난처의 역할을 포기하지 않았고, 그

---

* 프레이저의 『황금 가지』에서 디아나 여신의 사제가 되기 위해서는 전임자를 죽여야 했다는 내용을 가리킨다.

렇다고 저 바다 건너에 있는 '이민자들의 나라'처럼—그 나라도 완전히 개방적인 것은 결코 아니다—어중이떠중이*가 어쩌고 하는 자화자찬의 미사여구를 늘어놓지도 않았다. 미국이었다면, 당신은-과거에-당신은-현재-이러쿵저러쿵** 따지는 그 나라였다면, 과연 호치민이 호텔 주방에서 요리를 할 수 있었을까? 만약 텁수룩한 수염을 기른 말년의 카를 마르크스가 미국의 문 앞에 서서 그 노란 줄을 건너가려고 기다렸다면 매캐런-월터 법령***은 과연 뭐라고 대답했을까? 진짜 런던이여! 비록 런던의 영광도 많이 퇴색했고 새로운 망설임들이 생겨났으나 그래도 대서양 건너편에 있는 저 '새로운 로마'의 뜨거운 확신보다 나으리니, 런던보다 미국이 더 좋다는 자가 있다면 정녕 얼마나 어리석으냐! 나치화된 건축학적 거대증이 판치는 미국, 건물의 크기에 압도되어 인간이 벌레처럼 느껴지는 미국…… 물론 런던에도 내트웨스트 타워 같은 괴물이 늘어나지만 그래도 아직은 인간적인 규모를 유지한다. 비바! 진다바드!

이렇게 열광적인 주장에 대해 파멜라는 언제나 빈정대는 태도를 취했다. "박물관에 보존할 만한 사고방식이네. 황금 액자에 넣어 특별한 자리에 걸어두고 극진히 모셔야겠어." 그녀는 오래된 것들을 참아내지 못했다. 모든 것을 바꿔라! 다 없애버려라! 그래서 살라딘은 이렇게 말했다. "당신 생각대로 된다면 한두 세대만 지나도 당신 같은 사람은 아

---

* 자유의 여신상의 대좌에 새겨진 미국 시인 에마 래저러스의 시 「새로운 거상」에 나오는 말.

** 매카시 청문회 당시 증인들이 자주 받은 질문으로, 요컨대 공산주의자인지를 묻는 내용이었다.

*** 정치적 급진주의자의 입국을 막았던 미국 법령.

에 생겨나지도 못할 거야." 그러나 그녀는 자기가 그렇게 시대에 뒤떨어진 존재라는 생각을 오히려 즐겼다. 만약 자기가 도도새와 같은 운명을 맞이한다면—박제된 시체, '계급의 배반자, 1980년대'—세상이 발전하고 있다는 확실한 증거라고 했다. 그는 곧 반론을 펼치려 했지만, 그때는 이미 두 사람이 부둥켜안기 시작한 참이었다: 그것이야말로 분명히 발전적인 현상이었고, 그래서 그는 다른 문제에 대해서는 양보해버리고 말았다.

(어느 해였던가, 정부가 각지의 박물관에서 입장료를 받기 시작했는데, 성난 예술 애호가들은 이 문화의 전당 앞에서 피켓시위를 벌였다. 그 광경을 보았을 때 참차는 자기도 플래카드를 만들어 단독으로 그들에게 맞서는 대항시위를 벌이고 싶었다. 저들은 저 안에 있는 것들이 얼마나 '귀중한지' 모른단 말인가? 그들은 그곳에서 거리낌없이 담배를 피웠는데, 그렇게 폐를 썩게 만드는 담배 한 갑보다 그들이 반대하는 입장료가 오히려 더 저렴했다. 그러므로 그들은 문화유산을 싸구려로 생각한다는 사실을 세상에 널리 알릴 뿐이고…… 파멜라가 결사적으로 반대했다. "꿈도 꾸지 마." 그녀는 당시 일반인들이 옳다고 믿던 견해를 지지했는데: 박물관은 '너무 귀중한' 곳이므로 입장료를 받아서는 안 된다. 그러므로: "꿈도 꾸지 마." 그리고 그는 정말 꿈도 꾸지 못하는 자신에게 놀랄 수밖에 없었다. 겉으로는 어떻게 보였을지 몰라도 사실 그의 말은 그런 뜻이 아니었다. 그가 하고 싶었던 말은, 상황에 따라서는 박물관에 보관된 유물들을 위해 목숨도 바칠 수 있다. 그러므로 불과 몇 펜스의 입장료에 반대하는 주장은 도저히 진지하게 받아들일 수 없다. 그러나 이런 생각이 다소 모호하고 근거가 부족하다는 사실은

자신도 잘 알았다.)

—그리고 인간 중에서는, 파멜라, 당신을 사랑했어.—

문화, 도시, 아내. 그리고 네번째이자 마지막 사랑에 대해서는 아무에게도 말한 적이 없었다: 꿈에 대한 사랑. 전에는 그 꿈이 한 달에 한 번꼴로 되풀이되었다. 간단한 꿈인데: 장소는 도시의 한 공원, 잘 자란 느릅나무 가로숫길, 길 위로 뻗은 나뭇가지들이 푸른 터널을 이루고, 완벽하지 않아서 오히려 완벽한 나뭇잎 지붕을 뚫고 드문드문 하늘과 햇빛이 스며든다. 이 은밀한 나무 그늘에서 살라딘은 자신의 모습을 보는데, 그의 곁에는 다섯 살쯤 된 사내아이가 있고 그는 아이에게 자전거 타는 법을 가르치는 중이다. 처음에 아이는 위태롭게 비틀거리면서도 균형을 잡고 유지하려고 영웅적인 노력을 기울이는데, 아버지에게 자랑스러운 아들이 되고 싶어 안달하는 모습이다. 꿈속의 참차는 이 상상의 아들을 따라 함께 달리며 자전거가 쓰러지지 않도록 뒷바퀴 위의 짐받이를 잡아준다. 그러다가 손을 놓고, 아이는 (이제 혼자라는 사실을 모르는 채) 계속 달려간다: 비행의 능력처럼 균형이 찾아오고 두 사람은 그렇게 가로숫길을 따라 달린다. 참차는 뜀박질을 하고 아이는 점점 더 힘껏 페달을 밟는다. '드디어 해냈구나!' 살라딘이 환호성을 지르자 아이도 똑같이 신이 나서 소리친다. '나 좀 봐요! 얼마나 빨리 배웠는지 봐요! 대견하지 않아요? 기쁘지 않아요?' 눈물을 흘릴 만한 꿈이었다. 깨어났을 때는 자전거도 없고 아이도 없었기 때문이다.

"이젠 어쩔 거죠?" 핫 왁스 나이트클럽의 폐허에서 미샬이 물었을 때 살라딘은 지나치게 명랑한 어조로 대답했다. "나? 인생을 되찾아야지." 말하기는 쉬웠다. 그러나, 꿈속의 아이를 사랑했지만 인생은 그에게 무자식의 운명을 선사했고, 그는 한 여자를 사랑했지만 인생은 그녀를 멀어지게 한데다 그의 대학 동창의 아이까지 임신하게 만들었고, 한 도시를 사랑했지만 인생은 그를 히말라야산맥의 높이에서 그 도시를 향해 내팽개쳤고, 한 문명을 사랑했지만 인생은 그를 악마로 둔갑시켜 모욕하고 그 문명의 수레바퀴로 짓밟아 망가뜨렸다. 완전히 망가지진 않았지, 하고 살라딘은 생각을 고쳐먹었다. 그는 다시 정상으로 돌아왔고, 니콜로 마키아벨리의 사례도 본보기로 삼을 만했다(부당한 대우를 받은 사람, 무함마드-마혼-마훈드의 경우처럼 악의 대명사가 되어버린 사람, 그러나 사실 그는 철저한 공화주의를 주장하다가 고문대에 올랐을 뿐인데, 거기서 죽지 않고 살아남았으니, 당시 고문 바퀴를 세 번쯤 돌렸다던가?—어쨌든 웬만한 사람이라면 고통을 모면하려고 자기 할머니를 강간한 죄든 무엇이든 묻는 대로 서슴없이 자백할 만큼 지독한 고문이었고,—그런데도 그는 아무것도 자백하지 않았으니, 메디치 가문이 아주 잠깐 권력을 상실했던 기간의 피렌체공화국에서 그는 아무런 잘못도 저지르지 않았기 때문이다). 니콜로는 그런 고난을 이겨내고 살아남아 『군주론』을 썼는데, 분노인지 냉소인지 모르겠으나 이 책은 당시 대유행이었던 아첨투성이 '제왕 지침서'에 대한 패러디였고, 그후 장엄한 『로마사론』도 집필했다. 그러므로 참차도 패배감 같은 사치스러운 감정에 휩쓸릴 필요는 없었다. 그렇다면 부활이다. 저 동굴의 캄캄한 아가리에서 바위를 치워버려라, 법적인 문제 따위야 내가 알 게 뭐냐.

미샬, 하니프 존슨, 핑크왈라—참차의 변신을 목격한 그들은 이 배우를 영웅시했는데, 참차를 통하여 특수효과와 판타지 영화의 마술이

(〈래비린스〉 〈레전드〉 〈오리 하워드〉 등등) 현실 세계에 나타났기 때문이고—그들은 살라딘을 디제이의 밴에 태워 파멜라의 집으로 데려다주었다. 다만 이번에는 살라딘도 다른 세 명과 함께 비좁은 운전실에 끼여 탔다. 때는 이른 오후였다. 점피는 아직 스포츠센터에 있을 시간이었다. "행운을 빌어요." 미샬이 그렇게 말하며 살라딘에게 입을 맞추었고, 핑크왈라는 밖에서 잠시 기다려주길 원하느냐고 물었다. 살라딘이 대답했다. "아니, 괜찮네. 나는 하늘에서 떨어졌고, 친구에게 버림받았고, 경찰에게 폭행당했고, 염소로 둔갑했고, 일자리도 잃고 마누라도 잃었고, 증오의 힘을 배웠고, 인간의 모습을 되찾았어. 그런 사람이 해야 할 일이 뭐겠나? 자네도 잘 쓰는 말이겠지만, 이젠 내 권리를 요구해야지." 그는 손을 흔들어 작별인사를 했다. "잘 생각하셨어요." 미샬의 말을 마지막으로 그들은 떠나갔다. 길모퉁이에는 살라딘과 별로 사이가 안 좋은 동네 꼬마들이 가로등 기둥에 축구공을 튕기며 놀고 있었다. 그중 한 명, 돼지 같은 눈매에 생김새부터 성질 더럽게 생긴 아홉 살이나 열 살쯤의 꼬마 녀석이 참차에게 상상의 비디오 리모컨을 들이대며 소리쳤다. "빨리감기!" 꼬마는 인생에서 따분하거나 귀찮거나 마음에 안 드는 부분이 나오면 빨리감기로 건너뛰고 신나는 클라이맥스만 골라가며 즐길 수 있다고 믿는 세대였다. 집에 오긴 왔구나. 그렇게 생각하며 살라딘은 초인종을 눌렀다.

파멜라가 그를 보더니 손으로 자기 목을 붙잡았다. 살라딘이 말했다. "요즘 사람들은 그런 짓 안 하는 줄 알았는데. 〈닥터 스트레인지러브〉*

---

* 스탠리 큐브릭 감독의 SF 블랙 코미디(1964). 주인공이 자기 손에 목이 졸리는 장면이 있다.

가 나온 이후엔 말이야." 파멜라는 아직 임신한 티가 나지 않았다. 그가 묻자 그녀는 얼굴을 붉히면서도 순조롭게 진행중이라고 대답해주었다. "아직은 별일 없어." 그녀는 당연히 당황했고, 그래서 부엌에서 커피를 권하는 것도 몇 박자쯤 늦었는데(그녀는 위스키를 '고수'했고 태아도 아랑곳없다는 듯 급하게 마셔댔다), 사실 참차는 오히려 그녀를 만나는 동안 줄곧 한 방 먹은one down 기분이었다(한때 그는 스티븐 포터*의 재미있는 책을 닥치는 대로 읽어치우는 열렬한 애독자였다). 그런데 파멜라는 자기 쪽이 불리한 입장이라고 생각하는 모양이었다. 먼저 갈라서길 원한 것도 그녀였고, 남편을 적어도 세 번 이상 부인한 것도 그녀였다. 그러나 참차도 그녀 못지않게 당황하여 허둥거렸고, 그래서 그들은 서로 쥐구멍에 들어가려고 경쟁이라도 하는 듯했다. 참차가 이렇게 쩔쩔매는 이유는—돌이켜보면 알겠지만 이 집에 도착할 때만 하더라도 지금처럼 머뭇거리기는커녕 사뭇 팔팔하고 호전적이었는데—파멜라를 보는 순간, 지나치게 밝은 그녀의 표정, 속에서는 어떤 벌레들이 썩은 고기를 뜯어먹는지 몰라도(그는 무의식 속에서 솟아오르는 이 난폭하고 공격적인 이미지에 깜짝 놀랐다) 겉으로는 성녀의 가면을 쓴 듯한 얼굴, 머리털을 박박 밀고 우스꽝스러운 터번을 뒤집어쓴 머리, 위스키 냄새를 풍기는 입김, 그리고 입가의 잔주름에 밴 냉기, 그런 것들을 보는 순간 너무도 간단하게 사랑에서 벗어났고, 이제는 설령 그녀가 돌아오고 싶어하더라도(있을 법한 일이 아니지만 그렇다고 상상할 수 없는 일도 아니니까) 그녀를 원하지 않게 되어버렸기 때문이

---

* 영국 문필가. 주로 처세술 집필로 인기를 끌었는데, 그중 『한 방 먹이기One-Upmanship』(1952)라는 책이 있다.

었다. 이 같은 사실을 깨닫는 순간부터 무슨 까닭인지 죄책감을 느끼기 시작했고, 그 결과로 대화에도 지장을 받았다. 털이 하얀 개마저 그를 향해 으르렁댔다. 참차는 옛날부터 반려동물을 그리 좋아하지 않았다는 사실을 떠올렸다.

널찍한 부엌의 낡은 소나무 식탁에 앉아 술잔을 들여다보며 파멜라가 말했다. "내가 한 짓은 결코 용서받을 수 없겠지, 응huh?"

미국식의 이 '응'이라는 말은 새로운 변화였다: 이것도 그녀 자신의 혈통에 대한 끊임없는 공격 중 하나일까? 아니면 점피에게, 또는 그 녀석의 날라리 친구들에게 옮은 것일까, 전염병처럼? (또 폭력성이 이빨을 드러낸다: 집어치워라. 이제 그녀를 원하지 않게 된 이상, 이런 태도는 전혀 어울리지 않으니까.) "내가 뭘 용서할 수 있을지 잘 모르겠어. 지금은 그런 반응을 조절하기 힘들어. 경우에 따라 말을 듣기도 하고 안 듣기도 하는데, 때가 되면 저절로 알게 되지. 그러니까 지금으로서는 배심원이 부재중이라고 해두자고." 파멜라는 그 말을 좋아하지 않았다. 그녀는 그가 지금의 긴장된 상황을 완화시켜 이 빌어먹을 커피를 편안히 즐길 수 있게 해주길 바랐다. 파멜라가 끓이는 커피는 언제나 형편없었다. 그러나 이제 참차가 고민할 문제는 아니었다. "난 다시 여기서 살려고 해. 집도 넓고 방도 많으니까. 내 골방과 그 아래층을 쓸게. 화장실도 따로 있으니까 충분히 독립적이지. 부엌에 들어오는 일도 별로 없을 거야. 내 짐작이지만, 시신이 발견되지 않았으니 공식적으로 나는 아직 '행방불명, 사망추정'이겠지. 당신이 법정에 가서 나를 깨끗이 지워버리지도 않았을 테고. 그렇다면 부활하는 일도 오래 걸리진 않을 거야. 벤타인과 밀리건과 셀러스에게만 알려놓으면 되겠지." (각각

두 사람의 변호사, 회계사, 그리고 참차의 에이전트였다.) 파멜라는 멍하니 듣고 있었는데, 그녀의 자세를 보고 참차는 그녀가 아무런 반대도 하지 않을 테고 그가 원하는 것은 무엇이든 무사통과라는 것을 알았다: 신체언어를 통한 속죄였다. 살라딘은 이렇게 말을 맺었다. "그다음에는 다 팔아치우고 당신 뜻대로 이혼하자." 그러고는 몸이 떨리기 전에 부리나케 그곳을 빠져나왔고 떨림이 시작되기 직전에 아슬아슬하게 골방에 도착했다. 밑에서는 파멜라가 울고 있으리라. 살라딘은 좀처럼 울지 않았지만 떨림에 있어서는 챔피언 감이었다. 이제 심장도 가세했다: 쿵 쿵더쿵 쿵덕쿵더쿵.

다시 태어나려면 우선 죽어야 한다.

혼자 있게 되었을 때, 그는 언젠가 자신과 파멜라가 함께 읽었던 어느 단편소설에 대해, 모든 일에서 그랬듯이 의견이 엇갈렸던 일을 불현듯 떠올렸다. 소설의 주제는 절대로 용서할 수 없는 일이 정확히 어떤 것이냐는 문제였다. 제목이나 작가는 기억나지 않지만 스토리는 또렷이 생각났다. 성년이 되면서부터 줄곧 가까운 친구였던 (그러나 한 번도 연인은 아니었던) 한 남자와 한 여자가 있었다. 남자가 스물한 살 되던 생일에 (그때는 둘 다 가난했다) 여자는 장난삼아 일부러 지독히도 못생긴 싸구려 꽃병을 골라 선물했는데, 화려한 베네치아 유리를 모방한답시고 색깔마저 촌스럽기 짝이 없었다. 그로부터 이십 년 후, 둘 다 유복해지고 머리가 희끗희끗할 때 여자가 남자의 집을 방문했는데,

남자가 어느 공통의 친구에게 저지른 행동 때문에 말다툼이 벌어졌다. 싸움 도중에 여자의 시선이 오래된 꽃병에 닿았다. 남자는 아직도 그 꽃병을 거실에서도 눈에 잘 띄는 벽로 선반에 놓아두었고, 여자는 성난 말을 쏟아내며 꽃병을 바닥에 내동댕이쳐 도저히 수리할 수 없을 정도로 박살내버렸다. 그때부터 남자는 여자에게 한마디도 하지 않았다. 그렇게 반세기가 흘러 여자가 죽었지만, 남자는 임종도 하지 않고 장례식에도 참석하지 않았다. 사람들이 찾아와 여자의 간절한 소원이라고 전했는데도 막무가내였다. 그들에게 남자는 이렇게 말했다. '가서 말해주시오. 내가 무엇보다 소중히 여기던 물건을 깨뜨렸다고.' 사람들은 남자를 어르고 달래고 윽박질렀다. 그토록 하찮은 물건을 그가 얼마나 아끼는지 몰랐다고 해서 그녀를 비난할 수 있을까? 그리고 지난 세월 동안 그녀는 무수히 사과하며 화해하려고 애쓰지 않았던가? 더구나 그녀가 죽어가는 마당에 이 유치하고 케케묵은 불화 따위는 이제 훌훌 털어버려야 옳지 않을까? 두 사람은 이미 평생에 걸친 우정을 잃었건만 작별인사마저 마다한단 말인가? 그래도 남자는 용서하지 않았다. '싫소.'—'정말 그 꽃병 때문인가? 혹시 다른 이유, 더 심각한 이유가 있는데 감추는 건 아닌가?'—'꽃병 때문이오. 오로지 그 꽃병 때문이오.' 파멜라는 남자가 쩨쩨하고 냉혹하다고 생각했지만, 참차는 그 시절에도 남자의 독특한 심리를 이해하고 말로는 설명하기 어려운 인간 내면의 본질을 간파했다. 그때 그는 이렇게 말했다. "겉으로 드러난 상처나 구멍 크기만 봐서는 내상이 얼마나 심한지 가늠할 수 없어."

'순트 라크리마이 레룸'*: 전직 교사 수피안이었다면 그렇게 말했으리라. 살라딘은 그날부터 많은 날 동안 세상의 온갖 눈물에 대해 깊이 생각해볼 기회가 충분했다. 처음에는 골방 안에서 거의 움직이지 않았다. 그러면서 골방이 다시 그의 존재에 익숙해지기를, 그리하여 예전처럼, 세계가 뒤바뀌기 전에 그랬듯이 든든한 위안을 주길 기다렸다. 그는 텔레비전을 켜놓고 보는 둥 마는 둥 하며 꽤 많은 시간을 보냈고, 강박감에 사로잡힌 사람처럼 마구 채널을 돌렸다. 길모퉁이의 돼지 소년에 못지않게 참차도 현대의 리모컨 문화에 속한 사람이고, 그 역시 단추를 누를 때마다 튀어나오는 합성된 비디오 괴물을 이해하는, 혹은 적어도 이해한다고 착각하는 사람이고…… 이 리모컨이라는 놈이야말로 대단한 평등론자, 20세기를 위한 프로크루스테스**의 침대가 아니랴: 묵직한 것은 깎아내고 가벼운 것은 잡아 늘여 마침내 텔레비전이 내보내는 모든 화면이—광고, 살인, 게임쇼, 천 가지 하고도 한 가지의, 진짜 또는 가상의 온갖 즐거움과 공포가—똑같은 무게를 갖도록 만들어버린다. 그리고 원조 프로크루스테스는 오늘날 '수동식' 문화라고 부를 만한 시대의 백성이었으므로 두뇌와 완력을 둘 다 동원해야 했지만 참차는 '파커-놀'*** 리클라이너 의자에 비스듬히 누워 손가락만으로 도끼질을 할 수 있었다. 그렇게 이리저리 채널을 돌리자니 이 바보상자 속에는 괴물이 잔뜩 들어 있는 듯했다: 〈닥터 후〉****에 돌연변이—'머트Mutt들'—가 나왔는데, 이 기괴한 녀석들은 건초 수확기, 그래버, 소

---

* '비운의 눈물이 흐르도다.' 베르길리우스 『아이네이스』(제1부)에서 인용.

** 그리스신화에서 나그네를 붙잡아 자기 침대에 눕히고 그 길이에 맞춰 몸을 자르거나 늘였다는 노상강도.

*** 영국 고급 가구 브랜드.

**** 영국 BBC가 1963년부터 90년대까지 방영한 인기 SF 텔레비전 시리즈.

형 엔진, 착암기, 전기톱 등 다양한 산업용 기계가 낳은 잡종처럼 생겼고 그중에서도 사제 겸 우두머리인 잔학한 놈들은 '뮤틸라시안'*이라고 불렸다. 어린이 프로그램에는 온통 변신하는 생물이나 인간형 로봇만 나오는 듯했고, 성인 프로그램에는 인간이 만들어낸 흉측한 부산물, 즉 현대 의학과 그것의 공범인 현대병과 전쟁의 최첨단 제품이 끝없는 행진을 이어갔다. 가이아나의 어느 병원은 아가미와 비늘 등 완벽한 형태를 갖춘 남자 인어의 시체를 보관하는 모양이었다. 스코틀랜드 고지대에서는 늑대 인간이 증가했다. 켄타우루스의 유전학적 가능성에 대해 진지한 토론이 진행중이었다. 성전환수술이 보도되었다.—그는 점피 조시가 샨다르 비앤드비에서 머뭇거리며 보여주었던 역겨운 시를 떠올렸다. '나는 몸의 절충주의를 노래하네'**라는 제목이 전체 내용을 요약했다.—그래도 그 녀석, 몸뚱이 하나는 멀쩡하지, 하고 살라딘은 씁쓸히 생각했다. 점피는 거뜬히 파멜라를 임신시켰다: 놈의 염색체 속에는 부러진 막대기도 없고…… 살라딘은 재방송중인 '고전' 〈에일리언 쇼〉에서 자신의 모습을 보게 되었다. (빨리감기의 문화에서는 겨우 육개월 만에 고전의 자격을 얻을 수 있고, 가끔은 하룻밤 사이에도 가능하다.) 그래도 얼마 전까지는 정상적이고 일반적인 현실 세계에 대한 개념이 웬만큼 남아 있었는데, 이렇게 과도한 '상자 구경' 때문에 그것마저 심각한 손상을 입고 말았다. 그러나 이런 영향을 상쇄시켜주는 요소도 없지 않았다.

---

* Mutilasian. '훼손(mutilation)'과 '아시안(Asian)'의 합성어.

** I Sing the Body Eclectic. 월트 휘트먼의 시 「나는 몸의 전율을 노래하네(I Sing the Body Electric)」을 빗댄 말.

〈원예의 세계〉에서 그는 '키메라 접목법'이라는 것을 보았는데(공교롭게도 오토 콘의 화원에서 자랑거리였던 바로 그 방법이었다), 집중하지 않은 탓에 하나로 합쳐진 두 나무의 이름은 잘 듣지 못했지만—뽕나무? 나도싸리? 골담초?—완성된 나무가 나오자마자 몸을 일으키고 주목해서 보았다. 그것은 엄연히 존재했다. 뿌리를 가진 키메라, 한 조각의 영국 땅에 단단히 뿌리박고 왕성하게 자라는 나무. 그는 생각했다: 저 나무라면 또하나의 모순적인 세계에 있는 어느 머나먼 정원에서 아버지가 잘라버렸던 나무의 상징적 위치를 대신할 수도 있겠구나. 그런 나무가 있을 수 있다면 살라딘 자신에게도 가능성이 있다. 그 역시 뿌리를 내리고 살아남을 수 있다. 텔레비전이 보여주는 수많은 잡종의 비극 속에서—쓸모없는 인어, 성형수술의 실패작, 에스페란토어처럼 공허한 현대미술, 세계의 코카콜로나이제이션* 등등—그는 이 귀한 선물을 얻어냈다. 그것으로 충분했다. 살라딘은 텔레비전을 꺼버렸다.

지브릴을 향한 적개심도 차츰 가라앉았다. 뿔, 염소 발굽, 기타 등등도 다시 나타날 조짐을 보이지 않았다. 치유 과정이 진행되는 듯했다. 실은 지브릴만이 아니었는데: 최근 살라딘이 겪었던 일, 일상생활의 진부함과는 전혀 양립할 수 없는 그 모든 일이 날이 갈수록 어쩐지 터무니없게만 느껴졌다. 얼굴에 물을 끼얹고 이를 닦고 무엇이든 진하고 뜨거운 것을 마시고 나면 제아무리 끈질긴 악몽도 저절로 잊히듯이. 그는 바깥세상으로 나가기 시작했다. 그리고 직업적인 조언자들, 변호사 회

* Coca-Colonization. 코카콜라 식민지화.

계사 에이전트, 파멜라가 '얼간이들'이라고 부르던 그들을 만났고, 벽널을 붙이고 책이나 장부를 줄줄이 꽂아놓은 사무실, 기적 따위는 절대로 일어날 것 같지 않은 그곳에 앉아 살라딘은 '신경쇠약'—'사고의 충격'—등등에 대해 언급하며 자기가 실종되었던 사유를 설명하기 시작했다: 마치 하늘에서 떨어진 일 따위는 없었다는 듯이, 지브릴이 영화 〈슈리 420〉의 삽입곡을 목이 터져라 불러 젖힐 때 자기는 〈지배하라, 브리타니아〉를 노래했던 일도 전혀 없었다는 듯이. 그는 고상한 감수성을 간직했던 예전의 생활로 돌아가려고 음악회나 화랑이나 연극을 부지런히 찾아다니며 의식적인 노력을 기울였는데, 정작 자신의 반응은 그리 신통치 않았지만—그가 모든 예술에서 기대하는 것은 사뭇 고양된 기분으로 집에 돌아가는 것인데 매번 한결같이 소기의 목적을 달성하지 못했으므로—머지않아 예전의 전율이 되살아날 것이라고 자신을 위로했다. '안 좋은 경험'을 했으니 시간이 좀 필요하겠지.

골방에서, 파커-놀 안락의자에 앉아, 낯익은 물건들—도자기 피에로, 만화에 나오는 심장처럼 생긴 거울, 공 모양의 골동품 램프를 받쳐 든 에로스—에 둘러싸여 그는 자기가 증오심을 오래 품지 못하는 사람이라는 사실을 자축했다. 역시 증오보다 사랑이 더 지속적인지도 모른다. 비록 사랑이 변했다 하더라도 사랑의 그림자랄까, 아무튼 뭔가가 길이길이 남는다. 예를 들자면 파멜라에 대해서도 이제는 지극히 이타적인 애정을 느낄 뿐이다. 증오심이란 어쩌면 민감한 영혼의 매끄러운 유리에 남겨진 지문 같은 것인지도 모른다. 그냥 내버려두어도 저절로 없어지는 손자국 같은 것. 지브릴? 흥! 잊어버렸다. 더는 존재하지도 않는다. 봐라: 적대감을 벗어던지면 자유로워진다.

살라딘의 낙천주의는 점점 자라났다. 그러나 인생을 되찾는 절차는 예상보다 까다로웠다. 은행들은 그의 계좌를 얼른 풀어주지 않으며 늑장을 부렸고, 그래서 파멜라에게 돈을 빌릴 수밖에 없었다. 일감도 쉽게 구할 수 없었다. 그의 에이전트 찰리 셀러스는 전화상으로 이렇게 설명했다. "고객들이 좀 이상해졌어요. 좀비가 어쩌고 하면서 왠지 꺼림칙하다는 거예요. 무덤을 도굴하는 기분이래요." 찰리는 오십대 초반의 여자였지만 목소리만 들으면 아직도 산만하고 다소 얼뜬 젊은 아가씨 같았는데, 어쩐지 고객들 쪽의 의견에 동조하는 듯한 인상을 주었다. 그녀가 충고했다. "기다려봐요. 다시들 돌아올 거예요. 당신이 무슨 드라큘라도 아니잖아요, 나 원 참." 고마워요, 찰리.

그렇다: 지브릴에 대한 강박적 혐오감, 뭔가 잔인하고 적절한 보복을 해주고 싶다는 꿈,—이런 것들은 이미 과거의 일이었고, 평범한 삶을 회복하겠다는 열렬한 소망과는 모순되는 다른 현실의 일면들이었다. 텔레비전에 나타나는 선동적이고 파괴적인 이미지들조차 그를 방해할 수는 없었다. 그는 자신과 지브릴을 괴물로 보는 시각을 거부했다. 괴물 좋아하네: 터무니없는 발상이다. 진짜 괴물은 저 바깥세상에 있다—대량학살을 저지르는 독재자, 어린이 강간범. '할머니 살인마'. (예전에는 런던시경을 높이 평가했지만, 여기서 그는 우후루 심바를 체포한 일이 지나치게 절묘했다는 사실을 인정할 수밖에 없었다.) 아무 날이나 타블로이드 신문을 펼쳐보면 아일랜드의 미치광이 동성애자가 아기의 입을 흙으로 틀어막았다는 등의 기사를 얼마든지 볼 수 있다. 물론 파멜라는 그런 자들을 '괴물'이라고 부르는 것은 지나치게—뭐랬더라?—단정적이라고 주장했다. 동정심을 가진 사람이라면 그들을 시대의

희생자로 여겨야 한다면서. 살라딘은 동정심을 가진 사람이 희생자로 여겨야 하는 쪽은 그놈들의 피해자라고 대꾸했다. 그러자 그녀가 지극히 귀족적인 음성으로 말했다. "당신은 구제불능이야. 말도 사고방식도 너무 고리타분해."

그리고 타블로이드판 악마들에 못지않게 살아 숨쉬는 다른 괴물도 있다: 돈, 권력, 섹스, 죽음, 사랑. 천사와 악마—그런 놈들이 왜 필요하지? 노벨문학상 수상자 싱어가 창조한 '최후의 악마'가 티셰비츠*의 다락방에서 물었다: '악마는 왜 찾아, 인간이 곧 악마인데?' 그러자 참차의 균형감각이랄까, 말도 많고 탈도 많은 사고방식이 반사적으로 한마디 거들었다: '천사는 왜 찾아, 인간도 천사를 닮았는데?' (이 말이 사실이 아니라면 예컨대 레오나르도의 밑그림**은 어떻게 설명해야 할까? 모차르트는 정말 분가루 뿌린 가발을 쓴 바알세불이었을까?)—그러나 이 시대의 상황을 악마 탓으로 돌릴 수 없다는 사실만은 인정해야 한다. 처음부터 그것이 참차의 논지였다.

∽

나는 아무 말도 하지 않겠다. 이게 옳은지 저게 옳은지 밝혀달라고 요구하지 마라. 계시의 시대는 오래전에 끝났다. 창조의 규칙은 꽤 명

---

* 아이작 싱어의 단편소설 「최후의 악마」에 나오는 폴란드의 유대인 마을. 나중에 나치에게 몰살당한다.

** 레오나르도 다빈치의 정교한 밑그림으로 성모 마리아와 성녀 앤, 그리고 천사는 아니지만 천사처럼 묘사된 아기 예수와 어린 세례 요한을 그렸다.

확한데: 이것저것 만들어 차려놓은 다음에는 그냥 내버려둬야 한다. 만든 뒤에도 넌지시 힌트를 주거나 규칙을 바꾸거나 결과를 조작하며 일일이 간섭하면 무슨 재미가 있으랴? 지금까지 제법 자제력을 발휘했는데 이제 와서 일을 망칠 생각은 없다. 물론 나도 참견하고 싶을 때가 아주 없지는 않았다. 아니, 꽤 많았다. 그리고 한번은 참견했던 것도 사실이다. 알렐루야 콘의 침대에 걸터앉아 슈퍼스타 지브릴에게 말을 걸었으니까. 우파르발라냐, 니차이발라냐: 녀석은 그것을 알고 싶어했지만, 나는 확답을 주지 않았다. 지금 저렇게 혼란스러워하는 참차에게 수다를 떨 생각도 물론 없다.

나는 이제 떠난다. 저 녀석은 곧 잠들 것이다.

ᔓ

되살아난 낙천주의, 아직은 엉성하고 흔들리기 쉬운 이 낙천주의를 유지하기가 가장 어려운 때는 밤이었다. 밤에는 뿔과 발굽이 있는 딴 세상을 부정하기가 쉽지 않기 때문이다. 그리고 그의 꿈속에 나타나기 시작한 두 여자도 문제였다. 첫번째 여자는—이 점에 대해서는 자신에게조차 인정하기 힘들었지만—바로 산다르 카페의 소녀-여인, 지금 참차가 온갖 진부한 설명과 안개 속에 묻어버리려고 열심히 노력중인 그 악몽 같던 시기의 충실한 협력자, 무술 *애호가*, 하니프 존슨의 연인, 즉 미샬 수피안이었다.

두번째 여자는—참차가 봄베이를 떠나며 심장에 이별의 칼날을 꽂아준 여자, 그리고 아직도 참차가 죽었다고 생각할 여자—지니 바킬이었다.

살라딘 참차가 인간의 모습으로 다시 나타나 노팅힐 저택의 위층 두 개를 쓴다는 사실을 알게 되었을 때 점피 조시가 안절부절못하는 꼴은 차마 바라보기가 겁날 정도였고, 그 모습을 본 파멜라는 말도 못하게 화가 치밀었다. 첫째 날 밤에—파멜라는 둘 다 안전하게 잠자리에 든 다음에 점피에게 말해주기로 마음먹었는데—점피는 그 소식을 듣자마자 침대에서 공중으로 족히 3피트나 뛰어오르더니 담청색 카펫 위에 알몸으로 서서 엄지손가락을 입에 물고 부들부들 떨었다.

"바보처럼 굴지 말고 이리 와." 파멜라가 명령했지만 점피는 미친듯이 고개를 가로젓다가 엄지손가락을 잠시 꺼내고 이렇게 중얼거렸다. "하지만 그 친구가 여기 있다면서! 바로 이 집에! 그런데 내가 어떻게……?" 그러더니 허둥지둥 옷가지를 챙겨 파멜라에게서 도망쳤다. 그녀는 털썩, 우당탕 하는 소리를 들었는데, 아마 계단에서 신발을 떨어뜨리고 곧이어 자기도 굴러떨어진 모양이었다. 그녀는 점피를 향해 악쓰듯 외쳤다. "쌤통이다! 겁쟁이, 목이나 부러져라."

그러나 잠시 후 살라딘에게 이미 남남이 되어버린 아내가 찾아왔다. 그녀는 머리에 아무것도 쓰지 않고 시뻘건 얼굴로 나타나 이를 악물고 목쉰 소리로 말했다. "J. J.가 저 아래 길바닥에 서 있어. 그 멍청이가 글쎄 당신이 괜찮다고 하기 전에는 들어올 수가 없대." 그녀는 오늘도 술을 마신 모양이었다. 참차는 너무 놀라 엉겁결에 이렇게 대꾸했다. "당신은 어때? 들어왔으면 좋겠어?" 파멜라는 그가 창피를 주려고 일부러 하는 말이라고 생각했다. 그래서 더욱더 얼굴을 붉히면서도 굴욕감을 못 이겨 사납게 고개를 끄덕였다. 그래.

그리하여 살라딘 참차는 집으로 돌아온 첫째 날 밤에 밖으로 나가서—점피는 잔뜩 겁에 질린 채 "어이, *친구*! 정말 완쾌됐구나!" 하고 인사를 건넸는데, 두려움을 감추려고 참차와 손바닥이라도 마주칠 것처럼 곰살궂게 굴었다—자기 아내의 정부에게 그녀와 함께 자라고 설득해야 했다. 그리고 곧장 위층으로 올라갔다. 참차가 완전히 자리를 비켜주지 않으면 점피가 수치심 때문에 차마 집안에 발을 들여놓을 수 없었기 때문이다.

점피는 울먹이며 파멜라에게 말했다. "저런 사람이 또 어디 있겠어! 저 친구는 인자야, 성인이라고!"

파멜라 참차는 노발대발하며 이렇게 경고했다. "당장 집어치우지 않으면 개를 불러 물어뜯게 할 테야."

∽

점피는 참차에게 계속 신경을 곤두세웠다. 참차를 무슨 위협적인 망령처럼 여겨 끊임없이 달래줘야 한다고 믿는지, 아무튼 점피의 행동은 그렇게 보였다. 그는 파멜라에게 요리를 해주며 (그녀는 그가 제법 뛰어난 무글라이* 요리사라는 사실을 알고 놀라면서 안심했는데) 참차도

* 북인도 이슬람식.

불러 같이 먹어야 한다고 주장했고, 살라딘이 사양하자 자기가 직접 한 접시를 가져다주었다. 그렇게 하지 않는다면 너무 무례하고 도발적인 태도라는 설명이었다. "살라딘이 자기 집에서 어떤 일을 용인해주는지 생각해봐! 그 친구는 거인이란 말이야. 그러니까 우리도 최소한의 예의는 지켜줘야지." 파멜라는 점점 더 화가 났지만 몇 번이고 되풀이되는 그런 행동과 장황한 훈계를 참아내는 수밖에 없었다. "네가 그렇게 인습에 얽매인 사람일 줄은 꿈에도 몰랐어." 그녀가 쏘아붙이자 점피는 이렇게 대꾸했다. "이건 그 친구를 존중한다는 의미일 뿐이야."

존중이라는 이름으로 점피는 참차에게 홍차와 신문과 우편물 따위를 줄줄이 들여 날랐다. 그리고 이 큰 집에 들어올 때마다 반드시 위층에 들러 적어도 이십 분은 참차와 함께 보냈는데, 그것은 점피가 예의상 꼭 필요하다고 생각하는 최소한의 시간이기도 했고, 그동안 파멜라는 세 층 밑에서 마냥 기다리며 버번위스키나 마셔야 했다. 점피는 살라딘에게 작은 선물들을 가져왔다: 화해의 표시로 주는 책이나 오래된 극장 전단지나 가면 따위였다. 파멜라가 말려보았지만 점피는 순진하면서도 고집스럽게 반론을 폈다. "그 친구를 투명인간 취급할 수는 없어. 엄연히 여기 있잖아? 그렇다면 우리 삶에 끼워줄 수밖에 없다고." 파멜라는 삐딱하게 대꾸했다. "아예 내려와서 우리하고 한 침대에서 자자고 하지 그래?" 그러자 점피가 진지하게 말했다. "네가 찬성할 것 같지 않아서."

점피 조시는 참차가 위층에 산다는 사실을 도저히 태연하게 받아들이고 대수롭지 않게 여길 수 없었다. 그러나 이렇게 특이한 방식으로 전임자의 허락을 받음으로써 한결 마음이 편해진 부분도 없지 않았다.

사랑과 우정에 따른 의무감을 두루 충족시킬 수 있게 되면서 그는 적잖이 기운을 되찾았고, 그러면서 곧 아버지가 된다는 사실을 점점 더 깊이 생각하게 되었다. 어느 날 밤 그는 꿈을 꾸었고, 이튿날 아침에 깨어나서는 즐거운 기대감에 겨워 눈물을 흘렸다: 간단한 꿈이었는데, 꿈속에서 그는 줄지어 늘어선 나무가 터널을 이룬 가로숫길에서 자전거를 타는 어린 소년을 도와주며 뜀박질을 했다. 소년이 신이 나서 소리쳤다. '내가 대견하지 않아요? 나 좀 봐요: 기쁘지 않아요?'

파멜라와 점피는 이른바 '할머니 살인마 사건'의 용의자로 우후루 심바 박사를 체포한 일에 대한 반대운동에 동참했다. 점피는 문제도 살라딘과 의논했다. "다 조작됐어. 순전히 정황증거와 암시만 가지고 체포한 거지. 하니프는 검찰측 주장에 트럭도 지나갈 만큼 큰 구멍이 뻥뻥 뚫렸다고 하더군. 그럴듯하게 짜맞춘 음모란 말이야. 다만 문제는 놈들이 어디까지 밀어붙이느냐는 거라고. 물론 자백을 강요하겠지. 어쩌면 박사가 칼질하는 장면을 목격했다는 증인까지 내세울지도 몰라. 그건 놈들이 그를 얼마나 없애버리고 싶어하느냐에 달렸지. 아마 몹시 간절할 거야. 박사는 꽤 오래전부터 말이 좀 많았거든." 참차는 신중을 기하라고 권고했다. 그는 미샬 수피안이 심바를 증오하던 일을 떠올리며 말했다. "그 사람은 여자들한테 폭력을 행사했다던데……" 그러자 점피가 두 손바닥을 들어올렸다. "물론 사생활 면에서 본다면 솔직히 형편없는 인간이지. 그렇다고 노인의 배를 갈랐다는 뜻은 아니잖아. 천사가 아니라고 해서 반드시 유죄인 것도 아닌데 말이야. 다만 흑인이라서 문제가 된 거지." 참차는 그 말을 잠자코 흘려보냈다. "요컨대 이건 개인적인 일이 아니라 정치적인 일이야." 점피는 그렇게 힘주어 말하더니 자리에서 일어나며 이렇게 덧붙였다. "음, 내일 이 문제에 대한 공청회가 있어. 파멜라와 나도 참석해야 돼. 너도 꼭, 아니, 마음 내키면, 관심 있다면 말이야, 그러니까, 원한다면 같이 가자고."

파멜라는 어이가 없었다. "그이한테 같이 가자고 했단 말이야?" 안 그래도 거의 하루종일 입덧으로 고생하는데 이 소식은 기분전환에 전혀 보탬이 되지 않았다. "나한테 물어보지도 않고 멋대로 그런 짓을 해버렸단 말이야?" 점피는 풀이 죽은 표정이었다. 파멜라는 그를 용서해주었다. "상관없어. 어차피 그런 자리에 나갈 사람도 아니니까."

그러나 이튿날 아침, 살라딘은 멋진 갈색 양복과 실크 칼라가 달린 낙타털 외투를 입고 제법 산뜻해 보이는 갈색 홈버그해트를 쓴 모습으로 현관에 나타났다. "당신은 또 어디 가?" 터번을 쓰고 이제 막 불러오기 시작한 배를 드러내는 운동복 바지에 군용 가죽재킷을 걸친 파멜라가 살라딘에게 물었다. "애스컷*이라도 가시나?" 그러나 살라딘은 조금도 호전성을 드러내지 않고 느긋하게 대답했다. "내가 공청회에 초대된 줄 알았는데." 파멜라가 발끈했다. "조심하는 게 좋을 거야. 그렇게 입고 나갔다가는 강도 만나기 딱 좋을 테니까."

---

* 1711년 앤여왕이 건립한 유명한 경마장이 있는 마을.

그를 딴 세상으로—그가 오랫동안 존재조차 부인하던 저 지하 도시로—불러낸 것은 무엇이었을까?—대체 그곳에 무엇이 혹은 누가 있기에, 그것이 (그녀가) 거기 있다는 이유만으로 살라딘이 지금껏 예전의 자신을 회복중이었던—어쨌든 본인은 그렇게 믿었던—누에고치 같은 골방을 박차고 나와 저 위험한 (왜냐하면 미지의 땅이므로) 세상에 다시 뛰어들어야 했을까? 점피 조시가 살라딘에게 말했다. '나도 공수도 수업 전에 공청회에 참석할 수 있을 거야.'—그 수업에 점피의 수제자가 있었다: 치렁치렁한 무지갯빛 머리를 한, 그리고 (점피는 덧붙였다) 막 열여덟 살 생일을 넘긴.—그리하여 살라딘은 점피도 똑같은 금단의 욕망에 시달렸다는 사실도 모르는 채 미샬 수피안에게 더 가까이 다가가려고 시내를 가로질러 달려갔다.

그는 이 공청회가 소규모일 거라고 짐작했다. 생김새도 말투도 말콤 X의 복제인간 같은 (참차는 언젠가 어느 텔레비전 코미디언의 농담을 듣고—'어떤 흑인이 자기 성을 X씨로 바꾸고 〈뉴스 오브 더 월드〉를 명예훼손죄로 고소했다는 이야기도 있습니다'—즐거워하다가 결혼생활을 통틀어 최악의 싸움을 자초했던 일을 떠올렸다) 수상쩍은 군상들이 모이고 더러 성난 표정의 여자도 몇 명쯤 낀 밀실 같은 곳을 연상했다. 그리고 모두 주먹을 불끈 쥐고 사뭇 정의로운 체하리라 생각했다. 그런데 막상 가서 보니 그곳은 브릭홀 교우 집회소*의 넓은 강당이었고, 온갖 부류의 사람들이 입추의 여지도 없이 꽉꽉 들어찼는데: 늙고 살찐 여자들과 교복을 입은 아이들, 라스타파리아니즘** 신자들과 레스토랑 종업원들, 플래시 스트리트에 있는 작은 중국 슈퍼마켓의 직원들, 말쑥하게 차려입은 신사들과 껄렁한 차림의 청소년들, 흑인과 백인 등등. 그리고 이 군중의 분위기도 참차가 예상했던 전투적 광란과는 거리가 멀었다. 그들은 조용했고, 근심스러운 표정이었고, 뭔가 대책을 세우고 싶어했다. 가까이 서 있던 젊은 흑인여자가 사뭇 재미있다는 듯 참차의 옷차림을 아래위로 훑어보았다. 참차도 그녀를 물끄러미 바라보았고, 그러자 여자가 웃음을 터뜨렸다. "알았어요, 죄송해요, 나쁜 뜻은 없었어요." 그녀는 렌즈 모양의 배지를 달았는데 움직일 때마다 글의 내용이 달라졌다. 어떤 각도에서 보면 '심바에게 우후루를'***, 또 어떤 각도에서 보면 '사자에게 자유를.' 여자가 자청해 설명을 곁들였다. "이건 박사님이 개명하신 이름의 본뜻이에요. 아프리카 말이죠." 그중 어떤 언어? 살라딘은 그것이 궁금했다. 그러나 여자는 어깨를 으쓱하더니 발언자들의 말을 들으려고 돌아섰다. 아프리카 말이라: 말투로 미루어 저 여자는 루이셤이나 뎁트퍼드나 뉴크로스 출신이고, 그래서 그 정도만 알아도 만족하는 모양이지만…… 그때 파멜라가 그의 귓가에 속삭였다. "드디어 우월감을 느낄 만한 상대를 찾아낸 모양이군." 그녀는 아직도 그의 속마음을 손바닥 들여다보듯 읽어냈다.

---

* '교우(Friends)'는 속칭 퀘이커교도가 자신들을 일컫는 명칭이며 '집회소(Meeting House)'는 그들의 교회를 뜻한다.

** 성서를 흑인 입장에서 해석하고, 에티오피아 황제 하일레 셀라시에를 신으로 모시는 신앙으로 시작해 이후 흑인들의 정신적 아프리카 회귀 운동으로 확대되었다.

*** 스와힐리어로 '심바'는 '사자', '우후루'는 '자유'를 뜻한다.

강인해 보이는 한 남자가 칠십대 중반쯤 된 작은 여자를 데리고 강당 저쪽 끝의 연단으로 올라갔는데, 그 남자를 보고 참차는 미국의 흑인운동 지도자와 정말 똑같이 생겼다고 생각하며 오히려 안도감 비슷한 것을 느꼈다. 바로 젊은 스토클리 카마이클*을 닮았는데—날카로워 보이는 안경까지 그대로였다—그는 일종의 사회자 같은 역할을 맡았다. 알고 보니 그 남자는 심바 박사의 동생 월컷 로버츠였고 작달막한 여자는 그들의 어머니 앤트워넷이었다. "저런 여자한테서 어떻게 심바처럼 덩치 큰 아들이 나왔는지 알다가도 모를 일이야." 점피가 속닥거리자 파멜라가 불쾌한 듯 얼굴을 찡그렸다. 요즘 그녀는 과거와 현재를 막론하고 모든 임산부에게 연대감을 느꼈기 때문이다. 그러나 막상 앤트워넷 로버츠가 입을 열었을 때 그녀의 목소리는 육성만으로 강당 전체를 쩌렁쩌렁 울릴 만큼 우렁찼다. 앤트워넷은 법정에서 구속 절차를 밟던 아들의 모습을 이야기했는데 정말 대단한 연기자였다. 그녀의 목소리는 참차가 교양 있는 목소리라고 생각하던 그대로였다. 억양은 BBC 월드 서비스에서 영어발음을 배운 사람 같지만 그 속에는 가스펠 같은 요소도 있고 지옥불을 역설하는 설교 같은 요소도 있었다. 고요한 강당에서 그녀가 말했다. "내 아들은 피고석을 꽉 채웠어요. 그래요, 피고석이 그득했지요. 실베스터는—내가 붙여준 이름으로 불러도 양해해주시겠죠, 물론 내 아들이 스스로 선택한 투사의 이름을 비하하려는 뜻은 아니고, 다만 버릇이 돼서 그래요—실베스터, 그 아이는 바닷속에서 솟아오르는 리바이어던처럼 피고석에서 벌떡 일어났어요. 내 아

* 트리니다드 태생의 급진적 행동주의자(1941~1998).

들이 어떤 식으로 말했는지 여러분도 아셨으면 좋겠어요. 큰 소리로, 또렷한 소리로 말했지요. 그리고 적의 눈을 똑바로 들여다보며 말했어요. 그 검사가 눈싸움에서 내 아들을 이길 수 있었을까요? 어림 반 푼어치도 없지요. 그리고 그 아이가 어떤 말을 했는지도 아셨으면 좋겠어요. 내 아들은 이렇게 선언했어요: '내가 이 자리에 선 까닭은 나 스스로 건방진 깜둥이라는 그 유서 깊고 명예로운 역할을 자임했기 때문입니다. 내가 이 자리에 있는 까닭은 온건한 사람으로 보이길 거부했기 때문입니다. 내가 여기 있는 까닭은 내가 감사할 줄 모르는 인간이기 때문입니다.' 마치 난쟁이들 틈에 우뚝 선 거상 같았어요. 내 아들은 그 법정에서 이렇게 말했지요. '착각하지 마십시오. 우리가 이 자리에 모인 이유는 모든 것을 변화시키기 위해서입니다. 물론 우리 자신도 변화되어야 한다는 사실을 인정합니다. 아프리카인, 카리브인, 인도인, 파키스탄인, 방글라데시인, 키프로스인, 중국인—만약 우리가 저 바다를 건너오지 않았다면, 만약 우리의 어머니와 아버지 들이 일자리와 존엄성과 자식들의 더 나은 삶을 찾아 저 하늘을 건너오지 않았다면, 우리 모습은 지금과는 전혀 달랐을 것입니다. 우리는 이렇게 다시 만들어졌습니다: 그러나 우리는 또한 이 사회를 다시 만드는 사람들이 되어야만 합니다. 죽은 나무를 잘라내고 새 나무를 심어야 합니다. 이번에는 우리 차례입니다.' 여러분, 부디 내 아들이, 실베스터 로버츠가, 우후루 심바 박사가 그 정의의 심판장에서 했던 말을 잘 생각해보시기 바랍니다. 그것을 생각하며 우리가 해야 할 일을 결정합시다."

환호와 연호 소리가 터져나오는 가운데, 아들 월컷이 앤트워넷을 부축하며 연단을 내려갔다. 그녀는 그 요란한 소리를 향해 점잖게 고개를 끄덕였다. 곧이어 한결 카리스마가 모자라는 발언들이 뒤따랐다. 심바의 변호사 하니프 존슨이 몇 가지 제안을 했는데—방청석을 가득 채워야 한다, 그리하여 정의를 심판한다는 자들에게 지켜보는 눈이 있다는 사실을 알려주어야 한다, 법원 앞에서 피켓시위를 벌여야 한다, 그래서 순번을 정해야겠다, 그리고 돈 문제에 대해 항의할 필요가 있다. 참차는 점피에게 중얼중얼 말했다. "성적인 공격성에 대해서는 아무도 말하지 않는군." 점피가 어깨를 으쓱거렸다. "이 강당엔 박사가 때렸던 여자도 몇 명 와 있어. 예를 들자면 저쪽에 미샬도 있잖아, 저기, 연단 옆 구석에. 그렇지만 지금은 그 얘기를 꺼낼 만한 때와 장소가 아니지. 심바가 난폭한 건 집안 내력이라고 할 수도 있어. 여기서 우리에게 중요한 것은 흰둥이들 문제라고." 다른 상황이었다면 살라딘은 이런 주장에 대하여 할 말이 꽤 많았으리라.—우선 살인죄로 기소되었다는 이유만으로 폭행 전과를 그렇게 간단히 무시해서는 안 된다고 했으리라.—그리고 노예제도의 역사도 없고 사정이 전혀 다른 영국에서 '흰둥이'처럼 지극히 미국적인 용어를 사용하는 것도 마음에 들지 않는다고 했으리라. 그런 수작은 딴 곳에서 벌어지는 더욱 위험한 투쟁의 매력을 슬쩍 훔쳐오려는 속셈으로 보일 뿐인데, 이 같은 인상은 주최측이 발언 사이사이에 끼워넣은 의미심장한 노래에서도 느낄 수 있었다. 그중에는 '우리 승리하리라'도 있고, 심지어, 맙소사, '응코시 시켈렐 이아프리카'*까지 동원되었다. 마치 모든 대의명분이 비슷비슷하다는 듯이, 마

* '신이여, 아프리카를 축복하소서.' 아프리카 여러 나라의 애국가이며 특히 남아공 흑인들을 지지하는 집회에서 자주 부른다.

치 모든 역사가 거기서 거기라는 듯이.—그러나 참차는 이런 말을 하나도 입 밖에 내지 않았는데, 왜냐하면 머리가 빙빙 돌고 의식이 오락가락했기 때문이고, 이는 방금 난생처음으로 자신의 죽음을 예감하고 망연자실한 탓이었다.

—하니프 존슨이 발언을 끝맺었다. 심바 박사님의 글에도 있듯이, 우리 사회에 새로운 것을 가져오려면 개인적 행동이 아니라 집단적 행동이 필요합니다. 참차는 그가 카뮈의 유명한 말을 인용했음을 알았다. 하니프가 다시 말했다. 말에서 도덕적인 행동으로 넘어가는 단계에도 명칭이 있습니다: 바로 인간이 되는 과정입니다.—그다음에는 약간 주먹코에 가까운 코를 가진 젊고 예쁘장한 아시아계 영국인 여자가 나오더니 블루스풍의 칙칙한 목소리로 밥 딜런의 노래 〈불쌍한 이민자를 동정하네〉를 부르기 시작했다. 역시 허위적인 수입품이었다: 사실 이 노래는 오히려 이민자들에게 적대적인 내용으로 보였다. 다만 심금을 울리는 가사도 없지 않았는데, 가령 이민자의 희망이 유리처럼 산산이 부서진다든지 '피와 땀으로 마을을 세운다' 하는 부분이 그랬다. 피의 강물이라는 케케묵은 인종차별적 이미지로 시를 쓰던 점피라면 충분히 좋아할 만한 구절이었다.—그러나 이런 모든 일을 보고 듣고 생각하면서도 살라딘은 마치 자기가 멀찌감치 떨어진 듯한 느낌을 받았다.—무슨 일이 벌어졌을까? 이런 일: 점피 조시가 교우 집회소에 미샬 수피안도 있다는 사실을 말해주었을 때 그쪽을 바라보던 살라딘 참차는 그녀의 이마 한복판에서 타오르는 불길을 보았고, 그와 동시에 퍼덕거리는 한 쌍의 거대한 날개와 싸늘한 그림자를 느꼈다.—그는 복시複視의 경우처럼 사물이 불분명해지는 현상을 경험했다. 두 개의 세계를 동시에 들여다보는 듯했

다. 한 세계는 조명이 밝고 흡연이 금지된 강당 안이었지만 또하나는 죽음의 천사 아즈라일이 덮쳐오고 소녀의 이마에서 불길한 불꽃이 타오르는 환상의 세계였다.—나에게 그녀는 곧 죽음이다, 이건 그런 뜻이야, 하고 참차는 둘 중의 한 세계에서 생각했고, 한편 다른 세계에서는 터무니없는 생각이라고 일축했다. 강당 안에는 요즘 대단한 인기를 끄는 시시껄렁한 부족 상징물을 착용한 사람이 수두룩했다: 네온그린색 후광, 형광 도료를 칠한 악마의 뿔. 어쩌면 미샬도 우주시대의 싸구려 장신구를 달았는지도 모른다.—그러나 참차의 다른 자아가 다시 튀어나왔다: 그녀는 네가 넘볼 여자가 아니야, 우리에겐 모든 가능성이 열려 있는 게 아니라고. 세계는 유한한데 우리의 희망은 차고도 넘치니까.—그러자 심장이 발작을 일으켰다. 쿵더쿵, 쿠쿵, 쿵덕쿵더쿵.

그는 어느새 바깥에 있었다. 점피가 호들갑을 떨고 심지어 파멜라도 걱정하는 기색이었다. "애를 가진 건 나잖아. 그런데 왜 당신이 기절하는 거야?" 점피가 권유했다. "내 수업에 같이 가는 게 좋겠어. 그냥 조용히 앉아 있으면 나중에 집까지 데려다줄게." 그러나 파멜라는 의사가 필요하지 않으냐고 물었다. 아냐, 아냐, 점피랑 같이 갈게, 괜찮을 거야. 저 안이 좀더웠을 뿐이야. 답답했어. 옷도 너무 많이 입었고. 한심한 일이지. 아무것도 아냐.

교우 집회소 옆에는 예술 영화관이 있고 참차는 영화 포스터에 몸을 기댔다. 제목은 '메피스토'였고, 어떤 배우가 유혹에 빠져 나치 정권에 협력한다는 이야기였다. 포스터에서는 이 배우가—연기자는 독일인 스타 클라우스 마리아 브란다워였다—얼굴을 하얗게 칠하고 몸에는 검은 망토를 둘러 메피스토필리스로 분장한 모습으로 두 팔을 번쩍 들었다. 머리 위에는 『파우스트』의 몇 구절을 적어놓았다.

—그렇다면 그대는 누구인가?

—미지의 힘, 항상 악을 원하되 항상 선을 행하는,

그 힘의 일부.

스포츠센터에서: 그는 차마 미샬을 쳐다보지도 못했다. (그녀도 수업시간에 맞춰 심바 공청회를 빠져나왔다.)—미샬은 참차에게 적극적이었지만, 돌아오셨네요, 나를 보러 온 거죠, 고맙기도 해라, 참차는 제대로 대꾸하지도 못했으니, 하물며, 너 혹시 이마에 뭔가 빛나는 물건을 달고 있지 않았니, 하고 물어볼 수는 더더욱 없었는데, 지금 그녀의 이마에는 아무것도 없었다. 미샬은 눈부신 몸매가 드러나는 까만 타이츠를 입고 다리를 쭉쭉 뻗으며 발차기를 하거나 늘씬한 몸을 구부렸다 폈다 했다.—그러다가 참차에게서 냉랭함이 느껴지자 자존심에 상처를 입고 당혹스러워하며 물러났다.

연습중 휴식시간에 점피가 살라딘에게 말했다. "스타가 한 명 더 있는데 오늘은 안 왔어. 미스 알렐루야 콘, 에베레스트에 올라갔던 바로 그 여자야. 자네에게도 소개해주려 했는데. 그 여자는 지브릴을 잘 아는, 아니, 사귀는 모양이더라고. 지브릴 파리슈타, 사고 때 자네와 함께 살아남은 그 배우 말이야."

모든 것이 나에게 모여드는군. 지브릴도 참차를 향해 다가왔다: 먼 옛날, 시원대륙 곤드와나랜드에서 떨어져나온 인도가 로라시아 쪽으로 이동했듯이. (참차는 요즘 자신의 마음속에서 이렇게 희한한 연상 작용이 일어난다는 사실을 어렴풋이 의식했다.) 두 대륙이 충돌하는 힘이 히말라야산맥을 만들어냈다.—산이란 무엇인가? 장애물, 초월성, 그리고 뭐니뭐니해도, 하나의 결과물.

점피가 불렀다. "어디 가? 내가 데려다주기로 했잖아. 자네 괜찮아?"

난 멀쩡해. 좀 걸어야겠어, 그뿐이야.

"좋아. 자네만 괜찮다면."

괜찮고말고. 빨리 나가라, 미샬의 못마땅한 시선은 쳐다보지도 말고…… 길거리. 빨리 걸어라, 이 엉뚱한 곳에서, 이 지하 세계에서 신속히 빠져나가라.—맙소사: 벗어날 수가 없다. 여기 가게가 하나 있는데, 악기를 파는 가게, 트럼펫 색소폰 오보에, 그런데 상호가 뭐라고?—'페어 윈즈' 그리고 진열창 안쪽에는 값싸게 찍어낸 전단지가 붙어 있다. 그렇다, 바로 대천사 지브릴이 곧 다시 온다는 내용이다. 그가 돌아오면 지상이 구원을 받는다고. 걸어라. 빨리 걸어라.

……저 택시를 불러라. (그의 옷차림은 운전사에게 존경심을 불러일으킨다.) 어서 타십시오 선생님 라디오를 틀어놔도 괜찮겠죠. 그 비행기 납치 사건 때 붙잡혔다가 혓바닥이 반이나 잘렸던 과학자래요. 미국인이죠. 나중에 혀를 다시 만들었는데 볼기짝에서, 아이쿠 실례, 살을 떼어다가 붙였답니다. 나 같으면 궁둥이 살을 입에 물고 있기가 영 꺼림칙하겠지만 저 불쌍한 자식은 어쩔 수가 없었던 거죠. 괴상한 놈이에요. 사고방식도 괴상하더군요.

라디오에서 유진 덤스데이는 새로 얻은 궁둥살 혓바닥으로 화석 유물에 존재하는 빈틈에 대하여 이야기했다. 악마가 제 입을 틀어막으려 했지만 하느님과 미국 의료 기술이 한수 위였습니다. 그 빈틈이 이 창조론자의 주된 논점이었다: 자연도태가 진실이라면 도태된 돌연변이들은 모두 어디로 갔단 말인가? 진화 과정에서 생겨난 괴물들, 그 기형아들은 다 어디로 갔는가? 화석들은 대답하지 못한다. 다리가 세 개 달린 말의 화석은 나타나지 않는다. 택시 운전사가 말했다: 저런 괴짜들은 상대해줄 필요도 없어요. 저는 하느님을 안 믿죠. 쓸데없는 짓이지, 하고 참차의 의식에서 작은 일부분이 맞장구를 쳤다. '화석 유물'은 완벽한 서류 캐비닛 같은 것이 아니라고 항변해도 소용없다. 그리고 진화론도 다윈 이후로 많이 달라졌다. 지금은 생물종의 중요한 변화가 처음에 생각했듯이 엄벙덤벙 마구잡이식으로 진행되기보다 폭넓고 파격적인 도약을 통해 이루어진다고 주장한다. 생명의 역사는 빅토리아인들이 기대했듯이 갈팡질팡하는 진행 과정—바로 영국 중산층 같은 진행 과정—이 아니라 난폭하고 극적이고 누진적인 탈바꿈의 과정인데: 옛날식으로 표현하자면 진화라기보다 혁명에 가깝다.—더는 못 들어주겠군요, 하고 운전사가 말했다. 유진 덤스데이가 허공에서 사라지고 대신 디스코 음악이 흘러나왔다. 아베 아트쿠에 발레.*

그날 살라딘 참차가 깨달은 것은 자기가 지금껏 거짓된 평화 속에서 살았다는 것, 그리고 자신에게 일어난 변화는 결코 돌이킬 수 없다는 것. 하늘에서 떨어졌을 때 그에게 (또는: 그의 내부에서) 암흑의 세계가 새로 열렸고, 예전의 삶을 재창조하려고 아무리 열심히 노력해도 그 사실을 되돌릴 수 없음을 이제야 이해했다. 좌우로 갈라진 길이

---

* 안녕하시오 그리고 잘 가시오.

눈앞에 보이는 듯했다. 그는 눈을 감고 택시 좌석에 몸을 묻으며 왼쪽 길을 선택했다.

2

기온은 계속 올라갔고, 폭염이 절정에 도달하여 오랫동안 제자리에 머무르자 건물이나 수로나 주민이나 가릴 것 없이 도시 전체가 위험할 정도로 끓는점에 가까워졌고,—이때, 한동안 뉴욕 사법 당국의 손님으로 있다가 최근에 이곳 대도시로 돌아온 빌리 바투타 씨와 동반자 미미 마몰리언이 '성대한 석방 기념 파티'를 열겠다고 선포했다. 빌리의 거래처 사람들이 미리 손을 써서 이번 사건을 호의적인 판사가 맡게 해준 덕분이었다. 그리고 빌리 본인의 매력 덕분이기도 했는데, 그가 악마에게서 영혼을 되사겠다며 막대한 금액을 뜯어냈던 돈 많은 여자 '봉'들이 한결같이 (스트루웰피터 부인을 포함하여) 선처를 바란다는 탄원서에 서명했고, 이 서류에서 귀부인들은 바투타 씨가 진심으로 잘못을 뉘우쳤음을 확신한다고 썼고, 그가 앞으로는 자신의 놀랍도록 화려한 사업 경력을 이어나가는 데 전념하겠다고 맹세했으며(그것은 곧 부를 창조하고 많은 이들에게 일자리를 제공한다는 점에서 사회에 유익한 일이고, 따라서 법정은 이를 참작하여 죄를 덜어주어야 마땅하다고 여자들은 주장했다), 아울러 범죄행위에 빠져드는 버릇을 극복하기 위해 철저한 정신과 치료를 받겠다고 맹세한 바, 현명하신 재판장께서는 부디 금고형보다 가벼운 벌을 내려주시길 바란다고 당부했으니, '범죄를 억제한다는 취지에서 보건대, 가둬놓기보다는 좀더 인간적인 판결이 더욱 효과적'이라는 것이 귀부인들의 의견이었다. 그리하여 미미는 사랑에 눈멀어 빌리의 하수인 노릇을 했을 뿐이라는 판단하에 집행유예로 풀려났고 빌리에게는 국외 추방 및 거액의 벌금형이 선고되었는데 나중에는 그것조차 상당히 완화되었으니, 빌리의 변호사가 나서서 여권에 강제추방이라는 오점이 찍힌다면 의뢰인의 사업에 크나큰 지장을 초래하므로 본인이 자발적으로 출국할 수 있도록 해달라 요청했고 판사도 선선히 허락해주었기 때문이다. 판결이 내려지고 이십사 시간 후 빌리와 미미는 런던으로 돌아왔고, 크록포드*에서 한바탕 떠들썩하게 놀았고, 이상하게 무더운 이 계절에 최고의 파티가 될 것으로 보이는 파티를 위해 화려한 초대장을 발송했다. 그중 한 장은 S. S. 시소디아 씨의 손을 빌려 알렐루야 콘과 지브릴 파리슈타의 거처로 날아들었고, 또 한 장은 조금 늦게 도착했는데, 열성적인 점피가 살라딘 참차의 골방 문 밑으로 밀어넣었다. (미미가 전화를 걸어 파멜라를 초대했는데, 이때 평소처럼 단도직입적으로 물었다: '당신 남편이 어디 갔

---

* 유명 도박장.

는지 혹시 짐작하는 데라도 있어요?'—파멜라는 영국인답게 어정쩡한 대답을 했다: '네, 저어, 그런데.' 미미는 반시간 이내에 모든 사정을 알아냈는데, 그만하면 괜찮은 솜씨였고, 그런 뒤에 그녀는 신난다는 듯 이렇게 말을 끝맺었다: '당신 인생도 꽤 전망이 밝아 보이네요, 팸. 둘 다 데려와요. 아무나 데려와요. 이번엔 굉장한 구경거리가 될 테니까.')

파티 장소는 시소디아가 이룩한 또하나의 불가사의한 쾌거였다: 바로 셰퍼턴 영화촬영소의 거대한 방음 스튜디오였고, 더구나 공짜로 빌린 듯했고, 그곳에서 손님들은 디킨스 시대의 런던을 재현한 드넓은 세트장을 마음껏 즐길 수 있을 터였다. 이 위대한 소설가가 완성시킨 마지막 소설*이 〈친구!〉라는 제목의 뮤지컬로 각색되었는데, 뮤지컬 무대의 유명한 천재 제러미 벤담이 대본과 가사를 담당했던 이 작품은 일부 섬뜩한 장면이 있는데도 웨스트엔드와 브로드웨이에서 대성공을 거두었고, 그 덕분에 업계에서 〈단짝들〉이라고 부르는 이 뮤지컬은 막대한 예산을 들인 영화로도 제작되는 중이었다. 시소디아가 전화상으로 지브릴에게 설명했다. "호호 홍보팀 사람들은 이스트 이스트 이스타들이 잔뜩 차차찻, 참석하는 이런 행사야말로 곽곽 광고엔 그그만이라고 생각하거든요."

예정된 밤이 돌아왔다: 끔찍하게 무더운 밤이었다.

---

* 『우리 공통의 친구』(1865)를 가리킨다.

셰퍼턴!—파멜라와 점피는 파멜라의 MG를 타고 이미 그곳에 도착했고, 그들과 동행하길 거절한 참차는 무슨 이유에서든 손수 운전하기보다 남이 운전하는 차를 원하는 손님들을 위해 오늘의 주최자들이 보내준 승용차 중의 한 대를 타고 뒤미처 도착한다.—누군가 또 한 사람—우리의 살라딘과 함께 지상으로 추락했던 사람—도 참차보다 일찍 들어와 이리저리 배회한다.—참차가 파티장에 들어선다. 그리고 놀라워한다.—이곳에는 영화의 규칙에 따라 변화된—아니, 압축된—런던이 있다.—자, 여기 베니어링 부부, 그 반짝반짝 빛나는 최신식 인간들이 사는 '스터코니아'가 있는데, 포트맨 스퀘어가 그 집에 아주 바싹 붙어 있고, 포드스냅 일가가 사는 그늘진 모퉁이도 있다.*—그뿐이랴: '보핀스 바워'**의 쓰레깃더미를 보라, 이것은 원래 홀러웨이 부근에 있어야 하는데 이 요약된 대도시에서는 바로 웨스트엔드의 심장부인 올버니***에 있다는 '멋쟁이 플레지비'의 방을 내려다본다!—그러나 손님들은 전혀 불평하지 않는다. 새로 태어난 도시는 이렇게 재배열된 상태에서도 사람을 놀라게 한다. 이 거창한 스튜디오 안에서도 특히 기막힌 곳은 강물이 휘돌아 지나가는 부분이다: 안개가 있고 헥섬 영감의 거룻배가 있는 강, 각각 쇠와 돌로 만든 두 개의 다리 밑으로 유유히 흘러가는 템스강.—자갈이 깔린 강기슭에 손님들의 즐거운 발걸음이 지나가고, 그때마다 불길한 음색의 발소리가 음산하고 아련하게 울려퍼

---

* 『우리 공통의 친구』의 등장인물(이후 플레지비와 헥섬도 마찬가지)로, 젠체하는 신흥부자 베니어링 부부와 포드스냅 일가는 부유층을 보여준다.

** 런던 홀러웨이 인근에 있는 여성, 청소년 범죄자 수감소.

*** 1803년 건축된 독신자 아파트.

진다. 드라이아이스로 만든 자욱한 안개가 세트 위로 뭉클뭉클 피어오른다.

사교계의 대공들, 패션모델들, 영화배우들, 기업의 거물들, 별 볼일 없는 두어 명의 왕족, 여러모로 쓸모가 많은 정치가들, 그런 온갖 어중이떠중이가 이 위조품 거리에 모여 땀을 흘리는데, 그중에는 '진짜' 손님들과 똑같이 땀에 젖어 번들거리지만 이 도시처럼 위조품에 불과한 사람들도 더러 끼어 있다: 옛날 의상을 입은 고용된 엑스트라들, 그리고 이 영화에 출연하는 몇 명의 주연급 배우들이다. 참차는 점점 소란스러워지는 군중 틈에서 지브릴을 발견한다. 그리고 그를 보는 순간, 이 만남이야말로—비록 지금 이 순간까지 자신에게조차 감추고 있었지만—이번 나들이의 목적이었음을 깨닫는다.

그렇다: 저기, 저 '돌로 만든 런던브리지'* 위, 틀림없이 지브릴이다! —그리고 저 여자가 바로 알렐루야, 얼음여왕 콘이리라!—지브릴의 저 몽롱한 표정, 몸을 왼쪽으로 몇 도쯤 기울인 자세, 그리고 그에게 홀딱 빠진 듯한 그녀—너나없이 지브릴을 사랑한다: 그는 이 파티에서 가장 중요한 인물들과 함께 있는데, 그의 왼쪽에는 바투타, 알리의 오른쪽에는 시소디아, 그 밖에도 페루에서 팀북투까지 세계 각지에서 몰려온 저 수많은 얼굴!—참차는 군중을 헤치고 나아간다. 다리 앞에 가까워질수록 사람들이 더욱 붐빈다.—그러나 참차의 결심은 단호하다—지브릴, 지브릴에게 가고야 말리라!—그때 심벌즈를 치는 소리와 함께 시끄러운 음악이 시작되는데, 벤담 씨가 창조한 불후의 명곡 중

---

* 『우리 공통의 친구』의 한 구절.

하나, 그러자 이스라엘의 자손들 앞에서 홍해가 갈라지듯 군중이 양쪽으로 쫙 갈라진다.—참차는 균형을 잃고 비틀비틀 뒷걸음질을 치다가, 갈라지는 군중에게 떠밀려 목조 뼈대로 지은 가짜 건물에 부딪히는데, 그것은 바로—달리 무엇이 있으랴?—'골동품 상점'*이고, 그는 얼른 안으로 피신하고, 한편 밖에서는 모브캡을 쓰고 주름 장식이 달린 블라우스를 입은 가슴 큰 여자들과 실크해트를 쓴 신사들이 엄청나게 큰 무리를 이루고 강변 거리를 따라 다가오며 까불까불 춤추고 목이 터져라 노래한다.

우리 공통의 친구는 어떤 사람일까?
그의 의도는 어떤 것일까?
과연 우리가 믿을 수 있는 사람일까?
기타 등등 기타 등등 기타 등등.

등뒤에서 여자 목소리가 들린다. "웃기는 일이었어요. 우리가 C—극장에서 이 공연을 할 때였는데, 출연진이 지독한 성욕에 사로잡혔죠. 그런 일은 나도 처음 봤어요. 사람들이 무대 뒤에 숨어 딴 짓을 하느라 자기가 나갈 차례마저 잊어버리기 일쑤였거든요."

그렇게 말하는 사람은 젊고, 작고, 가슴이 풍만하고, 매력도 없지 않고, 더위 때문에 흠뻑 젖었고, 포도주 때문에 얼굴이 상기되었고, 자기가 말하는 그 호색적인 열병에 걸린 것이 분명하다.—이 '방'에는 빛이

* 찰스 디킨스의 소설 중 『골동품 상점』이 있다.

거의 안 들어오지만 참차는 여자의 번뜩이는 눈을 본다. 그녀가 담담하게 말을 잇는다. "우리에겐 시간이 있어요. 저 사람들이 끝나면 포드스냅 씨의 독창이거든요." 그러더니 잘난 체하는 해상 보험 외판원의 자세를 능숙하게 흉내내며 예정된 포드스냅의 노래를 부르기 시작한다.

우리 말은 어휘가 많아
외국인이 배우기 어려운 언어,
우리 나라는 은총과 축복을 받아
위험이 없는 안전한 나라……

이번에는 렉스 해리슨*식의 이야기 노래로, 보이지 않는 외국인에게 말을 건넨다. "런던을 어떻게 생각하십니까?—'무지막지롱 풍요롭다?'—우리는 '무지무지 풍요롭다'고 말합니다. 우리 영국에는 '롱'으로 끝나는 부사가 없지요.—그런데 선생, 세계적인 대도시 론돈, 롱드르, 런던** 거리에서 선생은 우리 영국인들의 성격이 어떻다고 보셨습니까?" 그녀는 계속 포드스냅 흉내를 내며 이렇게 덧붙인다. "제 생각엔 말입니다, 영국인의 성품에는 겸손함과 독립심과 책임감과 침착성이 어우러졌는데, 다른 나라에서는 도저히 이런 사람들을 찾아볼 수 없을 겁니다."

여자는 이 같은 대사를 읊으며—한편으로는 블라우스를 풀어헤치며—참차를 향해 점점 다가오고, 코브라 같은 그녀 앞에서 참차는 몽

* 뮤지컬 영화 〈마이 페어 레이디〉(1964)에서 히긴스 교수 역을 맡았던 영국 배우.
** 각각 독일어, 프랑스어, 영어로 부른 '런던'.

구스처럼 꼼짝도 하지 않고, 그녀는 예쁘장한 오른쪽 유방을 드러내 그에게 보여주고 거기 그려놓은—시민으로서의 긍지를 나타내는—그림을 손가락으로 가리키는데, 다름아닌 런던 지도였으니, 빨간 매직펜으로 그렸으되 강물은 파란색으로 표시했다. 대도시가 참차를 부른다. 그러나 그는 사뭇 디킨스적인 외마디소리와 함께 허겁지겁 골동품 상점을 빠져나와 거리의 광기 속으로 뛰어든다.

지브릴이 런던브리지 위에서 똑바로 참차를 바라본다. 두 사람의 시선이—어쨌든 참차의 느낌으로는—마주친다. 그렇다: 지브릴이 무덤덤하게 손을 들어 좌우로 흔든다.

이제부터 일어날 일은 비극이다.—적어도 비극의 메아리라고 할 만한 일인데, 본래의 순수한 비극은 현대인들에게는 아예 불가능하다는 말도 있다.—우리가 살아가는 이 저속한 모방의 시대에는 그에 걸맞은 익살극이 있을 뿐이고, 옛날 영웅이나 왕이 하던 일을 지금은 어릿광대가 재현한다고.—정말 그렇다면 어쩔 수 없는 일이다.—그래도 여기서 제기되는 문제는 예나 지금이나 변함없이 중요하다: 그것이 무엇인고 하니, 악의 본질, 악은 어떻게 태어나는가, 어째서 점점 자라나는가, 어떻게 인간의 다원적인 영혼을 일관적으로 지배할 수 있는가. 혹은 이렇게 말해보자: 이아고의 수수께끼라고.

문학이나 연극을 연구하는 학자들은 간혹 어떤 등장인물에게 좌절감을 느끼고 결국 그의 행동이 '이유 없는 악의'에서 비롯되었다고 말한다. 악은 악이며, 그래서 악을 행할 따름이란다. 뱀의 독이야말로 곧 뱀의 정의定義라는 소리다.—그러나 여기서는 그렇게 은근슬쩍 넘어가려는 수작이 통하지 않는다. 물론 나의 참차는 베네치아의 기수가 아니고, 나의 알리는 질식사한 데스데모나가 아니고, 파리슈타도 무어인이 아니다.* 그러나 내가 보기에는 그들을 그런 식으로 설명해도 별로 무리가 없을 듯하다.—그러므로, 지금 지브릴이 손을 흔들며 인사한다. 참차가 다가온다. 어두워져가는 무대 위로 막이 오른다.

∽

먼저 이 살라딘이 얼마나 고독한 인물인지부터 확인하도록 하자: 그와 함께 있으려 하는 사람은 술에 취하고 유방에 지도를 그려넣은 낯선 여자뿐이고, 그는 모든 사람이 서로서로 친구처럼 보이는 (그러나 사실은 그렇지 않은) 파티 참석자들 틈에서 홀로 힘겹게 나아가고,—반면에 런던브리지 위에 서 있는 파리슈타는 군중의 한복판에서 찬미자들에게 둘러싸이고,

다음으로, 잃어버린 영국인 아내의 모습을 통하여 영국을 사랑했던 참차에게 파리슈타의 곁에 있는 저 황금빛 나고 창백하고 얼음장 같은 알렐루야 콘이 어떤 영향을 주었는지 헤아려보자: 참차는 지나가는 웨이터의 쟁반 위에서 술잔을 낚아채 포도주를 홀짝 마셔버리고 다시 다른 술잔을 집어드는데, 멀찌감치 떨어진 알리의 모습에서 그는 자신이

* 『오셀로』의 등장인물로 베네치아의 기수는 이아고, 무어인은 오셀로를 지칭한다.

잃어버린 모든 것을 보는 듯하고,

그 밖에도 여러 면에서 지브릴은 살라딘이 맛보았던 모든 좌절의 총화가 되어가는데—지금, 바로 이 순간, 지브릴 곁에는 또 한 명의 배신자가 서 있으니, 어울리지 않게 젊어 보이려 애쓰는 여자, 오십을 넘긴 나이에 열여덟 먹은 처녀처럼 속눈썹을 깜박거리는 저 여자, 무서운 여자, 바로 참차의 에이전트 찰리 셀러스—그는 그녀를 바라보며, 찰리, 내가 저놈이었다면 트란실바니아의 흡혈귀 따위에 비유하지는 않았겠지, 하고 마음속으로 분노의 외침을 터뜨리고—다시 술잔을 들고—그 술잔의 밑바닥에서 보잘것없는 자신의 모습을 발견하고, 반대로 명성이 드높은 상대방의 모습을 발견하고, 이처럼 판이한 처지가 몹시 부당하다는 느낌을 갖는데,

특히—그는 씁쓸히 생각한다—지브릴은 런던을 정복했으면서도 지금 자기 발아래 엎드린 저 세계가 얼마나 값진 것인지조차 모르는 녀석인데!—아니, 저 망할 자식은 오히려 늘 이곳을 비웃기만 했는데, 진짜 런던을, 빌라예트를: 스푸노, 영국인들은 정말 쌀쌀맞은 종자들이야—불굴의 의지로 군중 사이를 헤치고 나아가며 참차는 바로 이 순간에도 파리슈타의 얼굴에서 비웃음을 보는 듯한데, 포드스냅의 경멸을 거꾸로 뒤집었다고나 할까, 그래서 영국의 모든 것을 칭송하기는커녕 모조리 업신여기는 저 비웃음의 표정—오 맙소사, 이렇게 잔인할 수가, 살라딘 자신은 이 도시를 자기 것으로 만들겠다는 목표 아래 지금껏 아등바등 살아왔건만, 이제 와서 그 도시가 저 숙적의 멸시어린 시선 앞에 무릎 꿇는 광경을 보게 되다니!—요컨대 상황은 다음과 같다: 참차는 지브릴의 처지를 부러워하는데 지브릴은 참차의 처지를 거들

떠보지도 않는다는 것.

용서할 수 없는 일이란 어떤 것인가?

로사 다이아몬드의 현관에서 난폭하게 헤어진 후 처음으로 파리슈타의 얼굴을 다시 대하며, 이상하게 몽롱한 상대방의 눈을 보며, 참차는 전에도 그렇게 몽롱한 눈을 보았던 기억이 걷잡을 수 없이 밀려드는 것을 느끼는데, 당시 참차가 뿔이 돋아난 모습으로 붙잡혀 어둠 속으로 끌려갈 때 지브릴은 계단 위에 멍하니 서서 조금도 도와주지 않았으니, 그 일을 회상하며 참차는 되살아나는 증오심을 느끼고, 새삼 발끝에서 머리끝까지 뜨거운 분노로 가득 차고, 그 분노가 소리친다: 이유 따위는 필요 없다, 그가-할-수-있는-일은-아무것도-없었다고 생각하며 억지로 마음을 달래려는 수작도 집어치워라, 도저히 용서할 수 없는 일은 용서하지 말아야 한다. 구멍의 크기만으로는 내면의 상처를 가늠할 수 없는 법이다.

그리하여: 지브릴 파리슈타는 살라딘 참차에 의하여 재판에 회부되고, 미미와 빌리가 뉴욕에서 받았던 것보다 사뭇 가혹한 취급을 받고, 결국 '용납할 수 없는 짓'을 저지른 죄로 영원히 지울 수 없는 유죄판결이 떨어진다. 그 결과, 다음에 일어날 일이 일어난다.—그러나 우리는 우선 이 '최종 결론'에 대하여, 이 '씻을 수 없는 죄악'의 진상에 대하여 잠시 생각해보도록 하자.—단순히 지브릴이 로사의 계단에서 침묵을 지켰다는 이유로 그런 결론이 나왔을까?—혹시 더 깊은 원한, 더 심각한 불만이 있는 것은 아닐까, 소위 '일차적 동기'라는 것도 사실은 하나의 핑계, 하나의 가면에 지나지 않는 것은 아닐까?—왜냐하면, 두 사람의 관계는 서로 정반대인 상극의 만남, 즉 서로가 상대방의 그림자

같은 관계가 아니던가?—한 명은 이국을 사랑하여 스스로 변화함으로써 그 속에 동화되고 싶어하고, 다른 한 명은 그 나라를 경멸하여 변화시키고 싶어하고, 한 명은 아무 죄도 짓지 않았으면서 끊임없이 벌을 받는 운수 사나운 친구, 다른 한 명은 무슨 죄를 지어도 거뜬히 모면하고 오히려 모든 사람에게 천사 같다는 말을 듣는 행운아.—그러므로 참차는 실제보다 좀 과소평가된 셈이고, 저 야비하고 천박한 지브릴은 확실히 실제보다 훨씬 과대평가되었다고 표현할 수 있을 텐데, 이 같은 불균형은 참차에게 네오프로크루스테스적 욕구를 심어주기에 충분하다: 즉 파리슈타를 실제 크기로 깎아내림으로써 자신은 그만큼 커지려는 욕구.

용서할 수 없는 일이란 어떤 것인가?

자기가 신뢰할 수 없는 사람에게 전부를 들키는 것, 그 살 떨리는 벌거벗음의 상태, 그것이 아니면 또 무엇이겠는가?—일찍이 지브릴은 살라딘 참차의 모든 비밀이 고스란히 드러나버린 상황을—납치, 추락, 체포—목격하지 않았던가?

자, 그렇다면.—이제 해답에 좀더 가까워진 셈인가? 아니, 두 사람의 자아가 전혀 다른 유형이라는 말까지 덧붙여야 할까? 지브릴은 그런 예명을 가졌으면서도, 연기생활을 하면서도, 다시 태어났다는 말을 입버릇처럼 되뇌면서도, 새 출발과 변신을 거듭하면서도 정작 본인은 대체로 연속적인 존재로 남고 싶어했다고—즉 과거와 이어진 존재, 과거로부터 생겨난 존재이길 바랐다고—죽음 직전에 이르는 질병도 원하지 않았고 변형을 야기하는 추락도 원하지 않았다고, 그리고, 사실 그가 무엇보다 두려워하는 것은 바로 상황의 변화, 즉 꿈속에서 생시로 새어나와 현실의 자아를 압도하고 스스로 원하지도 않는 천사 지브릴로 바꿔버리는 그런 변화라고 보아도 무방하지 않을까,—그렇다면 적어도 이 문제에 관한 한 그의 자아는 여전히 '진짜'라고 말해도 되지 않을까…… 반면에 살라딘 참차는 스스로 선택한 불연속성의 산물이고, 자발적인 개조 인간이고, 그러므로 우리의 용어를 따르자면 이렇게 자의적으로 역사를 거역한 그를 가리켜 '가짜'라고 부를 수 있지 않을까? 더 나아가서, 이처럼 자아가 가짜이기 때문에 참차는 더욱 지독하고 심각한 허위를—'악'이라고 해도 좋겠다—자행할 수 있게 되었다고, 바로 그것이 진실이라고, 그것이야말로 추락과 더불어 그의 내부에서 활짝 열린 어떤 문이라고 말할 수 있지 않을까?—한편, 우리가 지금까지 사용한 용어들의 논리에 비추어보건대, 그동안의 온갖 변천에도 불구하고 근본적으로 불변의 인간으로 남고 싶어한다는 점에서 지브릴은 가히 '선하다'고 볼 수 있겠다.

—그러나, 다시 말하지만, 그러나: 이런 주장은 위험할 정도로 지향적 오류*와 흡사하게 들리지 않는가?—그 같은 구분은 사람의 자아가 (완전무결하게) 균일하다는, 잡종이 아니라 '순수'하다는—도무지 말도 안 되는!—가정에 바탕을 두기 마련이므로 도저히 받아들일 수 없고 또 받아들여서도 안 된다. 안 되고말고! 차라리 한층 더 불쾌한 생각을 말해버리자: 악이란 우리가 흔히 믿고 싶어하는 것처럼 우리의 내면에 깊이깊이 감춰진 것이 아닐지도 모른다고.—그래서 사실 우리는 아주 자연스럽게 악에 빠져든다고, 다시 말해서 악은 우리의 본성에 어긋

* 작가의 의도를 기준으로 작품을 해석하거나 평가하는 오류.

나는 것이 아니라고.—그리고 살라딘 참차가 지브릴 파리슈타를 파멸시키기로 작정한 것도 결국 그러기가 너무 쉬웠기 때문이라고, 악의 진정한 매력은 사람이 유혹을 느낄 정도로 악의 길로 접어들기가 그만큼 쉽다는 점이라고. (그리고 마지막으로, 나중에는 돌이킬 수 없다는 사실도 덧붙이도록 하자.)

그러나 살라딘 참차는 단순한 생각을 고집한다. '저놈이 로사 다이아몬드의 집에서 나를 배신했기 때문이야. 그날의 침묵, 그뿐이라고.'

그는 위조품 런던브리지에 발을 올린다. 가까운 곳에 빨간색과 흰색 줄무늬가 그려진 인형극 부스가 있고, 거기서 미스터 펀치가—주디를 때리며—참차를 향해 소리친다: 그래, 그렇게 하는 거야! 그후 지브릴도 인사를 건네는데, 말은 제법 반가워하는 듯하나 음성은 맥이 빠져 전혀 어울리지 않는다. "스푸노, 자네도 왔군. 이 악마 같은 친구. 자네가 이렇게 나타나다니. 이리 오게, 살라드 바바, 첨치."

이런 일이 있었다:

알리 콘에게 가까워지며 살라딘 참차는 그녀의 눈동자에 몸이 굳어지고 체온이 조금 내려가는 것을 느꼈는데, 그 순간, 지브릴을 향하여 되살아난 적개심이 알리에게까지 확대되었다. 저 빙점 같은 얼굴, 모두 지옥이나 가라는 듯한 표정, 우주의 어떤 위대하고 은밀한 신비를 아는 듯한 분위기, 그리고 참차가 나중에 광야와 같다고 생각하게 될 그녀의 속성, 뭔가 견고하면서도 황량한, 반사회적이며 독립적인, 어떤 에센스.

그것이 왜 참차에게 그토록 불쾌감을 주었을까? 어째서 참차는 알리가 입을 열기도 전에 다짜고짜 그녀를 적으로 규정했을까?

아마 그녀를 원했기 때문이리라. 그리고 그녀에게서 내면적 확신으로 보이는 무언가를 발견하고 그것을 더욱더 원했기 때문이리라. 자신에게는 없는 것이므로 부러웠고, 부러웠으므로 망가뜨리고 싶었으리라. 사랑이란 사랑하는 사람을 닮아가려는 (심지어 아예 그 사람이 되고자 하는) 갈망이라고 할 때, 그것이 이루어질 수 없다면 갈망에서 미움이 싹트기 마련이다.

이런 일이 있었다: 참차는 새로운 알리를 만들어냈고, 자기가 창조한 허구의 적이 되었고…… 그러나 조금도 내색하지 않았다. 그는 미소를 지었고, 악수를 나누었고, 그녀를 만나 반갑다고 했고, 지브릴을 포옹했다. 내가 그를 따르는 것은 속셈이 따로 있기 때문이다.* 알리는 아무것도 모르고 자리를 피해주었다. 두 사람에게 그동안 쌓인 이야기가 많을 것이라면서 금방 돌아오겠다는 약속을 남긴 채 가버렸다: 그녀는 잠시 탐험을 하고 오겠다고 표현했다. 참차는 그녀가 처음 한두 걸음은 조금 절룩거리다가 멈추더니 곧 힘차게 걸어가는 모습을 보았다. 그녀에 대하여 참차가 몰랐던 것 중에는 그녀의 고통도 있었다.

참차는 자기 앞에 서 있는 지브릴, 눈은 몽롱하고 인사는 형식적인 이 지브릴이 지금 의학적으로 세심한 보살핌을 받고 있다는 사실을 몰랐고,—지브릴의 병은 더이상 이름 모를 질환이 아니고 과대망상적 정신분열증으로 밝혀졌으며 언제든지 재발할 가능성이 있어 날마다 감

* 『오셀로』 1막 1장 이아고의 대사.

각을 무뎌지게 하는 약을 사용한다는 사실도 몰랐고,—알리는 영화계 사람들을 철저히 불신하게 되었는데 최근 지브릴이 발작을 일으킨 뒤로 줄곧 그들을 만나지 못하도록 필사적으로 막아왔다는 사실도 몰랐고,—바투타와 마몰리언의 파티에도 그 사람들이 참석할 것이므로 그녀는 전적으로 반대했지만 지브릴이 더는 죄수처럼 갇혀 있지 않겠다고, '진짜 인생'을 되찾기 위해 다시 노력하겠다고 버럭버럭 고함을 지르며 무시무시한 소동을 피웠기 때문에 마지못해 따랐다는 사실도 몰랐고,—냉장고 속에 박쥐처럼 생긴 조그마한 도깨비들이 거꾸로 매달린 광경을 보기도 하는 정서불안의 연인을 돌보느라고 알리가 간호사와 희생양과 목발 역할을 두루 도맡다가, 요컨대 자신의 콤플렉스와 염려스러운 성격에는 전혀 보탬이 안 되는 방향으로 행동하다가 물에 젖은 솜처럼 녹초가 되었다는 사실도 몰랐고,—이런 사실을 전혀 몰랐으므로 참차는 지금 자기가 보는 지브릴, 자기가 안다고 믿는 지브릴, 복수의 여신에게 시달리는 참차 자신은 결코 가질 수 없는 온갖 행운을 독차지한 이 지브릴이 실은 공상의 산물임을 몰랐고, 자기가 만들어내 미워하기 시작한 알리처럼, 부러움과 괴로움에 사로잡힌 오레스테스* 적 상상력이 빚어낸 저 죽여주는 고전적 금발 미녀 또는 요부처럼 역시 허구에 불과하다는 점을 몰랐는데,—그러나, 이렇게 아무것도 모르면서도 살라딘은 순전히 우연하게 지브릴의 (다소 부실하다는 사실을 인정할 수밖에 없는) 방어막에 뚫린 틈새를 비집고 들어갔고, 그리하여 증오해 마지않는 숙적을 가장 신속하게 파멸시킬 방법을 깨달았다.

* 그리스신화에서 아버지 아가멤논을 살해한 어머니를 죽이고 복수의 여신에게 쫓기는 인물.

지브릴의 평범한 질문 하나가 계기였다. 진정제 때문에 잡담 말고는 어떤 이야기도 할 수 없는 지브릴이 건성으로 물었다. "그런데 자네 부인은 어떠신가?" 술기운에 혀가 풀린 참차는 불쑥 이렇게 대답했다. "어떠냐고? 애를 뱄지. *임신했다고*. 망할 놈의 애새끼가 생겼단 말이야." 졸음에 겨운 지브릴은 그 속에 담긴 난폭한 어조를 눈치채지 못하고 멍하니 미소 지으며 살라딘의 어깨에 팔을 둘렀다. "*잘됐네, 축하해*. 스푸노! 솜씨 한번 빠르구먼."

살라딘은 벌컥 화를 냈다. "그 여자의 애인이나 축하해줘. 내 친구 점피 조시. 그래, 나도 인정해. 그놈이야말로 사내답지. 여자들이 다 미쳐버리거든. 너나없이 그놈의 새끼를 갖고 싶어하는데, 본인이 허락해줄 때까지 기다리지도 못하는 모양이야."

"예를 들자면 누가?" 지브릴이 소리쳤다. 몇 사람이 쳐다보았고 참차도 놀라서 움찔했다. "누가 누가 누가?" 지브릴의 호통에 여기저기서 킥킥거리는 소리가 들렸다. 살라딘 참차도 웃었다. 그러나 즐겁지 않은 웃음이었다. "예를 들자면 누가 있는지 말해주지. 예를 들자면 우리 마누라, 그래. 그 여자는 숙녀가 아니라고, 미스터 파리슈타, 지브릴. 파멜라, 전혀 숙녀답지 않은 우리 마누라 말이야."

바로 그 순간, 이 무슨 얄궂은 운명인지,—거나하게 취해버린 살라딘은 자신의 말이 지브릴에게 어떤 효과를 일으켰는지 까맣게 몰랐지만,—지브릴은 두 영상이 폭발적으로 만나는 장면을 보았는데, 그중 하나는 비행 양탄자를 타고 알리의 은밀한 소원에 대하여 경고하던 레카 메르찬트의 모습이 불현듯 떠오른 것이었으니, 아기 아버지에게는 말하지도 않고 아기를 갖고 싶어한다, 누가 씨앗에게 심어도 되느냐고 허락을 구하겠어, 그리고 또하나는 무술 사범의 몸뚱이와 미스 알렐루야 콘의 몸뚱이가 하나로 뒤엉켜 하늘 높이 발차기를 해대며 육욕에 탐닉하는 모습이었고,—때마침 다소 당황한 듯이 허겁지겁 '사우스워크브리지'를 건너가는 점피 조시의 모습이 눈에 띄고,—사실 점피는 파멜라를 찾는 중이었는데, 아까 노래하는 디킨스 시대 사람들이 몰려오는 바람에 살라딘이 골동품 상점에 있던 젊은 여자의 대도시풍 유방 쪽으로 쫓겨 갈 때 점피와 파멜라도 서로를 놓쳐버린 모양이다. "호랑이도 제 말하면 온다더니." 살라딘은 점피를 가리켰다. "저 망할 자식이 저기 가는군." 그는 지브릴을 돌아보았다. 그러나 지브릴은 이미 사라져 버렸다.

알리 콘이 다시 나타나더니 펄펄 뛰며 화를 냈다. "이 사람은 어디 갔어요? 맙소사! 이런 빌어먹을, 단 일초도 자리를 뜰 수가 없군요! 도대체 댁은 지브릴 좀 지키지 않고 어딜 쳐다봤어요?"

"왜요, 무슨 일이—?" 그러나 알리는 벌써 군중 속으로 뛰어들었고, 참차가 '사우스워크브리지'를 건너가는 지브릴을 발견했을 때는 이미 불러도 들리지 않는 곳으로 가버린 뒤였다. 이번에는 파멜라가 나타나서 물었다. "점피 봤어?" 참차는 손가락으로 가리켰다. "저쪽으로 갔어." 그러자 그녀도 대꾸 한 마디 없이 사라졌다. 그때 점피가 다시 나타났는데, 이번에는 '사우스워크브리지'를 반대쪽으로 건너가는 중이었다: 곱슬머리는 여느 때보다 훨씬 더 어지럽게 흐트러지고, 철사 옷걸이 같은 어깨는 여전히 벗지 않은 방한 외투 속에서 잔뜩 움츠러들고, 눈은 이리저리 두리번거리고, 엄지손가락은 입속으로 들어가고. 그리고 잠시 후, 지브릴도 '쇠로 만든' 이 모조품 다리를 건너 점피와 같은 방향으로 달려갔다.

간단히 말해서, 상황은 익살극 수준으로 치달았다. 그러나 몇 분 후, '헥섬 영감' 역할을 맡은, 그래서 떠내려오는 시체들을 건져 경찰에게 인계하기 전에 귀중품을 훔쳐내려고 디킨스 시대의 템스강을 살펴보던 배우가 규정대로 텁수룩하고 희끗희끗한 머리가 바싹 곤두선 모습으로 이 스튜디오 안의 강에서 급히 노를 저어 다가오는 순간, 익살극은 그대로 끝나버리고 말았다. 왜냐하면 그의 악명 높은 거룻배 위에는 흠뻑 젖은 방한 외투를 입은 점피 조시가 의식을 잃은 채 쓰러져 있었기 때문이다. 뱃사공이 점피의 뒤통수에 솟아오른 커다란 혹을 가리키며 소리쳤다. "얻어맞고 기절했어요. 물속에서 정신을 잃었으니 죽지 않은 것만도 기적이죠."

∽

그로부터 일주일 후, 알리 콘에게 열정적인 전화 연락을 받은(그녀는 시소디아와 바투타를 거쳐 마지막으로 미미에게 연락처를 알아냈는데, 종전의 싸늘함이 많이 가신 듯했다) 살라딘 참차는 미래의 알리차 보닉이 장기 체류를 목적으로 캘리포니아로 떠나며 딸에게 선물한 삼 년 된 은색 시트로앵 스테이션왜건의 조수석에 몸을 실었다. 칼라일역에서 참차와 만났을 때 알리는 전화 통화에서 했던 사과의 말을 되풀이했다. "당신에게 그런 식으로 말하는 게 아니었어요. 당신은 아무것도 몰랐을 뿐인데, 그이 상태가 그렇게, 아무튼 때리는 장면을 아무도 못 봐서 다행이고, 그럭저럭 무마가 된 모양이지만, 그 불쌍한 사람,

노로 뒤통수를 얻어맞다니, 정말 안 됐어요. 그건 그렇고, 우린 저 북쪽에 있는 어느 집에서 지내는데요, 내 친구들이 어딜 좀 가서, 당분간 사람들을 만나지 않는 게 좋을 것 같았거든요, 그리고, 그이가 당신을 찾았어요. 제 생각엔 당신이 그이에게 큰 도움이 될 것 같은데, 솔직히 저에게도 도움이 필요하고요." 그러나 참차에게는 여전히 알쏭달쏭한 소리였고 호기심을 자극할 뿐이었다. 지금 시트로앵의 차창 밖에는 스코틀랜드가 무서운 속도로 지나갔다. 헤이드리언 성벽*의 한 귀퉁이, 눈맞은 남녀를 위한 피난처였던 그레트너 그린**, 그다음은 남부 고지대가 있는 내륙 쪽으로 접어들었다: 에클페컨, 로커비, 비톡, 엘번푸트. 참차는 대도시가 아닌 모든 곳을 까마득한 우주 공간처럼 여기고 그런 곳으로 가는 길은 위험투성이라고 믿는 경향이 있었다: 그렇게 텅 빈 곳에서 고장이라도 난다면 꼼짝없이 혼자 죽어 발견되지도 못할 테니까. 그는 이미 시트로앵의 전조등 한 개가 부서진 것을 눈여겨보아두었고, 연료계가 적색 구간으로 내려간 것도 보았는데 (알고 보니 그것마저 고장이었다), 날은 저물어가는 중이고, 알리는 마치 화창한 대낮에 실버스톤*** 트랙을 달리듯 A74 도로를 따라 질주했다. 그녀가 심각하게 설명했다. "교통수단이 없으니 그이가 멀리 갈 수야 없겠지만 그래도 모르는 일이니까요. 사흘 전에는 자동차 열쇠를 훔쳐갔는데, M6 출구를 역주행하며 천벌 어쩌고 소리소리 지르다가 발견됐어요. 그때 고속도로 경찰에게 이런 말을 했대요: 주님의 심판을 기다려라, 내가 곧 부

---

* 로마 황제 하드리아누스가 당시 변방이었던 잉글랜드 북서부에 건설한 방어벽.

** 스코틀랜드의 변경 도시로, 결혼 절차가 간단하여 연인들이 많이 찾던 곳.

*** 유명 자동차 경주장.

하 아즈라일을 부를지니라. 경찰이 수첩에 전부 적어놨더군요." 참차는 여전히 복수심에 불타면서도 겉으로는 연민과 놀라움을 가장했다. 그리고 물었다. "점피 일은요?" 알리는 운전대에서 두 손을 모두 떼고 손바닥을 벌리며 '나도 모른다'는 동작을 취했고, 그 바람에 구불구불한 길을 달리던 차가 위태롭게 비틀거렸다. "의사들은 그런 질투심과 소유욕도 이 병의 증상일 수 있다고 했어요. 어쨌든 광기를 촉발시킬 수 있다는 거죠, 도화선처럼."

그녀는 말할 기회가 생겨 반가워했다. 참차도 기꺼이 들어주었다. 알리가 참차를 믿는다면 지브릴도 그를 믿기 때문인데, 참차로서는 그런 믿음을 깨뜨리고 싶지 않았다. 지난번에는 그가 나의 신뢰를 저버렸다. 이번에는 한동안 그가 나를 신뢰하게 하리라. 참차는 인형극 초보자였다. 그러므로 우선 인형에 달린 줄을 찬찬히 살펴보고 어느 줄이 어디로 연결되었는지 확인하고…… 그때 알리가 말했다. "저도 어쩔 수가 없어요. 그이에 대해서는 어쩐지 저에게도 책임이 있는 것 같거든요. 우리 삶은 엉망진창이고 그건 제 잘못이에요. 제가 이런 식으로 말하면 우리 엄마는 화를 내시죠." 서쪽으로 가는 비행기를 타기 직전, 3번 터미널에서 알리차는 이렇게 딸을 꾸짖었다. "도대체 왜 그런 생각을 하는지 모르겠구나." 배낭족과 서류가방족과 눈물을 흘리는 아시아계 어머니들 틈에서 알리차가 외쳤다. "네 아빠의 인생도 계획대로 풀리진 않았다고 할 수 있지. 그렇다고 강제 수용소가 그 사람 잘못이냐? 역사 공부 좀 해라, 알렐루야. 금세기 역사는 현실을 심리학적으로 파악하던 케케묵은 방식으로는 설명할 수 없단다. 요즘은 '성격이 곧 운명'*이 아니란 말이야. 경제가 곧 운명이지. 이데올로기가 곧 운명이고. 폭탄이 곧 운명이고. 사람이 어떤 인생을 살았든 간에 기근이, 가스실이, 수류탄이 무슨 관심이라도 가져주는 줄 아니? 위기는 막무가내로 닥쳐오고, 죽음도 닥쳐오고, 그런데도 가엾은 개개인은 아무것도 못하고 결과를 받아들이는 수밖에 없지. 네 그 지브릴이라는 녀석: 어쩌면 너에게는 녀석이 바로 역사의 횡포인지도 모르겠다." 요즘 알리차는 갑자기 예전처럼 오토 콘이 좋아하던 호화로운 옷차림으로 돌아왔는데, 그 커다란 검은색 모자와 주름 장식이 달린 정장에 어울리는 웅변조의 말투까지 되찾은 듯했다. 알리는 날카롭게 말했다. "캘리포니아에서 즐겁게 지내세요, 엄마." 그러자 알리차가 대꾸했다. "그래도 우리 중에서 한 명은 행복하지. 그게 나라고 안 될 거라도 있니?" 그러더니 딸이 미처 대답하기도 전에 여권과 탑승권과 비행기표를 휘두르며 탑승객 전용 출입구를 훌쩍 통과하여 굿 바이good buy를 만나세요** 전광판 아래 오피엄이나 고든스 진 등 세일중인 면세품들이 놓인 곳으로 가버렸다.

도로는 마지막 햇살 아래서 나무 한 그루 없이 히스에 뒤덮인 언덕을 빙 돌아갔다. 오래전, 다른 나라에서, 다른 황혼 무렵에, 참차는 이렇게 불쑥 튀어나온 구릉지를 돌아서 문득 페르세폴리스의 폐허를 본 적이 있었다. 그러나 지금 그가 찾아가는 것은 한 인간의 폐허였다. 경탄하며 감상하기 위해서가 아니다. 어쩌면 (왜냐하면 악을 자행하겠다는 결심은 그것을 실행하는 순간이 오기 전에는 결코 최종적인 것이 아니므로, 언제든지 취소할 수 있는 마지막 기회가 남아 있으므로) 오히려 훼손시킬지도 모른다. 가령 지브릴의 몸뚱이에 이름을 써 갈길지도 모

---

* 고대 그리스 철학자 헤라클레이토스의 말.

** '작별인사(goodbye)'에 빗대어 가격 좋은 물건이라고 선전하는 말장난.

른다: 살라딘 다녀가다. "그런데 왜 그 친구를 떠나지 않죠? 떠나버리면 고통을 피할 수 있잖아요?" 그러자 알리는 놀랍게도 얼굴을 붉혔다.

"저는 당신을 잘 모르는데, 거의, 사실상 아는 게 없는데—" 그녀는 그렇게 말문을 열다가 잠시 멈추더니 이윽고 마음을 정했다. "이건 별로 자랑스러운 일은 아니지만 사실이에요. 섹스 때문이죠. 우리 사이는 굉장해요. 완벽하달까, 아무튼 그런 경험은 처음이에요. 꿈같은 연인들이죠. 그이는 정말, 정말, 아는 것 같아요. 나를 아는 것 같다고요." 그녀는 잠시 침묵을 지켰다. 어둠이 그녀의 얼굴을 가려주었다. 참차는 다시 쓰라린 아픔을 느꼈다. 오나가나 꿈같은 연인들 천지였다. 그러나 꿈을 잃어버린 그는 구경만 한다. 참차는 울분을 못 이겨 이를 갈았다. 그러다가 실수로 혀를 깨물었다.

지브릴과 알리는 선술집도 하나 없을 만큼 작은 마을 듀리스디어로 숨어들어 어느 프리커크*에서 지냈는데, 이렇게 신성한 건물을 세속적인 건물로 탈바꿈시키는 작업으로 큰 재산을 모았다는 알리의 건축가 친구가 개종시킨convert—종교적 색채를 지닌 이 낱말이 참차에게는 생소하게 들렸다—집이었다. 하얀 벽과 간접조명과 바닥 전체를 덮은 푹신푹신한 카펫이 있는데도 살라딘이 보기에는 좀 음침했다. 정원에는 비석들이 있었다. 참차는 만약 자기가 신의 우두머리 천사라는 망상에 사로잡힌 사람이라면 이런 집을 은신처로 선택하지는 않았으리라 생각했다. 교회당은 돌과 기와로 지은 집 여남은 채가 모인 이 마을에서도 다른 집과는 조금 떨어진 곳에 자리잡았다: 이 고립된 곳에서도

* 비국교파 교회당.

더욱 고립된 셈이었다. 자동차가 멈추었을 때 지브릴이 문간에 서 있었는데 밝은 현관을 등지고 있어 그림자처럼 보였다. 그가 소리쳤다. "무사히 도착했군. 반가워, *친구*. 이 빌어먹을 감옥에 잘 왔어."

지브릴은 약기운 때문에 동작이 서툴렀다. 광도 조절 스위치가 있고 높낮이가 조절되는 고상한 전등 아래 놓인 소나무 식탁에 세 사람이 둘러앉았을 때 지브릴은 두 번이나 커피를 엎질렀는데(표면상으로는 술을 끊은 상태였고, 지브릴 대신 알리가 스카치를 넉넉하게 따라놓고 참차를 상대해주었다), 그때마다 욕설을 내뱉으며 종이 타월을 찾아 비틀비틀 부엌 안을 돌아다녔다. 그는 이렇게 고백했다. "이런 내 꼬락서니가 지겨워질 때는 알리에겐 말하지 않고 약을 줄이기도 하지. 그러면 곧바로 난장판이 시작되는 거야. 이건 진심인데, 스푸노, 언제까지나 이럴 거라는 생각, 영원히 약이냐 광기냐 하는 선택밖에 없을 거라는 생각이 들면 견딜 수가 없어. 도저히 참을 수가 없다고. 정말이지, *친구*, 만약 그게 현실이라는 확신이 든다면, 그때는, 젠장, 난 그냥, 모르겠어, 무슨 짓을 저지를지."

"그만해." 알리가 나지막이 말했다. 그러나 지브릴은 다시 소리쳤다. "스푸노, 내가 알리를 때린 적도 있다는 거 알아? 젠장. 어느 날 알리를 무슨 락샤사* 같은 마귀로 착각하고 다짜고짜 덤벼든 모양이야. 광기에서 나오는 힘이 얼마나 엄청난지 알아?"

알리는 빙그레 웃었다. "다행히 저는요, 그동안에—으헛, 이얍—호신술 수업을 받았죠. 저 사람이 자기 체면을 살려보려고 과장하는 거예

---

* 나찰. 스리랑카의 마왕 라바나가 거느리는 악령들로, 짐승이나 해골 따위로 둔갑한다고 한다.

요. 사실 바닥에 머리를 처박고 나동그라진 쪽은 바로 저 사람이었거든요." 지브릴도 쑥스러운 얼굴로 인정했다. "바로 여기였지." 부엌 바닥에는 커다란 판석들이 깔려 있었다. 참차가 슬쩍 떠보았다. "아팠겠네." 그러자 지브릴은 이상하게 명랑해진 어조로 크게 외쳤다. "두말하면 잔소리지. *완전히* 기절해버렸다니까."

교회당의 실내는 이층 높이의(부동산 중개인의 전문 용어로는 '더블 볼륨의') 널찍한 응접실—원래는 예배실—이 절반을 차지했고 나머지는 좀더 일반적인 형태의 공간이었는데, 아래층에는 부엌과 다용도실이 있고 위층에는 침실과 화장실이 있었다. 참차는 왠지 잠이 오지 않아 한밤중에 그 넓은 (그리고 서늘한: 잉글랜드 남부에서는 폭염이 계속되고 있었지만 이 북쪽 지방은 조금도 영향을 받지 않고 오히려 쌀쌀한 가을 날씨였다) 거실로 내려가 이미 쫓겨난 목사들의 희미한 목소리를 들으며 서성거렸다. 한편 지브릴과 알리는 고성을 지르며 사랑을 나누었다. 파멜라처럼. 참차는 미샬이나 지니 바킬을 생각하려 노력했지만 아무 소용도 없었다. 결국 손가락으로 귀를 틀어막고 파리슈타와 알렐루야 콘의 성교에서 터져나오는 음향효과와 싸워야 했다.

그들의 관계는 시작부터 위험을 무릅쓴 만남이었다고 참차는 생각했다: 처음에는 지브릴이 직업을 포기하고 지구를 가로질러 달려오는 극적인 일을 벌였고, 이번에는 알리가 끝장을 보겠다고, 그에게서 이 광기와 천사의 신성神性을 몰아내고 자기가 사랑하는 인간성을 회복시키고 말겠다며 타협을 모르는 단호한 의지를 드러냈다. 그들에게 타협이란 없었다. 그들은 죽을힘을 다 쏟았다. 그런데 살라딘 자신은 그저 아내와 그녀의 애인과 더불어 한 지붕 밑에서 사는 정도로 만족하겠다고 선언했다. 어느 쪽이 더 나은 길일까? 그는 생각했다: 에이해브 선장은 익사했다. 살아남은 사람은 기회주의자 이슈미얼이었다.*

아침이 되자 지브릴은 부근에 있는 '정상'에 올라가자고 했다. 그러나 알리는—참차가 보기에도 그녀는 얼굴이 훤히 빛날 만큼 이런 시골에 다시 찾아온 것을 기뻐하는 기색이 역력했지만—사양했다. 지브릴은 못내 사랑스럽다는 듯 그녀를 타박했다. "형편없는 평발 여자. 어서 가세, 살라드. 우리 같은 도회지 놈들이 에베레스트 정복자에게 등산이 어떤 것인지 보여줘야겠군. 인생이란 게 얼마나 뒤죽박죽인가 말이야, *친구*. 우리는 산을 오르고, 저 여자는 여기 앉아 전화로 사업 얘기나 하고." 살라딘의 생각이 마구 치달렸다: 그는 이제 셰퍼턴에서 보았던 그 이상하게 절룩거리는 걸음걸이의 이유를 알았고, 또한 이 외딴 곳이 임시 피난처일 수밖에 없음을—즉 알리는 자신의 삶을 희생하며 이곳으로 왔고, 따라서 한없이 머무를 수는 없음을—알았다. 그렇다면 이제 무엇을 해야 하나? 어떤 짓을 해볼까? 아무것도 하지 말까?—복수를 해야 한다면 언제, 어떻게? 그때 지브릴이 명령했다. "이 장화 신어. 하루종일 비가 안 올 것 같아?"

아니나 다를까. 지브릴이 선택한 등산로의 꼭대기에 있는 돌무더기에 이르렀을 때 그들은 가느다란 이슬비에 둘러싸였다. 지브릴이 헐떡

---

* 허먼 멜빌의 『모비 딕』 등장인물들로, 흰 고래를 추격하는 에이해브 선장의 포경선에 오른 이슈미얼이 이 소설의 화자다.

이며 말했다. "꼴좋게 됐군. 자, 보라고: 알리가 저 밑에 있잖아, 저기, 무슨 고관 나리처럼 떡하니 기대고 앉아서." 그는 교회당 쪽을 가리켰다. 그러나 이때 참차는 심장이 마구 두근거리고 기분이 이상했다. 이제부터는 심장에 문제가 있는 사람답게 행동해야 할 듯싶다. 이렇게 별 볼일 없는 '정상'에서 쓸데없이 비를 맞다가 심장마비로 쓰러진다면 무슨 꼴인가? 그때 지브릴이 쌍안경을 꺼내더니 골짜기 안을 샅샅이 훑어보기 시작했다. 움직이는 물체는 거의 없었다. 남자 두어 명, 개들, 양 몇 마리, 그뿐이었다. 지브릴은 쌍안경으로 남자들을 따라갔다. 그러다가 갑자기 말했다. "우리끼리 있으니 말인데, 우리가 이 한심한 촌구석에 틀어박힌 진짜 이유를 말해주지. 알리 때문이야. 그래, 그렇다니까. 내 연기에 속지 말라고! 이건 다 그녀가 너무 아름다운 탓이야. 남자들 말이야, 스푸노: 파리떼처럼 알리를 쫓아다니거든. 정말이야! 놈들이 침을 질질 흘리며 탐내는 꼴이 다 보인다니까. 이건 옳지 않아. 알리는 한적한 삶을 좋아하는 여자야. 한적한 삶을 그렇게 좋아하는 여자는 세상에 다시없을 거라고. 그러니까 우리가 욕망으로부터 지켜줘야 한단 말이야."

이 말은 살라딘을 놀라게 했다. 그는 생각했다: 불쌍한 자식, 정말 머리가 돌아도 아주 팽이처럼 팽팽 돌았구나. 그리고, 그 생각에 곧바로 뒤를 이어 두번째 문장이 마법처럼 저절로 떠올랐다: 그렇다고 내가 너를 놓아주려니 기대하지 마라.

차를 타고 다시 칼라일역으로 향할 때 참차는 시골에 사람들이 줄어드는 현상에 대한 이야기를 꺼냈다. 그러자 알리가 말했다. "일자리가 없어요. 그래서 텅 비었죠. 지브릴은 이렇게 넓은 공간이 가난을 의미한다니 실감이 안 간다더군요: 사람들이 바글바글하는 인도에서 살아서 여긴 오히려 호화판으로 보인대요." 참차는 이렇게 물었다. "그럼 당신 일은요?" 그러자 알리가 반문했다. "내 일이 어쨌다는 거죠?" 그러더니 미소를 지었다. 얼음여자 같던 겉모습은 이미 오래전에 사라지고 없었다. "그런 걸 물어봐주다니 당신은 참 좋은 분이에요. 저는 이런 생각을 자주 해요. 언젠가는 내 삶이 중심이 된다, 최우선이 된다, 하고. 아니면, 글쎄요, 일인칭 복수를 쓰기가 아직은 좀 어색하지만: 우리 삶이라고 해도 좋겠네요. 그게 더 나은 것 같죠?"

살라딘은 이렇게 충고했다. "그 친구 때문에 포기하지는 마요. 점피도 그렇고, 당신 자신의 세계도 그렇고, 뭐든지." 그가 정식으로 전쟁을 시작했다고 말할 수 있는 것은 바로 이 순간부터였다. 이때부터 그는 오로지 한 방향으로 걸어갈 수밖에 없는 편안하고 매혹적인 길로 접어들었다. 알리가 말했다. "그 말이 맞아요. 아, 그이도 좀 알았으면 좋을 텐데. 예를 들자면, 그이의 그 소중한 시소디아 말예요: 그 사람은 칠척장신 여배우만 좋아하는 게 아니라고요. 물론 그런 여자도 좋아하긴 하지만." 참차는 슬쩍 넘겨짚었다. "그자가 수작을 걸었군요." 그리고 동시에, 혹시 나중에 쓸모가 있을지도 모르므로 이 정보를 잘 보관해두었다. 알리가 웃으며 말했다. "그 사람은 정말 뻔뻔스러워요. 바로 지브릴 코앞에서 그랬거든요. 하지만 거절당해도 언짢아하진 않더군요. 고개를 꾸벅하며 '부부불쾌하게 생각 마요' 하고 중얼거리더니 그걸로 끝이었어요. 지브릴에게 그 얘기를 하면 어떻게 될지 상상이 가죠?"

철도역에서 참차는 알리에게 행운을 빌어주었다. 그녀가 차창 너머로 말했다. "우리는 두 주쯤 런던에 가 있어야 해요. 제가 회의에 참석해야 하거든요. 그때 당신이랑 지브릴이 다시 만나는 것도 좋겠네요. 이번에도 그이한테 큰 도움이 됐거든요."

"언제든지 연락해요." 참차는 손을 흔들어 작별인사를 하고 시트로앵이 보이지 않을 때까지 지켜보았다.

∽

알리 콘, 허구들로 이루어진 삼각형의—왜냐하면, 지브릴과 알리가 함께 어울리게 되기까지는 그들이 각자 필요에 따라 자기가 사랑할 수 있는 '알리'와 '지브릴'을 상상한 것이 매우 크게 작용했고, 또한 참차의 경우에는 지금 자신의 고뇌와 실망에서 비롯된 허물들을 고스란히 그들에게 덮어씌우고 있지 않은가?—세번째 꼭지점인 그녀는 결국 자기도 모르는 사이에 참차의 복수를 실현시켜주는 대리인이 될 수밖에 없는데, 음모자 살라딘에게 그 필연성을 더욱 절실히 깨닫게 해주는 일이 생겼다. 어느 날 그는 적도 같은 런던의 오후를 지브릴과 함께 보냈는데, 그때 지브릴은 무엇보다 알리의 침대에서 벌어지는 육체의 향연을 당혹스러울 정도로 자세하게 묘사하는 데 열중했다. 살라딘은 혐오감을 느꼈다: 자기들만의 은밀한 행위를 거기 끼지도 않은 남에게 모조리 까발리며 좋아하는 놈은 도대체 어떻게 생겨먹은 인간이냐? 지브릴은 (사뭇 즐기는 표정으로) 체위뿐만 아니라 서로 깨무는 애정 표현이나 욕망이 담긴 은밀한 대화까지 낱낱이 설명했는데, 이때 그들은 브릭홀 필즈를 거니는 중이었고, 그곳에는 여학생도 있었고, 롤러스케이트를 타는 아이도 있었고, 비웃는 아들에게 서투른 솜씨로 부메랑이나 프리스비를 던지는 아버지도 있었고, 그런 사람들 틈에서 그들은 깊고 뜨거운 속살의 풍경 속을 거닐었다. 그러다가 지브릴은 이 에로틱한 열변을 잠시 중단하고 광기어린 한 마디를 던졌다. "저 희멀건 사람들을 보고 있노라면 말이야, 스푸노, 가끔 피부 대신 썩어가는 고깃덩어리가 보일 때가 있어." 그리고 마치 큰 비밀이라도 밝힌다는 듯이, 콧구멍을 톡톡 치며 덧붙였다. "바로 여기, 썩는 냄새가 코를 찌르거든." 그러더니 다시 알리의 허벅지 안쪽과 꿈꾸는 듯한 눈과 등허리의 완벽한 계곡과 그녀가 잘 내는 짧은 외마디소리 따위로 돌아갔다. 그야말로 완전히 결딴나는 순간을 목전에 둔 사람이 아닐 수 없었다. 무서운 활력, 병적일 만큼 꼼꼼한 묘사, 그런 것들을 통하여 참차는 짐작할 수 있었다: 지브릴이 또 복용량을 줄였다는 것, 그래서 광기의 절정을 향해 치닫는 것. 이 광적인 흥분상태는 어떤 면에서는 (알리의 말에 의하면) 인사불성으로 취해버린 상태와 비슷한데, 다시 말해서, 나중에 어쩔 수 없이 도로 지상으로 내려왔을 때 지브릴은 자기가 했던 말이나 행동을 아무것도 기억하지 못한다고 했다.—설명은 끝없이 이어졌다: 젖꼭지가 유별나게 길다는 둥, 배꼽을 건드리면 싫어한다는 둥, 발가락이 예민하다는 둥. 미쳤든 안 미쳤든 간에 이렇게 섹스 이야기를 주절주절 늘어놓는 것은 (알리도 시트로앵 안에서 그랬으니까) 그들의 이른바 '열애'가—이것은 알리가 썼던 말인데 반쯤은 농담이 아니었다—실은 허약하다는 증거라는 것이 참차의 판단이었으니, 왜냐하면, 간단히 말해서 그들의 사랑에는 그것 말고는 쓸 만한 구석이 하나도 없었기 때문이다. 그들의 관계에 대하여 그렇게 열변을 토할 만한 부분은 그것뿐이었다.—그러나 이런 생각을 하면서도 그는 자꾸 자극을 느꼈다. 알리의 창밖에서 있는 자신의 모습이 눈에 보이기 시작했고, 그녀는 스크린 속의 여배우처럼 알몸으로 서 있고, 남자의 손이 천 가지 방법으로 그녀를 애무하며 점점 황홀경으로 몰아가고, 참차는 그 손이 바로 자신의 것이라고 상상했는데, 그녀의 서늘한 몸과 온갖 반응이 느껴지는 듯하고 그녀의 외마디소리가 들리는 듯했다.—그는 마음을 가라앉혔다. 자신의 욕망이 역겨웠다. 그녀는 가질 수 없는 여자다. 이는 순전히 관음증인데 그따위에 굴복할 수는 없다.—그러나 지브릴의 고백이 불러일으킨 욕망은 사라지지 않았다.

참차는 지브릴의 성적인 집착 덕분에 일이 더 쉬워졌다는 생각을 했다. "대단히 매력적인 여자라는 건 분명하지." 시험삼아 그렇게 중얼거려보았는데, 대답 대신 매섭고 날카로운 눈초리를 발견하는 만족스러운 결과를 얻었다. 그러나 지브릴은 곧바로 자제력을 과시하며 살라딘의 어깨에 팔을 두르고 우렁차게 외쳤다. "미안하네, 스푸노, 알리에 대한 일이라면 무조건 성질이 더러워져서 말이야. 하지만 자네와 나! 우린 *형제 같은 사이*잖아! 최악의 상황을 함께 이겨냈잖아. 자, 이 별 볼 일 없는 공원은 이 정도로 끝내지. 시내로 가자고."

악을 저지르기 직전의 순간이 있고, 악을 저지르는 순간이 있고, 그 한 걸음을 내디딘 직후의 순간이 있다. 그때부터는 걷기가 점점 쉬워진다. 참차는 이렇게 대답했다. "나야 좋지. 자네가 이렇게 건강해 보이니 반갑네."

예닐곱 살쯤으로 보이는 사내 아이 하나가 BMX 자전거를 타고 지나갔다. 소년이 가는 쪽으로 고개를 돌리던 참차는 아이가 터널 같은 가로숫길을 따라 유연하게 달려가는 모습을 보았다. 군데군데 뜨거운 햇볕이 뚝뚝 떨어졌다. 그는 꿈에서 보았던 장소를 찾아낸 충격으로 잠시 어리둥절했고, 입안에는 불쾌감이 남았다: '이루어지지 않은 일'에서 오는 신맛이었다. 지브릴이 택시를 불렀다. 그리고 트래펄가 스퀘어로 가자고 했다.

오, 그날 지브릴은 기분이 정말 좋았다. 거의 예전과 다름없이 왕성한 활력을 보이며 런던과 영국인들을 깎아내렸다. 참차에게는 매력적으로 퇴색한 일대 장관으로 보이는 것도 지브릴에게는 보잘것없는 폐허였고, 한낱 과거의 섬에 고립되어 프라이데이 같은 아랫것들의 도움으로 겉치레나마 유지해보려 애쓰는 크루소 같은 도시였다. 지브릴은 돌사자들이 내려다보는 앞에서 비둘기들을 쫓아다니며 소리쳤다. "우리 나라에서는 말이야, 스푸노, 이런 뚱보들은 단 하루도 못 버틸 거야. 저녁거리로 한 마리만 잡아가자고." 참차의 영국화된 영혼은 남부끄러워 움츠러들 수밖에 없었다. 나중에 코벤트 가든에서 그는 옛 청과물 시장이 나인 엘름스로 옮겨가던 날에 대하여 지브릴에게 이야기해주었다. 당시 쥐 때문에 걱정하던 당국은 하수구를 틀어막아 수만 마리를 몰살시켰다. 그러나 수백만 마리가 살아남았다. "그날, 굶주린 쥐떼가 거리로 쏟아져나왔지. 스트랜드뿐만 아니라 워털루브리지까지 온통 뒤덮고 가게를 들락거리며 필사적으로 먹을 것을 찾아 헤맸어." 그러자 지브릴은 콧방귀를 뀌었다. "이젠 여기가 침몰하는 배라는 게 확실해졌군. 쥐떼마저 떠나버리다니." 참차는 그에게 실마리를 줘서 몹시 분했다. 지브릴은 잠깐 쉬었다가 이렇게 덧붙였다. "그럴 때 피리 부는 사나이가 필요했겠지? 음악을 이용해서 쥐떼를 파멸로 이끄는 사나이."

이렇게 영국인들을 모욕하거나 머리카락에서부터 '사랑의 꽃, 그 기막힌 요니*'라는 말랑말랑한 삼각형 지대에 이르기까지 알리의 몸을 낱낱이 설명하는 것 이외에 또 지브릴이 좋아하는 것은 목록을 뽑는 일이었다: 스푸노가 좋아하는 책 열 권은 무엇무엇이냐. 영화, 여배우, 음식 등에 대해서도 물었다. 참차는 지극히 상투적이고 범세계적인 답변을 해주었다. 그가 선택한 영화에는 〈포템킨〉 〈케인〉 〈8½〉** 〈7인의 사무라이〉 〈알파빌〉 〈죽음의 천사〉*** 등이 있었다. 그러나 지브릴은 비웃을 뿐이었다. "자네도 세뇌 당했어. 모조리 서양식 예술영화 나부랭이잖아." 그가 뽑은 10위권 목록은 모두 '국산'이었고 과격적일 정도로 수준이 낮았다. 〈어머니 인디아〉 〈미스터 인디아〉 〈슈리 420〉: 레이도 없고, 므리날 센도 없고, 아라빈단이나 가탁도 없었다.**** 지브릴이 살라딘에게 충고했다. "자네 머리엔 쓰레기만 잔뜩 들었어. 정작 알아야 할 것들은 깡그리 잊어버리고."

그는 점점 더 흥분했고, 숫제 세상을 온통 인기 순위로 채우겠다는 듯이 수다를 떨었고, 걸음걸이는 무섭게 빨랐는데—그날 두 사람이 걸어 다닌 거리는 아마 20마일은 족히 되었으리라—그 모습을 보며 참차는 이제 지브릴을 벼랑 끝으로 내모는 일도 별로 어렵지 않겠다고

---

* 여자의 음부.

** 페데리코 펠리니 감독의 1963년작. 원제 'Otto e Mezzo'.

*** 루이 브뉘엘 감독의 1962년작.

**** 언급된 4인은 모두 인도의 거장 감독들.

생각했다. 나도 사기꾼이 되어버린 모양이야, 미미. 암살자의 기술은 희생자를 가까이 오게 만드는 재간이지. 그래야 칼질하기 쉬우니까. 그때 지브릴이 거만하게 말했다. "배가 고프군. 자네가 좋아하는 10위권 식당 중에서 한 군데로 데려다줘."

택시 안에서 지브릴이 집요하게 캐물었지만 참차는 끝내 목적지를 알려주지 않았다. "프랑스 식당이겠지? 아니면 날생선과 낙지가 나오는 일식집이거나. 맙소사, 내가 왜 자네 취향을 믿어주는지 모르겠단 말씀이야."

그들은 샨다르 카페에 도착했다.

∽

점피는 그곳에 없었다.

그리고 미샬 수피안은 아직 어머니와 화해하지 못한 모양이었다. 미샬과 하니프는 없었고, 아나히타와 그녀의 어머니는 참차에게 따뜻하다고 할 만한 반응을 보여주지 않았다. 반겨 맞는 사람은 하지 수피안뿐이었다. "어서 와, 어서, 이리 앉게나. 얼굴 좋아 보이는구먼." 카페 안은 희한하게 텅 비어 있었고 지브릴이 왔는데도 별다른 소동은 없었다. 참차는 몇 초가 지나서야 겨우 상황을 이해할 수 있었다. 구석 자리에 앉아 시비를 걸고 싶어 안달하는 백인 청년 네 명을 발견했기 때문이다.

젊은 벵골인 웨이터가 (맏딸이 떠나는 바람에 힌드가 새로 고용한 사람이었다) 다가와 주문을 받으며—가지 요리, 시크카바브 쌀밥—골칫덩어리 사인조가 앉아 있는 쪽을 성난 얼굴로 돌아보았다. 살라딘은 그들이 몹시 취했다는 사실을 알았다. 웨이터 아민은 이 술꾼들 못지않게 수피안에게도 화가 난 상태였다. 그가 참차와 지브릴에게 중얼거렸다. "애당초 저놈들을 앉히지 말았어야 했어요. 이젠 제가 시중을 들어야 하잖아요. *사장님*이야 괜찮겠죠. 직접 상대하지 않아도 되니까."

참차와 지브릴의 음식이 나올 때 술꾼들의 음식도 함께 나왔다. 그리고 그들이 요리에 대해 불평하기 시작하면서 실내 분위기는 더욱 험악해졌다. 마침내 그들이 자리에서 일어났다. 그중 우두머리가 외쳤다. "이런 똥무더기는 도저히 못 먹겠다, 개새끼들아." 모랫빛 머리카락, 마르고 창백하고 여드름이 덕지덕지한 얼굴, 자라다 만 듯 왜소한 몸집. "완전 똥맛이라고. 다들 나가 뒈져라, 염병할 개새끼들." 그의 세 친구는 킥킥거리고 욕지거리를 내뱉으며 카페에서 나가버렸다. 그러나 우두머리는 잠시 더 머물렀다. 그가 참차와 지브릴에게 악쓰듯이 소리쳤다. "맛있게들 먹는 중이쇼? 이런 똥무더기를. 집에서도 이런 걸 먹는 모양이지? 개새끼들." 지브릴의 표정은 누가 보아도 분명했다: 그래, 영국인들, 위대한 정복자들이 요 모양 요 꼴로 전락했구나. 그는 대꾸도 하지 않았다. 쥐새끼처럼 생긴 작달막한 녀석이 그들 쪽으로 다가왔다. "염병할, 사람이 뭘 물어보면 대답을 해야 할 거 아냐. 그 염병할 똥무더기를 맛있게들 처먹고 있느냐니까?" 그 순간, 지브릴이 하마터면 한 남자를 죽일 뻔하고도—그것도 겁쟁이처럼 등뒤에서 몰래 다가가 내리쳤으면서도—무사히 넘어간 데 대한 반감 때문이었을까, 살라딘 참차는 자기도 모르게 대답했다. "자네만 없으면 맛있게 먹을 수 있겠는데." 그러자 쥐새끼는 휘청거리며 잠시 그 말을 음미하더니 아주 놀라운 만행을 저질렀다. 숨을 크게 들이마시고 5피트 5인치의 키를 똑바로 일으켜세우더니 곧 상체를 숙이고 음식을 향하여 엄청나게 많은 양의 침을 퉷퉷퉷 격렬하게 뱉어버린 것이다.

집으로 돌아가는 택시 안에서 지브릴이 말했다. "바바, 그런 곳이 10위권에 드는 식당이라면 자네가 덜 좋아하는 식당엔 절대로 데려가지 마."

참차는 이렇게 대답했다. "'미나민, 구트 마그 알칸, 페른 디르스탄.' 이런 뜻이지: '사랑스러운 도련님, 하느님은 배고픔을, 악마는 목마름을 준답니다.' 나보코프."

그러자 지브릴이 투덜거렸다. "또 그 사람이군. 어느 나라 말이 그 따위야?"

"작가가 만들어낸 언어지. 킨보트가 어렸을 때 젬블라인人 유모가 해줬다는 얘기야. 『창백한 불꽃』에서."

"'페른디르스탄'이라. 무슨 나라 이름 같군: 아니면 지옥이거나. 어쨌든 나는 포기했어. 자기가 만들어낸 언어로 쓴 소설을 어떻게 읽어?"

그들은 브릭홀 필즈가 내려다보이는 알리의 아파트에 거의 다 왔다. 참차가 깊은 생각에 잠긴 사람처럼 멍하니 말했다. "극작가 스트린드베리는 두 차례 불행한 결혼을 거쳐 아름답고 유명한 스무 살 여배우 해리엇 보스와 결혼했어. 그녀는 〈꿈〉에서 퍽* 역할을 멋지게 해냈지. 그야말로 '평화의 천사'였어. 젊은이들이 완전히 반해버렸는데, 스트린드베리는 질투심 때문에 반미치광이가 되고 말았어. 남자들이 보지 못하

---

* 셰익스피어의 『한여름 밤의 꿈』에 나오는 장난꾸러기 요정.

도록 그녀를 집안에 가둬놓으려 했지. 해리엇은 여행을 하고 싶어했는데 스트린드베리는 여행안내서를 사다줬어. 클리프 리처드의 노래와 똑같았어: 그녀를 트렁크에 가둬야겠네 / 사내놈들이 / 훔쳐갈 수 없도록."*

파리슈타는 무겁게 고개를 끄덕여 들었다는 표시를 했다. 그는 일종의 백일몽에 빠져 있었다. "그래서 어떻게 됐지?" 목적지에 도착했을 때 그가 물었다. "여자가 떠나버렸지." 참차는 아무렇지도 않게 대답해주었다. "상종할 수 없는 사람이라면서."

지하철에서 내려 집으로 걸어가며 알렐루야 콘은 어머니가 캘리포니아 스탠퍼드에서 보내온 행복에 겨운 편지를 읽었다. 알리차는 왼손으로 쓴 크고 둥글둥글하고 기울어진 글씨체로 이렇게 썼다. '누가 행복이란 결코 얻을 수 없는 것이라고 말하거든 내가 있는 곳을 가르쳐주려무나. 내가 그 생각을 바로잡아줄 테니까. 나는 두 번이나 행복을 찾았단다. 한 번은 너도 알다시피 네 아빠와 함께, 또 한번은 이 고장에 많이 자라는 오렌지와 똑같은 얼굴색을 가진 이 상냥하고 건장한 남자와 함께. 중요한 건 만족감이란다, 알리. 짜릿한 흥분보다 그게 더 낫지. 너도 해보렴. 좋아하게 될 게다.' 이윽고 고개를 들던 알리는 커다란 너도밤나무에 걸터앉은 모리스 윌슨의 유령을 보았는데, 이 무더위에도 평소처럼 모직 옷을 입어—태머섄터, 다이아몬드 무늬의 프링글 저지

* 히트곡 〈살아 있는 인형〉의 가사.

셔츠, 반바지—몹시 답답해 보였다. "지금은 당신을 상대할 시간이 없어요." 그녀가 말하자 그는 어깨를 으쓱거렸다. 얼마든지 기다려주지. 알리의 발이 또 말썽이었다. 그녀는 이를 악물고 계속 걸어갔다.

모리스 윌슨의 유령이 알리의 고통스러운 행진을 굽어보는 바로 그 너도밤나무 뒤에는 살라딘 참차도 숨어 있었는데, 그는 지금껏 알리가 돌아오길 초조하게 기다리던 지브릴 파리슈타가 마침내 아파트 앞문으로 뛰쳐나오는 것을 볼 수 있었다. 충혈된 눈으로 고함을 지르는 것도 보았다. 지브릴의 어깨에는 질투의 마귀들이 앉아 있었고, 그는 버럭버럭 소리치며 예전과 똑같은 말을 되풀이했다: 도대체어디 어떤놈 무슨짓 감히누구를속이려고 어떻게그런 잡년잡년잡년. 점피가 (부재중이었으므로) 실패했던 일에 스트린드베리는 거뜬히 성공한 모양이다.

윗가지에 앉아 있던 구경꾼이 스르르 사라졌다. 또 한 명의 구경꾼도 흡족한 듯 고개를 끄덕이더니 넓게 팔 벌린 나무들이 그늘을 드리운 가로숫길을 따라 멀어져갔다.

∽

전화가 걸려오기 시작했다. 처음에는 런던 집으로, 나중에는 멀리 떨어진 덤프리스 앤드 갤러웨이*로도 연락이 왔는데, 더러 알리도 받고 지브릴도 받는 이런 전화는 그리 잦은 편이 아니었다. 그렇다고 드물다고 말할 수도 없었다. 터무니없을 정도로 많은 목소리가 들려오지도 않

* 스코틀랜드 남부의 한 주.

았다. 그러나 적은 수도 아니었다. 흔히 전화망을 어지럽히는—가령 거친 숨소리만 내뱉는다든지—다른 자들처럼 짧은 통화로 끝내지도 않았지만, 몰래 엿듣던 경찰이 발신지를 추적해 알아낼 만큼 오래 끌지도 않았다. 그리고 이 불쾌한 사건은 그다지 오래 가지 않았으나—고작 삼 주 반이었고 그뒤로 다시는 그런 전화가 오지 않았다—꼭 필요한 만큼의 기간 동안은 계속되었다는 점도 여기서 언급하는 것이 좋겠다: 다시 말해서, 이 사건 때문에 지브릴 파리슈타가 일찍이 살라딘에게 했던 짓을—즉 '용서할 수 없는 일'을—알리 콘에게도 저지를 때까지였다.

알리도, 지브릴도, 심지어 그들이 끌어들인 감청 전문가들마저 그 전화가 모두 한 사람의 소행임을 눈치채지 못했다는 사실도 밝혀야겠다. 그러나 한때 '천의 목소리를 가진 사나이'로 명성이 높았던(다소 제한된 분야의 사람들에게만 알려지긴 했지만) 살라딘 참차에게 이런 속임수쯤은 식은 죽 먹기였고 특별한 노력이나 위험이 따르는 일도 아니었다. 그는 (천 개 하고도 한 개의 목소리 중) 겨우 서른아홉 가지를 골라 사용했을 뿐이었다.

알리가 전화를 받으면 모르는 남자들이 그녀에게 은밀한 비밀을 속삭였는데, 어찌된 영문인지 만난 적도 없는 이 사내들이 그녀의 가장 깊은 속살까지 샅샅이 아는 듯했고, 이 얼굴 없는 사내들은 사랑의 무수한 형태 중에서도 그녀가 가장 좋아하는 방식을 몸소 체험한 듯한 증거를 보여주었다. 게다가 전화를 추적하려는 시도가 시작되면서부터 그녀의 굴욕감은 더욱 커졌으니, 이제는 그냥 수화기를 내려놓지도 못하고 고스란히 들어줄 수밖에 없었고, 얼굴은 뜨겁게 달아오르고 등

줄기는 싸늘하게 식어버리는 상황에서도 오히려 통화를 더 오래 끌려고 (아무 소용도 없었지만) 노력해야 했다.

지브릴도 적잖은 목소리를 들었다: '에베레스트를 정복했다'고 자랑하는 바이런풍의 고상한 귀족, 빈정거리는 부랑자, 훈계와 거짓 연민을 섞어가며 짐짓 친한 체하는 반들반들한 목소리, 충고 한 마디 할까, 자네는 얼마나 멍청하길래, 그 여자가 어떤 년인지 아직도, 바지만 입었다 하면 아무한테나, 이 불쌍하고 멍청한 놈아, 친구로서 해주는 말이니 귀담아들으라고. 그러나 그 가운데서도 돋보이는 목소리가 있었으니, 사뭇 감정이 풍부한 시인의 목소리였는데, 그것은 지브릴이 가장 먼저 들었던 목소리 중 하나였으며 또한 그의 가슴속에 가장 깊이 파고든 목소리였다. 언제나 운문으로 말하는 그 목소리는 매번 시시껄렁한 시를 읊조리곤 했는데, 그 속에는 순박함을 넘어 천진성까지 깃들었으므로 마치 수음을 즐기듯 추잡하기 짝이 없는 다른 자들과는 크게 대조적이었고, 그래서 지브릴은 머지않아 이 목소리야말로 가장 교활하고 위험한 상대라고 생각하게 되었다.

나는 커피도 좋아하네, 홍차도 좋아하네,
그대가 내게 해주는 일도 모조리 좋아하네.

그녀에게 전해라. 목소리가 점점 멀어지더니 곧 끊어졌다. 또 어떤 날은 이런 시를 내놓았다:

나는 버터도 좋아하네, 토스트도 좋아하네,

그러나 바로 그대를 가장 깊이 사랑하네.

이 말도 좀 전해라, 수고스럽겠지만. 지브릴은 여기에 뭔가 악마적인 요소가 있다고 판단했다. 카드에 찍힌 문구처럼 유치한 시에 퇴폐적인 내용을 실어 보내다니, 뭔가 몹시 부도덕한 요소가 있다.

장밋빛 사과, 레몬 파이,
내 사랑의 이름을 불러보리니.

아알…… 레엘…… 루우…… 지브릴은 불쾌감과 두려움에 사로잡혀 수화기를 쾅 내려놓았다. 그로부터 한동안은 이 엉터리 시인의 전화가 걸려오지 않았다. 그러나 지브릴은 그 목소리가 다시 들려올까봐 두려워하면서도 한편으로는 기다리기 시작했는데, 어쩌면 의식의 밑바닥에서는 이 지긋지긋하고 어린애 같은 악의 존재가 자신을 완전히 끝장내고야 말 것을 이미 예감했는지도 모른다.

그러나, 오, 이 얼마나 손쉬운 노릇이더냐! 한없이 유연하고 나긋나긋한 성대, 그것이 인형을 조종하는 끈이었다니, 그 속에 편안하게 악이 깃들었다니! 전화선을 타고 하늘 높이 솟구친 악은 맨발의 곡예사처럼 균형을 잡으며 자신만만하게 희생자 앞에 나타나고, 흠잡을 데 없는 양복을 떨쳐입은 잘생긴 사내처럼 제 능력을 조금도 의심하지 않는다! 그리고 시기도 신중하게 골라가며 각각의 목소리를 내보내는데, 다만 최후의 일격을 가할 목소리는 아껴두고—왜냐하면 살라딘도 시시껄렁한 시의 각별한 효과를 알아차렸으므로—그 밖에 굵직한 목소리, 깩깩거리는 목소리, 느릿느릿하거나 빠른 목소리, 구슬프거나 쾌활한 목소리, 몹시 공격적이거나 소심한 목소리 등을 능숙하게 구사한다. 이 목소리들은 차례차례 지브릴의 귓속으로 파고들며 현실 세계와의 결속을 점점 약화시켰고, 거짓이 가득한 거미줄 속으로 조금씩조금씩 끌어들였고, 그리하여 얇고 끈적끈적한 막을 입히듯 현실의 여자에게 음탕한 여자, 날조된 여자를 조금씩조금씩 덮어씌웠고, 지브릴은 한사코 아니라고 부인하면서도 차츰 그녀에게서 멀어져갔고, 그러다가 마침내 그를 미치게 만드는 악마의 시가 다시 등장하고야 말았다.

∽

장미는 빨갛고 제비꽃은 파랗지만
설탕도 그대만큼 달콤하진 않으리라.

전달해. 변함없이 천진난만한 그는 지브릴의 꼿꼿해진 뱃속에 엄청난 불안을 심어주었다. 이때부터는 시가 한꺼번에 쏟아졌다. 때로는 학교 운동장에서 들리는 노래처럼 외설적이었다:

워털루에 나갈 때
입지 않네 아냐 입어

레스터 스퀘어에 나갈 때
그녀는 속옷을 안 입는다네.

그리고 한두 번은 응원가 같은 리듬이었다.

니커내커, 파이어크래커,
시스! 붐! 바!
알렐루야! 알렐루야!
라! 라! 라!

마지막으로, 그들이 런던으로 돌아왔을 때, 그리고 때마침 알리가 하운즐로에서 열리는 냉동식품점 개업식에 참석하느라 집을 비웠을 때, 마지막 시가 들려왔다.

제비꽃은 파랗고 장미는 빨갛지만
지금 그녀는 내 침대에 함께 있단다.

잘 있어라, 얼간아.

발신음.

알렐루야 콘이 돌아와보니 지브릴은 이미 떠나고 없었다. 난장판이 되어버린 아파트의 적막 속에서 그녀는 이번만은 절대로 지브릴을 다시 받아주지 않겠다고 결심했다: 제아무리 가엾은 꼴이 되어 돌아와도, 슬금슬금 기어와서 온갖 감언이설을 늘어놓아도, 싹싹 빌며 용서와 사랑을 애걸해도. 왜냐하면 지브릴은 나가기 전에 그녀에게 무시무시한 보복을 가했는데, 이는 그녀가 지금껏 모아두었던 히말라야 대용품을 모조리 망가뜨린 일이었으니, 냉동실에 있던 얼음 에베레스트도 녹여버렸고, 침대 위에 낙하산 천으로 만들어놓은 봉우리도 끌어내려 갈기갈기 찢어버렸고, 초몰룽마를 정복한 기념으로 셰르파 펨바가 깎아준 소중한 조각품, 기념과 더불어 경고의 뜻도 담은 그 선물마저 (소화기와 함께 벽장 속에 보관해둔 작은 도끼를 사용하여) 산산조각으로 부숴버렸다. 알리 비비에게. 우리 운좋았어요. 두 번 할 짓 아니에요.

그녀는 새시창을 드르륵 열어젖히고 저 아래 펼쳐진 죄 없는 필즈를 향해 저주를 퍼부었다. "천천히 죽어가라! 그리고 지옥에서 지글지글 타란 말이야!"

그리고 엉엉 울며 살라딘 참차에게 전화를 걸어 이 비보를 전했다.

∽

존 마슬라마 씨는 핫 왁스 나이트클럽, 같은 이름의 음반 체인, 그리고 런던 전역에서 가장 훌륭한 나팔을—클라리넷, 색소폰, 트롬본 등등—구할 수 있는 전설적인 상점 '페어 윈즈'의 주인으로서 몹시 바쁜 사람이었고, 따라서 그날 하느님의 대천사가 고귀한 이마에 천둥과 번개를 월계관처럼 두르고 나팔 가게로 들어왔을 때 마침 그가 그곳에 있었다는 사실은 정말 기막힌 우연이었고, 앞으로 그는 언제나 이를 하느님의 섭리였다고 믿을 터였다. 실리적인 사업가인 마슬라마 씨는 그때까지 자기가 과외 활동으로 저 돌아온 천상의 존재, 거의 신 같은 존재의 으뜸 전령으로 일한다는 사실을 지금껏 직원들에게 숨겼는데, 자신의 가게 유리창에 포스터를 붙일 때도 반드시 보는 사람이 아무도 없는 시간을 선택했고, 영광의 주님이 곧 오신다는 소식을 널리 알리려고 적잖은 사재를 들여 신문이나 잡지에 호화판 광고를 의뢰할 때도 한사코 서명을 생략했다. 밸런스 광고회사의 홍보 담당 자회사를 통해 보도 자료를 배포하면서도 자신의 신원에 대해서는 철저히 비밀로 해달라고 당부했다. 이런 자료에는—플리트 스트리트*의 칼럼니스트들에게 한동안 흥겨운 화젯거리를 제공해준—사뭇 신비스러운 말이 적혔는데, '우리 고객은 앞에서 밝힌 거룩한 사건을 직접 목격했음을 증언합니다. 지금 이 순간에도 지브릴이 우리 곁에 계십니다. 런던 도심 어딘가에—아마도 캠던, 브릭홀, 타워 햄리츠, 혹은 해크니에—계시는데 머지않아, 어쩌면 며칠 또는 몇 주 이내에 모습을 드러내실 듯합니다.'—그러나 페어 윈즈 상점에서 근무하는 키 크고 활기 없는 세 명의 남자 점원에게는(마슬라마는 이곳에 여직원을 채용하지 않았는데, '여자에게는 나팔**을 믿고 맡길 수 없다는 것이 나의 좌우명'이라고 즐겨 말했다) 모두 알쏭달쏭한 소리였다. 그러므로 어느 날 이 콧대 높은 주인 나리의 성품이 돌변했을 때 점원들은 눈을 의심할 수밖에 없었다.

---

* 런던의 언론 중심지.

** horn. 뿔 또는 발기한 음경을 뜻하기도 한다.

면도도 하지 않은 어느 미치광이 같은 사내가 나타나자마자 마슬라마는 마치 전능하신 하느님이라도 뵈온 듯이 부리나케 달려갔는데—투톤 컬러 에나멜 구두, 아르마니 양복, 로버트 드니로처럼 기름칠한 머리, 짙은 눈썹, 어느 모로 보나 마슬라마는 결코 남에게 굽실거릴 사람이 아닌데, 보라고, 지금 이 순간 그런 짓을 하고 있으니, 아예 배를 깔고 엎드리다시피 하며, 점원들을 밀치며, 이 손님은 내가 모시겠네, 머리를 조아리고, 연신 뒷걸음질을 치고, 도대체 이게 있을 수 있는 일이야?——아무튼 낯선 사내는 셔츠 속에 두툼한 전대를 찼는데, 그 속에서 고액권 지폐를 뭉텅뭉텅 꺼내며 높은 선반에 놓인 트럼펫 하나를 척 가리켰고, 저걸로 주시오, 아무렇지도 않게, 거의 쳐다보지도 않고, 그러자 마슬라마 씨는 잽싸게 사다리를 올라가면서, 내가꺼낼게내가꺼낸다니까, 그러더니, 이거야말로 무엇보다 놀라운 부분인데, 한사코 돈을 안 받으려 하다니, 맙소사, 마슬라마가 저럴 수가!, 아뇨 아닙니다 그냥 드리는 겁니다, 그렇지만 낯선 사내는 막무가내로 값을 치렀는데, 그것도 마슬라마의 재킷 윗주머니에 지폐 다발을 푹 찔러줬으니, 무슨 호텔 사환에게 하듯이, 아이고, 그 장면을 다들 봤어야 하는 건데, 그리고 마지막으로, 이 손님이 가게 전체를 향해 돌아서더니 목청껏 외치는데: 나는 신의 오른팔이다.—정말 그랬다니까, 못 믿겠지만, 젠장, 심판의 날이 다가왔다나 뭐라나.—그러자 마슬라마는 어찌나 놀랐는지 실제로 무릎을 꿇으며 털썩 주저앉더라고.—그때 낯선 사내가 트럼펫을 머리 위로 번쩍 들며 소리치는데, 이 트럼펫을 아즈라일이라 명명하노라, 최후의 나팔, 죽음의 천사!—그리고 우리는 그냥 우두커니 서 있었는데, 돌처럼 굳어진 채, 정말이라니까, 왜냐하면 젠장, 그 미친놈, 누가 봐도 확실한 정신병자의 뒤통수 어딘가에서 눈부신 광채가 확 퍼지면서, 알아들어?, 머리 둘레가 환하게 빛나더라니까.

후광.

뭐라고 해도 좋아. 그날부터 세 명의 점원은 이야기를 들어주는 사람들에게 몇 번이고 되풀이했다. 뭐라고 해도 좋지만 우리가 정말 봤다니까.

3

우후루 심바 박사, 본명 실베스터 로버츠, 구금 상태에서 재판을 기다리던 그가 사망한 사건에 대하여, 브릭홀 경찰서에서 지역사회와의 교류를 담당하는 스티븐 킨치 경위는 '백만분의 일의 확률'이었다고 표현했다. 심바 박사는 자다가 몹시 끔찍한 악몽을 꾸었는지 날카로운 비명을 질렀고 당직 경관 두 명이 즉각 대응했다. 그들은 황급히 박사의 감방으로 달려갔고, 때마침 이 거대한 남자가 여전히 잠든 채 악몽의 무서운 힘에 밀려 말 그대로 침대 위로 붕 떴다가 바닥으로 곤두박질치는 광경을 목격할 수 있었다. 두 경관은 우지끈하는 요란한 소리도 들었다. 우후루 심바 박사의 목이 부러지는 소리였다. 즉사였다.

고인의 작달막한 어머니 앤트워넷 로버츠는 값싼 검은색 모자와 드레스 차림으로 작은아들의 픽업트럭 화물칸에 우뚝 서 있었는데, 상중에 쓰는 베일을 도전적으로 걷어올린 그녀는 재빨리 킨치 경위의 말꼬리를 낚아채서 불그스름하고 턱이 늘어지고 무기력해 보이는 경위의 얼굴에 도로 내던졌고, 그의 비굴한 표정은 동료 경찰관들이 '검둥개'라든지 심지어 '쪼다' 같은 모욕적인 별명을 붙여준 까닭을 여실히 보여주었으니, 이런 별명은 그가 늘 아무것도 모르는데다—예컨대 지금처럼 유감스러운 상황에서—바보 취급을 당한다는 뜻이었다. 로버츠 부인은 하이 스트리트에 있는 경찰서 앞에 모여든 상당수의 성난 군중에게 연설했다. "여러분도 아셨으면 좋겠어요. 저 사람들은 저렇게 우리 목숨을 가지고 도박을 하고 있어요. 우리 생존 가능성을 놓고 내기를 한다고요. 그렇다면 과연 저들이 우리를 인간으로 존중한다는 뜻일까, 여러분 모두 생각해보셨으면 좋겠어요." 그러자 우후루 심바의 변호사였던 하니프 존슨도 월컷 로버츠의 픽업트럭 위에서 설명을 덧붙였는데, 내용인즉슨, 자신의 고객이 침대에서 떨어져 목숨을 잃었다지만 사실 그 침대는 감방 안의 두 침대 중에서도 아래층이었다는 것, 나라 안의 구치소마다 몹시 붐비는 이 시대에 다른 침대는 비어 있었고 결과적으로 목격자가 경관들뿐이었다는 점은 아무리 좋게 보려 해도 희한한 일이라고 말할 수밖에 없다는 것, 그리고 보호시설에 수감된 흑인 남자가 비명을 지른 까닭은 반드시 악몽 때문으로만 풀이할 일이 아니라는 것. 맺음말에서 하니프는 (나중에 킨치 경위는 '선동적이며 부당한 주장'이라며 일축했지만) 지역사회 담당자의 말과 악명 높은 인종차별주의자 존 킹슬리 리드의 말을 나란히 결부시켜 이야기했다. 리드는 일찍이 어떤 흑인 남자가 죽었다는 소식을 듣고 '한 놈 끝났고 이제 백만 명 남았다'라는 슬로건을 내놓은 자였다. 군중이 웅성거리며 끓어올랐다. 심바의 동생 윌컷이 사람들에게 소리쳤다. "분노하십시오. 아무도 이 울분을 가라앉히지 마십시오. 뜨겁게 분노해야 합니다."

사실상 심바는 언젠가 그가 '무지개 언론, 빨주노초파남보, 다채로운 쓰레기장'이라고 불렀던 언론이 이미 재판하고 유죄선고를 내린 셈이었고, 따라서 백인들 중에는 그의 최후가 그럭저럭 인과응보라고, 살인마 괴물이 천벌을 받았다고 생각하는 사람도 많았다. 그러나 또하나의 법정, 흑인들의 조용한 법정에서 그는 훨씬 더 우호적인 판결을 받았는데, 고인에 대한 이 같은 견해차이는 그가 사망한 후 길거리로 퍼져나갔고, 그칠 줄 모르는 열대성 무더위 속에서 부글부글 발효되었다. '무지개 언론'에는 심바가 카다피와 호메이니와 루이스 패러컨*을 지지했다는 기사가 가득했고, 브릭홀 일대의 길거리에서는 수많은 젊은 남녀가 서서히 타오르는 분노의 불꽃을 지키며 부채질까지 했으니, 어두운 불꽃, 그러나 빛을 가릴 수 있는 불꽃이었다.

그로부터 이틀이 지난 밤, 타워 햄리츠의 채링턴스 양조장 뒤편에서 '할머니 살인마'가 다시 범행을 저질렀다. 이튿날 밤에도 해크니에 있는 빅토리아 파크의 놀이공원 부근에서 한 노파가 살해되었다. 살인마는 이번에도 범행 후 끔찍한 '서명'을 남겼는데, 의식을 치르듯이 피해자의 시신 주위에 내장을 늘어놓았지만 정확한 배치에 대해서는 일반에 공개된 적이 없었다. 그러자 다소 초췌해 보이는 킨치 경위가 텔레비전에 나와 '모방 살인'이라는 터무니없는 주장을 내세웠으니, 이번 살인자는 경찰이 오래도록 감춰왔던 이 트레이드마크를 어떻게 알아

* 미국의 흑인지상주의자.

냈는지 죽은 우후루 심바를 흉내내고 있다는 것이었고, 그 생각이 옳다고 판단한 경찰국장은 예방책으로 브릭홀 일대의 경찰병력을 네 배로 증원했는데, 이렇게 많은 수의 경찰관을 동원하게 되자 수도 런던의 주말 축구 시합을 취소시킬 수밖에 없었다. 그리고 우후루 심바가 살던 동네에서는 점점 긴장이 고조되었다. 하니프 존슨은 경찰의 증원 조치가 '도발적이며 위험한 발상'이라는 설명서를 발표했고, 샨다르와 파갈 카나에는 흑인 및 아시아계 젊은이들이 모여 순찰차를 막겠다고 나섰다. 핫 왁스에서는 벌써부터 진땀을 흘리며 녹아내리던 지역사회 담당자의 인형을 녹여버렸다. 그 와중에도 기온은 무자비하게 올라갔다.

폭력 사건이 빈발하기 시작했다: 공영 주택 단지에서 흑인 가족들이 공격을 당했고, 흑인 어린이들이 하굣길에 시달림을 받았고, 술집에서 싸움이 벌어졌다. 파갈 카나에서는 쥐새끼처럼 생긴 청년과 세 명의 친구가 많은 사람의 음식에 침을 뱉었는데, 그래서 벌어진 난투극 때문에 세 명의 벵골인 웨이터가 폭행죄와 신체적 손상을 입힌 죄로 기소되었다. 그러나 침을 뱉은 사인조는 구속되지 않았다. 경찰 폭력에 대한 소문이 파다했다: 흑인 젊은이들이 아무런 표시도 없는 승용차나 밴으로 재빨리 끌려 들어갔는데, 특별 순찰대 소속의 이런 자동차에서 역시 은밀하게 밖으로 내던져진 젊은이들은 온통 상처투성이였다고 한다. 시크교도, 벵골인, 카리브계 흑인 등의 젊은이로 구성된 자위대가—정치적으로 그들에게 반감을 가진 사람들은 사병 집단이라고 몰아붙였지만—동네 안을 순찰하기 시작했는데, 더러는 걷고 더러는 낡은 포드 조디악이나 코티나를 타고 돌아다니는 이 젊은이들은 '앉아서 당할 수는 없다'는 의지가 확고했다. 하니프 존슨은 동거중인 애인 미샬 수피안에게, 할머니 살인 사건이 한 번만 더 일어나면 도화선에 불이 붙을 것이라고 말했다. "살인마는 자기가 자유의 몸이라고 빼기는 거야. 게다가 심바의 죽음을 비웃고. 사람들이 못 참는 게 바로 그거라고."

계절에 어울리지 않게 눅눅한 어느 날 밤, 이렇게 들끓는 거리에 지브릴 파리슈타가 황금빛 나팔을 불며 나타났다.

토요일이었던 그날 저녁 여덟시, 파멜라 참차는 점피 조시와 함께—그는 파멜라를 혼자 보낼 수 없다고 했다—우스꽝스러울 정도로 음모에 가담한 듯한 기분을 느끼며 유스턴역의 중앙통로 구석에 놓인 포토미Photo-Me 머신 앞에 서 있었다. 여덟시 십오분이 되자 강인해 보이는 젊은 사내가 다가왔는데 그녀가 기억하는 것보다 키가 더 컸다. 파멜라와 점피는 말없이 사내를 따라가 낡아빠진 파란색 픽업트럭에 올라탔고, 이윽고 브릭스턴의 레일턴 로드에 있는 주류 판매점 위층의 작은 아파트에 도착했고, 거기서 월컷 로버츠는 어머니 앤트워넷에게 그들을 소개했다. 세 남자가 더 있었지만—나중에 파멜라는 아이티인들이었을 것이라고 생각했고, 이 생각이 고정 관념 때문임을 스스로도 인지했다—그들에 대해서는 아무런 소개도 없었다. 앤트워넷 로버츠가 명령조로 말했다. "진저 와인 한 잔 들어요. 아기에게도 좋답니다."

월컷이 손님들을 접대한 후, 크고 너덜너덜한 안락의자에 푹 파묻혀 잘 보이지도 않는 로버츠 부인이 (검은 드레스 밑에 성냥개비처럼 가늘고 놀랍도록 창백한 다리가 있었는데, 발목까지 오는 요란한 분홍색 양말과 점잖은 편상화를 신은 발이 바닥에 한참 못 미쳤다) 곧장 본론으로 들어갔다. "이분들은 내 아들의 동료였어요. 알고 보니 그 아이는 하던 일 때문에 살해당했을 가능성이 높다는데, 듣자니 당신도 관심을 가질 만한 문제더군요. 우리는 이제 당신을 통해서 정식 절차를 밟을 때가 됐다고 생각해요." 이때 말없는 세 명의 '아이티인' 중 하나가 파멜라에게 빨간 플라스틱 서류 가방 하나를 건네주었다. 로버츠 부인이 자상하게 설명했다. "그 속에는 런던 시경에 마법사 집회가 만연한다는 폭넓은 증거가 들었어요."

그러자 월컷이 일어섰다. "이젠 가셔야 합니다." 모호한 말투였다. "어서요." 파멜라와 점피는 자리에서 일어났다. 로버츠 부인이 주름진 손으로 손가락 마디를 뚝뚝 꺾으며 어렴풋이, 멍하니 고개를 끄덕였다. "안녕히 계세요." 파멜라는 상투적인 애도의 말도 덧붙였다. 그러나 로버츠 부인이 말을 끊었다. "아가씨, 쓸데없는 소리는 그만둬요. 당신은 마법사들을 잡아주기만 하면 돼요. 아예 심장에 대못을 박아버려요."

월컷 로버츠는 열시쯤 그들을 노팅힐에 내려주었다. 점피는 기침을 심하게 했고 셰퍼턴에서 다친 후 벌써 여러 차례 재발한 두통으로 머리가 아프다고 했지만, 파멜라가 하나뿐인 폭발성 문서가 든 플라스틱 서류 가방을 소지하기가 불안하다고 하자 이번에도 브릭홀 방범 홍보 위원회 사무실까지 동행하겠다고 했다. 파멜라는 그곳에서 이 문서를 복사하여 믿을 만한 친구나 동료들에게 나눠줄 생각이었다. 그리하여 그들은 열시 십오분에 파멜라의 애마 MG를 타고 시내를 지나 동쪽으로, 즉 다가오는 폭풍 쪽으로 향했다. 낡은 파란색 메르세데스 승합차 한 대가 그들을 따라왔는데, 이 차는 아까 월컷의 픽업트럭도 따라왔지만 아무도 알아차리지 못했다.

그로부터 십오 분 전, 젊고 덩치 큰 일곱 명의 시크교도로 구성된 순찰대가 복스홀 캐벌리어 한 대에 억지로 끼어 타고 남부 브릭홀의 운하를 가로지르는 말라야 크레센트 다리를 건너갈 때였다. 그들은 다리 아래 예선길에서 들려오는 비명소리를 듣고 서둘러 현장으로 달려갔는데, 키도 체격도 보통이고 담갈색 눈동자가 금발머리로 뒤덮인 평범한 백인 남자가 수술용 칼을 손에 쥔 채 벌떡 일어나 재빨리 도망쳤다. 그 자리에는 한 노파의 시신이 있었고 그녀의 파란 가발이 운하에 떨어져 해파리처럼 떠다녔다. 젊은 시크교도들은 도망치는 남자를 손쉽게 따라잡아 제압했다.

오후 열한시경에는 살인마가 붙잡혔다는 소식이 구내 곳곳으로 퍼져나갔는데 수많은 풍문이 따라붙었다: 경찰이 이 정신병자를 기소하길 꺼렸다느니, 오히려 순찰대원들이 억류되어 심문을 받았다느니, 은폐 공작이 진행중이라느니. 길모퉁이마다 군중이 모여들고, 술집들이 문을 닫으면서 여기저기서 싸움판이 벌어졌다. 재산 피해도 없지 않았다: 자동차 세 대의 유리창이 박살나고, 비디오 가게 하나가 털리고, 벽돌 몇 개가 날아다녔다. 바로 이 시점에, 그러니까 토요일 밤 열한시 삼십분경, 클럽이나 댄스홀 등에서 한창 흥분과 긴장이 고조된 사람들이 쏟아져나오기 시작할 무렵, 이 지역의 경찰서장은 상급자들과 의논한 후 중부 브릭홀 일대에 폭동 상황이 벌어졌다고 발표하며 이 '폭도'에게 런던시경의 경찰력을 총동원했다.

그리고 살라딘 참차가 브릭홀 필즈가 내려다보이는 알리 콘의 아파트에서 그녀와 식사를 하며 표정을 관리하고 마음에도 없는 위로의 말을 중얼거리다가 어둠 속으로 빠져나온 것도 바로 그 시점이었는데, 이때 그는 철모를 쓰고 플라스틱 방패를 든 남자들이 거북이 대형*을 이룬 채 규칙적이고 냉혹한 구보를 계속하며 필즈를 가로질러 자기 쪽으로 다가오는 것을 발견했고, 머리 위에 메뚜기떼처럼 몰려든 거대한 헬리콥터들이 퍼붓는 소나기 같은 빛줄기도 목격했고, 전진해오는 물대포들도 보았고, 그 순간 도저히 억누를 수 없는 원초적인 본능에 순종하여 재빨리 꼬리를 말고 도망쳤는데 방향을 잘못 잡았다는 사실도 모른 채 그저 샨다르를 향해 전속력으로 달려갔다.

~

클럽 핫 왁스를 겨냥한 공격이 막 시작되려 할 때 아슬아슬하게 텔레비전 카메라가 도착한다.

다음은 어느 텔레비전 카메라에 잡힌 장면이다: 카메라는 인간의 눈처럼 우수하지 않으므로 야간에는 클리그등**이 비춰주는 부분만 볼 수 있다. 헬리콥터 한 대가 나이트클럽 상공을 떠다니며 긴 황금빛 오줌 줄기 같은 빛을 쏟아낸다. 카메라도 이 영상을 이해한다. 국가기관이 적들을 압박하는 중이다.—이제 하늘에도 카메라가 떠 있다. 어딘

* 고대 로마에서 방패를 머리 위로 들어 방어를 겸하는 공격 대형.

** 촬영용 아크등.

가에서 뉴스 편집장이 항공 촬영 비용을 승인했고 뉴스 촬영팀이 헬리콥터를 타고 하향사격을 한다. 이 헬리콥터를 쫓아내려는 시도는 없다. 회전날개의 소음이 군중의 소음을 잠재운다. 이 점에서도 촬영 장비는 (적어도 이번 경우에는) 인간의 귀보다 덜 예민하다.

—컷.—조명등 불빛 속에서 한 남자가 마이크를 들고 빠르게 지껄인다. 그의 등뒤에서 그림자들이 어지럽게 난무한다. 그러나 기자와 무질서한 그림자들 사이에는 장벽이 버티고 있다: 진압용 철모를 쓰고 방패를 든 사람들이다. 기자는 엄숙하게 말을 잇는다. 화염병 플라스틱탄* 경찰측피해 물대포 약탈행위. 물론 사실만 보도한다. 그러나 카메라는 기자가 말하지 않는 부분까지 보여준다. 카메라는 쉽게 망가지거나 빼앗길 수 있는 물건이다. 취약하기에 까다로울 수밖에 없다. 카메라는 법과, 질서를, 경찰의 보호를 요구한다. 그러므로 자신을 지키기 위해서는 방어벽 뒤에서, 멀리서, 물론 위쪽에서 그림자들의 땅을 관찰한다: 다시 말해서 자기편을 선택한다.

—컷.—조명등이 새로운 얼굴을 비춘다. 턱살이 축 늘어지고 상기된 이 얼굴에도 이름이 있다: 그의 웃옷에 자막이 찍힌다. '스티븐 킨치 경위.' 카메라는 그의 실체를 알아차린다: 불가능한 일을 맡은 선량한 남자. 자식을 가진 아버지, 술 좋아하는 남자. 그가 말한다: 무법천지는-용납할-수-없습니다 경찰관들에게-더-좋은-보호장비가-필요합니다 진압용-플라스틱-방패가-불타는-장면을-보십시오. 그는 조직범죄에 대해, 정치 선동가들에 대해, 폭발물 공장에 대해, 마약에 대해

* 폭도 진압용 총탄.

발언한다. “저기 있는 일부 아이들이 불만을 품은 점은 우리도 이해합니다. 그렇지만 우리가 이 사회 대신 매를 맞아서는 안 됩니다.” 말없이 참을성 있게 지켜보고 있는 카메라 렌즈와 불빛 때문에 그는 더욱 대담해져 한 걸음 더 나아간다. 저 아이들은 자기들이 얼마나 운이 좋은지를 모른다고 그는 말한다. 가족과 친지의 의견을 귀담아들어야 한다. 아프리카, 아시아, 카리브해: 진짜 문제는 그런 곳에 있다. 그런 곳에 사는 사람들의 불만은 충분히 이해할 만하다. 그러나 이 나라의 상황은 그리 나쁘지 않다. 이곳에는 학살도 없고 고문도 없고 군부 쿠데타도 없다. 자기들이 가진 것을 잃어버리기 전에 소중히 여길 줄 알아야 한다. 우리 나라는 예로부터 평화로운 땅이었다. 우리는 근면한 섬나라 백성이었다.—카메라는 그의 등뒤로 지나가는 들것과 구급차와 고통을 본다.—카메라는 클럽 핫 왁스의 뱃속에서 끌려나오는 사람 모양의 형상들을 보고 권력자들을 묘사한 인형이라는 사실을 깨닫는다. 킨치 경위가 설명해준다. 저기서는 저런 인형을 오븐에 넣어 태워버립니다. 재미삼아 그런다지만 제가 보기엔 별로 재미있을 것 같지 않네요.—카메라는 혐오감을 품은 채 밀랍 인형들을 살펴본다.—뭔가 주술적인 요소, 식인 풍습 같은 요소, 어쩐지 불건전한 냄새가 풍기지 않나? 혹시 흑마술을 실행했을까?—카메라는 깨진 창문들을 바라본다. 그리고 중경中景에서 불타는 무언가를 보는데: 자동차, 상점. 카메라는 무엇을 얻기 위한 일인지 이해하지도 못하고 설명하지도 못한다. 저들은 자기들의 거리를 스스로 불태운다.

—컷.—여기 환하게 불을 밝힌 비디오 가게가 있다. 진열창 안에는 텔레비전 몇 대를 여전히 켜놓았다. 자기도취증이 심한 카메라는 이 텔

레비전을 바라보다가 순간적으로 무수히 반복되며 점점 작아져 마침내 점으로 사라져가는 텔레비전 행렬을 보여준다.—컷.—여기에는 불빛을 받는 누군가의 심각한 머리가 있다: 스튜디오 토론. 머리는 '무법자들'에 대하여 이야기한다. 빌리 더 키드, 네드 켈리: 그들은 부정적인 동시에 긍정적인 인물이기도 했다. 그러나 영웅적인 면모를 갖추지 못한 오늘날의 살인마들은 상처받고 병든 자들일 뿐, 아무런 개성도 없고, 다만 그들의 범죄는 절차와 방법론을 중요시한다는 특징이 있는데—제의적이라고 해도 좋겠다—동기는 아마도 보잘것없는 존재가 잠시나마 오합지중을 벗어나 스타가 되고 싶다는 욕망이리라.—혹은 변형된 자살 충동, 즉 사랑하는 사람을 죽임으로써 자신을 파괴하려는 욕구일지도 모른다.—어느 질문자가 묻는다. 할머니 살인마는 어느 쪽입니까? 잭*은요?—머리는 이렇게 주장한다: 진정한 무법자는 영웅의 어두운 그림자입니다.—그러자 사뭇 도전적인 질문이 들어온다. 저 폭도가 그렇다는 뜻입니까? 저들을 너무 미화하고 '정당화'하시는 거 아닙니까?—머리는 고개를 가로저으며 현대 젊은이들의 물질만능주의를 개탄한다. 이 머리가 말하고자 하는 것은 비디오 가게를 약탈하는 따위의 행동이 아니다.—그렇다면 옛 사람들의 경우는 어떻습니까? 부치 캐시디, 제임스 형제, 캡틴 문라이트, 켈리 패거리.** 모두 강도짓을 하지 않았습니까? 은행을 털었죠.—컷.—그날 밤, 카메라는 가게 진열창 앞에 다시 나타나

* 1888년 런던에서 창녀들을 토막 살해한 '살인마 잭(Jack the Ripper)'을 가리킨다.

** 각각 1890년대 미국 및 남미 일대를 휩쓸던 유명한 강도, 1870년대 미국 서부의 악명 높은 강도 제시 제임스와 프랭크 제임스, 19세기 아일랜드에서 영국인의 농장을 강탈하고 불태우던 무리, 1870년대 오스트레일리아에서 네드 켈리가 이끈 무장 강도단을 지칭한다.

리라. 그러나 그때 저 텔레비전은 모두 사라지고 없으리라.

—카메라는 공중에서 클럽 핫 왁스의 출입구를 지켜본다. 경찰이 밀랍 인형을 모두 꺼내고 이제 진짜 인간들을 끌어내는 중이다. 카메라는 검거된 사람들을 가까이 잡는다: 키가 큰 백변종 남자, 아르마니 양복을 입고 드니로의 어두운 그림자처럼 보이는 남자, 나이 어린—몇 살쯤?—열넷, 열다섯?—소녀, 그리고 스무 살 가량의 시무룩한 청년. 그들의 이름은 자막에 없다. 카메라가 모르는 얼굴들이니까. 그러나 차츰 여러 사실들이 드러난다. 클럽 디제이 소성커 램, 일명 '핑크왈라'와 클럽 주인 존 마슬라마 씨는 대규모 마약 사업을 운영한 혐의로—크랙, 브라운 슈거,* 하시시, 코카인 등등—기소될 예정이다. 그들과 함께 체포된 청년은 근처에 있는 마슬라마의 악기점 '페어 윈즈'의 점원인데, 물량은 명시되지 않았지만 청년이 소유자로 등록된 승합차에서 '중독성 마약'이 나오고 '장물' 비디오카메라도 상당수 발견된다. 소녀의 이름은 아나히타 수피안으로, 미성년자인데도 술을 많이 마셨을 뿐 아니라 체포된 세 남자 중 적어도 한 명 이상과 성관계를 가졌으리라는 추측까지 제기된다. 그리고 그녀가 종종 학교를 무단결석하고 이미 알려진 범죄자들과 어울렸다는 사실도 보도된다: 명백한 문제아다.—이 같은 토막 기사는 사건이 일어나고 수 시간이 지나서야 비로소 어느 기자가 조명을 받으며 전국에 알리겠지만, 길거리에는 이미 그 소식이 순식간에 퍼져나간다: 핑크왈라를!—그리고 왁스를: 놈들이 거길 부숴버렸대—아주 개박살을 내버렸대!—이젠 전쟁이다.

---

* '크랙'은 코카인을 정제한 환각제, '브라운 슈거'는 동남아시아산 저질 헤로인.

그러나 이런 일은—그 밖에도 많은 일들이 있겠지만—카메라가 볼 수 없는 곳에서 일어난다.

지브릴은:

꿈속을 거닐듯이 나아간다. 왜냐하면, 아즈라일이라는 이름의 트럼펫을 외투 주머니에 안전하게 간직한 채 벌써 며칠째 먹지도 자지도 않고 시내를 헤매고 다녔으므로 더는 꿈과 생시를 분간하지 못하기 때문이다.—지브릴은 이제 무소부재라는 말이 무슨 뜻인지 어렴풋하게나마 이해하는데, 그는 지금 한꺼번에 여러 이야기 속을 통과하는 중이기 때문이다. 그중에는 알렐루야 콘에게 배신당하고 슬퍼하는 지브릴도 있고, 허공에 떠올라 어느 예언자의 임종을 내려다보는 지브릴도 있고, 바다로 가는 순례 행렬을 몰래 지켜보며 모습을 드러낼 순간을 기다리는 지브릴도 있고, 자신을 점점 더 가까이 끌어당겨 최후의 포옹을 향해 유인하는 적의 의지를 날이 갈수록 점점 더 강하게 느끼는 지브릴도 있다: 교활하고 기만적인 적, 친구의 얼굴을 가진 적, 자신을 안심시켜 경계를 늦추게 하려고 가장 진실한 친구인 살라딘의 탈을 뒤집어쓴 적. 그리고 런던 거리를 걸으며 신의 뜻을 이해하려 애쓰는 지브릴도 있다.

신의 분노를 대행해야 할까?

아니면 신의 사랑을?

앙갚음이냐 용서냐? 죽음의 트럼펫을 이대로 주머니에 꽂아둬야 할까, 아니면 꺼내서 불어야 할까?

(나는 아무 지시도 내리지 않는다. 나도 그의 선택에 관심이 많다. 이 레슬링 시합의 결과가 자못 궁금하다. 성격 대 운명: 자유형 대결이다. 폴* 두 번, 항복 두 번, 아니면 녹아웃 한 번으로 결판이 나리라.)

그는 수많은 이야기 속에서 악전고투하며 나아간다.

때로는 못 견디게 그녀가 그립다. 알렐루야, 이름만 떠올려도 행복해진다. 그러나 곧 불쾌한 시가 기억나서 생각을 돌린다. 주머니 속의 나팔이 빨리 불어달라고 요구한다. 그러나 그는 자제한다. 아직은 때가 아니다. 그는 실마리를 찾으며—무엇을 해야 할까?—도시의 길거리를 배회한다.

그러다가 어디선가 저녁이 스며든 창문 너머로 텔레비전을 본다. 화면에는 한 여자의 머리가, 유명한 '뉴스 앵커'가 똑같이 유명하고 눈빛이 반짝거리는 아일랜드인 '사회자'의 질문을 받는다.—앵커님이 상상하는 최악의 상황은 어떤 거죠?—아, 제 생각엔, 그건 아마, 글쎄요, 아, 맞다: 크리스마스이브에 혼자 있는 거요. 그때는 정말 자신을 직시할 수밖에 없으니까, 무정한 거울을 들여다보며 이 정도가 고작일까 자문해보게 되니까요.—지브릴은 날짜도 모르는 채 다시 홀로 걸음을 옮긴다. 거울에 비친 적도 같은 속도로 다가오며 두 팔을 벌리고 손짓한다.

도시가 메시지를 보낸다. 바로 여기가 삼 세기 전에 건너온 네덜란드계 국왕**이 눌러 살기로 마음먹은 곳이다. 그 시절 이곳은 읍내에서

---

* 레슬링에서 선수의 양어깨가 매트에 닿는 일.

멀리 떨어져 잉글랜드의 푸른 들판에 자리잡은 작은 마을이었다. 그러나 국왕이 들어와 살기 시작하면서 들판에 런던의 여러 광장이 생겨났고 신하들이 거처할 수 있도록 네덜란드식 총안을 설치한 붉은 벽돌 건물들이 하늘 높이 치솟았다. 이주자라고 무력하진 않아, 하고 여전히 건재한 건물들이 속삭인다. 어떤 이주자들은 낯선 땅에 자기들이 원하는 것을 세우고, 새로 찾은 토양에 새로운 상상력을 발휘하여 일관성을 부여한다. 그러나 조심하라, 하고 도시가 경고한다. 때로는 일관성을 벗어나는 일도 생긴다. 윌리엄 3세는 스스로 선택한—그리고 문명화한—이 땅의 공원에서 말을 타다가 심술궂은 땅바닥에 호되게 떨어지는 바람에 고귀한 목이 똑 부러지고 말았다.

어떤 날은 걸어 다니는 시체들에게 둘러싸인다. 망자들로 이루어진 거대한 군중, 하나같이 자기가 이미 죽었다는 사실을 인정하지 않고 한사코 산 사람처럼 행동하는 이 반항적인 시체들은 여전히 장을 보고 버스를 타고 시시덕거리고 집으로 돌아가 사랑을 나누고 담배를 피운다. 하지만 너희는 이미 죽었어! 지브릴이 소리친다. 좀비들아, 무덤 속으로 들어가라. 그러나 그들은 지브릴을 무시하거나 웃거나 당황하거나 주먹으로 위협할 뿐이다. 그는 입을 다물고 걸음을 재촉한다.

도시는 점점 희미하고 불확실한 모습으로 변해간다. 이 세계는 이제 묘사하기조차 불가능하다. 순례 행렬과 예언자와 적이 하나로 합쳐지며 안개 속으로 사라졌다가 다시 나타난다. 그녀도 마찬가지: 알리, 알라트. 그녀는 고귀한 여신이니, 크나큰 욕망을 품을 만하도다. 그는 이제야

** 네덜란드 총독(1672~1702)이자 영국 국왕 윌리엄 3세(1689~1702). 아내 메리 2세와 함께 영국 왕위에 올랐고, 메리 2세가 사망한 후 단독으로 왕권을 행사했다.

기억한다: 오래전에 그녀가 점피의 시에 대해 말해주었다. 점피는 시집을 만들려고 해. 책을. 손가락 빠는 예술가, 그리고 그놈의 터무니없는 발상. 그때 점피는 알리에게, 책이란 악마와의 거래에서 생기는 산물인데 이 경우에는 파우스트의 계약을 거꾸로 뒤집은 것이라고 말했다. 파우스투스 박사는 이십 년 동안의 권능을 위해 영생을 포기했다. 반면에 글쟁이는 자신의 삶이 망가지는 데 동의함으로써 영생까지는 아니더라도 후대까지 살아남는다(물론 운이 좋다면). 어느 쪽이든 간에 결국 악마가 승리한다(점피는 그렇게 생각했다).

시인은 뭘 쓰지? 시. 지브릴의 머릿속에서 시끄럽게 복닥거리는 것은 뭐지? 시. 그의 가슴을 찢어놓은 것은? 시, 또 시.

외투 주머니에서 트럼펫 아즈라일이 소리친다: 나를 꺼내줘! 그래그래 그래: 나 트럼펫 맞아. 모조리 날려버려, 이따위 너절한 세상: 볼따구니를 부풀렸다가 빰빠라밤 불어제치기만 하면 돼. 어서, 한바탕 놀아보자고.

이 얼마나 무더운 날이냐: 후덥지근하고 답답해서 견딜 수 없다. 이곳은 진짜 런던이 아니다: 가짜 도시일 뿐이다. 1번 활주로.* 마하고니, 알파빌. 그는 언어의 혼란 속에서 방황한다. 바벨Babel: 아시리아어 '바빌루babilu'의 축약형. '신의 문.' 바빌런던Babylondon.

여기가 어디지?

—그렇구나.—어느 날 밤, 그는 산업혁명의 대성당, 즉 북부 런던의 철도 종착역 뒤편에서 정처 없이 돌아다닌다. 이름 모를 왕의 십자가,**

---

* Airstrip One. 조지 오웰의 소설 『1984』에서 영국을 가리키는 명칭.

** 킹스크로스역.

박쥐처럼 위협적으로 생긴 세인트 팬크러스 역의 시계탑, 거대한 강철 허파처럼 팽창과 수축을 반복하는 빨갛고 까만 가스탱크들. 옛날 부디카 왕비*가 전투중 쓰러졌던 이곳에서 지브릴 파리슈타는 자신과 싸운다.

굿즈웨이**:—그런데 오, 문간이나 텅스텐 가로등 밑에서 빈둥거리는 저 먹음직스러운 상품, 저 길에서 맛볼 수 있는 진수성찬!—흔들거리는 핸드백, 은색 스커트, 망사 스타킹, 외쳐 부르는 소리: 이 상품들은 어릴 뿐 아니라 (평균연령 십삼 세에서 십오 세 사이) 저렴하다. 그들의 과거는 짤막하고 한결같다: 모두 어딘가에 아기를 숨겨놓았고, 모두 엄격하고 성난 부모가 집에서 쫓아냈고, 그중에 백인은 한 명도 없다. 칼을 지닌 포주들이 수입의 구십 퍼센트를 빼앗아간다. 어차피 상품은 상품일 뿐, 특히 그 상품이 인간쓰레기일 때는 더더욱 그러하니까.

—굿즈웨이의 컴컴한 그늘이나 가로등이 지브릴 파리슈타를 부른다. 처음에는 걸음을 빨리 옮긴다. 나하고 무슨 상관이야? 갈보들이 널렸구나. 그러다가 이내 속도를 늦추고 멈춰 선다. 가로등과 그늘에서 뭔가 다른 것이 부르는 소리가 들렸기 때문인데: 어떤 갈망, 말없는 하소연, 십 파운드짜리 매춘부들의 카랑카랑한 목소리 속에 감춰진 무엇. 발걸음이 느려지다가 멈춰버린다. 그들의 욕망에 붙잡혔다. 무엇을 원하는 욕망일까? 그들이 다가온다: 보이지 않는 낚싯바늘에 걸린 물고기들처럼 끌려온다. 지브릴에게 가까워질수록 걸음걸이가 달라지고, 흔들거리던 엉덩이가 얌전해지고, 짙은 화장을 했는데도 자기 나이에 어울리는 얼굴로 변해간다. 그들은 그의 앞에 이르러 무릎을 꿇는다. 내가

* 1세기경 로마에 대항했던 고대왕국 아이시니의 왕비.

** 킹스크로스역 북쪽, 그랜드 유니언 운하 옆의 도로. '상품의 길'이라는 뜻.

누구라고 생각하느냐? 그렇게 묻다가 문득 덧붙이고 싶어진다: 너희 이름을 안다. 언젠가 다른 곳에서, 장막 뒤에서 너희를 만났으니까. 지금처럼 그때도 열두 명이었지. 아예샤, 하프사, 람라, 사우다, 자이나브, 자이나브, 마이무나, 사피아, 주와이리야, 마크줌 가문의 움 살라마, 유대인 레하나, 그리고 아름다운 콥트인 마리. 그들은 무릎을 꿇은 채 말이 없다. 그들의 소망은 말없이 그에게 전해진다. 대천사는 꼭두각시가 아니고 무엇이랴? 카트푸틀리, 마리오네트. 믿음이 있는 자는 우리를 마음대로 부린다. 우리는 대자연의 힘이며 그들은 우리의 주인이다. 물론 여주인도 있고. 팔다리가 무겁고, 이 더위, 그리고 귓속에는 여름날 오후의 벌떼처럼 붕붕거리는 소리. 이러다 자칫하면 기절하겠다.

그러나 그는 기절하지 않는다.

무릎 꿇은 아이들 사이에 서서 포주들을 기다린다.

이윽고 포주들이 나타나자 지브릴은 안달하는 나팔을 드디어 꺼내 입술에 댄다: 죽음의 천사 아즈라일.

∽

황금빛 트럼펫의 주둥이에서 뻗어나간 불줄기가 다가오는 남자들을 태워버렸을 때, 화염의 누에고치가 그들을 휘감고 완전히 없애버려 보도 위에는 지글거리는 신발 한 짝도 남지 않았을 때, 지브릴은 마침내 깨닫는다.

그는 감사하는 창녀들을 남겨두고 다시 걸음을 옮겨 브릭홀구 쪽으로 향한다. 아즈라일은 다시 널찍한 주머니에 들어갔다. 상황이 점점 분명해진다.

그는 대천사 지브릴, 신탁의 천사이며 그에게는 계시의 능력이 있다. 그는 사람들의 가슴에 손을 넣어 가장 깊이 감춰진 욕망을 끄집어내고 실현시켜줄 수 있다. 그는 욕망을 해소하는 자, 갈증을 풀어주는 자, 꿈을 이뤄주는 자다. 그는 램프의 정령이며 그의 주인은 록*이다.

심야의 하늘에는 어떤 욕망, 어떤 충동이 깃들었을까? 그는 그것들을 들이마신다.—그리고 고개를 끄덕인다: 그래, 좋다.—불이다. 이곳은 불꽃으로 몸을 씻은 도시, 완전히 불타버림으로써 정화된 도시다.**

불, 쏟아지는 불. 지브릴 파리슈타는 이 소란스러운 밤의 어둠을 향해 선포한다. "이는 분노하신 신의 심판이니, 인간의 모든 욕망이 허락될 것이며 그 욕망에 의하여 모두가 소멸하리라."

헐값으로 세운 고층 주택들이 지브릴을 둘러싼다. 검둥이는 백인의 똥을 받아먹는다, 독창성 없는 벽들이 말한다. 건물마다 이름이 있다: '이산들와나' '로크스 드리프트'.*** 그러나 지금은 수정 작업중인 모양인데, 왜냐하면 네 건물 중 두 개는 이미 이름이 바뀌어 '만델라'와 '투생 루베르튀르'****가 되었기 때문이다.—이 건물들은 지주 위에 서 있고, 지주 아래와 지주 사이사이에는 형태가 일정치 않은 콘크리트 공간이 있고, 그 속에는 끊임없이 울부짖는 바람이 있고 잡동사니 난장판이 있

---

* 아라비아 전설 속 괴조(怪鳥).

** 런던 역사상 최악의 화재인 '런던대화재'(1666년 9월 2~5일)에 대한 언급.

*** 1879년 1월 22일 줄루족이 영국군을 몰살시킨 남아프리카 마을 그리고 같은 날 공격당한 인근 선교원.

**** 프랑스대혁명 당시의 아이티 독립운동가.

다: 버려진 주방용품, 바람 빠진 자전거 타이어, 부서진 문짝 파편, 인형의 다리, 굶주린 개나 고양이가 비닐 쓰레기 봉지에서 끄집어낸 야채 찌꺼기, 패스트푸드 포장재, 굴러다니는 깡통, 무너져버린 취업 전망, 포기해버린 희망, 잃어버린 환상, 쏟아버린 분노, 오래도록 쌓인 원한, 게워낸 두려움, 그리고 녹슬어가는 욕조 한 개. 그가 움직이지 않고 서 있을 때 주민들이 삼삼오오 무리를 지어 제가끔 다른 방향으로 달려간다. 더러는 (전부는 아니지만) 무기를 들었다. 몽둥이, 유리병, 칼. 각각의 무리에는 흑인뿐만 아니라 백인 젊은이도 끼었다. 지브릴은 트럼펫을 입에 대고 불기 시작한다.

작은 불의 꽃봉오리들이 콘크리트 위로 불쑥불쑥 솟아오른다. 연료는 버림받아 쌓인 소유물이나 꿈이다. 그곳에는 썩어가는 시기심 무더기도 있다: 어둠 속에서 초록색으로 타오른다. 불은 저마다 무지개의 온갖 빛깔을 지녔는데, 모두가 연료를 필요로 하는 것은 아니다. 그는 나팔 속에서 작은 불의 꽃을 연거푸 불어낸다. 콘크리트 위에서 춤추는 이 꽃에게는 인화물질도 뿌리도 필요 없다. 여기, 핑크빛 불꽃이다! 저기, 어떤 꽃이 좋을까?, 그래: 은빛 장미.—그리고 이제 이 봉오리들은 활짝 꽃피어 수풀을 이루고, 덩굴식물처럼 건물 벽면을 따라 기어오르고, 이웃을 향해 뻗어가 오색의 불꽃으로 이루어진 울타리를 만든다. 찬란한 정원을 바라보는 듯하다. 정원은 수천수만 배로 빠르게 자라는데: 꽃피고 우거지고 무성하게 뒤엉켜 감히 뚫고 지나갈 수도 없는 정원, 무수한 키메라가 빽빽하게 뒤얽힌 정원, 그리하여 눈부시게 빛나면서 또하나의 동화 속에서 먼 옛날 잠자는 미녀의 궁전을 에워싸고 솟아났다는 가시나무 숲과 경쟁하는 듯한 정원.

그러나 이곳에 잠자는 미녀는 없다. 불의 세계에서 걸어가는 지브릴 파리슈타가 있을 뿐이다. 하이 스트리트에서 그는 불꽃으로 지은 집을 본다. 벽도 불, 창가에도 불꽃이 커튼처럼 걸렸다.―그리고 불로 된 피부를 가진 사람도 있다. 그들은 불의 외투를 입고 걷거나 뛰거나 이리저리 몰려다닌다. 거리는 새빨갛게 달아올랐다가 스르르 녹아내려 핏빛 강물이 된다.―그가 신나게 나팔을 불 때마다 모든 것이 불길에 휩싸이고, 저들이 원하는 것을 줬을 뿐이야, 시민들의 머리카락과 치아가 연기를 뿜어내며 빨갛게 타오르고, 유리도 타고, 머리 위의 새들도 날개에 불이 붙은 채 날아간다.

적은 아주 가까이 있다. 적은 자석이고, 소용돌이의 눈이고, 저항할 수 없는 블랙홀의 중심이고, 적의 중력은 사상의 지평선*을 만들어내고, 지브릴은 물론이고 빛조차 벗어날 수 없다. 적이 부른다: 이쪽이다. 나는 여기 있다.

궁전이 아니라 카페일 뿐이다. 그리고 위층에는 베드앤드브렉퍼스트가 있다. 이곳에는 잠자는 공주님은 없고 다만 낙심한 여자 하나가 연기에 질식하여 의식을 잃은 채 누워 있고, 침대 옆의 방바닥에는 그녀의 남편, 즉 메카에서 돌아온 전직 교사 수피안이 역시 의식을 잃은 채 쓰러져 있다.―한편 불타는 샨다르의 다른 곳에서는 얼굴 없는 사람들이 창가에 서서 살려달라고 가련하게 손을 흔들지만 (입이 없으므로) 비명도 지르지 못한다.

---

* 블랙홀의 이론적 반경, 즉 중심으로부터의 일정 거리를 말하는데, 탈출에 필요한 속도가 광속과 일치하므로 거기서 더 들어가면 광속으로도 탈출하지 못한다.

적은: 저기 있었구나!

불붙은 샨다르 카페를 배경으로 실루엣을 드러내는, 보라, 바로 저 녀석이다!

시키지도 않았는데 아즈라일이 저절로 뛰어올라 파리슈타의 손에 들어온다.

대천사도 계시를 경험할 때가 있다. 지극히 짧은 순간에 지나지 않았지만 살라딘 참차와 눈이 마주쳤을 때,—그리고 이 찰나적이면서도 무한한 순간에 지금껏 시야를 가렸던 베일이 걷혔을 때,—지브릴은 참차와 함께 브릭홀 필즈를 거닐던 자신의 모습을 보는데, 정신없이 장광설을 늘어놓는 모습, 알렐루야 콘과의 정사에 대해 가장 은밀한 비밀까지 숨김없이 누설하는 모습,—그후 수많은 사악한 목소리가 수화기에 대고 바로 그 비밀들을 속삭였고,—그 밑에서 지브릴은 그런 일을 가능하게 했던 적의 탁월한 재능을 비로소 발견했으니, 적은 쉰 목소리도 새된 목소리도 낼 수 있고, 자기주장이 강하거나 소심할 수도 있고, 말투가 무미건조할 때도 있지만—그렇다!—사뭇 시적일 때도 있다.—그리하여 지브릴 파리슈타는 이제야 처음으로 깨닫는데: 적은 참차의 얼굴로 변장했던 것이 아니고,—아울러 이번 일은 초자연적 신들림 현상도 아니고 지옥에서 기어올라온 침략자에게 육신을 강탈당한 것도 아니고, 간단히 말해서 악은 살라딘의 외부가 아니라 그의 본성에 깊이 감춰진 후미진 구석에서 솟아났고, 그 악은 암세포처럼 그의 자아 속으로 퍼져나가며 선한 부분을 지워버리고 정신을 잠식했고,—그 과정에서 무수한 속임수와 잔꾀를 부렸는데, 때로는 가라앉는 듯 보였지만 이렇게 완화된 듯한 착각을 일으킬 때도 사실은 몰래몰래 파괴적인 번식을 계속했고,—그리하여 지금은 의문의 여지도 없이 살라딘의 내부를 가득 채워버렸고, 이제 그에게 남은 것은 그것뿐이니, 그의 영혼에 깃든 악의 어두운 불꽃은 비명을 지르는 이 도시를 게걸스럽게 먹어치우는 오색의 또다른 불꽃처럼 지금 살라딘을 철저히 불사른다. 이런 불꽃은 진실로 '평범한 불의 아름다운 불꽃과 달리 무엇보다 끔찍하고 악독하고 잔인한 불꽃'*이 아닐 수 없다.

불은 하늘을 가로지르는 아치문이다. 살라딘 참차가, 적이면서 스푸노, 내 친구 첨치이기도 한 그가 샨다르 카페의 출입구 안으로 사라졌다. 블랙홀의 아가리다. 사상의 지평선이 그 문을 둘러싸고 있다. 다른 가능성들은 모두 희미해지고 우주는 저항할 수 없는 이 하나뿐인 점을 향해 수축된다. 지브릴은 트럼펫을 힘차게 불어대며 열린 문으로 뛰어든다.

브릭홀 방범 홍보 위원회가 있는 건물은 자주색 벽돌로 지은 거대한 단층 건물인데, 창마다 방탄유리를 끼운 벙커 모양의 이 건축물은 그런 선을 보기 좋다고 여기던 1960년대의 산물이다. 이 건물에 진입하기란 녹녹찮은 일인데: 정문에는 출입 통제용 전화가 설치되어 있고, 안으로

---

* 영국의 일기작가 새뮤얼 피프스(1633~1703)가 남긴 '런던대화재'에 대한 기록의 한 구절.

들어서면 건물 측면을 따라 이어진 좁다란 골목이 나오고, 끄트머리에는 역시 보안 자물쇠가 달린 또하나의 문이 있다. 그리고 도난 경보기도 갖추었다.

사후에 드러난 일이지만 당시 이 경보기는 스위치가 꺼진 상태였는데, 아마도 열쇠를 사용하여 침입하는 데 성공한 두 사람이—한 명은 남자, 한 명은 여자—꺼놓았으리라. 공식 발표에 의하면 그들은 파괴 행위를 자행할 목적으로 들어왔다는데, 이 사건은 다름아닌 '내부자 소행'이었다. 둘 중 한 명, 즉 사망한 여자 쪽이 이 사무실을 사용하는 단체의 직원이었기 때문이다. 범행 동기는 밝혀지지 않았고, 범인들이 둘 다 타죽었으므로 나중에 밝혀질 가능성도 별로 없었다. 그러나 '자살골'이라는 추측이 가장 신빙성 있는 설명이었다.

비극적인 사건이다. 죽은 여자는 만삭의 몸이었다.

이 같은 사실을 담은 보고서에서 스티븐 킨치 경위는 브릭홀 CRC 화재와 샨다르 카페 화재 사이에 '연관성'이 있다고 주장했다. 두번째 사망자인 남자가 그 카페의 붙박이나 다름없는 거주자였기 때문이다. 실은 이 남자가 진짜 방화범이었고 여자 쪽은—유부녀였으나 남자의 정부였고 남편과도 여전히 함께 살았는데—단순히 남자에게 속았을 가능성도 없지 않았다. 정치적 동기도—양측 모두 급진적 생각을 가진 사람들로 잘 알려졌으므로—배제할 수 없었다. 그러나 그들이 자주 출입하던 각종 극좌파 소小집단의 성격이 워낙 불투명한 터라 동기를 명확히 파악하기란 매우 어려운 일이었다. 설령 두 범죄가 동일인의 소행이더라도 각각의 동기가 서로 달랐을 가능성은 여전히 남아 있었다. 어쩌면 남자는 고용된 범죄자에 불과했는지도 모른다: 혹시 사망한 카페

주인들의 사주를 받아 보험금을 노리고 샨다르를 불태운 것이 아닐까, 사무실 내부의 어떤 원한 관계 때문에 정부의 사주를 받고 CRC에 불을 질러 보복한 것은 아닐까?

CRC 화재가 고의적 방화였음에는 의문의 여지가 없었다. 책상과 서류와 커튼에 다량의 휘발유를 뿌렸기 때문이다. 열심히 끼적거리는 기자들에게 킨치 경위가 말했다. "휘발유 불이 얼마나 빨리 번지는지 잘 모르는 사람들이 많지요." 시신은 둘 다 심하게 연소되어 치과기록으로 신원을 파악해야 했으며 그들이 발견된 곳은 복사실이었다. "우리가 아는 것은 그것뿐입니다." 끝.

그러나 내가 아는 정보는 더 있다.

적어도 몇 가지 의문이 있다.—예를 들자면, 월컷 로버츠의 픽업트럭을 미행한 후 다시 파멜라 참차의 MG를 미행했던 자동차, 아무런 표시도 없었던 그 청색 메르세데스 승합차에 대한 의문.—핼러윈 가면으로 얼굴을 가리고 승합차에서 내렸던 사내들, 파멜라가 바깥문을 열자마자 CRC 사무실에 뛰어들었던 그 사내들에 대한 의문.—사무실 안에서 실제로 어떤 일이 벌어졌는지에 대한 의문: 왜냐하면 자주색 벽돌과 방탄유리는 인간의 눈으로 꿰뚫어보기 쉽지 않으므로.—그리고 마지막으로, 빨간 플라스틱 서류 가방과 그 속에 들었던 서류의 행방에 대한 의문.

킨치 경위? 듣고 있느냐?

아니다. 그는 가버렸다. 그는 내 의문에 답변할 수 없다.

∽

여기 살라딘 참차 씨가 있다. 실크 목깃이 달린 낙타털 외투를 걸치고, 시시한 좀도둑처럼 하이 스트리트를 따라 부리나케 도망친다.—조금 전까지 괴로워하는 알렐루야 콘과 더불어 저녁 시간을 보내면서도 전혀 양심의 가책을 느끼지 못하던 무서운 참차 씨가.—오셀로는 이아고에 대하여 이런 말을 했다: '악마의 발굽은 두 갈래라더니 말짱 헛소리였구나.' 참차도 지금은 기이한 모습이 아니다. 그러나 인간이라는 사실 자체가 그의 행동을 설명해주고도 남는다. 그는 자신과 전혀 다르고 흉내낼 수도 없는 상대를 아예 파멸시켰다. 배반을 배반으로 갚아 보복했는데, 보복의 수단으로 그는 무방비 상태인 발꿈치를 공격하는 방법, 즉 적의 약점을 이용하는 방법을 썼다.—이런 일에는 만족감이 따르기 마련이다.—그러나 참차 씨는 여기 이렇게 도망친다. 세상이 온통 분노에 휩싸이고 온갖 사건이 줄을 잇는다. 모든 것이 지극히 불안정한 상황이다. 건물 하나가 불탄다.

쿵덕. 심장이 몹시 두근거린다. 쿵, 쿵더쿵, 콰앙.

이제 그는 훨훨 타오르는 샨다르를 발견하고 미끄러지듯 급정거한다. 가슴이 답답하고—콰당탕!—왼쪽 팔에 통증이 있다. 그러나 의식조차 하지 못한 채 그는 불타는 건물을 멍하니 바라본다.

그러다가 지브릴 파리슈타를 발견한다.

몸을 돌려 건물 안으로 뛰어든다.

"미샬! 수피안! 힌드!" 사악한 참차 씨가 부르짖는다. 일층에는 아직 불이 붙지 않았다. 그는 계단으로 이어지는 문을 벌컥 열어젖히다가 독기를 머금은 뜨거운 바람과 맞닥뜨려 도로 쫓겨난다. 용의 숨결 같구나, 하고 생각한다. 층계참이 불길에 휩싸였다. 화염이 바닥에서 천장까지 솟구친다. 도저히 나아갈 수 없다.

"누구 없어요?" 살라딘 참차가 절규한다. "아무도 없어요?" 그러나 용은 더 큰 소리로 울부짖는다.

보이지 않는 무엇이 그의 가슴을 걷어찬다. 그는 벌렁 넘어져 텅 빈 테이블만 남은 카페 바닥에 널브러진다. 쿵덕, 심장이 노래한다. 받아라. 이것도 받아라.

머리 위에서 몇 천만 마리 쥐떼가 날뛰는 듯한 소리가 들린다. 유령 쥐들이 유령 피리쟁이를 따라가는 모양이다. 그는 그쪽을 쳐다본다: 천장도 불탄다. 이제 그냥 서 있기조차 불가능하다. 살라딘이 지켜볼 때 문득 천장 일부분이 분리되며 들보가 덮쳐온다. 그가 할 수 있는 일이라고는 고작 두 팔을 교차시켜 몸을 가리는 것뿐이다.

들보는 두 팔을 한꺼번에 부러뜨리며 그를 바닥에 찍어 누른다. 가슴도 몹시 고통스럽다. 세상이 아득히 멀어진다. 숨쉬기조차 힘겹다. 말을 할 수도 없다. 그는 '천의 목소리를 가진 사나이'인데 지금은 그중 하나도 남지 않았다.

아즈라일을 움켜쥔 지브릴 파리슈타가 샨다르 카페에 들어선다.

∽

승리했을 때 어찌하겠는가?

적들을 마음대로 처리할 수 있을 때: 그때 어떻게 행동할 것인가? 약자들은 타협의 유혹을 느낀다. 그러나 이 시험은 강한 자들의 몫이다.—지브릴은 쓰러진 사내를 향해 고개를 끄덕인다.

"스푸노. 정말 감쪽같이 속였더군. 진담인데, 자넨 정말 대단한 친구야." 그의 눈빛을 본 참차는 지브릴이 이미 아는 사실을 차마 부인하지 못한다. "어뜨—" 참차는 말문을 열다가 단념해버린다. 어떻게 할 텐가? 사방에서 불똥이 떨어진다: 이글거리는 황금빛 빗줄기가 후두둑 쏟아진다. "왜 그랬지?" 지브릴이 묻더니 곧 손을 내저어 질문을 취소한다. "멍청한 질문을 했군. 그보다 이렇게 묻는 게 낫겠지: 도대체 어쩌자고 뛰어들었지? 멍청한 짓인데. 사람들 때문이었나, 스푸노? 어차피 미친 놈들뿐인데."

사방에 불의 웅덩이가 생겨난다. 두 사람은 곧 포위되리라. 이 치명적인 바다 한복판에서 외로운 섬 하나에 고립되겠지만 그나마도 잠시뿐이다. 참차는 두번째로 가슴을 걷어차이고 세찬 경련을 일으킨다. 세 가지 죽음에 직면하여—불, '자연사', 그리고 지브릴—참차는 말을 하려고 필사적으로 안간힘을 쓰지만 외마디소리만 간신히 흘러나온다. "나. 요. 주." 나를 용서해줘. "제. 자." 제발 자비를. 카페 테이블이 불타오른다. 위에서는 들보가 연달아 무너진다. 지브릴은 무아지경에 빠진 듯하다. 멍하니 중얼거린다. "정말 멍청한 짓이었어."

악이란 결코 절대적일 수 없을까, 악의 승리는 제아무리 압도적이라도 완벽할 수 없는 것일까?

가령 지금 쓰러진 이 사내를 보라. 그는 일말의 가책도 없이 동료 인간의 정신을 무자비하게 파괴하려 했다. 그리고 이런 목적을 위해 아무 죄도 없는 여인을 이용했는데, 이때 그녀를 향한 실현 불가능하고 관음적인 욕망도 부분적으로나마 작용했다. 그런 사내가 이번에는 어리석은 구조 활동을 위해 거의 망설임도 없이 죽음을 무릅썼다.

무슨 뜻일까?

불길이 두 사람을 가둬버렸고 사방에 연기가 자욱하다. 몇 초만 지나면 둘 다 불길에 휩싸일 것이 분명하다. 그러므로 앞에서 나온 '멍청한' 질문보다 훨씬 더 시급한 질문이 있다.

파리슈타는 어떤 선택을 할까?

선택의 여지가 있을까?

지브릴은 트럼펫을 떨어뜨리고, 허리를 굽히고, 무너진 들보의 감옥에서 살라딘을 해방시키고, 그를 안아올린다. 두 팔만이 아니라 갈비뼈도 여러 개 부러진 참차가 힘없이 신음한다. 창조론자 덤스데이도 엄선된 궁둥살로 만든 새 혓바닥을 달기 전에는 이런 소리를 냈으리라. "너. 느." 너무 늦었어. 작은 불씨 하나가 그의 외투 끝자락을 붙잡으려 한다. 검고 매캐한 연기가 모든 공간을 빈틈없이 채우고 그의 눈을 가리고 귀를 틀어막고 코와 허파를 메꿔버린다.—그러나 이때 지브릴 파리슈타가 잔잔히 숨을 내쉬는데, 이 날숨은 놀랍도록 길게 이어지고, 그 숨결이 출구 쪽으로 날아가며 연기와 불길을 칼날처럼 가르고,—한편 노새처럼 씩씩거리고 헐떡거리던 살라딘 참차도 문득 그런 장면을 본 듯한데—나중에는 정말 그랬는지 확신하지 못하겠지만—불길이 두 사람 앞에서 홍해처럼 갈라지고, 마찬가지로 연기도 커튼이나 베일처럼 활짝 열리고, 그래서 출구 앞까지 시원하게 통로가 뚫리고,—지브릴 파리슈타는 살라딘을 안고 이 용서의 길을 따라 재빨리 걸음을 옮겨

후덥지근한 밤공기 속으로 빠져나가고, 그리하여 도시가 한창 전쟁을 치르는 이 밤, 증오와 분노만 가득한 이 밤, 이곳에서는 이렇게 사랑을 되찾는 작은 승리 하나가 이루어졌다.

결말.

그들이 샨다르를 빠져나갔을 때 바깥에서는 미샬 수피안이 부모를 부르며 울고 하니프가 그녀를 달래준다.—이번에는 지브릴이 쓰러질 차례, 살라딘을 안은 채 미샬의 발치에 기절해버린다.

이제 미샬과 하니프가 의식을 잃은 두 남자와 함께 구급차에 타고, 참차는 코와 입에 산소마스크를 덮어썼고, 기진맥진하여 실신했을 뿐인 지브릴이 잠꼬대를 한다: 마법의 트럼펫이 어쨌다느니, 트럼펫을 불면 주둥이에서 불길이 음악처럼 울려퍼진다느니, 정신 나간 헛소리.—그리고 악마였을 때의 참차를 기억하고 이제 별의별 일이 다 가능하다고 믿게 된 미샬이 의구심을 품는다. "이거 혹시—?" 그러나 하니프의 의견은 확고부동하다. "그럴 리 없어. 이 사람은 지브릴 파리슈타야. 배우 말이야. 못 알아보겠어? 불쌍한 양반이 지금 영화의 한 장면을 연기하는 거라고." 미샬은 쉽게 단념하지 않는다. "그렇지만, 하니프—" 그는 단호한 태도를 취한다. 자못 부드러운 어조로—어쨌든 미샬은 방금 고아가 됐으므로—그러나 똑 부러지게 말해버린다. "오늘밤 여기 브릭홀에서 일어난 일은 사회 정치적 현상일 뿐이야. 쓸데없이 신비주의의 함정에 빠지지 말자. 이건 역사의 일부분이야: 영국사 속의 한 사건. 변화의 과정이지."

그때 별안간 지브릴의 목소리가 바뀌면서 화제도 함께 바뀐다. 그는 '순례자들' '죽은 아기' '〈십계〉에서처럼' '거목' 따위의 말을 지껄인다. 왜냐하면 정화의 불길을 겪은 여파로 그는 지금 마지막으로 또하나의 연속적인 꿈을 꾸고 있기 때문이다.—하니프가 말한다. "저것 봐, 미슈. 가상의 이야기일 뿐이잖아." 그는 미샬에게 팔을 두르고 뺨에 입을 맞추며 힘껏 안아준다. 내 곁에 붙어 있어라. 세상은 현실이야. 우리는 현실 속에서, 바로 여기서 살아야 해. 계속 살아야 한다고.

그 순간, 여전히 잠든 지브릴 파리슈타가 목청껏 고함을 지른다.

"미샬! 돌아와! 소용없는 짓이야! 미샬, 제발 좀, 돌아서라고, 어서 돌아와, 나오라니까."

제8부

아라비아해 갈라지다

장난감 상인 스리니바스는 이따금 아내와 아이들을 위협하는 버릇이 있었다. 언젠가 이 물질적인 세상이 따분해지면 자신의 이름을 비롯하여 모든 것을 내던지고 사나시*가 되어 바리때와 지팡이를 벗삼아 이 마을 저 마을 떠돌겠다고 했다. 스리니바스 부인은 이런 위협을 묵묵히 참아주었다. 이 물렁물렁하고 사람 좋은 남편은 남들이 자기를 독실한 신자로, 그리고 모험가 기질도 좀 있는 사람으로(여러 해 전에 아므리카에서도 그랜드캐니언에서 터무니없고 아찔한 비행을 고집하지 않았던가?) 생각해주길 바란다는 사실을 잘 알았기 때문이다. 탁발승이 된다는 생각은 두 욕구를 모두 충족시켜주었다. 그러나 집 앞 베란다에서

* 힌두교의 탁발승.

안락의자에 편안하게 파묻혀 튼튼한 철망 너머로 세상을 내다보는 그의 펑퍼짐한 엉덩이를 볼 때마다,—혹은 다섯 살 먹은 막내딸 미누와 놀아주는 그를 볼 때마다,—혹은 그의 식욕이 바리때 수준으로 줄어들기는커녕 오히려 해가 갈수록 왕성해지기만 한다는 사실을 확인할 때마다,—스리니바스 부인은 입술을 삐죽 내밀고 (남편 못지않게 뚱뚱하고 출렁거리는 그녀가) 어여쁜 여배우처럼 관심도 없다는 표정으로 휘파람을 불며 집안으로 들어가버렸다. 그러므로 어느 날 남편의 의자가 텅 비고 팔걸이 위에 덩그러니 놓인 마시다 만 라임주스 잔을 보고는 깜짝 놀랄 수밖에 없었다.

사실대로 말하자면 스리니바스 자신도 무엇 때문에 편안한 베란다를 포기하고 티틀리푸르 사람들이 도착하는 광경을 보겠다고 아침부터 집을 나섰는지 제대로 설명할 수 없었다. 무슨 일이든 한 시간 전에 미리 알아차리는 개구쟁이 녀석들이 길거리에서 소리쳤다. 가방이나 자루 따위를 잔뜩 짊어진 어처구니없는 행렬이 감자 길을 따라 대로 쪽으로 다가온다고, 은발의 처녀가 앞장섰다고, 그들의 머리 위에는 엄청난 나비떼가 날아다닌다고, 그리고 맨 뒤에는 미르자 사이드 악타르가 올리브색 메르세데스벤츠 스테이션왜건을 타고 따라오는데 목구멍에 망고 씨가 걸린 듯한 표정이라고.

차트나파트나는 수많은 감자 사일로와 유명한 장난감 공장들이 있는 곳이지만 백오십 명이나 되는 사람들이 들이닥쳐도 눈에 띄지 않을 만큼 규모가 큰 마을은 아니었다. 행렬이 도착하기 직전에 공장 노동자 대표들이 스리니바스를 찾아왔는데, 그들은 이 대사건을 구경할 수 있도록 두 시간 동안만 일을 쉬게 해달라고 부탁했다. 어차피 일을 팽개칠 것이 뻔했으므로 스리니바스는 선선히 허락해주었다. 그러나 자신은 한동안 고집스럽게 베란다에 버티고 앉아 그 넉넉한 뱃속에서 나비떼처럼 파닥거리는 흥분을 짐짓 모르는 체했다. 나중에 그는 미샬 악타르에게 고백했다. "육감이었소. 뭐랄까? 당신들이 여기 들른 게 음식 때문만은 아니라는 걸 알았소. 그녀는 나를 데리러왔으니까."

티틀리푸르 사람들이 도착하자 차트나파트나는 젖먹이들의 울음소리, 아이들의 고함소리, 노인들의 걸걸한 목소리, 그리고 스리니바스가 조금도 좋아하지 않는 인물, 즉 꺼떡꺼떡 황소의 주인 오스만의 심술궂은 농담 따위로 온통 시끌벅적했다. 그때 개구쟁이들이 장난감의 제왕에게 아뢰었다: 이 나그네들 중에는 자민다르 미르자 사이드의 아내와 장모도 끼었는데, 그들은 보석 장신구도 일절 걸치지 않고 그저 평범한 쿠르타와 파자마* 차림으로 농사꾼들과 똑같이 걸어온다고. 이 시점에서 스리니바스는 마침내 티틀리푸르의 순례자들이 잔뜩 몰려들어 감자 부르타와 파라타를 두루 나눠먹는 길가 식당을 향해 어슬렁어슬렁 길을 나서지 않을 수 없었다. 그가 도착했을 때 차트나파트나의 경찰 지프도 동시에 나타났다. 확성기를 들고 조수석 위에 올라선 경위가 이 '종교행사'를 당장 중단하고 모두 해산하지 않으면 곧 강력조치를 취하겠다고 외쳤다. 스리니바스는 생각했다: 힌두교도와 이슬람교도의 대결이군. 안 좋아, 안 좋아.

경찰은 순례자들을 종교시위대로 취급했다. 그러나 미르자 사이드 악타르가 나서서 경위에게 진실을 설명하자 경찰관은 어리둥절했다.

---

* 이슬람교도가 입는 통 넓은 바지.

브라만 계급인 스리 스리니바스는 메카를 순례한다는 생각 따위는 한 번도 해본 적이 없는데도 이미 깊은 인상을 받은 터였다. 그는 자민다르가 하는 말을 들어보려고 군중 사이로 비집고 들어갔다. "이 착한 사람들의 목적은 단지 아라비아해까지 걸어가는 거요. 그러면 바다가 갈라지리라 믿으면서." 미르자 사이드의 음성에는 힘이 없었고, 차트나파트나에서 파출소장을 맡은 경위는 그의 말을 믿지 않았다. "진심으로 하시는 말씀입니까, *선생님*?" 미르자 사이드가 대답했다. "난 아니오. 하지만 저 사람들은 진심이오. 나는 저들이 정말 미친 짓을 벌이기 전에 마음을 돌려놓을 생각이오." 콧수염을 기르고 여기저기 띠를 두르고 거만하기 짝이 없는 파출소장이 고개를 절레절레 흔들었다. "그렇지만 보십시오, 선생님, 길거리에 저렇게 많은 사람들이 모였는데 어떻게 그냥 둘 수 있겠습니까? 감정이 격해질지도 모릅니다. 사고가 생길 수도 있단 말입니다." 바로 그때 순례자들의 무리가 쫙 갈라졌고 스리니바스는 처음으로 환상적인 모습의 처녀를 보았다. 그녀는 온통 나비떼로 이루어진 옷을 걸치고 백설 같은 머리를 발목까지 치렁치렁 늘어뜨렸다. "*아니, 너*! 아예샤 맞지?" 그리고 바보 같은 말을 덧붙였다. "내 가족계획 인형은 가져온 거냐?"

그러나 그의 고함소리는 싹 무시당하고 말았다. 모두가 지켜보는 가운데 아예샤가 우쭐거리는 파출소장에게 다가갔다. 그리고 아무 말 없이 미소를 지으며 고개를 끄덕였다. 그러자 그 사람은 순식간에 이십 년쯤 젊어지는 듯싶더니 문득 여남은 살 먹은 소년처럼 말했다. "알았어요 알았어요, *이모*. 잘못했어요, *엄마*. 화내지 마세요. 나는 이만 가볼게요." 경찰과의 문제는 그것으로 끝났다. 그리고 그날 오후, 더위가 한

창일 무렵, RSS* 및 비슈바 힌두 파리샤드**에 관련되었다고 알려진 마을 청년들이 근처 지붕 위에서 돌을 던지기 시작했는데 파출소장은 정확히 이 분 만에 그들을 모두 체포해 가둬버렸다.

스리니바스는 허공을 향해 중얼거렸다. "아예샤, 애야, 도대체 너한테 무슨 일이 일어난 거냐?"

무더운 낮 동안 순례자들은 저마다 그늘을 찾아 휴식을 취했다. 스리니바스는 어찌된 까닭인지 자기 인생에 크나큰 전환점이 닥쳐왔음을 깨닫고 복받치는 감정을 주체할 수 없어 넋 나간 사람처럼 순례자들 사이를 배회했다. 그러면서도 미샬 악타르, 그녀의 어머니 쿠레이시 부인, 사랑에 빠진 오스만, 그리고 그의 황소와 함께 한 그루 보리수 그늘에서 쉬는 예언자 아예샤의 달라진 모습을 자꾸 돌아보았다. 그러다가 자민다르 미르자 사이드를 만나게 되었다. 그는 메르세데스벤츠의 뒷좌석에 누웠지만 번민 때문에 잠을 이루지 못했다. 스리니바스는 경이감을 느끼던 참이라 사뭇 겸허하게 말을 걸었다. "선생은 저애를 안 믿으시오?"

그러자 미르자 사이드가 얼른 일어나 앉으며 대답했다. "스리니바스, 우린 현대인입니다. 가령 노인들이 긴 여행에 지쳐 죽을 수도 있다든지, 신이 암을 고쳐주진 않는다든지, 바다가 갈라지는 일은 절대로 없다든지 하는 사실을 다 안단 말입니다. 우리는 이 바보 같은 짓을 막아야 해요. 나하고 같이 갑시다. 차 안에 자리는 충분해요. 당신만 도와준다면 저 사람들을 말릴 수 있을 거예요. 저 아예샤라는 여자도 당신에

---

* Rashtriya Swayamsevak Sangh. 광신적인 힌두교 정치단체.

** 힌두교 근본주의 조직.

게 고마워하니까 당신 말이라면 들을지도 몰라요."

"차에 타라고?" 스리니바스는 거대한 손에 팔다리를 붙잡힌 듯한 무력감을 느꼈다. "하지만 내겐 사업이 있소."

그러자 미르자 사이드가 다그쳤다. "이 일은 많은 사람들에게 자살행위나 다름없습니다. 내겐 도움이 필요해요. 물론 보상은 해드리죠."

스리니바스는 모욕감을 느끼며 물러섰다. "돈은 문제가 아니오. 이만 실례하겠소, *선생*. 생각 좀 해봐야겠소."

등뒤에서 미르자 사이드가 소리쳤다. "모르시겠어요? 우린 광신자가 아니잖아요, 당신과 나는. 힌두무슬림 바이바이!* 우리가 이 미신에 맞서는 비종교 전선을 형성하는 겁니다."

스리니바스가 돌아서서 항변했다. "하지만 나도 무신론자는 아니오. 벽면에 항상 락슈미 여신** 초상화를 모셔둔단 말이오."

그러자 미르자 사이드가 말했다. "사업가한테는 풍요의 여신이 제격이죠."

스리니바스가 대꾸했다. "나는 진심으로 믿소." 미르자 사이드는 참을성을 잃고 말았다. "여신이라니, 나 원. 당신들의 현자들조차도 여신은 추상적 관념에 불과하다는 걸 인정해요. 여신들은 샥티***의 화신이고 추상적 개념이란 말입니다: 신들의 역동적인 힘이라는 거죠."

장난감 상인은 나비 이불을 덮고 잠든 아예샤를 내려다보며 말했다. "나는 현자가 아니오, *선생*." 그러나 잠든 처녀와 자신의 공장 벽에 걸

---

* '힌두교도와 이슬람교도는 형제다.' 인도 총리 자와할랄 네루의 슬로건.

** 힌두교의 주신 비슈누의 아내, 미와 쾌락과 풍요의 여신.

*** 흔히 여성으로 의인화되는 신성한 힘 또는 에너지.

린 달력 속의 여신이 구석구석 똑같이 생겼음을 깨닫고 숨이 멎을 만큼 놀랐다는 사실만은 끝내 말하지 않았다.

∽

순례자들이 마을을 떠날 때 스리니바스도 동행했다. 산발을 한 아내가 미누를 냉큼 안아들고 남편의 면전에 흔들어대며 애원했지만 아무 소용도 없었다. 아예샤에게 그는 메카에 들어가고 싶진 않지만 갑자기 그녀와 함께 한동안 걷고 싶어졌다고, 어쩌면 바닷가까지 따라갈지도 모른다고 설명했다.

이윽고 티틀리푸르 사람들 사이에 끼어 옆사람과 보조를 맞추던 그는 문득 어리둥절하며 경외감에 휩싸였다. 머리 위에서 무수히 많은 나비떼가 날며 순례자들에게 내리쬐는 햇볕을 막아주었다. 티틀리푸르의 나비떼가 거목의 역할을 대신 떠맡은 듯한 광경이었다. 다음으로 그는 두려움과 놀라움과 기쁨이 섞인 짤막한 외마디소리를 질러야 했다. 카멜레온 같은 날개를 가진 이 생물이 몇 십 마리쯤 그의 어깨에 내려앉았는데, 그 순간 그의 셔츠와 똑같은 진홍빛으로 변했기 때문이다. 스리니바스는 옆에 있는 남자가 사르판치 무함마드 딘이었음을 알았다. 앞장설 생각이 없는 모양이었다. 사르판치는 아내 카디자와 함께 고령에도 아랑곳없이 유유자적하게 걸었는데, 장난감 상인의 어깨에 내려앉은 축복의 나비떼를 보더니 팔을 뻗어 그의 손을 꼭 잡아주었다.

비는 내리지 않으리라는 것이 점점 분명해졌다. 마실 것을 찾아 줄지어 이동하는 앙상한 가축떼가 사방에 즐비했다. 사랑은 물이다, 스쿠터 공장의 벽돌 벽에 누군가 흰색 페인트로 그런 낙서를 해놓았다. 길을 걸으며 그들은 죽어가는 당나귀의 잔등에 살림살이를 바리바리 싣고 남쪽으로 내려가는 다른 가족들을 만났는데, 그들도 물을 찾겠다는 희망을 품고 떠나는 길이었다. 그때 미르자 사이드가 티틀리푸르의 순례자들에게 소리쳤다. "그렇지만 저 사람들은 소금물을 찾아가는 게 아니란 말이오! 물이 두 쪽으로 갈라지는 광경을 보겠다는 것도 아니고! 저 사람들은 살고 싶어하는데 당신들은 죽고 싶어하는 미치광이들이오." 길가에 떼 지어 내려앉은 독수리들이 지나가는 순례자들을 지켜보았다.

아라비아해로 가는 순례가 시작된 후 처음 몇 주 동안 미르자 사이드는 줄곧 안절부절못하는 히스테리 상태였다. 걷는 시간은 주로 아침이나 늦은 오후였는데, 이때 사이드는 종종 스테이션왜건에서 뛰어내려 죽어가는 아내에게 애걸했다. "정신 차려요, 미슈. 당신은 환자요. 이리 와서 좀 눕기라도 해요. 내가 발을 주물러줄 테니까." 그러나 그녀는 거절했고 그녀의 어머니가 사위를 쫓아냈다. "이것 보게, 사이드, 자넨 태도가 너무 부정적이라 남들까지 우울하게 만들어. 자네는 어서 가서 저 에어컨 달린 차 안에서 콜란지 뭔지나 실컷 마시라고. 우리 야트리*

* 나그네, 순례자.

들은 그냥 내버려두란 말이야." 첫 주가 지나자 에어컨 차량은 운전사를 잃었다. 미르자 사이드의 운전사가 사직하고 도보 순례자들 틈에 끼어들었다. 자민다르가 몸소 운전석에 앉을 수밖에 없었다. 그때부터 그는 불안에 휩싸였다. 그래서 걸핏하면 차를 세워놓고 미친 사람처럼 순례자들 사이로 이리 뛰고 저리 뛰며 으름장을 놓거나 애원하거나 매수하려 들었다. 적어도 하루에 한 번씩은 아예샤가 자기 인생을 파멸시켰다고 면전에서 욕지거리를 내뱉었다. 그러나 그녀를 볼 때마다 강렬한 욕망이 솟구쳐 부끄러움을 느꼈으므로 그런 욕설도 오래 가지는 못했다. 암 때문에 미샬의 안색은 벌써 잿빛으로 변하기 시작했고 쿠레이시 부인도 점점 지쳐갔다. 사교계에서나 어울릴 만한 차팔은 이미 너덜너덜해졌고 발에는 작은 물풍선처럼 무시무시한 물집이 생겨 고생했다. 그러나 사이드가 편안한 차 안으로 들어오라고 권하자 부인은 딱 잘라 거절했다. 아예샤가 순례자들에게 걸어놓은 마법은 아직 굳건했다.—그리고 순례자들의 마음을 공격하는 이런 작전이 끝날 때마다 미르자 사이드는 더위와 커져만 가는 좌절감에 땀을 뻘뻘 흘리며 현기증을 느끼다가 문득 행렬이 이미 자기 차가 있는 곳을 한참 지나왔다는 사실을 깨닫고 혼자 비틀비틀 되돌아가며 다시 울적한 기분에 빠져들었다. 그러던 어느 날, 스테이션왜건으로 돌아온 그는 지나가던 버스 차창에서 내던진 코코넛 껍데기가 합판유리로 된 앞유리를 깨뜨려 다이아몬드 파리가 잔뜩 걸린 거미줄처럼 만들어놓은 꼴을 보았다. 유릿조각을 두들겨 모두 떼어낼 수밖에 없었는데, 이 유리 다이아몬드들은 차 안이나 길바닥에 좌르르 쏟아지며 그를 비웃는 듯했고 세속적인 소유물이 얼마나 덧없고 무가치한지를 말해주는 듯했다. 그러나 속인은 물질의 세계에서 사는 법이고 미르자 사이드도 자동차 앞유리처럼 쉽게 부서질 생각은 전혀 없었다. 밤이 오면 아내 곁으로 가서 별빛이 쏟아지는 대로변에 침낭을 펴고 누웠다. 그러나 그가 이번 사건에 대해 말했을 때 그녀는 달갑지 않은 충고를 던질 뿐이었다. “그건 계시예요. 이젠 스테이션왜건을 버리고 우리와 합류해요.”

사이드는 정말 경악하여 버럭 소리쳤다. “메르세데스벤츠를 버리란 말이야?”

그러자 미샬은 피로에 찌든 잿빛 음성으로 대답했다. “그게 어때서요? 당신은 요즘 툭하면 파멸이라고 떠들잖아요. 그러면서도 그까짓 메르세데스 한 대가 그렇게 중요해요?”

“당신은 몰라.” 사이드는 울어버렸다. “아무도 내 말을 알아듣지 못해.”

지브릴은 가뭄을 꿈꾸었는데:

하늘에서 비가 내리지 않아 대지는 갈색으로 타들어갔다. 들판에는 버스와 고대 유적이 농작물과 나란히 썩어갔다. 미르자 사이드는 부서진 차창 너머로 닥쳐오는 재앙을 보았다: 야생 당나귀들이 맥없이 흘레를 하다가 몸이 붙은 채로 길 한복판에 풀썩 쓰러져 죽었고, 토양 침식으로 드러난 나무뿌리는 물을 찾아 땅을 파헤치는 거대한 나무 발톱처럼 보였고, 가난한 농부들은 어쩔 수 없이 국책 사업 막노동자로 고용되어 대로 옆에 저수지를 파는 일을 했으니, 내리지도 않는 비를 받겠다고 빈 그릇을 준비하는 꼴이었다. 도로변의 비참한 인생들: 보따리를 들고 막대기와 넝마로 지은 천막을 향해 걸어가는 여자, 날이면 날마다 지저분한 흙바닥에 주저앉아 냄비나 주전자를 문질러 닦는 소녀.

미르자 사이드 악타르는 이런 의문을 던져본다. '저런 사람들의 목숨도 우리만큼 귀중할까? 내 목숨만큼? 미샬의 목숨만큼? 저들은 경험도 별로 없을 텐데, 영혼을 살찌울 만한 일은 거의 없을 텐데.' 도티를 두르고 노란 푸그리*를 풀어내린 사내가 한쪽 발을 반대쪽 무릎에 얹고 한 손으로 반대쪽 팔꿈치를 받친 채 한 마리 새처럼 이정표 위에 올라서서 비디를 피웠다. 미르자 사이드 악타르가 지나갈 때 사내가 침을 탁 뱉었고 그 침은 자민다르의 얼굴에 명중했다.

순례 행렬은 느릿느릿 움직였다: 아침나절에 세 시간 걷고 더위가 가신 후 다시 세 시간 걸었는데, 걸음이 제일 느린 순례자에게 보조를 맞추었고 그나마도 아이들이 아프거나 관리들이 괴롭히거나 소달구지에서 바퀴가 빠지거나 하면 또 한없이 지체되었다. 그러다보니 하루에 2마일 정도가 고작인데 바다까지는 아직도 150마일이나 남았으니 대략 십일 주는 더 가야 했다. 열여드레째 되던 날 첫 사망자가 나왔다. 카디자가, 사르판치 무함마드 딘의 아내로서 장장 반세기 동안 남편에게 만족하고 만족을 주며 살았던 이 요령 없는 노부인이 꿈속에서 대천사를 보았다. 그녀가 속삭였다. "지브릴, 당신입니까?"

그러자 환영이 대답했다. "아니오. 나는 아즈라일, 더러운 일을 맡은 천사요. 실망시켜 미안하외다."

이튿날 아침, 그녀는 이 꿈에 대해 남편에게도 말하지 않고 순례 행군을 계속했다. 두 시간 후 그들은 폐허가 된 객점에 가까워졌는데, 먼 옛날 무굴제국 시대에 대로를 따라 5마일 간격으로 설치되어 이정표를

---

* 터번.

겸하던 객점 중 하나였다. 유적을 본 카디자는 이 객점에서 잠자던 나그네가 도둑을 맞았다는 따위의 과거에 대해서는 아무것도 몰랐지만 현재에 대해서는 잘 알았다. "저 안에 가서 좀 누워야겠어." 그러자 사르판치가 항변했다. "그럼 행군은 어쩌고!" 카디자가 조용히 말했다. "걱정 마. 나중에 따라잡으면 돼."

그녀는 사르판치가 찾아다준 매끄러운 돌 하나를 머리에 베고 오래된 폐허의 돌무더기 사이에 드러누웠다. 노인이 눈물을 흘렸지만 아무 소용도 없었고 카디자는 일 분도 못 되어 숨을 거두었다. 그는 행렬이 있는 곳으로 달려가 아예샤에게 화를 냈다. "네 말을 듣지 않는 건데 그랬어. 너 때문에 마누라가 죽었단 말이야."

행렬이 멈추었다. 이 기회를 놓칠세라 미르자 사이드 악타르는 카디자를 정식 무슬림 묘지에 안장해야 한다고 목소리를 높였다. 그러나 아예샤가 반대했다. "대천사는 되돌아가거나 우회하지 말고 곧장 바다로 가라고 분부하셨어요." 미르자 사이드는 순례자들에게 호소했다. "저분은 여러분의 사르판치가 사랑하는 부인입니다. 그런 분을 길가 구덩이에 아무렇게나 던져버릴 겁니까?"

그러나 티틀리푸르 사람들이 카디자를 당장 묻기로 했을 때 사이드는 귀를 의심하지 않을 수 없었다. 그는 마을 사람들의 의지가 예상보다 훨씬 더 확고하다는 사실을 깨달았다: 심지어 아내를 잃은 사르판치마저 이 결정에 따랐다. 카디자는 과거 나그네들의 숙소였던 폐허 뒤편의 황량한 들판에 묻혔다.

그러나 이튿날, 미르자 사이드는 순례 행렬에서 이탈하여 혼자 쓸쓸히 걸어가는 사르판치를 보았다. 사르판치는 다른 사람들에게서 조금 떨어져 부겐빌레아 덤불의 향기를 맡으며 걸었다. 사이드는 곧 메르세데스에서 뛰어내려 아예샤에게 달려가서 다시 한바탕 소동을 일으켰다. "이 괴물! 피도 눈물도 없는 괴물! 왜 노인을 끌고 와서 죽게 만들었느냐?" 그녀는 사이드를 무시했다. 그러나 그가 스테이션왜건으로 돌아갈 때 사르판치가 다가와 말했다. "우리는 가난한 사람들이오. 저 아이가 설득하기 전에는 메카 샤리프에 간다는 꿈도 꿀 수 없었지. 그런데 저 아이가 우리를 설득했고, 이제 그 결과를 보시오."

카힌 아예샤는 사르판치에게 이야기를 나눠보자고 청했지만 위로의 말은 한 마디도 건네지 않았다. 오히려 꾸짖을 뿐이었다. "믿음을 다지세요. 대순례 도중에 죽는 사람은 낙원에 들어갈 수 있어요. 부인도 지금 천사들과 함께 꽃밭에 앉아 계셔요. 그런데 무엇 때문에 슬퍼하시죠?"

그날 저녁, 사르판치 무함마드 딘이 작은 모닥불 앞에 앉아 있는 미르자 사이드를 찾아왔다. "실례하겠소, 선생, 언젠가 말씀하신 대로 선생 차를 타도 되겠소?"

순례 때문에 아내가 죽었는데도 완전히 포기하기는 싫었고, 그러나 이 거창한 일에 필요한 절대적인 믿음은 이미 사라져버렸고, 그래서 무함마드 딘은 무신론자의 스테이션왜건에 올라탔다. "내게도 첫 개종자가 생겼구나." 미르자 사이드는 기뻐했다.

∽

넷째 주로 접어들면서 사르판치 무함마드 딘의 변절이 악영향을 미치기 시작했다. 그는 메르세데스 뒷좌석에 앉아 있었는데, 마치 그가 자민다르가 되고 미르자 사이드는 운전사가 된 듯했고, 가죽 의자와 에어컨과 위스키소다 캐비닛과 거울 유리로 된 전동식 차창은 때문에 거만해졌다. 코끝을 하늘 높이 치켜세웠고, 보이지 않게 밖을 살필 수 있었으므로 남들을 깔보는 표정을 지었다. 앞유리가 없어진 탓에 흙먼지가 마구 날아들어 운전석에 앉은 미르자 사이드는 눈과 코가 꽉 막히는 듯했다. 그러나 이런 불편에도 불구하고 마음만은 한결 가벼웠다. 이제는 밤마다 순례자들 몇 명이 반짝이는 별이 달린 메르세데스벤츠 주변으로 모여들었고, 미르자 사이드는 그들에게 이성을 찾으라고 권유했고, 사르판치 무함마드 딘은 그들이 보는 앞에서 거울 유리로 된 뒷좌석 차창을 올렸다 내렸다 했고, 그때마다 사람들은 그의 얼굴과 자신의 얼굴을 번갈아가며 볼 수 있었다. 사르판치가 메르세데스에 타고 있다는 사실이 미르자 사이드의 말에 한층 더 무게를 실어주었다.

아예샤는 이들을 도로 불러들이려 하지도 않았는데, 지금까지는 그녀가 자신감을 가질 만도 했다. 믿음 없는 자들의 진영으로 넘어가는 변절자는 더이상 나오지 않았다. 그러나 사이드는 그녀가 자기 쪽으로 자주 시선을 던지는 모습을 볼 수 있었다. 미르자 사이드는 아예샤가 예언자든 아니든 간에 그 시선은 일이 자기 뜻대로 안 풀려 심통이 난 어린 소녀의 시선이라고 확신했다.

그런데 갑자기 그녀가 사라졌다.

아예샤는 오후 낮잠 시간에 떠났다가 꼬박 하루 반이 지나도록 돌아오지 않았고, 그동안 순례자들은 복마전 같은 혼란에 휩싸였다. 그녀에게 늘 이렇게 사람들을 휘어잡는 재간이 있다는 점은 사이드도 인정할 수밖에 없었다. 이윽고 흙먼지가 구름처럼 피어오르는 들판 너머에서 그녀가 다시 나타났는데, 이번에는 그녀의 은발 몇 가닥이 황금빛으로 물들었고 눈썹도 황금빛이었다. 그녀는 마을 사람들을 불러놓고 순교자 한 분이 낙원으로 올라갔을 뿐인데 티틀리푸르 사람들이 의심에 사로잡혀 대천사께서 몹시 못마땅해 하신다고 말했다. 그리고 대천사께서 바다를 가르겠다는 약속마저 취소해버릴까 심각하게 고려중이라고 경고했다. "그렇게 되면 여러분은 아라비아해에 도착해도 고작 소금물로 목욕이나 하고 다시 황폐한 감자밭으로 돌아가야 할 거예요. 그리고 밭에는 두 번 다시 비가 내리지 않을 거예요." 마을 사람들은 경악했다. "아뇨, 그건 절대로 안 됩니다. 비비지, 용서해주십시오." 그들이 이 처녀를 오래전에 살았던 성자의 존칭으로 부르기는 이때가 처음이었다. 그녀는 절대 권력을 휘두르기 시작했고, 그들은 이런 모습에 깊은 감명을 받으면서도 한편으로는 두려움을 느꼈다. 그녀의 말이 끝났을 때 스테이션왜건에는 다시 사르판치와 미르자 사이드 두 사람만 남았다. '2라운드는 대천사의 승리군' 하고 미르자 사이드는 생각했다.

다섯째 주로 접어들면서 나이 많은 순례자들의 건강이 대부분 급격히 나빠졌고, 식량마저 떨어져갔고, 물도 구하기 어려워졌고, 아이들의 눈물샘도 말라버렸다. 독수리떼가 늘 주위를 맴돌았다.

순례자들이 전원 지방을 벗어나 좀더 인구가 많은 곳으로 나아가면서 골칫거리도 점점 많아졌다. 장거리 버스나 트럭이 비켜가지 않을 때가 많아서 행인들은 비명을 지르며 자동차를 피하려고 펄쩍 뛰다가 자기들끼리 부딪쳐 넘어지기 일쑤였다. 자전거 이용자, '라지두트' 모터스쿠터를 타고 가던 6인 가족, 그리고 속 좁은 가게 주인이 욕설을 퍼부었다. "미친놈들! 촌놈들! 무슬림 놈들!" 이런저런 소읍의 관리들이 어중이떠중이를 보도에 재워줄 수 없다고 해서 밤새도록 행군을 계속해야 하는 날도 적지 않았다. 더 많은 죽음을 피할 수 없었다.

자전거와 낙타똥이 즐비한 이름 없는 소읍에서 개종자 오스만의 황소가 결국 털썩 무릎을 꿇었다. 오스만은 어쩔 줄 모르고 고함을 질렀다. "어서 일어나, 바보야. 도대체 무슨 짓이냐, 남의 과일가게 앞에서 나만 놔두고 이렇게 죽겠다는 거냐?" 황소는 고개를 끄덕였다. 그렇다는 뜻으로 두 번, 그리고 숨을 거두었다.

나비떼가 황소의 주검을 뒤덮더니 이내 잿빛 가죽과 굽은 뿔과 방울의 빛깔로 변했다. 슬픔에 잠긴 오스만이 아예샤에게 달려갔다(이 무렵 그녀는 점잖은 체하는 도회지 분위기에 맞춰주느라 더러운 사리 한 벌을 걸쳤지만 나비떼는 여전히 영광의 구름처럼 그녀를 따라다녔다). "황소도 천국에 들어갈 수 있어?" 오스만이 처량한 목소리로 물어보았다. 그러나 아예샤는 어깨를 으쓱하며 냉정하게 말했다. "황소에겐 영혼이 없어. 우리 행진은 영혼을 구하기 위해서야." 그녀를 바라보던 오스만은 이제 그녀를 사랑하지 않는다는 사실을 문득 깨달았다. 그는 혐오감이 가득한 목소리로 말했다. "넌 악마가 돼버렸어."

그러자 아예샤가 대답했다. "난 아무것도 아니야. 하느님의 심부름꾼일 뿐이지."

오스만은 분개했다. "그렇다면 너희 하느님은 왜 하필 죄없는 것들만 열심히 죽이는지 말 좀 해봐. 도대체 뭐가 무서워서 그래? 자신감이 부족해서 우리가 죽음으로 사랑을 증명해주길 바라나?"

이 불경스러운 발언에 대답이라도 하듯 아예샤는 더욱 엄격한 규율을 요구했다. 모든 순례자는 다섯 번의 기도를 빠짐없이 올려야 하며 금요일에는 반드시 금식을 해야 한다고 선언했다. 여섯째 주가 끝나갈 때까지 그녀는 순례자들에게 모두 네 명의 시신을 쓰러진 자리에 그냥 버려두고 떠나길 강요했다: 남자 노인 두 명, 여자 노인 한 명, 그리고 여섯 살 먹은 소녀였다. 순례자들은 죽은 자들을 남겨두고 행군을 계속했다. 그러나 그들이 떠나간 후 미르자 사이드 악타르가 시신을 거두어 제대로 된 장례식을 치러주었다. 그때마다 사르판치 무함마드 딘과 불가촉천민이었던 오스만이 사이드를 거들었다. 그런 날은 행렬에서 꽤 많이 뒤처졌지만 메르세데스벤츠 스테이션왜건이 있으므로 바다를 향해 힘없이 걸어가는 백사십 명이 넘는 남자와 여자와 아이들을 따라잡는 데는 그리 오래 걸리지 않았다.

∽

죽는 사람이 점점 늘어났고, 결심이 흔들려 메르세데스 주변으로 모여드는 순례자도 날이 갈수록 많아졌다. 미르자 사이드는 그들에게 이야기를 들려주었다. 나그네쥐*에 대한 이야기도 하고 마녀 키르케가 사람을 돼지로 둔갑시켰다는 이야기도 했다. 그리고 어느 도시에서 아

---

* 북유럽산 설치류, 레밍. 떼 지어 바다에 빠져 죽는다는 속설이 있다.

이들을 꾀어 산속 낭떠러지로 데려가는 피리쟁이에 대해서도 이야기했다. 그는 이 이야기를 그들의 언어로 들려주면서도 시가 나오는 부분만은 영어로 읊었고, 그래서 사람들은 시에 담긴 음악적 운율은 들을 수 있었지만 말뜻은 이해하지 못했다. 그는 이렇게 시작했다. "하멜른 시*는 브룬스비크에 있지요. 저 유명한 하노버시에서도 멀지 않아요. 남쪽에는 깊고 넓은 베저강이 흘러가며 도시의 벽을 씻어주고……"

이때 그는 성난 얼굴로 다가오는 아예샤를 발견하고 뿌듯한 만족감을 느꼈다. 그녀의 등뒤에서 타오르는 모닥불과 나비떼가 함께 빛나자 그녀의 몸에서 불길이 쏟아지는 듯했다.

"악마의 시에 귀기울이는 사람들, 악마의 혀가 말하는 소리를 듣는 사람들, 결국 모두 악마를 만나게 될 거예요."

미르자 사이드는 이렇게 대꾸했다. "그렇다면 악마와 깊고 푸른 바다 중에서 선택해야겠지."**

∽

여덟 주가 지나갔다. 미르자 사이드와 아내 미샬의 관계는 몹시 악화되어 서로 말도 하지 않게 되었다. 이 무렵 미샬은 암 때문에 화장하고 남은 잿가루처럼 잿빛으로 변했으면서도 아예샤의 부관이자 가장 충실한 제자가 되었다. 다른 순례자들이 의심을 품어도 그녀의 믿음은 더욱 굳어질 뿐이었고, 그녀는 이런 의심에 대하여 단도직입적으로 남

* '피리 부는 사나이'의 전설로 유명한 독일의 공업도시.

** 원래는 '진퇴양난'이라는 뜻의 관용적 표현.

편을 탓했다.

마지막으로 대화를 나누던 날 그녀가 사이드를 비난했다. "당신은 이제 따뜻하지도 않아요. 다가서기 겁날 정도라고요."

"따뜻하지 않다고?" 사이드는 버럭 소리쳤다. "어떻게 그런 말을 할 수 있지? 따뜻하지 않다니? 내가 누구 때문에 이 멍청한 순례길에 따라나섰는데? 누구를 보살피려고 그랬는데? 누구를 사랑해서 그랬는데? 도대체 누구 때문에 내가 이렇게 걱정하고 이렇게 슬퍼하고 이렇게 비참해하는데? 따뜻하지 않다고? 당신이 남이오? 어떻게 그런 말을 할 수가 있소?"

"자기 목소리 좀 들어봐요." 그녀가 연기처럼 뿌옇고 희미해진 음성으로 말했다. "언제나 화를 내죠. 싸늘한 분노, 얼음장 같고 요새 같은."

"분노가 아니오!" 사이드가 외쳤다. "근심이고 불행이고 비참이고 상처고 고통이란 말이오. 도대체 어디서 분노를 느낀다는 거요?"

"느낄 수 있어요. 누구든지 몇 마일 밖에서도 느낄 수 있다고요."

"나랑 같이 갑시다." 사이드가 애원했다. "제일 좋은 병원으로 데려다주겠소. 유럽이든 캐나다든 미국이든. 서양의 과학기술을 믿어봐요. 그 사람들은 기적을 일으킬 수 있소. 당신도 늘 이런저런 기계를 좋아했잖소."

"나는 메카를 순례해야겠어요." 그녀는 그렇게 말하고 돌아섰다.

"야, 이 멍청한 년아!" 사이드는 그녀의 등을 향해 고함을 질렀다. "네가 죽게 생겼다고 저 많은 사람들까지 함께 데려갈 필요는 없잖아." 그러나 미샬은 돌아보지도 않고 길가에 마련된 야영지를 지나 멀어져갔다. 그리고 이제 자제력을 잃고 결코 하지 말아야 할 말을 해버림으로

써 그녀의 말을 스스로 입증한 꼴이 되어버린 사이드는 털썩 무릎을 꿇고 울어버렸다. 이 싸움이 지나간 후 미샬은 그의 곁에 누우려고도 하지 않았다. 그녀와 어머니는 나비떼에 뒤덮인 채 메카 순례를 이끄는 예언자 곁에 이부자리를 깔았다.

낮 동안에 미샬은 순례자들 사이를 돌아다니며 쉬지 않고 일했다. 그들을 안심시키고 믿음을 다져주고 따뜻한 날개로 감싸주는 일이 그녀의 역할이었다. 아예샤는 점점 더 깊은 침묵 속으로 빠져들었고, 결국 어느 모로 보나 미샬 악타르가 순례 행렬의 지도자가 되었다. 그러나 그녀가 통제할 수 없는 순례자도 한 명 있었는데: 바로 그녀의 어머니, 쿠레이시 부인, 국립은행장의 아내였다.

미샬의 아버지 쿠레이시 씨가 도착한 일은 대단한 사건이었다. 때마침 행군을 멈춘 순례자들이 줄지어 늘어선 플라타너스 그늘에서 땔감을 모으거나 냄비를 닦거나 하며 한창 분주할 때 자동차 행렬이 나타났다. 그러자 행군을 시작할 무렵보다 25파운드나 가벼워진 쿠레이시 부인이 꽥 비명을 지르며 펄쩍 뛰어 일어나더니 미친듯이 옷에 묻은 먼지를 떨고 머리를 매만졌다. 녹아내린 립스틱을 들고 허둥대는 어머니에게 미샬이 물었다. "무슨 일이에요, 엄마? 진정하세요, 네?"

어머니는 다가오는 자동차들을 힘없이 가리켰다. 잠시 후 위대한 은행가가 키 크고 근엄한 모습으로 모녀를 내려다보았다. "내 눈으로 보기 전에는 못 믿을 뻔했소. 얘기는 들었지만 그냥 웃어넘겼지. 그래서 이제야 사실을 알게 됐소. 말 한마디 없이 페리스탄에서 사라지다니, 도대체 이게 무슨 짓이오?"

쿠레이시 부인은 남편의 시선 앞에서 속절없이 부들부들 떨며 눈물을 흘렸고, 온몸의 모공 하나하나에 빠짐없이 파고든 피로와 발바닥의 굳은살을 이제야 실감했다. "맙소사, 나도 몰라요, 미안해요. 뭐에 홀려서 그랬는지 모르겠어요."

"내 직책이 얼마나 까다로운 자리인지 모르시오?" 쿠레이시 씨가 버럭 소리쳤다. "고객의 신뢰가 무엇보다 중요하다고. 그런데 마누라가 *천것*들이랑 어울려 싸돌아다니면 내 꼴이 뭐가 되나?"

미샬은 어머니를 얼싸안으며 아버지에게 제발 윽박지르지 말라고 말했다. 쿠레이시 씨는 딸의 이마에 새겨진 죽음의 표식을 비로소 발견하고 바람 빠진 타이어 튜브처럼 폭삭 무너져버렸다. 미샬은 암에 걸렸다는 사실을 아버지에게 밝혔고, 메카에 도착하기만 하면 기적이 일어난다고 예언자 아예샤가 단언했으니 자신의 병도 깨끗이 나을 것이라고 말했다.

"그럼 메카까지 비행기로 데려다주마." 아버지가 간청했다. "제트기를 타면 간단한데 왜 걸어가니?"

그러나 미샬은 막무가내였다. "그냥 가세요." 그녀가 아버지에게 말했다. "믿는 사람들만 할 수 있는 일이에요. 저는 엄마가 보살펴주실 거예요."

쿠레이시 씨는 어쩔 수 없이 리무진을 타고 미르자 사이드와 함께 행렬을 뒤따랐는데, 모터스쿠터를 타고 따라왔던 두 하인을 끊임없이 미샬에게 보내 음식이나 약이나 섬즈업 콜라나 그 밖에 무엇이든 원하는 것이 없느냐고 물어보곤 했다. 그러나 미샬은 그런 제안을 모조리 거절했고, 사흘이 지난 후—은행 일은 은행 일이니까—쿠레이시 씨는 도시로 돌아갔다. 모녀를 도와주도록 모터스쿠터를 타는 *심부름꾼* 한 명을 남기고 떠나며 그는 이렇게 말했다. "저 녀석한테 뭐든지 시켜라. 자, 바보처럼 굴지 말고. 가능하면 편한 게 좋잖니."

쿠레이시 씨가 떠난 다음 날, 심부름꾼 굴 무함마드도 스쿠터를 팽개치고 도보 행렬에 합류했다. 머리에는 손수건을 질끈 동여매 신앙심을 표시했다. 아예샤는 아무 말도 안 했지만 순례 행렬에 끼어드는 스쿠터왈라를 보더니 개구쟁이처럼 씩 웃었고, 그 미소를 보며 미르자 사이드는 그녀가 꿈속의 여인처럼 환상적인 존재가 아니라 피와 살로 이루어진 소녀임을 다시금 깨달았다.

쿠레이시 부인이 불평을 늘어놓기 시작했다. 잠깐 동안이나마 예전의 삶과 접촉하는 바람에 결심이 무너져버렸고, 이미 기회를 놓쳤는데도 푹신한 쿠션이나 얼음을 넣은 신선한 라임소다 등이 끊임없이 떠올랐다. 자기처럼 곱게 자란 여자가 천한 청소부처럼 맨발로 다녀야 하는 일이 별안간 몹시 부당하게 느껴졌다. 결국 그녀는 짐짓 수줍은 표정으로 미르자 사이드를 찾아갔다.

"여보게 사이드, 자네 혹시 나를 지독하게 미워하나?" 쿠레이시 부인이 자기 딴에는 교태를 부린답시고 피둥피둥한 얼굴을 요리조리 움직이며 살살거렸다.

그녀의 찡그린 표정을 보고 경악한 사이드가 간신히 대답했다. "천만의 말씀입니다."

"아냐, 미워하겠지, 그러니 나는 이제 다 틀렸어." 그녀는 그렇게 아양을 떨었다.

"장모님,"—침을 꿀꺽 삼키고—"무슨 말씀을 하시는 겁니까?"

"내가 가끔 자네한테 좀 심한 말을 해서."

"잊어버리세요." 사이드는 그녀의 연기에 어리둥절했지만 쿠레이시 부인은 순순히 넘어가려 하지 않았다.

"그게 다 사랑 때문이었다는 사실은 자네도 알아야 돼. 사랑은 눈부시게 아름다운 거라고."

"세상을 움직이는 힘이죠." 대화의 흐름에 동참하려고 미르자 사이드가 거들었다.

"사랑은 모든 것을 정복하지." 쿠레이시 부인도 맞장구를 쳤다. "내 노여움도 정복당했어. 그걸 보여주기 위해서라도 자네 차를 타고 가겠네."

미르자 사이드는 고개를 숙였다. "얼마든지 타십시오, 장모님."

"그렇다면 저 마을 남자들 둘은 앞자리에 타라고 해주게. 숙녀라면 보호를 받아야 하지 않겠나?"

"물론입니다."

ᔕ

한 마을 전체가 바다를 향해 걸어간다는 이야기가 전국에 파다하게 퍼졌다. 아홉째 주부터는 수많은 기자, 표몰이를 하러 나온 현지 정치인, 순례자들이 각종 상품이나 서비스에 대한 샌드위치 광고판을 걸고 다니기만 하면 이번 순례길을 전면 후원하겠다고 제안하는 사업가, 동양의 신비를 구경하러 찾아온 외국 관광객, 옛날을 그리워하는 간디주의자, 그리고 충돌 장면을 보려고 자동차경주를 관람하는 인간독수리 같은 종자들이 순례자들을 괴롭히기 시작했다. 그러나 카멜레온 나비떼를 보고 또한 그것이 아예샤라는 처녀의 옷인 동시에 유일한 음식임을 확인하고 나면 구경꾼들은 놀라는 한편 복잡한 기대감을 느끼며—다시 말해서 그들이 생각하던 세상의 모습에 이미 감출 수 없는 구멍이 뚫린 채—물러났다. 아예샤의 사진이 모든 신문에 빠짐없이 실렸고, 순례자들은 이 나비처녀의 모습을 실물크기의 세 배로 그려놓은 광고판도 여러 개 지나쳤는데, 그녀 옆에는 우리 옷감도 나비 날개처럼 섬세합니다 따위의 문구를 적어놓았다. 그때 더욱 걱정스러운 소식이 전해졌다. 일부 극렬파 종교단체가 '아예샤 하즈'를 가리켜 대중의 시선을 '가로채고' 더 나아가 '종파심을 조장'하려는 수작이라며 비난하고 나섰다. 각종 전단지가 살포되었는데—미샬도 길바닥에서 그런 종이를 주웠다—거기에는 '파디아트라, 즉 도보순례는 무굴의 이민자들을 통해 들어온 것이 아니라 이슬람교 이전부터 이어지는 우리 민족의 유구한 문화 전통'이라는 주장이 있었다. 그리고: '소위 아예샤 비비지라는 여자는 이런 전통을 악용하여 음흉하고 계획적인 술책으로 안 그래도 민감한 상황을 더욱 악화시키려 한다.'

카힌은 긴 침묵을 깨고 이렇게 선언했다. "아무 일도 없을 거예요."

지브릴은 어느 교외를 꿈꾸었다:

아예샤 하즈가 사랑Sarang—이곳은 이 예언자 처녀가 순례자들과 함께 찾아가는 아라비아해 연안의 대도시 근교에서 가장 외곽에 위치한 소읍이다—근처에 도달하자 기자들과 정치인들과 경찰관들이 훨씬 더 많이 찾아오기 시작했다. 처음에 경찰은 행렬을 강제로 해산시키겠다고 위협했다. 그러나 정치인들은 그런 조치가 매우 종파적인 행동처럼 보일 테니 자칫하면 전국이 종교적 폭력에 휩싸일지도 모른다고 충고했다. 결국 경찰간부들은 행진을 허용하기로 결정했지만 '안전한 여행을 보장할 수 없다'고 툴툴거리며 겁을 주었다. 미샬 악타르가 말했다. "우리는 계속 가요."

교외의 소읍에 불과한 사랑이 비교적 넉넉하게 사는 까닭은 부근에 막대한 양의 석탄이 매장된 덕분이었다. 그런데 땅속에 길을 뚫으며—'땅을 가르며'라고 말할 수도 있겠다—평생을 보낸 사랑 광부들은 남자도 아닌 여자가 손을 한 번 내젓는 것만으로 바다를 가를 수 있다는 말을 속 편하게 받아들이지 못했다. 게다가 몇몇 종교 단체의 기간요원들이 개입하여 광부들에게 폭력을 부추겼고, 이 같은 선동가들의 노력으로 폭도가 속속 모여들었다. 그들은 이런 플래카드를 들었다: 이슬람 파디아트라 결사반대! 나비마녀 물러가라.

순례자들이 사랑에 들어서기 전날 밤, 미르자 사이드는 다시 그들을 설득해보려고 소득도 없는 노력을 기울였다. 무력한 호소였다. "단념하세요. 내일은 우리가 다 죽는단 말입니다." 그러자 아예샤가 미샬의 귓가에 뭐라고 속삭였고 미샬이 이렇게 대답했다. "겁쟁이보다 순교자가 낫죠. 여기 겁쟁이가 있나요?"

한 명 있었다. 스리 스리니바스, 그랜드캐니언 탐험가, 장난감 나라의 주인, 창의성과 성실성을 좌우명으로 삼은 그가 미르자 사이드의 편에 섰다. 그는 락슈미 여신을 극진히 섬기는 신자인데, 난처하게도 여신과 아예샤의 얼굴이 똑같이 생겼고, 그래서 스리니바스는 곧 벌어질 싸움에서 어느 쪽에도 가담할 수 없다고 생각했다. 그는 사이드에게 이렇게 고백했다. "나는 나약한 인간이오. 미스 아예샤를 사랑했소. 사내라면 사랑하는 사람을 위해 마땅히 싸워야겠지. 하지만 어쩌겠소, 나는 중립을 지켜야겠소." 스리니바스는 메르세데스벤츠에 동승한 배반자 모임의 다섯번째 회원이 되었다. 이제 뒷좌석의 쿠레이시 부인도 별 볼 일 없는 남자와 함께 앉는 수밖에 없었다. 스리니바스는 비참한 기분으로 부인에게 인사를 건넸는데, 그녀가 언짢은 듯이 냉큼 물러앉는 모습을 보고 나름대로 마음을 달래주려 했다. "존경의 뜻으로 받아주십시오." 그러면서 안주머니에서 가족계획 인형을 꺼냈다.

그날 밤, 이탈자들은 스테이션왜건 안에 남아 있었고 신자들은 바깥에서 기도를 올렸다. 그들은 폐기된 화물열차 조차장에서 헌병대의 경비 아래 야영해도 좋다는 허락을 받은 터였다. 미르자 사이드는 잠들지 못했다. 스리니바스가 했던 말을 떠올렸다. 스리니바스는 자기도 머릿속에서는 간디주의자라고 했다. "하지만 그런 생각을 실천하기엔 너무 나약해서 탈이오. 부끄럽지만 사실이오. 나는 고통을 견뎌낼 능력이 없소, *선생*. 차라리 마누라와 아이들 곁에 남아 있는 편이 좋았을 텐데 쓸데없는 모험병 때문에 이런 꼴이 돼버렸소."

잠 못 이루는 미르자 사이드는 이미 잠든 장난감 상인에게 이렇게 대답했다. 우리 집안에도 일종의 병이 있어요. 초연함이라는 병, 온갖 만물과 세상사와 감정에 무관심한 병. 대부분의 사람들은 자신의 직업이나 연고 따위로 자신을 정의합니다. 그런데 우리는 인생을 머릿속에서만 살아왔어요. 그러니 현실에 대처하기가 힘겨울 수밖에 없지요.

다시 말해서 그는 지금의 이런 상황이 실제로 일어나고 있음을 좀처럼 믿을 수 없었다. 그러나 사실이었다.

이튿날 아침 아예샤의 순례 행렬이 출발 준비를 마쳤을 때, 티틀리푸르에서부터 그들을 따라오던 거대한 구름 같은 나비떼가 갑자기 흩어지며 사라져버렸고, 그리하여 드러난 하늘에는 좀더 일상적인 구름이 모여들었다. 아예샤를 감싸고 있던 나비들마저—말하자면 소수 정예라고 할 수 있을 텐데—자취를 감추었으므로 그녀는 가두리에 나뭇잎 무늬를 목판 날염한 낡은 무명 사리를 걸친 평범한 모습으로 행렬을 이끌 수밖에 없었다. 이번 순례가 옳은 일이라고 말해주는 듯하던 이적이 돌연 사라져버렸다는 사실은 모든 사람의 마음을 무겁게 했다. 그래서 미샬 악타르가 아무리 격려해도 순례자들은 노래를 부르지 못했고, 이렇게 나비떼의 축복을 잃어버린 채 그들은 운명을 향해 나아갔다.

'이슬람 파디아트라 결사반대'를 외치는 폭도는 도로 양쪽에 자전거 수리점이 줄줄이 늘어선 거리에서 아예샤를 위한 환영식을 준비해놓았다. 죽은 자전거를 쌓아 순례자들이 지나갈 길을 막아놓았고, 이렇게 망가진 바퀴와 구부러진 핸들과 소리 내지 못하는 벨 따위로 이루어진 바리케이드 뒤에서 기다리는 중이었다. 이윽고 거리 북쪽에서 아예샤 하즈가 나타났다. 아예샤는 폭도들을 본체만체하며 계속 걸었고 마침내 적의 몽둥이와 칼날이 기다리는 마지막 교차로에 이르렀을 때였다.

느닷없이 심판 날의 나팔 같은 천둥소리가 울려퍼지더니 하늘에서 바다가 통째로 쏟아졌다. 농작물을 구하기에는 이미 때가 늦었지만 드디어 가뭄이 끝났다. 나중에 많은 순례자들은 하느님이 바로 이 순간을 위해 물을 아껴 바다처럼 한없이 많은 양을 하늘에 모아두셨다고, 올해 농사를 희생하면서까지 당신의 예언자가 이끄는 무리를 구원하려 하셨다고 믿었다.

이 엄청난 소나기는 순례자들과 적들을 모두 무력화시켰다. 홍수가 빚어낸 혼란 속에서 심판 날의 나팔소리가 다시 들렸다. 그러나 이번에는 미르자 사이드의 메르세데스벤츠 스테이션왜건이 내는 경적소리였다. 그는 교외의 비좁은 뒷골목에서 난간에 걸린 셔츠나 호박 손수레나 싸구려 플라스틱 쟁반 따위를 마구 들이받으며 쏜살같이 차를 몰았고, 마침내 바리케이드 바로 북쪽에서 자전거 수리점 거리와 만나는 바구니 세공품 거리에 이르렀다. 여기서 그는 다시 가속페달을 있는 힘껏 짓밟으며 교차로를 향해 돌진했고, 행인이나 고리버들 걸상이 사방으로 흩어졌다. 사이드는 하늘에서 바다가 쏟아진 직후 교차로에 도착하여 급브레이크를 밟았다. 스리 스리니바스와 오스만이 뛰어내려 미샬 악타르와 예언자 아예샤를 낚아챘고, 쏟아지는 발길질과 침과 욕설에도 아랑곳없이 메르세데스 안으로 밀어넣었다. 사이드는 사람들이 눈에 들어간 빗물을 닦아내기도 전에 그 자리를 벗어났다.

자동차 안에는: 수많은 몸뚱이가 마구 뒤엉킨 채 쌓여 있었다. 맨 밑에 깔린 미샬 악타르가 남편에게 욕지거리를 퍼부었다. "훼방꾼! 배신자! 갈데없는 인간쓰레기! 고집불통!" 그러자 사이드가 빈정거렸다. "순교자가 되기는 너무 쉽잖아, 미샬. 바다가 꽃처럼 활짝 피어나는 장

면을 보고 싶지 않소?"

거꾸로 처박힌 오스만의 다리 사이에서 쿠레이시 부인이 고개를 내밀더니 붉어진 얼굴로 헐떡거리며 거들었다. "그래, 그만해라, 미슈, 집어치워. 우린 좋은 뜻으로 한 일이니까."

지브릴은 홍수를 꿈꾸었다:

비가 쏟아졌을 때 사랑의 광부들은 손에 손에 곡괭이를 들고 순례자들을 기다리던 참이었는데, 자전거 바리케이드가 순식간에 쓸려나가자 그들은 신이 아예샤의 편이라고 생각할 수밖에 없었다. 이 소읍의 배수시설은 무시무시한 수마의 공격에 맥없이 굴복했고 광부들은 곧 허리까지 흙탕물에 잠겨버렸다. 그중 일부는 순례자들 쪽으로 다가가려 했고 순례자들도 계속 전진하려고 애썼다. 그러나 그때 폭우의 기세가 배가되더니 다시 두 배로 격렬해졌고, 하늘이 쏟아붓는 엄청난 물줄기 때문에 숨도 쉴 수 없었고, 마치 지구가 통째로 삼켜지는 듯하고 하늘과 땅이 하나로 합쳐지는 듯했다.

꿈을 꾸는 지브릴마저 빗물 때문에 시야가 흐릿했다.

비가 멎고 젖은 태양이 비춰주는 풍경도 유린당한 베네치아 같았다. 사랑의 길거리마다 운하가 되고 온갖 부유물이 둥실둥실 흘러갔다. 조금 전까지만 해도 스쿠터 릭샤*와 낙타 달구지와 수리한 자전거 등이 있던 곳에 지금은 신문지와 꽃과 팔찌와 수박과 우산과 차팔과 선글라스와 바구니와 배설물과 약병과 트럼프 카드와 두파타**와 팬케이크와 램프 따위가 떠다녔다. 물빛이 요상하게 불그스름한 색깔이라 흠뻑 젖은 사람들은 거리에 핏물이 흐른다고 상상했다. 험상궂은 광부들도 아예샤의 순례자들도 온데간데없었다. 개 한 마리가 무너진 자전거 바리케이드 앞의 교차로를 헤엄쳐 건너갔고, 사면은 홍수가 불러온 축축한 적막에 잠겼고, 고립된 버스들을 물결이 어루만졌고, 물에 잠긴 뒷골목 지붕마다 겁에 질린 아이들이 감히 나와 놀지도 못하고 멍하니 아래를 내려다볼 뿐이었다.

그때 나비떼가 돌아왔다.

태양 뒤에 숨어 있었다는 듯이 난데없이 나타난 나비떼는 비가 그친 것을 축하하려는 듯 모두 햇빛의 빛깔을 띠었다. 하늘을 뒤덮은 이 어마어마한 빛의 양탄자는 이미 폭우의 여파로 휘청거리던 사랑 사람들을 완전히 뒤흔들어놓았다. 그들은 세상의 종말이 두려워 집 안으로 숨어 덧문까지 닫아걸었다. 그러나 근처 언덕바지에 올라간 미르자 사이드 일행은 다시 등장한 이적을 바라보며 모두—심지어 자민다르마저—경외감에 사로잡혔다.

좀전에 미르자 사이드는 부서진 창으로 들이치는 빗물 때문에 앞을 제대로 볼 수 없는데도 전속력으로 차를 몰았고, 언덕을 휘감아 올라가

---

* 사람이 끄는 '인력거'를 뜻하던 말.

** 인도 여성이 어깨에 걸치거나 외출시 얼굴을 가리는 길고 화려한 천.

는 길을 달리다가 사랑 1호 탄광 정문 앞에 멈추었다. 빗속의 갱문*이 희미하게 보였다. 미샬 악타르가 힘없이 악담을 했다. "머리 참 좋군요. 저 밑에는 불량배들이 기다리는데 기껏 한패가 있는 곳으로 올라오다니. 기막힌 발상이네요, 사이드. 아주 훌륭해요."

그러나 광부들과 더이상의 마찰은 없었다. 그날 탄광 참사가 일어나 만오천 명의 광부가 사랑 언덕 아래 생매장을 당했기 때문이다. 사이드, 미샬, 사르판치, 오스만, 쿠레이시 부인, 스리니바스, 그리고 아예샤가 저마다 흠뻑 젖고 녹초가 된 채 길가에 서 있을 때 수많은 구급차와 불자동차와 인명 구조대와 광산주들이 꾸역꾸역 몰려왔다가 한참 뒤에 고개를 저으며 떠나갔다. 사르판치가 엄지와 검지로 양쪽 귓불을 붙잡았다. "인생은 고통이야. 고통과 상실이야. 쓸모없는 동전 같아서 카우리**만도 못하지."

황소가 죽는 바람에 이번 순례길에서 깊이 사랑하던 동반자를 잃었다는 점에서 사르판치와 같은 처지가 된 오스만도 함께 눈물을 흘렸다. 쿠레이시 부인이 낙관적 측면을 찾으려 했다. "중요한 건 우리가 무사하다는 점이잖아요." 그러나 아무도 대꾸하지 않았다. 그때 아예샤가 지그시 눈을 감더니 노래하는 듯한 예언자의 목소리로 말했다. "나쁜 짓을 하려는 자들에게 천벌이 내렸어요."

미르자 사이드가 분개하여 외쳤다. "저 사람들은 바리케이드 근처에도 안 왔어! 땅속에서 일했단 말이야."

그러자 아예샤가 대답했다. "스스로 무덤을 판 거죠."

---

* 갱도의 입구.

** 고대 아시아 및 아프리카에서 화폐 대용으로 쓰던 조가비.

바로 그때 그들은 다시 나타난 나비떼를 보았다. 사이드는 믿을 수 없다는 얼굴로 이 황금빛 구름을 바라보았다. 나비떼는 일단 한곳에 모였다가 날개 달린 빛의 시냇물을 사방으로 흘려보냈다. 아예샤는 교차로로 되돌아가고 싶어했다. 사이드가 반대했다. "거긴 물에 잠겼어. 우리가 살아날 길은 언덕 반대쪽으로 내려가서 읍내 건너편으로 빠져나가는 것뿐이야." 그러나 아예샤와 미샬은 벌써 언덕을 내려가는 중이었다. 예언자가 창백한 여자 미샬의 허리를 안아 부축해주었다.

미르자 사이드가 아내를 불렀다. "미샬, 제발, 이러지 마요. 자동차는 어쩌란 말이오?"

그러나 그녀는 예언자 아예샤에게 심하게 의지하며 뒤도 돌아보지 않고 물을 향해 계속 언덕을 내려갔다.

그리하여 미르자 사이드 악타르는 마침내 애지중지하던 메르세데스 벤츠 스테이션왜건을 물에 잠긴 사랑 탄광의 입구 부근에 버려두고 아라비아해로 가는 도보 행렬에 합류했다.

지저분한 몰골의 일곱 나그네는 허벅지까지 물에 잠긴 채 자전거 수리점 거리와 바구니 세공품 거리가 만나는 교차로에 서 있었다. 천천히, 아주 천천히 물이 줄어들었다. 미르자 사이드가 말했다. "인정할 건 인정해야지. 순례는 끝났어. 마을 사람들은 다 어디로 갔는지 모를 일인데, 빠져 죽었을 수도 있고 살해당했을 수도 있지만 어쨌든 사라진 것만은 확실하잖아. 이제 너를 따라갈 사람은 우리밖에 없다고." 그는 아예샤에게 얼굴을 불쑥 들이밀었다. "그러니 포기하란 말이야, 아가씨. 넌 끝났어."

그때 미샬이 말했다. "저기 봐요."

사방에서 티틀리푸르 마을 사람들이 좁은 뒷골목을 빠져나와 헤어졌던 장소로 돌아왔다. 모두 목에서 발목까지 황금빛 나비떼로 뒤덮였고 사람들 앞에도 이 작은 생물들이 길게 늘어서서 날았다. 우물에 빠진 사람들을 안전한 곳으로 끌어내는 밧줄 같았다. 사랑 사람들은 두려워하며 창밖을 내다보았다. 징벌의 홍수가 물러가고 아예샤 하즈는 도로 한복판에 다시 모였다.

미르자 사이드가 말했다. "도저히 믿을 수가 없군."

그러나 현실이었다. 나비떼는 순례자들을 단 한 명도 빠뜨리지 않고 모조리 찾아내 다시 이 큰길로 데려왔다. 나중에는 더욱 기이한 이야기가 쏟아져나왔다: 부러진 발목에 나비떼가 내려앉자 부상이 나았다는 둥, 살이 찢어진 상처도 마술처럼 저절로 아물었다는 둥. 의식을 잃었다가 깨어나보니 나비떼가 입가에 붙어 파닥거렸다는 순례자도 많았다. 심지어 자기가 물에 빠져 죽었는데 나비떼가 도로 살려냈다고 믿는 사람까지 있었다.

미르자 사이드가 소리쳤다. "바보처럼 굴지들 마시오! 여러분을 살려낸 건 소낙비였소. 빗물이 적들을 쓸어갔고, 그러니 다친 사람이 별로 없는 것도 당연한 일이오. 과학적으로 좀 생각합시다, 제발."

"눈이 있으면 저기 좀 봐요." 빛나는 나비떼에 뒤덮인 백 명도 넘는 남자와 여자와 아이를 가리키며 미샬이 말했다. "당신의 과학은 저런 일을 어떻게 설명하죠?"

순례 여행의 마지막 며칠은 온통 도시에 둘러싸인 채 지나갔다. 시정부가 파견한 관리들이 미샬과 아예샤를 만나 대도시를 통과할 루트를 짰다. 이 루트에는 모스크들이 있어 순례자들이 시민들의 통행을 방해하지 않고 묵어갈 수 있었다. 도시는 굉장한 흥분에 휩싸였다: 순례자들이 다음 휴식처를 향해 출발할 때마다 엄청난 군중이 몰려들어 구경했는데, 그중에는 조롱을 퍼붓는 적대적인 사람도 있었지만 사탕 과자나 의약품이나 음식을 선물로 가져오는 사람도 많았다.

지치고 더러워진 미르자 사이드는 심한 좌절감에 빠졌다. 기적보다 이성을 믿는 편이 낫다고 역설했지만 고작 몇 명의 순례자밖에 설득하지 못했기 때문이다. 티틀리푸르 사람들은 기적만으로도 지금껏 잘 견뎠다고 주장했는데 충분히 납득할 만한 논리였다. 사이드가 사르판치에게 투덜거렸다. "빌어먹을 나비떼. 그놈들만 없다면 우리에게도 승산이 있는데 말입니다."

사르판치가 어깨를 으쓱거렸다. "하지만 나비들은 처음부터 우리를 따라왔잖소."

미샬 악타르는 죽음이 임박한 기색이 역력했다. 벌써 죽음의 냄새를 풍기기 시작했고 안색도 백묵처럼 새하얗게 변해 사이드에게 크나큰 걱정을 안겨주었다. 그러나 미샬은 남편을 근처에도 오지 못하게 했다. 자기 어머니마저 배척했고, 순례 행렬이 처음으로 시내 모스크에 머물던 밤, 은행 일을 제쳐두고 찾아온 아버지에게도 당장 사라지라고 말했다. "이젠 순수한 사람들만 함께할 수 있는 때가 왔어요." 그렇게 아내의 입에서 튀어나오는 예언자 아예샤의 말을 듣는 순간 미르자 사이드는 거의 모든 희망을 포기했다.

금요일이 되자 아예샤는 금요 예배를 위해 순례 여행을 하루 멈추게 했다. 미르자 사이드는 한때 달달 외우던 아랍어 경전을 거의 다 잊어버렸고, 언제 두 손을 책처럼 펼쳐 앞으로 내밀며 일어서야 하는지, 언제 무릎을 꿇어야 하는지, 언제 이마를 바닥에 대야 하는지도 제대로 기억하지 못했고, 그래서 의식이 진행되는 동안 갈팡질팡하며 자신에게 점점 혐오감을 느꼈다. 그런데 예배가 끝났을 때 아예샤 하즈를 중단시키는 일이 생겼다.

순례자들이 모스크 안마당을 떠나가는 사람들을 바라보고 있을 때 정문 밖에서 소동이 시작되었다. 미르자 사이드가 알아보러 나갔다. "웬 소란입니까?" 그렇게 물으며 모스크 계단 위에 모인 군중을 비집고 나아갔다. 그러다가 맨 아래 층계에 놓인 바구니를 보았다.—바구니 속에서 아기 울음소리가 들렸다.

버림받은 아기는 생후 이 주쯤 됐을까, 사생아가 분명했고 앞날도 불우할 것이 불을 보듯 뻔했다. 사람들은 의혹에 사로잡혀 어쩔 줄 모르는 분위기였다. 그때 이 모스크의 이맘이 계단 꼭대기에 나타났는데, 그 옆에는 이미 시내 전역에 명성이 자자한 예언자 아예샤도 함께 있었다.

사람들이 바다처럼 갈라졌다. 아예샤와 이맘은 바구니가 있는 곳으로 내려왔다. 이맘이 잠시 아기를 살펴보았다. 일어섰다. 그리고 돌아서서 군중에게 말했다.

"이 아이는 악행을 통해 태어났소. 악마의 자식이오." 그는 젊은 남자였다.

군중의 분위기가 분노로 바뀌었다. 미르자 사이드가 소리쳤다. "너, 아예샤, 카힌. 너는 어떻게 생각하지?"

그녀가 대답했다. "우리는 모든 것을 바쳐야 해요."

사람들은 더 자세한 설명을 들어볼 필요도 없다는 듯 다짜고짜 아기를 돌로 때려 죽였다.

그 일이 있은 후 아예샤의 순례자들은 행군을 거부했다. 버려진 아기의 죽음은 지쳐 있던 마을 사람들 사이에 반란의 분위기를 불러일으켰다. 돌을 집어들거나 던진 사람은 한 명도 없었다. 이제 백설처럼 새하얘진 미샬은 병 때문에 너무 쇠약해져 순례자들을 불러모을 기운도 없었다. 아예샤는 언제나처럼 논쟁을 거절하고 마을 사람들에게 경고했다. "여러분이 하느님께 등을 돌리겠다면 하느님이 똑같이 하셔도 놀라지 마세요."

순례자들은 거대한 모스크의 한구석에 모여 쭈그리고 앉아 있었다. 모스크는 바깥쪽에 라임색, 안쪽에 밝은 파란색을 칠했는데 필요에 따라 오색의 네온 '튜브 라이트'를 켜놓기도 했다. 아예샤의 경고를 들은 후 사람들은 그녀에게 등을 돌렸고, 날씨가 후덥지근한데도 서로 더 가까이 다가앉았다. 이 기회를 놓칠세라 미르자 사이드는 다시 아예샤에게 직접 도전해보기로 마음먹었다. 그는 사뭇 다정하게 말을 걸었다. "말해봐. 천사가 정확히 어떤 방법으로 너한테 그런 정보를 주지? 넌 우리에게 천사의 말을 그대로 전하지 않고 언제나 네가 해석한 내용을 말해줬잖아. 왜 그렇게 간접적으로 하지? 왜 그냥 인용하지 않고?"

아예샤가 대답했다. "천사께서는 명확하고 기억하기 쉬운 형태로 말씀하십니다."

아예샤를 향한 욕망의 고통스러운 에너지, 죽어가는 아내와 사이가 벌어진 데 대한 괴로움, 여행중에 겪은 온갖 시련의 기억, 그런 것들에 시달리던 미르자 사이드는 질문을 회피하는 그녀를 보고 자기가 캐내려 하는 약점의 냄새를 맡았다. 그래서 더 다그쳤다. "웬만하면 더 구체적으로 말해봐. 그러지 않으면 누가 믿겠나? 그 형태라는 게 어떤 거지?"

아예샤가 고백했다. "유행가 가락에 맞춰 노래를 불러주시죠."

미르자 사이드는 기쁨에 겨워 짝 손뼉을 치더니 쩌렁쩌렁 울리도록 요란한 앙갚음의 폭소를 터뜨렸고, 황소 사나이 오스만도 끼어들어 쭈그리고 앉은 마을 사람들 주위를 겅중겅중 뛰어다니며 두 눈을 노치* 무희처럼 뜨고 돌키**를 두드리고 최신 *영화 주제가*를 불러댔다. 그가 신나게 노래했다. "야호! 지브릴이 이런 식으로 말씀하셨대, 이야호! 야호!"

그러자 다른 순례자들도 하나둘씩 일어나더니 겅중거리는 북잡이를 따라 모스크 안마당을 빙글빙글 돌며 환멸과 혐오감의 춤을 추었다. 마

---

* 인도 전통춤의 일종.

** 원통형 나무통의 양쪽 끝에 염소 가죽을 씌운 인도의 전통악기.

침내 이맘이 달려나와 고함을 지르며 그들의 불경스러운 작태를 꾸짖었다.

∽

밤이 되었다. 티틀리푸르 사람들은 사르판치 무함마드 딘을 중심으로 둘러앉아 티틀리푸르로 돌아가는 문제를 놓고 심각한 의논을 했다. 어쩌면 농작물을 조금은 건질 수 있을지도 모른다. 미샬 악타르는 어머니의 무릎에 머리를 얹고 고통스러워하며 죽어갔다. 그녀의 왼쪽 눈에서 한줄기 눈물이 흘러내렸다. 화려한 튜브 라이트 조명을 갖춘 이 녹색과 청색 모스크의 안마당 한구석에서는 예언자와 자민다르가 단둘이 앉아 이야기를 나누었다. 달이—뿔처럼 생긴 차가운 초승달이—빛났다.

"당신은 참 약삭빠른 사람이네요." 아예샤가 말했다. "기회를 놓치지 않더군요."

바로 그때 미르자 사이드가 타협안을 내놓았다. "아내가 죽어가. 아내는 메카 샤리프에 무척이나 가고 싶어하지. 그러니까 너하고 나, 우리는 공동 관심사를 가진 셈이야."

아예샤는 묵묵히 들었다. 사이드가 말을 이었다. "아예샤, 나도 나쁜 놈은 아니야. 솔직히 말해서 이번 여행에서 여러 가지로 감명을 받았어. 굉장한 감명을 받았지. 너는 저 사람들에게 심오한 영적 체험을 하게 해줬어. 그것만은 확실해. 나처럼 현대적인 사람이라고 해서 영적인 일을 전혀 모른다고 생각하면 곤란하다고."

그러자 아예샤가 말했다. "저들은 내 곁을 떠났어요."

사이드가 대답했다. "다들 혼란스러워하는 거야. 중요한 건, 만약에 네가 정말 저들을 바다로 데려갔는데 아무 일도 생기지 않는다면, 맙소사, 그때는 너에게 정말 반감을 품을 거라는 사실이야. 그러니 한 가지 제안을 하지. 내가 장인어른께 연락해봤는데 그 양반이 비용 절반을 대주겠다고 하셨어. 우리가 너와 미샬을, 그리고 마을 사람들 열 명을—아니, 열두 명을!—사십팔 시간 이내에 비행기로 메카까지 보내주겠다는 얘기야. 예약도 가능해. 데려갈 사람들을 선택하는 문제는 너한테 맡길게. 그렇게 하면 비록 전부는 아니더라도 그 몇 사람에게는 네가 기적을 일으키는 셈이야. 그리고 내 생각엔 이 순례 여행 자체가 어떤 면에서는 기적이었어. 그러니까 넌 아주 많은 일을 해낸 거라고."

그는 숨을 멈추었다.

아예샤가 말했다. "생각해봐야겠어요."

사이드는 신이 나서 격려해주었다. "그래, 얼마든지 생각해봐. 대천사에게도 물어보고. 그 양반이 허락한다면 옳은 일이라는 뜻이겠지."

∽

미르자 사이드 악타르는 아예샤가 대천사 지브릴의 승낙을 받았다고 말하는 순간 그녀의 권위도 영원히 사라져버린다는 것을 알았다. 마을 사람들이 그녀의 기만성과 절박한 심정을 알아차릴 테니까.—그렇다고 그녀가 이 제안을 거절할 수 있을까?—무슨 선택의 여지가 남았다고? '복수는 달콤한 거야' 하고 그는 마음속으로 중얼거렸다. 아예샤가 그렇게 망신을 당한 뒤에도 미샬이 변함없이 메카에 가고 싶어한다면 얼마든지 데려다줄 수 있다.

티틀리푸르의 나비떼는 모스크 안에 들어오지 않았다. 모두 바깥벽이나 양파 모양의 돔에 달라붙은 채 어둠 속에서 초록색으로 빛났다.

그날 밤에 아예샤는: 컴컴한 어둠 속을 배회하다가 드러누웠다가 다시 일어나 돌아다녔다. 어쩔 줄 모르는 기색이 역력했다. 이윽고 나른함이 찾아왔고 그녀는 모스크의 어둠 속으로 녹아드는 듯했다. 아예샤는 새벽녘에야 돌아왔다.

아침기도가 끝난 후 그녀가 순례자들에게 할 말이 있다고 했다. 사람들은 미심쩍어하면서도 들어주기로 했다.

"간밤엔 천사께서 노래를 부르지 않으셨어요. 그냥 말씀하셨죠. 불신에 대해, 그리고 악마가 그걸 어떻게 이용하는지에 대해서요. 제가 여쭤봤어요. 사람들이 저를 불신하는데 어떻게 해야 합니까? 천사께서는 이렇게 대답하셨죠: 증거만이 불신을 잠재울 수 있느니라."

아예샤는 이제 사람들의 주의를 완전히 사로잡았다. 다음으로 그녀는 간밤에 미르자 사이드가 제안했던 내용을 이야기했다. "그는 천사께 여쭤보라고 했지만 제 생각은 달라요. 제가 어떻게 여러분 중에서 선택할 수 있겠어요? 전부가 가지 못하면 아무도 안 가요."

"우리가 왜 너를 따라가야 하지?" 사르판치가 물었다. "여러 사람이 죽었고 그 아기 일도 있었는데."

"왜냐하면 바다가 갈라질 때 여러분은 구원을 받을 테니까요. 하느님의 거룩하신 품에 안긴다고요."

"바다는 무슨 놈의 바다?" 미르자 사이드가 소리쳤다. "바다가 어떻게 갈라진다는 거냐?"

"저를 따르세요." 아예샤가 결론을 말했다. "그리고 갈라지는 바다를 본 다음에 저를 심판하세요."

사이드의 제안에는 오래된 질문이 포함되어 있었다: 너는 어떤 존재인가? 그리고 아예샤도 그에게 오래된 대답을 던졌다. 나는 유혹을 받았으나 새로 태어났나니, 이제 타협하지 않으며 절대적이며 순수하노라.

아예샤의 순례자들이 유리창마다 새로 나온 폴라로이드 카메라를 사용하는 여배우들의 모습이 잔뜩 붙은 홀리데이 인의 옆길을 따라 내려간 것은 마침 밀물 때였고,—도시의 아스팔트 대신 푹신하고 부드러운 모래가 발에 밟혔고,—주변에는 두툼하게 쌓여 썩어가는 코코넛 껍데기 버려진 담뱃갑 조랑말의 똥 분해되지 않는 병류 과일 껍질 해파리 종이 따위가 즐비했고,—순례자들은 비스듬히 누운 높다란 코코야자와 바다가 보이는 호화 아파트의 발코니 아래 펼쳐진 갈색 모래밭으로 내려갔고,—징그러울 정도로 근육을 부풀린 청년들이 무시무시한 발레 댄서처럼 일제히 몸을 비틀며 온갖 묘기를 부리는 곳을 지났고,—저마다 바람을 쐬거나 사업상의 만남을 갖거나 모래밭을 뒤져 생계를 이으려고 찾아온 부랑자들과 클럽 회원들과 가족들 사이로 나아갔고,—마침내 난생처음으로 아라비아해를 바라보았다.

미르자 사이드는 미샤를 돌아보았다. 그녀는 이제 혼자 서 있을 힘도 없어 마을 남자 두 명의 부축을 받았다. 그녀 곁에는 아예샤도 있었는데, 사이드는 문득 이 예언자가 죽어가는 여인에게서 빠져나왔다고 상상했다. 미샤이 지녔던 광채가 하나도 남김없이 육체를 박차고 나와 이 신화적 형상으로 탈바꿈했고, 그뒤에는 빈 껍질만 남아 죽어가는 듯했다. 그런 생각을 하던 사이드는 어느새 아예샤의 초자연적 사고에 물들어버린 자신에게 화를 냈다.

티틀리푸르 사람들은 아예샤에게 좀 빠져달라고 부탁한 후 기나긴 토론을 벌인 끝에 아예샤를 따르기로 결정했다. 상식적으로 생각하더라도 기껏 여기까지 와서 첫 목적지를 목전에 두고 그냥 돌아선다면 어리석은 일이었다. 그러나 마음속에 생겨난 의혹 때문에 점점 힘이 빠졌다. 그들은 아예샤가 만들어낸 샹그릴라에서 벗어나려는 듯했다: 이제 진정한 의미에서 아예샤를 따르는 것이 아니라 그녀의 뒤에서 걸어갈 뿐이었고, 한 걸음 한 걸음 내디딜 때마다 그만큼씩 늙고 병들어가는 듯한 모습이었다. 그리하여 이윽고 바다를 보게 되었을 때 그들은 절룩거리거나 비틀거리거나 눈물 콧물을 줄줄 흘리거나 열이 나거나 눈이 충혈되는 등 비참한 꼬락서니였으니, 오죽했으면 미르자 사이드가 그중에서 마지막 몇 야드를 통과하여 물가에 도달하는 사람이 과연 몇이나 될까 하는 의문을 떠올렸으랴.

나비떼도 그들을 따라와 머리 위에서 높이높이 날았다.

"이젠 어떻게 되는 거지, 아예샤?" 그렇게 소리치며 사이드는 사랑하는 아내가 지금 임대용 조랑말들의 발굽이 오락가락하고 사탕수수즙 장사꾼들이 구경하는 이곳에서 당장 죽을 것 같다는 끔찍한 생각을 했다. "너는 결국 우리를 파멸의 경계선까지 끌고 왔어. 하지만 여기 이렇게 의심할 수 없는 사실이 있지 않으냐: 저 바다 말이야. 그런데 네 천사는 어디 있지?"

아예샤는 마을 사람들의 도움을 받으며 음료수 매점 옆에 쓸모없이 버려진 텔라* 위로 올라갔고, 그렇게 사이드를 내려다보게 되자 그제야 질문에 답했다. "지브릴은 저 바다가 우리 영혼과 같다고 하셨어요. 우리가 영혼을 열면 지혜 속으로 나아갈 수 있어요. 마음을 열 수만 있다면 바다도 가를 수 있다고요."

사이드가 그녀를 놀려댔다. "여기 육지에서는 뭘 가른다는 것이 큰 재앙만 가져왔잖아. 꽤 많은 사람이 죽었는데 너도 기억하겠지. 물속이라고 뭐가 다를 것 같아?"

그때 갑자기 아예샤가 말했다. "쉿. 천사께서 거의 다 오셨어요."

이번 순례가 큰 화젯거리였다는 점을 감안할 때, 해변에 모여든 군중이 그리 많지 않다는 것은 일견 놀라운 일이었다. 그러나 사실은 관계 당국이 나서서 도로를 폐쇄하고 교통을 통제하는 등 여러 예방책을 마련했기 때문이고, 결과적으로 해변에 모인 구경꾼은 이백 명 가량이 전부였다. 걱정할 만한 숫자는 아니었다.

정말 신기한 것은 이 구경꾼들이 나비떼를 보지도 못하고 나비들의 다음 행동도 보지 못했다는 사실이었다. 그러나 미르자 사이드는 분명히 보았다: 이 거대하고 빛나는 구름은 바다 쪽으로 날아갔고, 멈추었

---

* 노점상의 사륜 달구지.

고, 그 자리에 떠 있었고, 이윽고 어떤 거대한 존재의 모습으로 변해갔으니, 그 존재는 순전히 파닥거리는 작은 날개만으로 이루어진 찬란한 거인이었고, 크기는 수평선의 끝에서 끝까지 하늘을 가득 채울 정도였다.

"천사님이에요!" 아예샤가 순례자들에게 외쳤다. "이젠 다들 아시겠죠! 지금까지 줄곧 우리 곁에 계셨던 거예요. 이제 저를 믿으시겠어요?" 미르자 사이드는 순례자들에게 절대적인 믿음이 돌아오는 것을 보았다. "믿습니다!" 그들은 눈물을 흘리며 그녀에게 용서를 빌었다. "지브릴! 지브릴! 야 알라!"

미르자 사이드는 최후의 시도를 감행했다. "구름은 온갖 형상을 취합니다!" 그는 소리쳤다. "코끼리, 영화배우, 뭐든지 될 수 있어요. 보세요, 지금도 변하고 있잖습니까." 그러나 그의 말에 귀를 기울이는 사람은 아무도 없었다. 모두 놀란 표정으로 일제히 바다로 뛰어드는 나비떼를 바라보았다.

마을 사람들은 기쁨에 겨워 고함을 지르며 춤을 추었다. 그들이 외쳤다. "갈라진다! 갈라진다!" 구경꾼들이 미르자 사이드에게 소리쳐 물었다. "여보시오, 뭘 보고 저렇게 난리들이오? 우리가 보기엔 아무 일도 없는데."

아예샤는 물 쪽으로 걸어가는 중이었고, 미샬도 두 사람의 부축을 받으며 질질 끌리다시피 그쪽으로 향했다. 사이드는 그녀에게 달려가 마을 남자들과 몸싸움을 벌였다. "내 아내를 놓아줘. 지금 당장! 망할 놈들! 나는 자민다르야. 아내를 놔줘, 더러운 손 치우란 말이야!" 그러나 미샬이 속삭였다. "그건 안 돼요. 저리 가요, 사이드. 당신은 닫혀 있어요. 바다는 열린 사람들에게만 열린다고요."

"미샬!" 사이드가 절규했지만 미샬의 발은 벌써 젖어 있었다.

아예샤가 물속으로 들어서자 마을 사람들이 달려가기 시작했다. 달리지 못하는 사람은 달릴 수 있는 사람의 등에 펄쩍 업혔다. 티틀리푸르 마을의 엄마들은 아기를 안은 채 바다로 뛰어들고 손자들은 할머니를 어깨에 태우고 파도 속으로 뛰어들었다. 불과 몇 분 만에 마을 전체가 물에 들어가 첨벙거리고 엎어지고 다시 일어나고 하며 수평선을 향해 꾸준히 앞으로 나아갔다. 해변 쪽은 한 번도 돌아보지 않았다. 미르자 사이드도 물속에 있었다. 그가 아내에게 애원했다. "돌아와! 소용없는 짓이야! 나오라니까."

쿠레이시 부인과 오스만과 사르판치와 스리 스리니바스는 물가에 서 있었다. 미샬의 어머니가 연극조로 흐느껴 울었다. "오 우리 아가, 우리 아가. 이 노릇을 어쩌면 좋아?" 오스만이 말했다. "기적이 일어나지 않는다는 걸 알게 되면 다들 나올 거예요." 그러자 스리니바스가 트집을 잡았다. "그럼 그 나비떼는? 그건 뭐였지? 우연이었나?"

그들은 마을 사람들이 돌아오지 않으리라는 것을 깨달았다. 사르판치가 말했다. "지금쯤 발이 안 닿는 곳까지 거의 다 갔을 텐데." 쿠레이시 부인이 울먹이며 물었다. "헤엄칠 줄 아는 사람이 얼마나 되죠?" 그러자 스리니바스가 소리쳤다. "헤엄을 쳐요? 마을 사람들이 언제부터 헤엄을 쳤죠?" 그들은 몇 마일쯤 떨어진 사람들처럼 서로 고함을 질러대며 발을 동동 굴렀고, 그들의 몸은 어서 물속으로 들어가 어떻게든 해보라고 재촉했다. 불 위에서 춤추는 사람들 같았다. 군중 통제를 목적으로 파견된 경찰 부대의 지휘자가 물속에서 뛰어나오는 사이드에게 다가갔다.

경찰관이 물었다. "무슨 일입니까? 웬 소동이죠?"

미르자 사이드는 헐떡거리며 바다를 가리켰다. "저 사람들을 붙잡아 주시오."

경찰관이 다시 물었다. "범죄자들입니까?"

사이드가 대답했다. "죽으려 한단 말이오."

그러나 이미 늦었다. 마을 사람들은 멀리서 까닥까닥 움직이는 머리만 간신히 보였고 그곳은 물에 잠긴 모래톱의 가장자리였다. 그들은 목숨을 건지려는 아무런 노력도 없이 모두가 거의 동시에 수면 아래로 푹 가라앉았다. 아예샤의 순례자들이 순식간에 한 명도 남김없이 사라져버렸다.

그리고 아무도 다시 나타나지 않았다. 헐떡거리는 머리 하나도, 허우적거리는 팔 하나도 없었다.

사이드, 오스만, 스리니바스, 사르판치, 심지어 뚱뚱한 쿠레이시 부인까지 일제히 물속으로 뛰어들며 고함을 질렀다. "하느님, 긍휼히 여기소서! 빨리요, 모두 좀 도와줘요."

익사할 위기에 처한 사람은 물에 맞서 싸우기 마련이다. 바다가 삼켜버릴 때까지 얌전히 앞으로 걸어나간다는 것은 인간의 본성에 어긋나는 일이다. 그러나 아예샤와 미샬 악타르를 비롯한 티틀리푸르 사람들은 그렇게 수면 아래로 가라앉았고 다시는 발견되지 않았다.

경찰관들이 쿠레이시 부인을 해변으로 끌어냈는데, 얼굴은 파랗게 질리고 허파에는 물이 차서 인공호흡을 해야 했다. 오스만과 스리니바스와 사르판치도 곧이어 끌려나왔다. 다만 미르자 사이드 악타르는 자맥질을 계속하며 바다 쪽으로 점점 더 멀리 나아갔고, 그때마다 물에 잠기는 시간이 점점 더 길어졌다. 그러나 결국 그 역시 아라비아해로부터 구조되었는데, 기진맥진하여 구역질을 하다가 기절해버렸다. 순례여행은 그렇게 끝났다.

병원에서 깨어난 미르자 사이드는 침대 옆에 서 있는 범죄 수사관 한 명을 보았다. 관계 당국은 아예샤 원정대의 생존자들에게 불법 이민 미수 혐의를 씌워 기소 가능성을 검토하는 중이었고, 형사들에게는 생존자들이 이야기를 짜맞추기 전에 진술을 받아내라는 지시가 떨어졌다.

티틀리푸르 마을의 사르판치인 무함마드 딘의 증언은 다음과 같았다. "힘이 다 빠져 꼼짝없이 빠져 죽겠구나 생각할 때 두 눈으로 똑똑히 봤소. 빗으로 빗은 머리처럼 바다가 쫙 갈라지는 장면을 봤단 말이오. 저 멀리 사람들이 걸어가며 점점 더 멀어졌지. 그녀도 거기 있었는데, 내 아내, 내가 사랑하는 카디자 말이오."

사르판치의 진술 때문에 몹시 동요하는 형사들에게 황소 사나이 오스만이 말했다. "처음에는 나도 빠져 죽을까봐 굉장히 겁났어요. 그렇지만 계속 찾고 또 찾았죠. 주로 아예샤를 찾았는데, 그녀가 그렇게 변하기 전부터 아는 사이였거든요. 그러다가 마지막 순간에 봤어요. 놀라운 광경을. 바닷물이 갈라지더니 바다 밑바닥에서 죽어가는 고기떼 사이로 걸어가는 사람들이 보였어요."

스리 스리니바스도 락슈미 여신의 이름을 걸고 맹세하며 아라비아해가 갈라지는 장면을 보았다고 증언했다. 그리하여 쿠레이시 부인을 만나볼 때쯤 형사들은 몹시 당황한 상태였다. 남자들이 한자리에 모여 이야기를 꾸며내기란 전혀 불가능했음을 형사들도 잘 알았기 때문이다. 미샬의 어머니이며 대大은행가의 아내인 여자도 똑같은 이야기를 자기 나름대로 들려주었다. 그러면서 마지막으로 힘주어 말했다. "믿거나 말거나, 내가 두 눈으로 똑똑히 본 대로 말했을 뿐이에요."

소름이 쫙 끼친 수사관들은 더욱 가혹한 방법을 써보았다. "이것 보세요, 사르판치 양반, 헛소리 좀 그만해요. 그렇게 많은 사람이 그 자리에 있었지만 그런 일을 봤다는 사람은 아무도 없어요. 벌써부터 익사한 시체들이 해변으로 밀려오는데 풍선처럼 부풀어 악취를 풀풀 풍긴단 말입니다. 이렇게 계속 거짓말을 하시면 그리로 데려가서 진상을 똑바로 보게 해주겠어요."

그러자 사르판치 무함마드 딘이 심문자들에게 말했다. "뭘 보여주든 마음대로 하쇼. 그래도 내가 본 건 분명히 본 거니까."

"당신은 어떻습니까?" 미르자 사이드 악타르가 깨어났을 때 수사관들이 몰려가 질문을 던졌다. "그 해변에서 뭘 보셨죠?"

"어떻게 그런 걸 물어볼 수가 있소?" 사이드가 항의했다. "내 아내가 익사했단 말이오. 그 따위 질문은 집어치우시오."

아예샤 하지의 생존자 중에서 바다가 갈라지는 장면을 목격했다고 증언하지 않은 사람은 자기뿐이라는 사실을 알았을 때—스리니바스가 다른 사람들이 보았다는 내용을 그에게 전해주며 쓸쓸히 덧붙였다: "우리만 자격이 없어 함께 가지 못했으니 정말 부끄러운 일이오. 선생, 바다는 우리를 가로막았소. 천국의 문처럼 우리 면전에서 닫혀버렸소." —미르자 사이드는 그만 이성을 잃고 꼬박 일주일 하고도 하루 동안 울었는데, 눈물샘에서 소금기가 다 빠진 뒤에도 눈물 없는 흐느낌이 오래도록 그의 몸을 뒤흔들었다.

그후 그는 집으로 돌아갔다.

페리스탄은 풍카마다 좀이 슬어 다 파먹고 서재도 굶주린 무수한 벌레에게 뜯어 먹힌 뒤였다. 사이드가 수도꼭지를 틀자 물 대신 뱀이 기어나왔고, 한때 총독들이 잠을 자기도 했던 사주식 침대에는 덩굴식물이 뒤엉켜 있었다. 마치 그가 없는 사이에 시간이 가속화되어 몇 달이 아니라 몇 세기가 훌쩍 지나버린 듯했다. 무도실에 둘둘 말아놓았던 거대한 페르시아 양탄자를 건드리자 손끝에서 푸슬푸슬 부서져 내렸고 욕조 속에는 빨간 눈의 개구리가 가득했다. 밤에는 자칼의 울음소리가 바람을 타고 들려왔다. 거목도 이미 죽었거나 죽기 직전이었고, 밭도 사막처럼 황폐해졌고, 오래전에 아름다운 처녀를 보았던 페리스탄의 정원도 벌써 오래전에 누렇게 시들어 추하기만 했다. 하늘에도 날아다니는 새라고는 독수리뿐이었다.

그는 흔들의자를 베란다로 끌고 나가 그 위에 앉아 가만히 몸을 흔들다가 잠들었다.

한 번은—단 한 번이었지만—거목을 찾아갔다. 마을은 허물어져 흙으로 돌아갔고, 토지를 갖지 못한 농부나 약탈자가 버려진 땅을 차지하려 했지만 가뭄 때문에 모두 쫓겨났다. 이곳에는 비가 전혀 내리지 않았기 때문이다. 미르자 사이드는 페리스탄으로 돌아가 녹슨 대문에 맹꽁이자물쇠를 채웠다. 다른 생존자들이 어떻게 되었는지는 관심조차 없었다. 그는 전화기 앞으로 가서 벽에 연결된 선을 뽑아버렸다.

며칠인지 모를 시간이 흘렀을 때 문득 자기가 굶어 죽어간다는 생각이 뇌리를 스쳤는데, 몸에서 매니큐어 제거제 같은 냄새가 진동했기 때문이다. 그러나 시장기도 갈증도 느낄 수 없었으므로 굳이 음식을 찾으려고 애쓸 필요는 없다고 생각했다. 무엇을 위해서? 차라리 이 의자에서 이렇게 흔들거리는 게 훨씬 낫지. 생각하지 말고, 생각하지 말고, 생각하지 말고.

생애의 마지막 날 밤, 그는 거인이 숲을 짓밟는 듯한 소리를 들었고, 거인의 방귀 같은 악취를 맡았고, 거목이 불타고 있음을 깨달았다. 그는 의자에서 일어났고, 현기증을 느끼며 비틀비틀 정원으로 내려가 불구경을 했다. 불길은 수많은 역사와 기억과 혈통을 태우고 대지를 정화하며 그를 자유롭게 풀어주려고 다가오는 중이었는데,—바람이 불길을 저택 쪽으로 몰아왔으므로 머지않아, 머지않아 그의 차례가 될 터였다. 그는 거목이 수천 조각으로 터져버리는 장면도 보고 줄기가 심장처럼 쩍 갈라지는 장면도 보았다. 그리고 돌아서서 언젠가 아예샤가 처음 눈에 띄었던 정원의 그 자리로 휘청거리며 걸어갔다. 이제 그는 몸이 나른해지고 몹시 무거워지는 것을 느끼며 시들어버린 땅바닥에 드러누웠다. 눈을 감기 전에 뭔가 입술을 스쳐 내려다보았더니 나비 몇 마리가 입속으로 들어오려 했다. 그 순간 바다가 그를 덮쳤고, 물속에는 아내의 몸에서 기적처럼 빠져나왔던 아예샤가 있었고…… 그녀가 외쳤다. "열어요! 활짝 열어요!" 그녀의 배꼽에서 빛의 촉수가 흘러나왔고 그는 손날을 휘둘러 그것을 후려치고 또 후려쳤다. 그녀가 절규했다. "열라니까! 여기까지 왔으니 이제 마무리를 하란 말예요."—어떻게 그녀의 음성을 들을 수 있지?—그들은 물속에서 바다의 굉음에 휩싸인 상태였지만 그는 그녀의 말을 똑똑히 들을 수 있었다. 그들 모두가 그녀의 종소리 같은 음성을 분명히 들었다. 그녀가 외쳤다. "열어요!" 그는 닫았다.

그는 요새였지만 정문이 마구 덜컹거렸다.—물에 빠져 죽어가는 중이었다.—그녀도 죽어갔다. 그는 바닷물이 그녀의 입을 가득 채우는 모습을 보았고 허파 속으로 꼴깍꼴깍 흘러드는 소리를 들었다. 이때 그의 내부에서 뭔가 그 장면을 거부했고, 다른 선택을 했고, 심장이 터지는 순간 그는 문을 열었다.

그의 몸이 울대뼈에서 사타구니까지 쫙 벌어졌고, 그리하여 그녀가 그의 몸속 깊이 손을 넣을 수 있게 되었고, 이제 그녀도 열려 있었고, 그들 모두가 그랬고, 이렇게 그들이 열리는 순간 바다가 갈라졌고, 그들은 아라비아해의 밑바닥을 가로질러 메카를 향해 걸어갔다.

제9부

마술 램프

1

심장마비를 일으킨 후 열여덟 달이 지났을 때, 살라딘 참차는 아버지가 다발골수종 말기라는 전보를 받고 다시 하늘로 날아올랐다. 미리 자신의 주치의에게 전화로 문의해보았는데, 여의사는 이 병이 골수에 발생하는 지독한 암으로 '치사율 백 퍼센트'라고 냉정하게 밝혔다. 까마득히 멀게만 느껴지는 옛날 창게즈 참차왈라가 살라딘에게 잘라버린 호두나무의 수익금을 보내준 후 이들 부자는 서로 이렇다할 연락도 없이 지냈다. 살라딘이 보스탄 참사에서 살아남았다는 사실을 알리기 위해 짤막한 편지를 보냈고 그보다 더 무뚝뚝한 답장을 받았을 뿐이다: '편지 받았다. 이미 알고 있었다.' 그러나 이 비보를 담은 전보가 도착했을 때—서명자는 본 적도 없는 아버지의 두번째 아내 나스린 2호였고 논조는 매우 사무적이었다: 부친 위독 + 뵙고 싶으면 빨리 올 것 +

N 참차왈라 (부인)—살라딘은 아버지와의 관계가 평생 꼬이기만 했고 그 기나긴 세월이 온갖 오해와 '돌이킬 수 없는 의절'로 점철되었는데도 또 이렇게 단순 명쾌한 반응을 보이는 자신에게 자못 놀라움을 느꼈다. 상황은 간단하고 절대적이었다. 창게즈가 영영 떠나버리기 전에 무슨 일이 있어도 봄베이에 도착해야만 했다.

그는 먼저 인디아 하우스의 영사관 업무 부서에서 비자 신청 대열에 끼어 기나긴 시간을 보냈고, 그다음에는 지쳐빠진 담당자에게 사정이 몹시 다급하다는 사실을 납득시키려고 갖은 노력을 다했다. 그러나 멍청하게도 깜박 잊고 전보를 가져오지 않았고, 그래서 이런 말을 들을 수밖에 없었다. "그건 증거서류예요. 사실 아무나 와서 자기 아버지가 죽어간다고 말할 수 있지 않겠어요? 일을 빨리 해결하려고." 참차는 화를 참으려 애썼지만 결국 폭발하고 말았다. "당신 눈에는 내가 칼리스탄* 광신자로 보인단 말이오?" 담당자는 어깨만 으쓱거렸다. 참차는 그 어깻짓에 분통이 터져 버럭 고함을 질렀다. "내가 누군지 말해주지! 나야말로 테러범들 때문에 공중으로 펑 날아갔고 테러범들 때문에 3만 피트 상공에서 떨어졌던 불쌍한 놈이란 말이오. 그런데 바로 그런 테러범들 때문에 당신 같은 펜대 운전사한테 모욕을 당해야 하다니." 그러나 상대방은 산더미 같은 서류 다발의 밑바닥에 참차의 비자 신청서를 단호하게 쑤셔넣었고 사흘이 지나서야 겨우 승인이 떨어졌다. 제일 빠른 항공편은 그로부터 서른여섯 시간 뒤에 있었다: 인도 항공 747기였고 비행기 이름은 '굴리스탄호'였다.

---

* 인디라 간디 암살사건 등 각종 테러를 자행한 시크교 분리주의 운동.

굴리스탄과 보스탄, 낙원의 두 동산—그중 하나는 박살났고, 또하나는…… 3번 터미널에서 승객들을 비행기 안으로 흘려보내는 배수로를 따라 나아가던 참차는 747기의 열린 문 옆에 페인트로 적힌 이름을 보고 안색이 창백해졌다. 그러다가 사리를 걸친 인도인 스튜어디스가 틀림없는 캐나다 억양으로 건네는 인사말을 듣게 되자 일시에 힘이 쫙 빠지며 엄청난 공포가 밀려오는 바람에 비행기 앞에서 휙 돌아설 수밖에 없었다. 그렇게 우뚝 선 채로, 탑승 차례를 기다리는 다른 승객들의 짜증난 얼굴을 마주보며 그는 자기 꼴이 얼마나 우스꽝스러울까 생각했다: 한 손에는 커다란 갈색 가죽 가방을 들고, 또 한 손에는 지퍼가 달린 양복 가방 두 개를 들고, 두 눈은 휘둥그렇게 뜨고. 그러나 오랫동안 꼼짝도 할 수 없었다. 사람들이 점점 거칠어졌다. 살라딘은 이런 생각을 했다: 여기가 동맥이라면 나는 그걸 막고 있는 응혈이겠구나. 그때 명랑한 목소리가 들렸다. "나도 젓젓 전에는 거겁 먹었어요. 하지만 이젠 요령이 색색 생겼죠. 이륙할 때 손을 팝팝 파닥거리면 비행기가 틋틋 틀림없이 하늘로 잘 떳떳 떠오르거든요."

∽

"요즘 춧춧 최고의 여신은 부분명히 락슈미예요." 비행기가 무사히 이륙한 후시소디아가 위스키를 마시며 말했다. (굴리스탄호가 활주로를 달려갈 때 그는 자기가 말한 대로 두 팔을 미친듯이 파닥거렸고, 그 일이 끝나자 꽤나 흐뭇한 듯 겸손한 미소를 지으며 의자에 편안히 몸을 기댔다. "언제나 횻횻 효과 만점이죠." 그들은 둘 다 747기 위층에 앉아 있었다. 이등석 금연 승객을 위한 자리였는데, 진공을 메꾸는 공기처럼 시소디아가 참차 옆의 빈 좌석으로 옮겨 앉았다. 그러면서 말했다. "그냥 위스키라고 붑붑 불러주세요. 엇엇 어떤 일을 하시죠? 수수입은 얼마나 되죠? 얼마 만에 돗돗 돌아가시는 거죠? 시내에 아는 년년 여자가 있나요, 아니면 좀 돗도와드릴까?") 참차는 눈을 감고 아버지에게 생각을 집중했다. 무엇보다 슬픈 것은 평생에 단 하루라도 아버지 창게즈와 행복한 시간을 보냈던 날을 기억할 수 없다는 사실이었다. 그리고 무엇보다 기쁜 것은 한 사람의 아버지라는 용서할 수 없는 죄도 막판에 가서는 결국 용서할 수 있다는 깨달음이었다. 그는 소리 없이 애원했다. 조금만 더 버티세요. 최대한 빨리 가는 중이에요. 시소디아가 설명했다. "요요즘 같은 무물질 만능의 시대에 푸푸 풍요의 여신 말고 또 눈눈 누가 있겠어요? 봄베이에서는 저저젊은 사업가들이 밤새도록 퓹퓹 푸자 파티를 열죠. 두 손바닥을 내내 내밀고 있는 라락슈미 여신상을 몸몸 모셔놓고. 여신의 숏숏 손가락엔 전구를 주줄줄이 걸어두는데, 아시겠죠, 마마치 손바닥에서 돈이 좔좔 쏘쏟아지듯이." 기내 영사막 속에서 스튜어디스가 각종 안전 수칙을 설명해주었다. 화면 한구석에 삽입된 남자가 그녀의 말을 수화로 통역했다. 이것이 진보다, 하고 참차는 생각했다. 인간 대신 필름을 내세우는 일, 세련미는 (이를테면 수화) 조금 증가하고 비용은 크게 증가하는 일. 표면상으로는 첨단기술이 안전에 기여하는 듯 보인다. 그러나 사실 항공 여행은 날이 갈수록 더 위험해진다. 전 세계 비행기가 점점 노후되는데 새 비행기를 장만할 여력은 누구에게도 없다. 날마다 비행기에서 부품이 떨어져나가고, 적어도 그렇게 보이고, 충돌사고나 아슬아슬한 위기도 점점 더 잦아진다. 그러므로 저 필름은 일종의 거짓말이다. 왜냐하면 그것이 존재한다는 사실 자체가 승객들에게 이렇게 말하기 때문이다: 우리가 여러분의 안전을 위해 얼마나 애쓰는지 보십시오. 이렇게 영화까지 만들지 않았습니까. 본질 대신 겉치레를 내세우고, 현실 대신 이미지를 보여주고…… 그때 시소디아가 말했다. "나나난 마막대한 예산으로 그 여신에 대한 영화를 만들 곅곅 계획이지요. 이건 절대로 빕빕 비밀입니다. 아마 스리데비에게 땃땃 딱 맞는 영화가 뎃뎃 될 거예요. 이젠 지브릴의 커컴백도 실패로 끅끅 끝났으니 그녀야말로 으뜸가는 스타죠."

지브릴 파리슈타가 컴백했다는 소식은 참차도 들었다. 그러나 첫 작품 〈아라비아해 갈라지다〉부터 대참패였다. 특수효과는 유치해 보이기만 했고, 주인공 아예샤 역을 맡은 핌플 빌리모리아라는 여자는 연기력이 형편없었고, 지브릴이 연기한 대천사는 많은 비평가들에게 자기도취적이고 과대망상적이라는 혹평을 받았다. 그가 무슨 짓을 해도 잘못이 될 수 없었던 시절은 이미 지나가버렸다. 두번째 실패작 〈마훈드〉는 종교라는 암초에 이리저리 부딪혀 흔적도 없이 가라앉았다. 시소디아가 탄식을 늘어놓았다. "그는 다른 각각 감독들을 선택했어요. 스타의 탓탓 탐욕이었던 거죠. 내가 하면 틋틋 특수효과도 언제나 성공하고 여영화의 멋도 이미 땃따놓은 거나 맘맘 마찬가진데 말입니다." 살라딘 참차는 눈을 감고 의자에 등을 기댔다. 비행공포증 때문에 위스키를 너무 빨리 마셔 머리가 빙빙 돌았기 때문이다. 시소디아는 살라딘이 예전에 파리슈타와 관계가 있었다는 사실을 기억하지 못하는 듯했는데 오히려 다행스러운 일이었다. 그 관계가 있어야 할 자리는 바로 그곳, 과거 속이었다. 시소디아가 별로 은밀하지도 않게 큰 소리로 외쳤다. "슷

슷 스리데비가 락슈미 역을 맡는다! 그그거야말로 보보증 수표죠. 당신도 뱁뱁 배우잖아요. 고고향에서 일하셔야 합니다. 내게 연락하세요. 어쩌면 가같이 일할 수도 있을 텟텟 테니까. 이번 영화: 정말 봅봅 보물단지라니까요."

참차는 머리가 핑핑 돌았다. 낱말의 의미가 얼마나 이상하게 바뀌었는가. 며칠 전만 하더라도 고향이라는 말은 공허하게만 들렸으리라. 그런데 이제 아버지가 죽어가고 해묵은 감정들이 촉수를 내밀어 그를 휘감았다. 어쩌면 또다시 혀가 꼬이기 시작할지도 모른다. 그리하여 그가 동쪽으로 가듯이 말투마저 동쪽 나라의 그것으로 되돌려놓을지도 모른다. 그래서 그는 감히 입을 열지 못했다.

지금으로부터 거의 이십 년 전, 당시 막 이름을 바꾸었던 젊은 살라딘은 아버지로부터 안전거리를 유지하기 위해 런던 연극계 변두리에서 근근이 생계를 이어갔다. 그리고 비록 방법은 달랐지만 아버지 창게즈도 도피행각을 벌였는데 그는 은둔과 종교생활 속으로 숨어버렸다. 그러던 어느 날, 아버지가 뜬금없이 아들에게 편지를 보내 집 한 채를 주겠다고 제안했다. 솔란의 구릉지에 자리잡은 거대한 저택이었다. 창게즈는 이렇게 썼다. '그 집은 내가 처음으로 갖게 된 집이고, 그래서 너에게 첫번째 선물로 주려 한다.' 살라딘의 즉각적인 반응은 이 제안을 덫으로 간주했다: 자기를 고향으로, 다시 말해서 아버지의 권위라는 거미줄 속으로 다시 불러들이려는 수작이라고 생각했다. 그리고 이 솔란 집이 벌써 오래전부터 명목뿐인 집세를 대가로 인도 정부에 징발되어 어느 남학교가 수십 년째 사용한다는 사실을 알게 되면서 이 선물은 사기였다는 것까지 밝혀졌다. 이런 판국이니 설령 학교측에서 언제든 참차가 찾아오기만 하면 외국의 국가원수를 맞이하듯 퍼레이드와 운동회를 벌여준다고 한들 무슨 관심이 있었으랴? 어마어마한 허영심을 가진 창게즈에게는 그런 일이 제법 매력적으로 보일 수도 있겠지만, 참차에게는 쓸데없는 짓거리였다. 중요한 것은 그 학교가 건물을 비워줄 생각은 조금도 없다는 사실이었다. 그러므로 이 선물은 무용지물이었고 아마 행정상의 골칫거리이기도 할 터였다. 그는 아버지에게 제안을 거절한다는 편지를 보냈다. 창게즈 참차왈라가 살라딘에게 무엇인가를 주려고 한 것은 그때가 마지막이었다. 고향은 방탕한 아들을 외면해버렸다.

"저는 사람들의 얼굴을 젓젓 절대로 안 잊어버려요." 시소디아가 말했다. "밈밈 미미의 친구분이죠. 보보스탄호 생존자. 아까 문 앞에서 걱걱 겁내는 모습을 보자마자 알앗 알앗 알아차렸죠. 기분이 좀 낫낫 나아졌으면 좋겠군요." 살라딘은 가슴이 철렁 내려앉는 것을 느끼며 고개를 저었다. 그래요, 나는 괜찮소, 정말. 반짝거리는 무릎을 닮은 시소디아가 지나가는 스튜어디스에게 징그러운 윙크를 던지며 위스키를 더 청했다. 그리고 말을 이었다. "지지브릴과 그 아가씨 일은 젓젓 정말 안됐어요. 이름도 차참 예쁘던데, 알라 알라 알렐루야. 그그 친구, 서성질머리하고는, 질투심이 넘넘 너무 많아요. 혀현대 엿엿 여성에겐 견디기 힘든 일이죠. 겨결국 헤어졌어요." 살라딘은 다시 잠든 척했다. 나는 간신히 과거에서 벗어났단 말이야. 꺼져, 꺼져버려.

그가 정식으로 완쾌를 선언한 것은 겨우 오 주 전, 미샬 수피안과 하니프 존슨의 결혼식장에서였다. 샨다르 화재로 부모가 죽은 후 미샬은 끔찍하고 불합리한 죄책감에 시달렸는데, 어머니가 꿈속에 나타나 그

녀를 꾸짖었다: '어미가 달라고 했을 때 네가 빨리 소화기를 건네주기만 했던들. 네가 입으로 좀더 힘껏 불기만 했던들. 하지만 너는 어미 말이라면 죽어도 안 듣고, 허파가 담배에 찌들었으니 불타는 집은커녕 촛불 한 개도 불어 끌 수 없었지.' 어머니 유령의 매서운 눈초리 때문에 미샬은 하니프의 아파트를 떠나 다른 세 여자와 함께 어떤 집에 방을 하나 구했고, 스포츠센터에서 점피 조시가 하던 일을 물려받겠다고 지원하여 승낙을 얻었고, 보험회사들을 상대로 싸움을 벌여 결국 돈을 받아냈다. 그리하여 미샬이 경영을 맡아 샨다르의 문을 다시 열 준비를 끝내자 마침내 힌드 수피안의 유령도 저승으로 떠날 때가 되었음을 인정했고, 그때 비로소 미샬은 하니프에게 전화를 걸어 결혼하자고 말했다. 하니프는 너무 놀라 대꾸도 못한 채 동료에게 수화기를 넘겨야 했고, 동료는 존슨 씨가 갑자기 꿀 먹은 벙어리가 되었다고 설명하며 말문이 막혀버린 변호사를 대신하여 미샬의 청혼을 받아들인다고 말해주었다. 이렇게 모두가 비극에서 회복되어갔다. 심지어 그동안 숨막힐 정도로 고리타분한 친척 아주머니와 함께 살아야 했던 아나히타도 결혼식장에서는 사뭇 즐거운 모습이었는데, 어쩌면 미샬이 새로 단장한 샨다르호텔에 방을 내주겠다고 약속했기 때문인지도 모른다. 미샬은 자기 부모를 구하려 했던 살라딘에게 감사의 뜻으로 결혼식의 증인이 되어달라고 부탁했는데, 핑크왈라의 승합차를 타고 (이 디제이와 사장 존 마슬라마는 증거불충분으로 풀려났다) 호적 등기소로 가는 길에 참차가 신부에게 말했다. "오늘은 나도 새 출발을 하는 날인 듯싶다. 아마 우리 모두가 그렇겠지." 참차는 바이패스* 형성 수술을 받았고, 많은 사람의 죽음을 받아들이는 데 어려움을 겪었고, 또다시 발굽이 갈라지고

유황냄새를 풍기는 악마로 변신하는 악몽을 꾸곤 했다. 그리고 한동안은 뿌리깊은 수치심 때문에 직업상으로도 장애가 많았는데, 고객들이 드디어 다시 일을 의뢰하기 시작하여 가령 냉동 완두콩이라든지 손가락 인형처럼 포장한 소시지 따위의 목소리를 맡아달라고 요청했지만 전화로 범죄를 저질렀던 기억이 목구멍을 틀어막는 듯하여 번번이 성대모사에 실패하고 말았다. 그러나 미샬의 결혼식장에서 그는 갑자기 자유로워지는 느낌을 받았다. 대단한 결혼식이었다. 무엇보다 식순이 진행되는 동안에도 이 젊은 한 쌍이 시종 입맞춤을 자제하지 못했기 때문인데, 결국 등기소 직원이 나서서 다음 결혼식 일행이 들이닥치기 전에 서둘러 할 말을 끝내라고 재촉했다(이 젊고 쾌활한 여자는 하객 중에서 운전할 사람들에게 술을 너무 많이 마시지 말라는 권고도 덧붙였다). 나중에 샨다르에서도 입맞춤은 계속되었고, 오히려 시간이 갈수록 점점 더 길어지고 노골적으로 변해갔고, 마침내 하객들은 자기들이 신랑신부의 은밀한 순간을 방해한다는 느낌에 하나둘씩 조용히 자리를 빠져나갔고, 그런데도 하니프와 미샬은 여전히 뜨거운 열정에 사로잡혀 친구들이 떠나는 것도 알아차리지 못하고 샨다르 카페의 창밖에 몇몇 아이들이 모여들어 신나게 구경한다는 것도 까맣게 몰랐다. 참차가 마지막으로 나가며 신혼부부를 위해 블라인드를 내려 아이들을 크게 실망시켰다. 그는 재건된 하이 스트리트를 따라 성큼성큼 걸어갔는데, 발걸음이 너무 가벼워 어색하게 폴짝 뛰기까지 했다.

영원한 것은 없다. 소아시아 어디쯤의 상공에서 참차는 눈을 감은

---

* 환부를 피하고 혈액, 소화액을 통하게 하는 대체관.

채 그런 생각을 했다. 어쩌면 인생이란 불행의 연속이고 기쁨은 그 속에서 잠깐씩 반짝이는 순간, 말하자면 만류 속의 섬* 같은 것에 지나지 않는지도 모른다. 불행까지는 아니더라도 최소한 우울한 것은 분명한데…… 이런 생각을 하고 있을 때 갑자기 옆자리에서 우렁차게 코고는 소리가 들렸다. 시소디아 씨가 위스키 잔을 손에 쥔 채 잠들어버렸다.

이 영화감독은 스튜어디스들 사이에서 큰 인기를 모은 모양이었다. 그들은 곯아떨어진 감독에게 우르르 몰려오더니 손에서 술잔을 빼내 안전한 곳으로 치우고 아랫도리에 담요를 덮어주는 등 호들갑을 떨며, 드르렁대는 감독을 내려다보고 감탄한 듯이 재잘거렸다. "이 사람 정말 앙증맞지 않니? 너무너무 귀엽다, 얘!" 그 순간 참차는 난데없이 어머니의 야회 때마다 자기 머리를 쓰다듬어주던 봄베이 귀부인들을 떠올리게 되었고 덕분에 뜻하지 않은 눈물이 솟구쳐 도로 삼키느라 애를 먹었다. 사실 시소디아는 막연하게나마 음탕한 느낌을 주는 모습이었다. 잠들기 전에 안경을 벗었는데, 안경이 없는 얼굴은 어쩐지 벌거벗은 듯 보였다. 참차의 눈에는 그가 무엇보다 거대한 시바 링감**을 닮은 듯했다. 어쩌면 그렇기 때문에 여자들에게 인기가 있는지도 모른다.

스튜어디스들이 권해주는 잡지와 신문을 뒤적거리던 살라딘은 옛 친지가 곤경에 빠졌다는 사실을 알게 되었다. 핼 밸런스의 정화된 〈에일리언 쇼〉는 미국에서 참담한 패배를 맛보고 곧 방영이 중단될 처지였다. 게다가 광고회사와 자회사들은 미국의 어느 거대 기업에 통째로 빼앗겼는데, 대서양 건너편의 공룡을 길들이려다 오히려 잡아먹힌 꼴

---

* 헤밍웨이의 유고소설(1970) 또는 케니 로저스와 돌리 파튼의 히트곡(1983)의 제목.
** 시바신과 남성적 우주원리를 상징하는 남근상.

이 된 밸런스는 십중팔구 곧 쫓겨날 듯했다. 그렇게 일자리를 잃고, 재산은 겨우 몇 백만 파운드로 줄어들고, 사랑하는 토처 부인과 그 친구들에게도 버림받고, 결국 파산한 기업형 과학자나 내부자 거래를 하던 금융업자나 변절한 전직 장관처럼 총애를 잃은 자들을 위해 마련된 연옥으로 곤두박질치는 신세가 되었지만 밸런스를 동정하기란 결코 쉬운 일이 아니었다. 그러나 아버지의 임종을 보려고 날아가며 한창 감정이 고조된 참차는 못된 헬 밸런스에게 마음속으로 작별을 고하면서도 울컥 목이 멨다. 어렴풋이 이런 생각을 했다: 이제 베이비는 누구의 당구대에서 놀고 있을까?

인도에서는 남성과 여성 사이의 전쟁이 수그러들 기미를 안 보였다. 〈인디언 익스프레스〉에서 참차는 최근 발생한 '신부 자살 사건'에 대한 기사를 읽었다. 남편 프라자파티는 잠적중. 그러나 그다음 페이지에 실린 주간 소형 광고란의 결혼 시장에서는 젊은 아들을 둔 부모들이 여전히 '밀빛' 살결을 가진 신부를 요구했고 젊은 딸을 가진 부모들은 그런 신부를 자랑스럽게 내놓았다. 참차는 지니의 친구인 시인 부펜 간디가 그런 일을 신랄하게 비판하던 것을 회상했다. 부펜은 이렇게 열변을 토했다. "우리 손이 그렇게 더러운데 어떻게 남들에게 편견을 가졌다고 탓할 수 있겠어요? 당신처럼 영국에 사는 분들은 흔히 희생당한다는 말을 잘 쓰더군요. 글쎄요. 저야 거기 가본 적도 없으니 당신네 사정은 잘 모르죠. 하지만 제 개인적 경험으로는 말입니다, 누가 나를 가리켜 희생자라고 하면 별로 기분이 좋지는 않던데요. 계급적 측면에서 본다면 저는 분명히 희생자가 아니에요. 그리고 문화적으로 보더라도 말이죠, 이곳에도 온갖 부조리가 다 있고 압제자 집단의 온갖 만행이 다 있다이겁니다. 그러니 수많은 인도인이 억압당하는 것도 사실이지만 제 생각엔 자기가 그런 영광스러운 처지라고 주장할 자격은 우리 중 누구에게도 없는 것 같네요."

그때 지니가 말했다. "부펜의 이런 과격한 논평에도 문제가 있어. 여기 이 살라드 바바 같은 보수주의자들이 너무 좋아한다는 사실이라고."

무기 스캔들 때문에 온 나라가 떠들썩했다. 과연 인도 정부는 브로커들에게 중개료를 주었으며 그 사실을 은폐하려 했을까? 거액의 돈이 얽힌 일이었고 총리의 신뢰도는 땅에 떨어졌다. 그러나 참차는 그런 일에 신경쓸 겨를이 없었다. 그는 안쪽 페이지에 실린 흐릿한 사진을 들여다보았는데, 뚜렷하지는 않지만 그 속에는 강물에 퉁퉁 불어 떠내려가는 수많은 형체가 있었다. 북인도의 어느 도시에서 무슬림들이 학살당하고 시신마저 강물에 던져졌다.* 그야말로 20세기판 헥섬 영감의 도움이 절실한 형편이었다. 수백 명의 시체가 부풀어 악취를 풍겼다. 지면에서도 냄새가 올라오는 듯했다. 그리고 카슈미르에서는 한때 인기 절정이었던 수석 장관이 국민회의당과 '모종의 타협'을 보았다가 희생절 예배 때 성난 이슬람교 근본주의 단체의 신발세례를 받았다. 종교분쟁이나 종파간의 갈등은 전 세계에 없는 곳이 없다: 마치 신들이 전쟁을 치르는 듯하다. 이 세상에서는 아름다움과 잔혹성이 영원한 싸움을 벌이는 날이 갈수록 잔혹성 쪽이 우세해진다. 이런 우울한 생각을 중단시킨 것은 시소디아의 목소리였다. 이 영화감독이 어느새 잠에서 깨어

* 1987년 3~6월 우타르프라데시주 메루트에서 힌두교도와 이슬람교도의 충돌로 최소 백여 명이 사망했는데, 특히 5월 22일 전후 무장경찰이 무슬림 청년 42명을 체포한 후 사살하여 관개수로에 버린 사건이 유명하다.

참차의 접이식 테이블에 펼쳐진 사진을 본 모양인데, 평소의 유쾌한 모습은 찾아볼 수 없었다. "사실 좃좃 종교적 신념이라는 건 인류의 가가장 고귀한 염원들이 쳇쳇 체계화된 것이지요. 그런데 지지금 우리 나라에서는 조종교조차도 가장 젓젓 저열한 본능의 노예가 되고 신도 사사악한 존재가 듯듯 돼버렸어요."

학살의 범인은 전과자들. 정부 대변인은 그렇게 추측했지만 '혁신주의자들'은 이 가설을 받아들이지 않고 반론을 폈다. 종교 선동에 물든 시 경찰의 소행. 힌두 민족주의자들이 미쳐 날뛴다. 격주로 발행되는 어느 정치잡지에는 올드델리의 주마 마스지드* 앞에 세워둔 게시판을 찍은 사진이 실렸다. 이곳의 이맘은 배가 불룩하고 눈빛이 냉소적인 사내로, 대개는 아침마다 자신의 '동산'에서—사실은 모스크의 그늘에 가려지고 황토와 잡석만 남은 불모지였지만—신자들이 바친 루피화를 헤아리거나 지폐 한 장 한 장을 돌돌 말고 있어 마치 비디 같은 담배를 한 줌 쥐고 있는 듯 보이는 사람이었는데, 자신도 종교적 이기주의에서 벗어난 사람은 결코 아니었지만 이번 메루트 참사를 잘 이용해보기로 작정한 듯했다. 게시판이 부르짖었다: 가슴속에 타오르는 불을 끕시다! 경찰의 흉탄에 순교하신 영령들을 추모합시다. 그리고: 슬프도다! 슬프도다! 슬프도다! 총리를 일깨웁시다! 그리고 마지막으로, 행동을 요구하는 소리: 총파업을 결행합시다, 그리고 파업 날짜.

시소디아가 말을 이었다. "어려운 시대예요. 텟텟 텔레비전과 경제사정 땟땟 때문에 영화에도 타타격이 크죠." 그러더니 스튜어디스들이 다

* 무굴제국의 황제 샤자한이 17세기에 건설한 인도 최대의 모스크.

가오자 표정이 밝아졌다. "사실 나는 빕빕 비행기 안에서 극극 그 짓을 해본 적이 있어요. 다당신은? 한번 잣잣 자리를 만들어 봅봅 볼까요?"

변덕이 죽 끓듯 하는 인간의 마음이여, 하고 살라딘은 우울하게 탄식했다. 이 가죽 자루 속에서 서로 부대끼고 싸우는 수많은 자아들이여. 우리가 어떤 일에도 오래 전념하지 못하는 것은 당연한 일이고, 이리저리 채널을 바꾸는 리모컨을 발명한 것도 당연한 일이다. 만약 우리 자신을 향하여 이 장치를 사용한다면 케이블이나 위성방송의 거물도 꿈꾸지 못했을 만큼 무수한 채널을 발견할 텐데…… 그러나 참차 자신의 마음도 방황하는 중이었다. 아버지에게 생각을 집중하려고 아무리 노력해도 마음은 자꾸 미스 지나트 바킬의 문제로 돌아갔다. 그는 그녀에게 미리 전보를 쳐 자기가 간다고 알렸다. 과연 마중을 나와줄까? 둘 사이에서는 어떤 일이 벌어질까, 혹은 아무 일도 없을까? 그녀를 떠나버린 일, 돌아가지 않은 일, 한동안 연락조차 끊은 일, 그것은 '용서할 수 없는 일'이었을까? 혹시—이렇게 생각하다가 그는 일찍이 한 번도 그런 생각을 한 적이 없었다는 사실을 깨닫고 충격을 받았다—결혼했을까? 사랑하는 남자가 있을까? 헤어질 수 없는 관계일까? 그리고 참차 자신에 대하여: 내가 정말 원하는 것은 무엇일까? 그녀를 보면 알게 되겠지, 하고 생각했다. 비록 수많은 질문에 뒤덮인 어렴풋한 미래였지만 어쨌든 미래는 과거에 가려질 수 없다. 죽음이 무대 중앙에 등장하는 시기에도 삶은 여전히 동등한 권리를 위한 투쟁을 계속한다.

비행은 별다른 사건 없이 끝났다.

지나트 바킬은 공항에서 기다리지 않았다.

시소디아가 손짓했다. "가같이 갑시다. 낸낸 내 차가 와 있으니 탯탯 태워다드리죠."

∽

그로부터 삼십오 분 후, 살라딘 참차는 여행 가방 하나와 양복 가방들을 들고 스캔들곶에 있는 어린 시절의 대문 앞에서 비디오 컨트롤 장치가 달린 수입산 출입 통제 시스템을 바라보았다. 담벼락에는 마약 추방 표어를 페인트로 적어놓았다: 갈색 설탕 먹으면/꿈이 죽는다. 그리고: 설탕이 갈색 되면/미래가 캄캄하다. 친구, 용기를 내야지, 하며 그는 마음을 가다듬었다. 그리고 지시문대로 초인종을 눌렀다. 딱 한 번, 꾸욱.

∽

울창한 정원에서, 잘려나간 호두나무의 그루터기가 그의 불안한 시선을 사로잡았다. 이젠 피크닉 테이블로 쓰겠지, 하고 그는 씁쓸히 생각했다. 아버지는 옛날부터 걸핏하면 감상적이고 자기연민적인 몸짓을 과시하는 버릇이 있었으니 이렇게 온갖 감정이 농축된 밥상에서—아마 한입 가득히 음식을 씹다가 깊은 한숨을 수없이 내쉬며—점심을 먹는 것이야말로 성격에 딱 맞았으리라. 이번엔 죽음마저 거창하게 꾸미실까? 지금이야말로 노인네가 일생일대의 연기로 동정을 얻을 절호의 기회가 아니더냐! 죽어가는 자의 주변에 있는 사람들은 누구든지 그에게 꼼짝 못하기 마련이다. 임종의 자리에서 얻어맞으면 그 멍이 영원히 지워지지 않으니까.

죽어가는 자의 대리석 저택에서 새어머니가 나오더니 조금도 적개심을 보이지 않고 참차를 맞아주었다. "살라후딘. 잘 와줬구나. 아버지가 좋아하실 거야. 이젠 정신력으로 버티셔야 하는데 말이야. 몸은 이제 거의 끝장이니까." 그녀는 살라딘의 친어머니보다 예닐곱 살쯤 젊었지만 새처럼 가녀린 체구는 똑같았다. 적어도 이 문제에서만큼은 크고 딱 바라진 아버지도 일관성을 지킨 셈이다. 살라딘이 물었다. "시간이 얼마나 남았습니까?" 전보문에서 짐작했듯이 나스린은 냉정한 판단력을 가진 여인이었다. "이젠 언제가 될지 몰라." 골수종은 창게즈의 '긴 뼈들'과—암 때문에 집안에서 사용하는 어휘마저 바뀌어 지금은 아무도 팔과 다리라는 말을 쓰지 않았다—두개골에 골고루 퍼졌다. 뼈 주위의 혈액에서도 암세포가 발견되었다. 나스린이 말했다. "진작 알아차렸어야 했는데." 그 순간 살라딘은 이 노부인의 힘이랄까, 감정을 다스리는 의지력을 느낄 수 있었다. "지난 이 년 동안 유별나게 체중이 줄었거든. 그리고 무릎 같은 데가 여기저기 아프고 쑤신다고 하셨어. 사정이 어땠는지 알 만할 거야. 늙은이가 아프다고 하면 나이 탓으로 돌리지, 무슨 끔찍한 병에 걸렸다는 생각은." 그녀는 거기서 말을 멈추었다. 목소리를 다잡기 위해서였다. 전직 *보모* 카스투르바도 어느새 정원에 나와 있었다. 알고 보니 그녀의 남편 발라브는 거의 일 년 전 고령 때문에 자다가 숨을 거둔 뒤였다. 그의 주인이며 아내의 정부였던 창게즈의 몸을 갉아먹는 죽음에 비하면 훨씬 친절한 죽음이었다. 카스투르바는 여전히 나스린 1호의 낡고 요란스러운 사리를 걸치고 다녔다: 오늘 선택한 옷은 가장 어질어질한 흑백 옵아트 무늬 중 하나였다. 그녀도 살라딘을 따뜻하게 맞이했다: 포옹 입맞춤 눈물. 그리고 흐느끼며 말했다.

"저는요, 가엾은 아버님께 숨이 한 모금이라도 남아 있는 한 끊임없이 기적을 빌겠어요."

나스린 2호가 카스투르바를 껴안았다. 두 여인은 서로의 어깨에 머리를 얹었다. 둘 사이의 친밀함은 자발적이었고 원망 따위로 얼룩지지 않았다: 죽음이 가까이 다가오면서 삶의 모든 다툼과 질투심을 말끔히 씻어낸 듯이. 두 노부인은 그렇게 정원에서 서로를 위로했다. 그들이 서로를 달래주는 까닭은 가장 소중한 것을 곧 잃게 되었기 때문이다: 사랑을. 아니, 그보다: 사랑하는 사람을. 마침내 나스린이 살라딘에게 말했다. "가자. 얼른 가서 뵈어야지."

"아버지도 아시나요?" 살라딘이 물었다. 나스린은 모호하게 대답했다. "머리가 좋은 분이야. 자꾸 물으셔: 그 많은 피가 다 어디로 갔어? 피가 이렇게 없어지는 병은 두 가지밖에 없다고 하셨어. 하나는 결핵이고." 그러나 살라딘은 이렇게 다그쳤다: 그래도 아버지가 실제로 그 말을 입 밖에 내시는 건 아니죠? 나스린은 고개를 숙였다. 창게즈도 입 밖에 내지 않았고 그가 있는 곳에서 누가 그 말을 한 적도 없다고 한다. 참차가 물었다. "아버지도 아셔야 되는 것 아닌가요? 죽음을 준비할 권리는 누구에게나 있잖아요?" 그는 나스린의 눈이 순간적으로 이글거리는 것을 보았다. 네가 뭔데 우리한테 이래라 저래라 하는 거냐. 넌 이미 모든 권리를 포기했잖아. 그러나 그 눈빛은 곧 사라졌고, 대답하는 그녀의 음성은 조용하고 차분했으며 아무런 감정도 담기지 않았다. "어쩌면 자네 말이 옳을지도 모르지." 그러나 카스투르바는 이렇게 울부짖었다. "안 돼요! 그걸 어떻게 말해요, 그 가엾은 분한테? 심장이 터져버리면 어떡해요."

창게즈는 암 때문에 피가 너무 진해져 심장이 제대로 펌프질하느라 몹시 고생했다. 암은 또한 혈소판이라는 이물질로 핏속을 오염시켰는데, 이는 그가 수혈 받는 피를 무차별적으로 공격했다. 똑같은 혈액형도 예외가 될 수 없었다. 그렇다면 이렇게 작은 일조차도 내가 도와드릴 수 없겠구나, 하고 살라딘은 생각했다. 창게즈는 암보다 먼저 이런 부작용 때문에 죽을 수도 있었다. 그러나 만약 암으로 죽는다면 마지막 단계는 폐렴이나 신부전의 형태로 올 가능성이 많았다. 의사들은 자기들이 해줄 일이 아무것도 없음을 알고 창게즈를 퇴원시켜 집에서 죽음을 기다리게 했다. 나스린이 설명을 덧붙였다. "골수암은 전신질환이기 때문에 화학요법이나 방사선요법도 소용이 없다는구나. 유일한 약은 멜팔란* 이라는 것뿐인데 때로는 몇 년씩 생명을 연장시켜주기도 한대. 하지만 아버지는 멜팔란 정제에도 반응을 보이지 않는다더라." 그런데도 아버지만 모르시다니, 하고 살라딘의 내면의 목소리가 끈덕지게 외쳤다. 이건 잘못이야, 잘못이야, 잘못이야. 그때 카스투르바가 부르짖었다. "그렇지만 기적도 하나 일어났어요. 의사들은 이 병이 암 중에서도 몹시 고통스러운 종류라고 했는데 아버님에겐 통증이 전혀 없거든요. 열심히 기도하면 가끔 은혜가 내리기도 하죠." 그러나 이처럼 희한하게 고통이 없었기에 병을 더 일찍 발견하지 못했다. 암은 최소한 이 년이 넘게 그의 몸에 퍼져갔다. 살라딘이 정중히 말했다. "이젠 뵈러 가야겠습니다." 그들이 이야기를 나누는 사이에 하인 하나가 그의 여행 가방과 양복 가방을 집안으로 옮긴 뒤였다. 이제 드디어 살라딘도 자신의 옷들을 따라

* 다발골수종에 주로 사용되는 항종양제.

집안으로 들어갔다.

실내는 변함이 없고—둘째 나스린은 첫째가 쓰던 물건들에 한없이 너그러운 듯했는데, 적어도 쌍방의 남편이 얼마 살지 못하게 된 요즘은 더욱 그럴 수밖에 없을 터였다—다만 나스린 2호가 전부터 수집했던 박제된 새들과 (후투티와 희귀한 앵무새가 유리종 속에 들어 있고, 대리석과 모자이크로 치장한 현관에는 다 자란 킹펭귄 한 마리가 있었는데 부리 속에는 작은 불개미들이 우글거렸다) 나비가 꽂힌 케이스들을 들여놓았을 뿐이다. 살라딘은 죽은 날개로 화려한 전시실을 지나 아버지의 서재로 향했고—창게즈가 침실을 비워놓고 나무 벽널에 둘러싸여 썩어가는 책으로 가득한 아래층 은신처로 침대를 옮기라고 했는데, 덕분에 사람들이 그를 보살피느라 하루종일 계단을 오르내릴 필요가 없었다—마침내 죽음의 문 앞에 당도했다.

창게즈 참차왈라는 일찍부터 눈을 크게 뜬 채 잠을 자는 으스스한 재간을 익혔는데, 자기 말로는 '방심하지 않으려는 뜻'이라고 했다. 살라딘이 조용히 방안에 들어섰을 때 멍하니 천장을 바라보는 잿빛 눈동자는 확실히 누구라도 기겁할 만했다. 그 순간 살라딘은 자기가 너무 늦었다고 생각했다. 정원에서 노닥거리는 사이에 돌아가신 게 아닐까. 그때 침대 위의 아버지가 조그맣게 기침을 몇 번 하더니 고개를 돌리고 떨리는 손을 내밀었다. 살라딘 참차는 아버지에게 다가가 고개를 숙이고 노인이 쓰다듬는 손길에 머리를 맡겼다.

수십 년 동안이나 분노를 품었다가 다시 아버지를 사랑하게 되다니, 실로 평온하고 아름다운 감정이었다. 살라딘은 생명을 주어 새로 태어나게 한다는 말도 덧붙이고 싶었지만 어쩐지 흡혈귀 같은 느낌이 들어 그만두었다. 자기가 아버지 창게즈의 몸에서 이 새로운 생명을 빨아먹어 죽음이 들어올 자리를 마련한다는 뜻으로 들렸기 때문이다. 그러나 비록 감추고는 있었지만, 살라딘은 시간이 갈수록 일찍이 거부했던 예전의 자기 모습으로, 즉 수많은 살라딘—아니, 살라후딘—으로 점점 돌아가는 것을 느낄 수 있었다. 이 자아들은 그가 지금껏 살면서 여러 선택을 할 때마다 하나둘씩 떨어져나갔지만 여전히 사라지지 않고 남아 있었던 모양이다. 어쩌면 양자론에서 말하는 평행우주 속에 존재했는지도 모른다. 창게즈 참차왈라는 암 때문에 문자 그대로 뼈만 남은 상태였다. 두 볼은 움푹 꺼져 두개골의 형태가 그대로 드러났고, 그렇게 살이 너무 빠진 탓으로 엉덩이 밑에 발포 고무 베개를 깔아야 했다. 그러나 암은 또한 그에게서 결점을 제거하기도 했는데, 오만하고 포악하고 잔인하던 성격이 말끔히 사라지고 그 대신 장난스럽고 다정다감하고 재치 있는 성격이 다시 나타났다. 아버지가 언제나 변함없이 이런 분이었다면, 살라딘은 (그는 영국식으로 고치지 않은 원래의 이름이 기분 좋게 들린다는 것을 이십 년 만에 처음으로 느꼈다) 그런 소망을 품어보았다. 작별인사를 할 때가 되어서야 겨우 아버지를 발견하다니 이 얼마나 가혹한 일인가.

집에 돌아오던 날 아침, 살라후딘 참차왈라는 면도를 해달라는 아버지의 부탁을 받았다. "저 여편네들은 필리셰이브의 어느 쪽에 날이 달렸는지도 모른다니까." 창게즈의 피부는 흐늘흐늘한 가죽 주머니처럼 축 늘어졌고 수염은 (살라후딘이 면도기를 털었을 때) 허연 잿가루 같았다. 살라후딘은 아버지의 얼굴을 마지막으로 이렇게 만져본 것이 언제였는지 기억조차 할 수 없었다. 그는 가만히 피부를 잡아당겨 팽팽하게 해놓고 무선 전기면도기를 이리저리 움직인 후 매끄럽게 깎였는지 만져보았다. 그리고 일이 다 끝난 뒤에도 한동안 창게즈의 두 뺨을 계속 쓰다듬었다. 그때 카스투르바와 함께 방안으로 들어오던 나스린이 말했다. "저 영감 좀 봐. 아들내미한테서 눈을 떼질 못하네." 창게즈 참차왈라는 지친 얼굴로 씨익 웃었다. 온통 망가지고 침과 음식 찌꺼기로 얼룩진 치아가 고스란히 드러났다.

아버지가 다시 잠든 후, 카스투르바와 나스린의 강요에 못 이겨 약간의 물을 마신 후, 그리고 아버지의 두 눈, 눈뜬 채 꿈꾸는 눈, 그 눈이 동시에 바라보는—무엇일까?—세 가지 세계, 즉 서재 안의 현실 세계와 꿈속의 환상 세계와 다가오는 저승 세계를 잠시 바라본 후 (혹은 신비로운 한순간 동안 그런 장면을 상상한 후),—아들은 창게즈가 쓰던 침실로 쉬러 갔다. 채색한 테라코타로 만든 괴상망측한 머리들이 높은 벽에 걸린 채 그를 노려보았다: 뿔 달린 악마, 어깨 위에 매 한 마리를 올려놓은 능글맞은 아랍인, 눈썹에 크고 까만 파리가 내려앉는 바람에 깜짝 놀라 눈을 치켜뜨며 혀를 내미는 대머리 사내. 살라후딘은 이 형상들을 옛날부터 줄곧 보았고 또한 싫어했는데, 그가 이들을 창게즈의 모습으로 생각하게 되었기 때문이고, 그 밑에서는 도저히 잠이 오지 않아서 결국 중립적인 다른 방으로 옮겨가야 했다.

그리고 초저녁에 깨어난 그가 아래층으로 내려갔을 때, 두 여인은 창게즈의 방 밖에서 세부적인 투약 방법을 놓고 끙끙거리는 중이었다. 날마다 복용하는 멜팔란 정제 말고도 각양각색의 약이 처방되었는데, 암의 파괴적인 부작용을 물리치기 위해서였다: 빈혈증, 심장피로, 기타 등등. 아이소소르바이드 디니트레이트, 두 알씩 하루 네 번. 푸로세마이드, 한 알씩 세 번. 프레드니솔론, 여섯 알씩 하루 두 번…… "제가 하죠." 살라후딘은 노부인들을 안심시켰다. "제가 할 수 있는 일이 하나라도 있어서 다행이네요." 변비약 아가롤, 용도조차 알 길이 없는 스파이로놀락톤, 요산 억제제의 일종인 알로푸리놀: 이때 어처구니없게도 오래된 연극평 하나가 문득 떠올랐다. 영국 비평가 케네스 타이넌이 말로의 〈탬벌레인 대왕〉*에 나오는 등장인물들의 기나긴 이름을 '서로 죽이지 못해 안달하는 수많은 알약과 특효약의 무리'로 상상해본 글이었다.

> 감히 내게 맞서겠다는 게냐, 뻰뻰한 바르비투레이트?
> 이놈아, 네 녀석의 할머니 넴뷰탈은 이미 죽었다.
> 빛나는 별들이 넴뷰탈을 위하여 울어주리니……
> 왕이 된다는 것은 참으로 근사한 일이 아니겠느냐,
> 오레오마이신과 포름알데히드여,
> 왕이 된다는 것은 참으로 근사한 일이 아니겠느냐,
> 당당히 말을 몰아 암페타민에 입성할 수만 있다면.

기억 속에서 느닷없이 튀어나오는 것들! 그러나 지금 책벌레가 들끓

---

* 영국 극작가 크리스토퍼 말로가 쓴 비극. 티무르제국을 세우고 유럽을 공략한 티무르(1336~1405)의 생애를 그린 작품으로, 탬벌레인은 티무르의 유럽식 이름.

는 서재에 누워 세 가지 세계를 들여다보며 종말을 기다리는 저 몰락한 왕에게는 이 약학적 〈탬벌레인〉도 그리 형편없는 송덕문은 아닐지도 모른다. 살라후딘은 명랑하게 어전으로 들어갔다. "자, *아버지*. 목숨을 구하실 시간이에요."

그것은 아직도 제자리에 있었다—창게즈의 서가 위에: 구리와 놋쇠로 만든 램프, 소원을 이루어주는 힘을 가졌다지만 아직 (아무도 문지른 적이 없으므로) 확인된 바 없는 램프. 지금은 다소 퇴색한 모습으로 그것은 죽어가는 주인을 내려다보았다. 주인의 외아들이 그것을 쳐다보았다. 순간 램프를 끌어내려 세 번 문지르고 터번을 두른 정령에게 마법을 요구하고 싶다는 강렬한 유혹을 느꼈는데…… 그러나 살라후딘은 램프를 그냥 두었다. 이곳은 정령이나 도깨비나 마귀 따위가 있을 곳이 아니다. 유령이나 환상도 들어오지 못한다. 마법의 주문도 없고, 힘없는 알약들이 있을 뿐이다. "여기 약장수 대령이오." 살라후딘은 작은 약병들을 흔들어대며 크게 외쳐 잠든 아버지를 깨웠다. 창게즈가 어린애처럼 얼굴을 찡그렸다. "또 약이냐? 웩, 카악, 퉷."

그날 밤 살라후딘은 나스린과 카스투르바를 내쫓아 각자 자기 침대에서 편히 자게 해주고 자신은 방바닥에 깔린 매트리스 위에서 창게즈를 지켜보았다. 죽어가는 아버지는 자정에 아이소소르바이드를 복용한 후 세 시간 동안 잠들었고 그다음에는 화장실에 가야 했다. 살라후딘은 거의 들어올리다시피 아버지를 부축했는데 몸무게가 너무 가벼워 깜짝 놀랐다. 언제나 육중하던 아버지가 지금은 쳐들어오는 암세포들의 살아 있는 도시락으로 전락하고 말았으니…… 화장실에 들어서자 창게즈는 일체의 도움을 거부했다. 카스투르바도 이 문제에 대하여 애정어린 불평을 늘어놓은 적이 있었다. "도무지 아무것도 거들지 못하게 하신다니까요. 부끄러움을 많이 타시거든요." 침대로 돌아갈 때는 살라후딘의 팔에 살짝 의지하고 낡아빠진 슬리퍼를 끌며 주춤주춤 걸었는데, 남은 머리카락이 사방으로 뻗쳐 우스꽝스럽고, 머리는 새대가리처럼 구부정하게 앞으로 내밀고, 목은 부러질 듯 앙상한 모습이었다. 살라후딘은 문득 아버지를 두 팔로 번쩍 안아들고 나지막히 편안한 노래를 불러주고 싶었다. 그러나 노래 대신 하필이면 이렇게 전혀 어울리지 않는 순간에 화해를 청하는 말을 불쑥 내뱉고 말았다. "*아버지*, 제가 온 건요, 우리 사이의 불화를 더는 내버려두기 싫어서……" 이런 머저리. 악마의 저주로 시꺼멓게 변해버려라, 허옇게 질린 겁쟁이 놈아.* 한밤중에 웬 헛소리냐! 당신이 죽는다는 사실을 아직 모르셨더라도 그렇게 고별사 같은 말을 해버렸으니 이젠 틀림없이 눈치채셨겠다. 창게즈는 계속 걸음을 옮기며 아들의 팔을 붙잡은 손에 살짝 힘을 주었다. 그리고 말했다. "그런 일은 이제 상관없다. 벌써 잊었으니까, 뭐였는지 몰라도."

아침이 되자 나스린과 카스투르바가 깨끗한 사리로 갈아입고 모처럼 푹 쉰 얼굴로 나타나 투덜거렸다. "저이하고 떨어져 자려니까 너무 끔찍해서 밤새 한숨도 못 잤어." 그들은 곧 창게즈에게 몸을 던졌다. 그들의 애무가 하도 다정해서 살라후딘은 미샬 수피안의 결혼식날 그랬

---

* 셰익스피어의 『맥베스』에서 적에게 포위당한 맥베스가 하인에게 하는 말.

듯이 은밀한 순간을 엿보는 듯한 기분을 느낄 정도였다. 그렇게 세 연인이 서로 끌어안고 입을 맞추고 눈물을 흘릴 때 살라후딘은 조용히 방에서 빠져나왔다.

죽음은, 이 장엄한 현실은 스캔들곶에 자리잡은 이 집에 마법을 걸어놓았다. 살라후딘도 다른 사람들처럼 그 마법에 굴복했고, 심지어 창게즈조차 둘째 날에는 예전처럼 일그러진 미소를 자주 떠올렸다. 무슨 일인지 다 알지만 모르는 척해주는데, 그렇다고 나를 속였다고 착각하지 마, 하고 말하는 듯한 미소였다. 카스투르바와 나스린은 머리를 빗겨주고 살살 달래 먹고 마시게 하는 등 끊임없이 그의 곁에서 법석을 떨었다. 창게즈는 혀가 부어 말소리가 조금 불분명했고 음식을 삼키기도 힘들었다. 그래서 섬유질이 있거나 질긴 음식은 모조리 거절했는데, 평생 그토록 좋아했던 닭 가슴살도 예외가 아니었다. 수프 한 모금, 삶아 갈아놓은 감자, 커스터드 한 입. 유아식. 그는 침대 위에 일어나 앉고 살라후딘이 뒤쪽에 걸터앉았다. 창게즈는 아들에게 등을 기댄 채 식사했다.

그날 아침 창게즈가 명령을 내렸다. "집을 활짝 열어놔. 웃는 얼굴 좀 보고 싶으니까. 당신들 셋은 시무룩한 표정이라 글러먹었어." 그리하여 오랜만에 사람들이 찾아왔다: 젊은이, 늙은이, 반쯤 잊힌 사촌, 아저씨, 아주머니, 옛날 민족주의운동 시절의 몇몇 동지, 아츠칸 재킷을 입고 외알 안경을 끼고 꼬챙이처럼 등이 꼿꼿한 은발의 신사, 오래전에 창게즈가 창설한 각종 협회나 자선 단체의 임직원, 농약과 인조 비료를 생산하는 경쟁자. 정말 어중이떠중이가 다 모였구나, 하고 살라후딘은 생각했다. 그러나 한편으로는 죽어가는 자 앞에서 한결같이 보여주는 나무랄 데 없이 훌륭한 언행에 감탄하기도 했다: 젊은이들은 각자 자신의 인생에 대하여 자세히 털어놓았는데, 창게즈에게 삶 그 자체는 결코 정복되지 않는다는 확신을 심어주고 인류의 이 위대한 행진에 동참한다는 크나큰 위안을 주려는 듯했고,—늙은이들은 과거를 회상함으로써, 지금껏 잊힌 것도 없고 잃어버린 것도 없다는 사실, 그리고 오랫동안 스스로 격리되어 사는 동안에도 그는 여전히 이 세상의 일부였다는 사실을 깨닫게 해주었다. 죽음은 사람들의 가장 훌륭한 부분을 이끌어냈다. 인간에게 그런 일면도 있음을 목격하는 것은—살라후딘은 느꼈다—참으로 멋진 일이었다: 사려 깊고 다정하고 고귀하기까지 한 모습들. 우리는 아직도 숭고해질 수 있는 존재다, 하고 생각하며 그는 축제 기분에 빠져들었다. 온갖 잘못을 저질러도 우리는 아직도 한계를 초월할 수 있는 존재다. 젊고 예쁘장한 여자가—아마 살라후딘 자신의 조카딸인 듯싶은데 이름을 몰라 부끄러웠다—폴라로이드 카메라로 창게즈와 손님들의 스냅사진을 찍었다. 환자는 온갖 표정을 짓기도 하고 다가오는 수많은 볼에 입을 맞추기도 하며 무척이나 즐거워했는데, 살라후딘은 그의 눈빛이 향수에 젖었음을 알 수 있었다. '생일잔치 같구나' 하고 살라후딘은 생각했다. 혹은: 피네건의 경야 같다. 죽은 자가 산 자들만 즐기는 꼴을 보고 그냥 누워 있지 못하는구나.*

"아버지께 말씀드려야 해요." 손님들이 떠난 후 살라후딘이 한사코 주장했다. 나스린은 고개를 푹 숙였다. 그리고 끄덕거렸다. 카스투르바가 울음을 터뜨렸다.

---

* 제임스 조이스의 소설 『피네건의 경야』는 술을 좋아하던 남자가 죽었다가 밤샘의 떠들썩한 소란통에 되살아난다는 아일랜드 민요에 바탕을 두고 있다.

그들은 이튿날 아침 창게즈에게 말해주었다. 그의 질문에 대답해줄 전문의까지 미리 모셔다놓은 자리였다. 전문의 파니카르는 (영국인이라면 잘못 발음하고 낄낄거리기 십상이겠다고* 살라후딘은 생각했다: 무슬림이 쓰는 '파카르'**라는 이름처럼) 자긍심에 빛나는 얼굴로 열시에 도착했다. 의사가 주도권을 잡으려 했다. "제가 말씀드리죠. 대부분의 환자는 사랑하는 이들에게 두려움을 보이길 수치스러워하니까요." 살라후딘은 격하게 쏘아붙였다. "웃기지 마시오." 파니카르는 움찔 놀랐다. "뭐, 그러시다면." 그리고 어깨를 으쓱하더니 나가려 했다. 그것으로 논쟁이 끝나버렸다. 나스린과 카스투르바가 살라후딘에게 애원했기 때문이다. "제발, 싸우지 말자." 패배한 살라후딘은 의사를 아버지에게 안내했다. 그리고 서재 문을 닫아주었다.

"내가 암이래." 파니카르가 떠난 후 창게즈 참차왈라가 나스린과 카스투르바와 살라후딘에게 말했다. 말투는 또렷했고 특히 그 낱말은 사뭇 도전적인 태도로 짐짓 강조했다. "아주 많이 진행됐다는군. 나는 별로 안 놀랐어. 파니카르에게 이랬지: '내가 처음부터 그렇게 말하지 않았나. 그게 아니면 그 많은 피가 다 어디로 갔겠어?'" 서재 밖에서 카스투르바가 살라후딘에게 말했다. "도련님이 오신 뒤로 나리 눈에 생기가 돌았어요. 어제도 손님들과 얼마나 흥겨워하셨나요! 그런데 이젠 눈빛이 흐려졌어요. 이젠 싸워보려 하지도 않으실 거예요."

그날 오후 살라후딘은 두 여인이 낮잠을 자는 동안 아버지와 단둘이

---

* 'Panikkar'의 발음이 영어의 'panicker'와 유사하다.

** 'Fakhar'는 영어의 'fucker'를 연상시킨다.

있었다. 그리고 그는—모든 것을 밝히자고, 그 날말을 말해버리자고 그토록 결연히 주장했으면서—이제 어색하게 머뭇거리기만 할 뿐, 도저히 할 말을 찾지 못했다. 그러나 창게즈는 달랐다.

"네가 알아줬으면 좋겠다." 그가 아들에게 말했다. "난 이번 일에 조금도 신경쓰지 않아. 사람은 어떻게든 결국 죽기 마련이고, 내가 젊은 나이에 요절하는 것도 아니잖으냐. 쓸데없는 환상 따위는 품지 않는다. 이번 일을 무사히 넘길 수 없다는 건 나도 잘 알거든. 이게 끝이지. 그건 괜찮아. 내가 두려워하는 것은 고통뿐이다. 고통스러우면 존엄성을 잃게 되니까. 그것만은 정말 피하고 싶다." 살라후딘은 경외감을 느꼈다. 처음엔 아버지를 다시 사랑하게 되더니 이젠 존경하게 되는구나. 그는 사실대로 대답해주었다. "의사들이 그러는데 아버지는 백만 명에 한 명 있을까말까 한 경우래요. 고통을 면하게 된 것 같다고." 그러자 창게즈는 안도하는 기색이 역력했고, 그 순간 살라후딘은 노인이 얼마나 두려워했는지, 그에게 그 말이 얼마나 절실했는지 깨달았고…… 그때 창게즈 참차왈라가 퉁명스럽게 말했다. "*젠장*. 그렇다면 난 준비됐다. 그건 그렇고: 저 램프는 그냥 네가 가져라."

한 시간 후 설사가 시작되었다: 묽고 시꺼멓고 가늘었다. 몹시 불안해진 나스린이 브리치 캔디 병원 응급실로 전화를 걸었지만 파니카르는 부재중이었다. "당장 아가롤을 끊으세요." 당직 의사가 그렇게 지시하고 대신 이모디움*을 처방해주었다. 그러나 효과가 없었다. 오후 일곱시에는 탈수증의 위험이 커졌고, 창게즈는 식사를 위해 일어나 앉을

* 지사제.

수도 없을 만큼 기운이 빠진 상태였다. 식욕도 거의 없었지만 카스투르바가 껍질 벗긴 살구와 함께 약간의 세몰리나를 숟가락으로 떠먹였다. "냠냠." 창게즈가 빈정거리듯 말하며 일그러진 미소를 지었다.

그는 곧 잠들었지만 한시까지 세 번이나 자다 깨다를 반복했다. 살라후딘이 수화기에 대고 소리쳤다. "빌어먹을, 파니카르의 집 전화번호를 말해달란 말이오." 그러나 병원 규정에 어긋나는 일이었다. 당직 의사가 말했다. "직접 판단하셔야 해요. 병원으로 모셔올 때가 됐는지." 잡넌, 하고 살라후딘 참차왈라는 소리 없이 입만 뻥긋거렸다. "고맙수다."

세시가 되자 창게즈는 살라후딘이 화장실까지 안아 옮기다시피 해야 할 정도로 기운이 없었다. 살라후딘은 나스린과 카스투르바에게 소리쳤다. "차를 준비해요! 병원으로 가야겠어요. 당장." 창게즈가 정말 약해졌다는 증거로, 이번만은 아들의 도움을 순순히 허락했다. "시끄먼 똥은 안 좋은데." 창게즈가 숨을 헐떡이며 말했다. 허파가 무섭게 막혀버린 탓이었다. 아교 속에서 떠오르는 공기 방울만큼이나 숨쉬기가 힘들었다. "어떤 암은 느릿느릿하지만 이건 아주 빠른 것 같다. 악화 속도가 너무 빨라." 진실을 외치던 살라후딘도 결국 위안을 주기 위해 거짓말을 하고 말았다: 아버지, 걱정 마세요. 괜찮아지실 거예요. 그러나 창게즈 참차왈라는 고개를 가로저었다. "난 틀렸다, 얘야." 창게즈의 가슴이 울컥 부풀었다. 살라후딘은 재빨리 커다란 플라스틱 머그컵을 낚아채 턱밑에 받쳐주었다. 죽어가는 아버지는 피가 섞인 가래를 한 사발도 넘게 토해냈다. 그런 뒤에는 너무 지쳐 말도 못했다. 이번에는 정말 살라후딘이 아버지를 안아 들어야 했고, 그렇게 메르세데스 뒷좌석으로 옮졌고, 창게즈는 나스린과 카스투르바 사이에 앉았고, 살라후딘은 반마일 거리에 있는 브리치 캔디 병원을 향해 전속력으로 차를 몰았다. "창문 열어드릴까요, 아버지?" 중간에 그렇게 묻자 창게즈는 고개를 저으며 그르렁거렸다. "아니다." 그리고 한참이 지난 후 살라후딘은 그것이 아버지의 마지막 말이었음을 깨달았다.

응급실. 달려가는 발걸음, 병원 잡역부, 휠체어, 침대로 옮겨지는 창게즈, 칸막이 커튼. 젊은 의사가 해야 할 일을 하는 데 매우 신속하지만 서두른다는 느낌은 없다. 마음에 드는 친구로군, 하고 살라후딘은 생각했다. 그때 의사가 그의 눈을 똑바로 쳐다보며 말했다. "못 버티실 것 같습니다." 주먹으로 배를 얻어맞은 듯했다. 살라후딘은 지금껏 헛된 희망에 매달렸음을 깨달았고, 의사들이 고쳐주겠지, 그러면 집으로 모셔가면 되겠지, 이게 '끝'은 아니겠지, 그 순간 의사의 말에 대한 즉각적인 반응은 분노였다. 자네가 수리공이잖아. 차에 시동이 안 걸린다고만 하지 말고 당장 고쳐놓으란 말이야. 창게즈는 완전히 녹초가 되어 허파 속에서 익사하는 중이었다. "이 쿠르타 때문에 가슴을 볼 수가 없는데요, 이걸……" 잘라버리쇼. 필요한 일이면 뭐든지 하라고. 똑똑 떨어지는 소리, 차츰 약해지는 심장박동을 보여주며 스크린이 삑삑거리는 소리, 무력감. 젊은 의사가 중얼거리는 소리. "이젠 얼마 남지 않았는데, 그러니까……" 그 순간 살라후딘 참차왈라는 아둔한 짓을 저지르고 말았다. 나스린과 카스투르바를 돌아보며 이렇게 말했다. "빨리들 오세요. 작별인사를 하시라고요." "맙소사!" 의사가 분통을 터뜨렸고…… 여인들은 울지 않고 창게즈에게 다가와 각기 한쪽 손을 붙잡았다. 살라후딘은 부끄러워 얼굴을 붉혔다. 과연 아버지가 아들의 입에서 떨어진 사망선고를 들었을까, 살라후딘은 영원히 알 수 없을 터였다.

그러나 이제 살라후딘은 더 나은 말을 찾아냈다. 오랫동안 잊고 있던 우르두어가 다시 기억났다. 우리 모두 아버지 곁에 있어요. 우리 모두 아버지를 깊이 사랑해요. 창게즈는 말을 하지 못했다. 그러나 저것은,—아닌가?—맞아, 틀림없어—알아들었다는 작은 끄덕임. 내 말을 들으셨어. 그 순간 갑자기 창게즈 참차왈라가 자기 얼굴에서 떠나갔다. 아직 살아 있지만 어딘가 다른 곳으로 가버렸다고 할까, 내면으로 침잠하여 무엇인가를 보고 있다고 할까. 나에게 죽는 방법을 가르쳐주시는구나, 하고 살라후딘은 생각했다. 눈을 피하지 않고 똑바로 저승사자의 얼굴을 쳐다보신다. 죽어가면서도 창게즈 참차왈라는 지금껏 단 한 번도 하느님을 입 밖에 내지 않았다.

의사가 말했다. "자, 이젠 커튼 밖으로 나가셔서 우리가 노력이라도 해보게 해주세요." 살라후딘은 두 여인을 데리고 몇 걸음 물러났다. 커튼 때문에 창게즈의 모습이 보이지 않게 되자 여인들이 비로소 울음을 터뜨렸다. "절대로 내 곁을 떠나지 않겠다고 맹세했는데 이렇게 떠나버리다니." 나스린이 흐느꼈다. 강철 같던 자제력이 마침내 무너지고 말았다. 살라후딘은 커튼 틈새로 다가가 들여다보았다. 그리고 아버지의 몸에 전류를 퍼붓는 장면을 보았다. 모니터 스크린에서 펄쩍 뛰어오르는 초록색 파동을 보았다. 아버지의 가슴을 마구 두드리는 의사와 간호사를 보았다. 패배를 보았다.

그가 아버지의 얼굴에서 마지막으로 본 것, 의료진의 쓸모없는 최후의 노력이 있기 직전에 본 것, 그것은 서서히 움트는 공포였고 그 강렬함은 살라후딘에게 뼛속 깊이 전율을 심어주었다. 무엇을 보셨을까?

대체 무엇이 아버지를, 그리고 우리 모두를 기다리기에 저 용감한 분의 눈에 그런 두려움이 깃들었을까?—모든 것이 끝난 후 그는 다시 창게즈의 침대 곁으로 다가갔다. 그리고 아버지의 입술이 위로 휘어지며 그려낸 미소를 보았다.

그는 사랑스러운 두 뺨을 어루만졌다. 오늘은 면도를 못 해드렸구나. 턱이 꺼칠꺼칠한 채 돌아가셨어. 얼굴이 벌써 이렇게 차갑다니. 그렇지만 두뇌, 두뇌엔 아직 약간의 온기가 남았을 텐데. 사람들이 탈지면으로 막아놓은 콧구멍이 보였다. 하지만 혹시 이게 실수였다면? 아버지가 숨을 쉬고 싶어하시면 어쩌지? 나스린 참차왈라가 옆에 있었다. "아버지를 집으로 모시자."

창게즈 참차왈라는 구급차 바닥에 놓인 알루미늄 판에 실린 채 그를 사랑했던 두 여인 사이에 누워 집으로 돌아갔고, 살라후딘은 승용차로 뒤따라갔다. 구급차 근무자들이 창게즈를 서재로 옮겼다. 나스린이 에어컨을 높여놓았다. 어쨌든 이곳은 열대지방이고 곧 해가 뜰 터였다.

살라후딘은 계속 생각했다. 무엇을 보셨을까? 그 공포는 왜? 그리고 마지막 미소는 뭘까?

다시 사람들이 모였다. 아저씨들과 사촌들과 친구들이 책임을 떠맡아 모든 준비를 했다. 나스린과 카스투르바는 방바닥에 깔아놓은 하얀 시트에 앉았는데, 옛날 옛날 한 옛날에 살라딘과 지니가 괴물 창게즈를 찾아왔던 바로 그 방이었다. 그들 곁에는 다른 여자들도 앉아 애도했는데 그중에는 염주를 굴리며 끊임없이 칼마를 외우는 여자도 많았다. 살라후딘은 그 소리에 짜증이 치밀었지만 그만두라고 말할 배짱은 없었다.—이윽고 물라가 와서 창게즈의 수의를 꿰맸고 이제 시신을 씻길 차례였다. 많은 남자가 그 자리에 있어 굳이 자기까지 거들 필요는 없었지만 살라후딘은 한사코 고집했다. 아버지가 죽음을 직시할 수 있다면, 나도 이 정도는 할 수 있어.—그리고 아버지를 씻길 때 물라의 지시에 따라 이쪽저쪽으로 구르는 몸, 멍들고 뻣뻣한 살, 길쭉한 갈색 맹장수술 자국, 그런 것들을 보며 살라후딘은 육체적으로 늘 점잖았던 아버지의 알몸을 보았던 처음이자 마지막 기억을 떠올렸다: 당시 그는 아홉 살이었고, 어쩌다가 창게즈가 샤워중인 화장실에 들어갔고, 그때 아버지의 음경을 보고 느꼈던 충격은 영영 잊히지 않았다. 몽둥이처럼 굵고 우람한 그것. 오 그 강인한 힘, 그리고 살라후딘 자신의 보잘것없는 물건…… 그때 물라가 툴툴거렸다. "눈이 감기질 않습니다. 진작 해두셨어야 했는데." 콧수염은 없고 턱수염만 기른 물라는 땅딸막하고 실용주의적인 사람이었다. 시신을 무슨 자동차나 유리창이나 접시처럼, 그렇게 닦아야 하는 평범한 물건처럼 다뤘다. "런던에서 오셨다고요? 진짜 런던?—저도 거기서 오래 살았죠. 클러리지호텔 문지기였어요." 오? 정말입니까? 그것 참 흥미롭군요. 이자가 잡담이나 하고 싶어하다니! 살라후딘은 경악했다. 이분은 우리 아버지란 말이오, 모르겠소? 그러나 물라는 창게즈가 마지막으로 입었던 쿠르타와 파자마를, 병원 사람들이 그의 가슴을 보려고 잘라냈던 바로 그 옷을 가리키며 물었다. "이 옷 말인데요, 혹시 쓰실 데가 있나요?" 아뇨, 아뇨. 가져가시오. 괜찮소. "정말 친절하시군요." 창게즈의 입과 눈꺼풀에 작은 검은색 헝겊쪼가리를 쑤셔

넣었다. 물라가 설명했다. "이 헝겊은 메카에 다녀왔죠." 꺼내시오! "무슨 말씀인지 모르겠군요. 신성한 천이란 말입니다." 내 말 들었잖소: 꺼내요, 꺼내라니까. "하느님이 당신 영혼에 자비를 베푸시길."

그리고:

상여, 꽃을 뿌린, 거대한 아기 요람 같은.

시신, 하얗게 감아놓은, 향기로운 백단향 대팻밥을 여기저기 잔뜩 뿌려놓은.

또 꽃, 쿠란 구절을 금실로 수놓은 초록색 비단 덮개.

구급차, 상여를 실어놓고 미망인들의 출발 허락을 기다리는.

여인들의 마지막 작별인사.

묘지. 상여를 짊어지려고 달려가던 남자 조객들이 살라후딘의 발을 밟고, 엄지발톱이 조금 부러지고.

조객 중에는 사이가 멀어졌던 창게즈의 옛 친구도 한 명, 양측폐렴에도 불구하고 여기까지 따라왔고,—또 한 명의 노신사가 펑펑 울고, 그 역시 바로 이튿날 숨을 거둘 테고,—그 밖에도 온갖 사람들, 죽은 자의 일생을 보여주는 걸어 다니는 기록들.

무덤. 살라후딘은 그 속으로 들어가 머리맡에 서고 묘지 인부는 발치에 선다. 창게즈 참차왈라가 아래로 내려진다. 아버지의 머리 무게가 내 손에 놓였네. 나는 그것을 내려놓았네. 편히 쉬소서.

누군가 이렇게 썼다: 이 세상은 우리가 죽을 때 비로소 현실이었음을 알 수 있는 곳이라고.

묘지에서 돌아오는 그를 기다리는 것은: 구리와 놋쇠로 만든 램프, 되찾은 유산. 그는 창게즈의 서재로 들어가 문을 닫았다. 침대 옆에 아버지의 낡은 슬리퍼가 있다: 예고대로 '빈 신발 한 켤레'만 남았다. 침구에는 아직도 아버지의 몸이 남긴 흔적이 있다. 방안에는 느글느글한 향기가 가득하다: 백단향, 장뇌, 정향. 그는 서가에서 램프를 꺼내고 창게즈의 책상 앞에 앉았다. 주머니에서 손수건을 꺼내 문질렀다: 한 번, 두 번, 세 번.

별안간 모든 전등이 한꺼번에 켜졌다.

지나트 바킬이 들어섰다.

"아 이런, 미안, 그냥 꺼두고 싶었는지도 모르는데, 하지만 블라인드까지 쳐놓으니 너무 슬퍼서." 두 팔을 마구 내저으며, 걸걸하지만 아름다운 목소리로 크게 떠들며, 허리까지 내려오는 머리를 이번만은 질끈 동여매고, 그렇게 그의 정령이 나타났다. "진작 오지 못해서 정말 미안해요, 그냥 당신을 좀 괴롭히려고 그랬는데, 때를 잘못 골라도 유분수지, 순전히 내 생각만 하고, *자기*, 다시 보게 돼서 기뻐요, 고아가 돼버리다니, 가엾기도 하지."

그녀는 여전했다. 환자도 치료하고 정치활동도 하고 가끔 대학에서 미술 강의도 하며 삶 속에 목까지 푹 빠져 지냈다. "당신이 왔을 때 나도 그 망할 놈의 병원에 있었다는 거 알아요? 바로 거기 있었지만 당신 아버지에 대해서는 끝까지 몰랐는데, 알고 나서도 당신을 찾아와 한번 안아주지도 않았으니 나도 참 못된 년이지, 내쫓아도 할 말이 없죠." 너그러운 여자다. 이토록 너그러운 여자는 본 적이 없다. 만나보면 알게 되리라, 그렇게 생각했고 이제 그 생각이 옳았음이 밝혀졌다. "사랑해." 그가 말하자 그녀가 동작을 딱 멈추었다. 그러더니 굉장히 기쁜 얼굴로 말했다. "좋아요, 그 말을 책임지라고 하진 않겠어요. 지금은 분명히 마음의 균형이 흐트러진 상태니까. 여기가 우리 나라의 저 훌륭한 공립병원이 아닌 걸 다행으로 알라고요. 거기서는 정신병자를 마약중독자랑 같이 수용하는데, 병동에 돌아다니는 마약이 하도 많아서 불쌍한 미치광이들까지 나쁜 버릇이 생긴다니까요.—아무튼, 만약에 사십 일 뒤에도 그 말을 또 한다면 그때는 조심해요, 진담으로 받아들일 수도 있으니까. 지금은 병 때문이겠죠."

이렇게 굽힐 줄 모르는 (그리고 다른 남자도 없는 듯한) 지니가 다시 그의 삶에 뛰어든 사건은 아버지의 불치병이 가져다준 가장 놀랍고 역설적인 결과였던 회복과 재생의 과정을 마침내 완성시켰다. 영국에서의 삶, 거기서 벌어진 온갖 기괴한 일, 고난, 그 모든 것이 이제는 까마득히 멀게만 느껴졌고 심지어 짧게 줄였던 예명처럼 어처구니없기까지 했다. 그가 살라후딘으로 돌아왔다는 사실을 밝히자 지니도 반가워했다. "잘 생각했어요. 이젠 드디어 똥폼 잡는 연기도 그만둘 수 있겠군요." 그렇다, 지금이야말로 새로운 국면의 시작인 듯싶다. 이제부터는 세상도 확고부동한 현실일 테고, 이제는 자신과 피할 수 없는 무덤 사이에 우뚝 선 든든한 아버지도 없다. 고아의 삶, 무함마드가 그랬듯이, 누구나 그렇듯이. 기이하게 찬란한 죽음이, 그의 마음속에서 마술 램프처럼 여전히 빛을 발하는 죽음이 삶을 환하게 밝혀주었다.

이제부터 나는 한 순간 한 순간이 미래의 시작이라고 생각하며 살아야 한다, 그는 그렇게 결심했다. 그것은 며칠 후, 소피아 칼리지 레인에 있는 지니의 아파트, 그녀의 침대에서, 이를 드러내며 덤벼드는 그녀의 격렬한 육탄 공격을 받다가 간신히 숨을 돌릴 때였다. (그녀는 마치 오랫동안 쓰고 있던 베일을 벗는 듯 사뭇 수줍어하며 그를 집으로 초대했다.) 그러나 역사란 그렇게 간단히 털어버릴 수 있는 것이 아니다. 인간은 결국 과거의 한 순간을 살고 있기도 하기 때문이다. 예전의 삶이 또다시 그를 엄습하여 마지막 장을 끝맺으려 했다.

그는 부자가 되었다는 사실을 알았다. 창게즈의 유언에 따라 재계 거물의 막대한 재산과 수많은 이권은 몇몇 탁월한 수탁자들이 맡아 관리하고 수익금은 다음 세 명이 똑같이 나눠 갖게 되었다: 창게즈의 두 번째 아내 나스린, 유언장에서 '어느 모로 보나 사실상 나의 세번째 아내'라고 언급한 카스투르바, 그리고 아들 살라후딘. 그러나 두 여인이 사망한 뒤에는 살라후딘이 원할 때 언제든지 신탁계약을 해지할 수 있다: 간단히 말해서 전 재산을 물려받은 터였다. 창게즈 참차왈라는 장난기 섞인 조항을 달아놓았다: '단, 그 못된 녀석이 예전에 퇴짜를 놓았던 선물, 즉 히마찰프라데시주의 솔란에 있는 징발된 학교 건물을 받아들이는 경우에 한한다.' 창게즈는 호두나무 한 그루를 잘라버리기는 했지만 살라후딘을 유언장에서 잘라내려 한 적은 한 번도 없었다.—다만 팔리 힐과 스캔들곶에 있는 집은 예외였다. 전자는 온전히 나스린 참차왈라의 소유가 되었다. 그리고 후자는 카스투르바바이*의 단독 소유물로 즉시 효력을 발생한다고 했는데, 그녀는 곧바로 이 낡은 집을 택지 개발업자에게 넘길 생각이라고 밝혔다. 몇 크로레의 가치가 있는 땅이건만 카스투르바는 부동산에 감상적 애착이 전혀 없는 여자였다. 살라후딘은 거세게 항의하다가 한 방 호되게 얻어맞았다. "난 평생을 여기서 살았어요. 그러니 내 마음대로 할 자격이 있다고요." 나스린 참차왈라는 그 집이 어떻게 되든 아무 관심도 없었다. 어깨를 으쓱거릴 뿐이었다. "고층건물이 하나 늘고, 봄베이의 옛 모습이 하나 줄고. 그게 무슨 상관이지? 도시는 변하기 마련이야." 그녀는 벌써부터 벽에 걸린 나비 케이스들을 떼어내고 박제된 새들을 현관에 모아놓으며 팔리 힐로 다시 이사할 준비를 했다. 지나트 바킬이 말했다. "잊어버려요. 어차피 그런 박물관에서 살 수도 없잖아."

물론 그녀의 말이 옳았다. 기껏 미래를 바라보며 살겠다고 결심해놓고 또 이렇게 멍하니 앉아 유년의 끝을 아쉬워하다니. "난 조지와 부펜을 만나러 가요. 같이 가지 않을래요? 이젠 시내에도 적응해야죠." 조지 미란다는 최근에 종교 이기주의에 대한 다큐멘터리 영화를 완성했는데 각양각색의 견해를 가진 힌두교도와 무슬림들을 인터뷰한 내용이었다. 그런데 두 종교의 근본주의자들이 일제히 들고일어나 상영금지명령을 받아내려 했고, 봄베이 법정은 요청을 기각했지만 사건은 이미 대법원까지 올라갔다. 조지는 살라후딘이 기억하는 모습보다 배가 더 불룩하고 턱수염도 텁수룩하고 머리도 축 늘어졌는데, 도비 탈라오 주점에서 럼주를 마시며 주먹으로 테이블을 탕탕 치는 꼴이 사뭇 염세

* 애칭.

적이었다. "그 대법원은 샤 보노로 유명하단 말이야!" 악명 높은 사건에 대한 언급이었다. 이슬람 극렬파의 압력에 굴복한 대법원이 이혼 수당이 알라의 뜻에 위배된다는 판결을 내렸고, 그리하여 인도 법률은 파키스탄 등지의 법률보다도 보수적으로 변해버렸다. "그러니 별로 희망이 없지." 조지가 몹시 우울한 듯 납빛의 콧수염 끝을 비비 꼬았다. 그의 새 애인이—키도 크고 날씬한 벵골 여자였는데 짧게 자른 머리가 살라후딘에게 미샬 수피안을 조금 연상시켰다—그 순간을 틈타 부펜 간디를 공격했다. 그가 서고츠산맥의 '조그만 사원마을' 가가리에 갔던 일을 소재로 시집을 출간했기 때문이다. 이 시집은 힌두교 우파의 비판을 받았다. 남인도의 저명한 교수는 부펜이 '인도 시인으로 불릴 자격을 상실했다'고 선언하기까지 했다. 그러나 이 젊은 여자 스와틸레카는 오히려 그가 종교의 유혹에 빠져 위험한 모호성을 지니게 되었다는 의견이었다. 부펜은 백발을 휘날리고 달처럼 둥글둥글한 얼굴을 진지하게 빛내며 자신을 변호했다. "난 가가리의 수확물은 언덕에서 캐내는 석제 신상뿐이라고 했어요. 그리고 언덕바지에서는 수많은 전설이 무리를 지어 신성한 방울을 딸랑거리며 풀을 뜯는다고 했어요. 이런 것들이 모호한 이미지는 아니잖아요." 그러나 스와틸레카는 수긍하지 않았다. "요즘은요, 언제나 자기 입장을 수정처럼 투명하게 밝혀야 해요. 모든 은유는 오해의 소지가 있으니까." 그녀는 이런 이론을 내놓았다. 모든 사회는 그녀가 거대 서사라고 부르는 것들, 즉 역사, 경제, 윤리 등으로 이루어졌다. 그런데 인도에서는 부패하고 폐쇄적인 국가기관이 발달하며 '민중을 윤리적 과제로부터 배제시켰다'. 그 결과로 민중은 가장 오래된 거대 서사, 즉 종교적 신념에서 윤리적 만족을 찾게 되었다.

"하지만 그런 서사도 사실은 신권정치나 여러 정치적 요소에 따라 철저히 퇴행적인 방향으로 조작되죠." 그러자 부펜이 말했다. "신앙의 편재성을 부인할 수는 없어요. 우리가 그런 믿음을 어떤 면에서든 속임수나 거짓이라고 성급히 판단해버린다면 엘리트 의식에 사로잡혀 우리 세계관을 민중에게 강요하는 게 아닐까요?" 그러나 스와틸레카의 얼굴에는 경멸이 가득했다. "지금 인도엔 전선이 형성되고 있어요. 세속과 종교의 싸움, 빛과 어둠의 싸움. 어느 편이든 선택해야 할 때란 말예요."

부펜은 화가 나서 벌떡 일어나 나가려 했다. 지니가 달래주었다. "우리끼리 싸울 시간이 없어. 계획을 세워야 되잖아." 부펜은 다시 주저앉았고 스와틸레카가 그의 뺨에 입을 맞추었다. "미안해요. 조지도 내가 대학물을 너무 많이 먹었대요. 사실은 나도 그 시집이 좋았어요. 그냥 그런 주장도 있다는 거죠." 마음이 누그러진 부펜은 그녀의 콧잔등을 때리는 시늉을 했다. 위기는 지나갔다.

살라후딘은 이제야 알게 되었지만 그들이 모인 이유는 중요한 정치 시위에서 자기들이 맡을 역할을 의논하기 위해서였다. 시위 방법은 인도문*에서 출발하여 이 도시 북쪽의 가장 먼 북쪽 변두리까지 인간사슬을 잇는 것이었고 목적은 '국민의 단결'이었다. 인도공산당은 최근 케랄라주에서도 그런 인간사슬을 만들어 대성공을 거두었다고 한다. 이때 조지 미란다가 주장했다. "하지만 여기 봄베이는 상황이 전혀 다를 거야. 케랄라는 공산당이 집권했어. 그런데 여긴 시브 세나 개자식들이 쥐고 있잖아. 그러니 사슬이 이어지는 곳마다 경찰이 저지하고 폭도가

* 봄베이의 상징인 거대한 문. 1911년 조지 5세의 인도 방문을 기념하여 세웠다.

전면공격을 퍼붓는 등 온갖 방해 공작을 각오해야 돼. 특히 세나 놈들의 요새와 다름없는 마자가온 같은 곳을 지나갈 때는 더더욱 그렇고.” 지나는 이런 위험이 도사리고 있어도 이 같은 대중적 시위는 반드시 필요하다고 살라후딘에게 설명했다. 종교 폭력이 점점 급증하니—메루트 참사는 수많은 학살 사건 중에서 가장 최근에 발생했을 뿐이다—분열 세력이 제멋대로 판치지 못하도록 막는 일이 시급했다. “그놈들에게 반대 세력도 있다는 걸 보여줘야지.” 살라후딘은 자신의 삶이 또 이렇게 정신없이 빠르게 변해가서 좀 어리둥절했다. 허, 내가 공산당 행사에 끼어들다니. 놀랄 일이 끝도 없군. 정말 사랑에 빠진 모양이야.

이윽고 모든 문제가 결정되자—각자 친구를 몇 명이나 데려올 수 있느냐, 어디서 모이느냐, 음식과 음료수와 구급약 등은 어떻게 가져가느냐 등등—그들은 비로소 편안한 마음으로 값싼 다크럼을 마시며 잡담을 나눴는데, 바로 그때 살라후딘은 영화배우 지브릴 파리슈타의 이상한 행동에 대하여 항간에 떠도는 소문을 처음 접했고, 그러자 감춰진 가시처럼 예전의 삶이 쿡쿡 찌르고 귓속에서는 먼 트럼펫 소리처럼 과거가 징징 울었다.

∽

영화 인생을 다시 시작하려고 런던을 떠나 봄베이로 돌아온 지브릴 파리슈타는 이미 못 견디게 매력적이었던 예전의 지브릴이 아니라는 것이 일반적인 평가였다. 영화계의 뒷소문을 모조리 꿰고 있는 조지 미란다가 단언했다. “그 양반은 요즘 죽으려고 환장한 것 같다니까. 왜 그러는지야 누가 알겠어? 들리는 말로는 사랑에 실패해서 살짝 돌았다던데." 살라후딘은 입을 다물고 있었지만 얼굴이 화끈 달아오르는 것을 느꼈다. 브릭홀 화재 이후 알리 콘은 지브릴을 다시 받아주려 하지 않았다. 살라후딘은 돌이켜 생각했다: 용서라는 문제를 놓고 볼 때, 아무 죄도 없이 큰 상처를 입은 알렐루야에게는 아무도 의견을 묻지 않았다. 우린 또다시 그녀의 삶을 대수롭지 않게 짓밟아버렸어. 그렇게 펄펄 뛰는 것도 무리가 아니지. 다소 긴장감이 흘렀던 마지막 전화통화에서 살라후딘에게 봄베이로 돌아간다고 말하며 지브릴은 '그녀도, 자네도, 그리고 이 저주받은 싸늘한 도시도 내 평생 두 번 다시 안 봤으면 좋겠다'고 말했다. 그랬는데 또 그렇게 몰락의 길을 걷는구나: 더구나 이번에는 홈그라운드에서. 조지가 말을 이었다. "요즘은 요상한 영화를 찍는대. 더구나 이번엔 자기 돈까지 쏟아붓는 상황이라고. 두 번이나 실패해서 제작자들이 잽싸게 발을 뺐거든. 그러니까 이번 영화까지 무너지면 그 사람도 빈털터리로 종 치고 막 내리는 거야." 지브릴은 라마야나 이야기를 현대판으로 각색한 영화를 만들기 시작했는데, 여기서는 남녀 주인공이 순수하고 죄 없는 존재가 아니라 타락하고 사악한 인물로 바뀌었다. 라마는 음탕한 주정뱅이였고, 시타는 엉덩이가 가벼웠고, 오히려 마왕 라바나가 바르고 정직한 사람으로 그려졌다. 조지는 경악하면서도 자못 흥미롭다는 듯이 설명했다. "지브릴은 라바나 역을 맡았지 뭐야. 내가 보기엔 광신도와 마지막으로 한바탕 붙어보려고 일부러 그러는 것 같아. 보나마나 이기지 못하고 완전히 박살난다는 걸 뻔히 알면서도." 출연진 중에서 몇 명은 벌써 이 영화를 버리고 나가버렸을 뿐 아니라 각종 인터뷰에서 지브릴이 '신성모독'이나 '악마숭배'를 비롯한 온갖 비행을 저지른다는 충격적인 이야기를 털어놓았다. 최근에 그의 애인이었던 핌플 빌리모리아도 『시네블리츠』 표지에서 이렇게 말했다: '악마와 입맞추는 기분이었어요.' 지브릴의 골칫거리였던 유황 같은 입 냄새가 한층 더 지독하게 재발한 모양이었다.

영화의 소재 선택 문제도 그랬지만 그의 괴팍한 행동에 대해서는 더욱 말이 많았다. 조지가 말했다. "어떤 날은 한없이 밝고 상냥하지. 그런데 또 어떤 날은 전능한 신처럼 나타나서는 사람들에게 당장 무릎을 꿇으라고 윽박질러. 정신 건강부터 추스른다면 또 모를까, 이번 영화를 완성하긴 아예 글렀어. 내 생각엔 절대로 정상이 아니거든. 처음엔 병에 걸렸지, 다음은 비행기 사고였지, 그다음은 연애까지 실패로 끝났잖아: 그 양반 사정도 이해할 만하지 뭐." 더 나쁜 소문도 많았다: 그는 요즘 세무조사를 받는 중이었고, 경찰이 찾아와 레카 메르찬트의 죽음에 대해 캐묻기도 했고, 레카의 남편인 볼베어링의 제왕은 '그 개새끼 뼈를 모조리 분질러놓겠다'고 으름장을 놓았고, 그래서 지브릴은 며칠 동안 에베레스트 빌라의 엘리베이터를 탈 때마다 경호원을 달고 다녀야 했다. 그러나 무엇보다 심각한 것은 그가 밤마다 홍등가를 찾는다는 소문이었는데, 특히 포라스 로드 일대의 몇몇 업소를 자주 드나들었지만 여자들이 자꾸 다치는 바람에 결국 뚜쟁이들이 쫓아내고 말았다는 이야기도 있었다. 조지가 말했다. "몇 명은 아주 심하게 다쳤대. 그래서 거금으로 입을 막았다나. 나도 몰라. 사람들은 못하는 소리가 없으니까. 물론 그 핌플이란 여자는 곧바로 히트작에 출연했지. 〈여자를 증오하는 남자〉. 이번 일 덕분에 섹시 스타로 자리를 굳혔어. 어쨌든 파리슈타한테 문제가 많은 건 틀림없어. 제가 듣기엔 그 사람을 아신다면서요?" 조지가 살라후딘을 쳐다보며 물었다. 살라후딘은 얼굴을 붉혔다.

"잘은 몰라요. 그냥 그 비행기 사고 때문에 만나고 그랬죠." 그는 혼란스러웠다. 지브릴은 자기 내면의 악마들에게서 벗어나지 못한 듯했다. 이제 보니 살라후딘 자신의 생각은 모두 순진한 착각이었다: 그는 브릭홀 화재 당시 지브릴이 자기 목숨을 구해주면서 두 사람이 깨끗이 정화되었다고 믿었고, 그렇게 쫓겨난 악마들은 불길에 타버렸다고 믿었고, 그리하여 사랑도 증오 못지않게 인간을 인간답게 만들어주는 큰 힘을 가졌으며 미덕도 악덕 못지않게 인간을 변화시킬 수 있음이 분명해졌다고 믿었다. 그러나 영원한 것은 없다. 완벽한 치유는 불가능한 모양이다.

"영화계엔 괴짜들이 우글거리지." 스와틸레카가 애정어린 눈으로 조지에게 말했다. "당신만 봐도 그렇잖아." 그러나 부펜은 심각했다. "난 말이야, 옛날부터 지브릴이 긍정적 인물이라고 생각했어. 소수 집단 출신의 배우가 여러 종교의 배역을 연기하면서도 항상 인정받았잖아. 그런 사람이 인기를 잃었다면 나쁜 징조라고."

이틀 후, 살라후딘 참차왈라는 일요신문에서 어느 국제적 등반대가 히든 피크에 도전하러 가다가 봄베이에 들렀다는 기사를 보았고 대원 중에 저 유명한 '에베레스트의 여왕' 미스 알렐루야 콘도 끼었음을 발견하는 순간 무엇에 홀린 듯 묘한 기분이 들었는데, 상상 속의 그림자들이 현실 세계로 빠져나온다는 느낌, 그리고 느릿느릿하지만 피할 수 없는 악몽처럼 운명이 서서히 다가온다는 느낌이었다. 그는 생각했다. '이제야 유령이 뭔지 알겠어. 끝맺지 못한 일, 바로 그거야.'

알리가 봄베이에 있다는 사실은 그때부터 이틀 동안 그의 마음을 점점 더 사로잡았다. 그래서 자꾸 희한한 연관성을 찾아냈는데, 예컨대 그녀의 발이 다 나은 듯하다는 점과 그녀와 지브릴의 관계가 끝났다는 점 사이의 연관성: 마치 지브릴의 질투어린 사랑이 당시 그녀의 발을 묶어놓았다는 듯이. 물론 합리적으로 생각하면 그녀의 편평족 문제가 지브릴과의 만남보다 먼저였음을 알지만 살라후딘은 이미 꿈꾸듯 이상한 상태에 빠져 논리를 받아들이지 않았다. 그녀가 이곳에는 무슨 일로 왔을까? 진짜 이유가 뭘까? 뭔가 끔찍한 일이 기다린다는 확신이 들었다.

수술하랴, 대학에서 강의하랴, 인간사슬 시위 준비하랴, 지니는 너무 바빠 살라후딘과 시간을 보내거나 그의 기분을 챙겨줄 겨를이 없었고, 이렇게 말이 없어지고 내향적으로 변한 까닭은 회의 때문이라고 오해했다—봄베이로 돌아온 데 대한 회의, 옛날부터 질색하던 정치활동에 휘말린 데 대한 회의, 그녀에 대한 회의. 그녀는 두려움을 감추려고 강의 형식으로 말했다. "자, 학생이 진심으로 외국물을 털어내고 싶다면, 살라드 바바, 뿌리도 없는 어정쩡한 곳에 빠져들지 말아야 해요. 알겠죠? 우린 모두 여기 있어요. 바로 학생 앞에 있다고요. 바로 여기, 바로 이 시대와 성숙한 태도로 만나기 위해 정말 열심히 노력해야 해요. 그립고도 괴로운 어린 시절의 기억에만 매달리지 말고 지금 이대로의 도시를 껴안아봐요. 가까이 불러들여요. 실제로 존재하는 도시를. 도시의 결점까지 배워버려요. 이 도시의 피조물이 되고 일부가 되어봐요." 그는 멍하니 고개를 끄덕였고, 그가 또 자기를 떠나려 한다고 짐작한 그녀는 화를 벌컥 내며 뛰쳐나갔고, 남겨진 그는 어리둥절할 수밖에 없었다.

알리에게 전화를 걸어볼까? 혹시 지브릴이 그녀에게도 여러 목소리에 대해 말해줬을까?

차라리 지브릴을 만나야 할까?

내면의 음성이 경고했다: 무슨 일이 일어날 거야. 틀림없이 일어날 텐데, 넌 그게 뭔지 모르고 아무것도 할 수 없어. 오 그래: 물론 나쁜 일이지.

그 일은 시위 당일에 일어났다. 시위는 모든 악조건에도 불구하고 제법 괜찮은 성공작이었다. 마자가온 지역에서 사소한 충돌 몇 건이 보고되었지만 대체로 순조로운 행사였다. 인도공산당의 참관인들은 손에 손을 잡은 남자와 여자의 사슬이 도시의 남쪽 끝에서 북쪽 끝까지 끊어진 곳 없이 연결되었다는 보고를 올렸고, 무함마드 알리 로드에서 지니와 부펜 사이에 서 있던 살라후딘도 이 장엄한 광경의 힘을 부인할 수 없었다. 사슬을 이룬 많은 사람들이 눈물을 흘렸다. 주최측이—지프차 뒤에서 메가폰을 든 스와틸레카가 특히 눈에 띄었다—일제히 손을 잡으라는 지시를 내린 것은 오전 여덟시 정각이었고, 그로부터 한 시간이 지나 러시아워의 혼잡이 시끄러움의 절정에 이르렀을 때 군중이 흩어지기 시작했다. 그러나 수천 명이 행사에 참여했는데도, 평화적으로 진행되어 긍정적인 메시지를 전했는데도, 인간사슬 만들기는 두르다르샨 텔레비전 뉴스에 보도되지 않았다. 올 인디아 라디오*에도 나오지 않았다. 대다수 (정부를 지지하는) '랭귀지 프레스'**도 일체의 언급을 회피했고…… 다만 영어 일간지 하나와 일요신문 하나가 이 기사를 실어준 것이 전부였다. 살라후딘과 함께 집으로 걸어갈 때부터 벌써 지나는 일전에 케랄라 인간사슬이 받았던 대접을 상기하며 이번에도 철저한 침묵뿐이리라 예측했다. 그녀가 설명했다. "이건 공산주의자들의 쇼잖아. 그러니 공식적으로는 없는 일이지."

그렇다면 석간신문의 헤드라인을 장식한 사건은?

인간사슬에 대해서는 작은 활자의 속삭임조차 없었건만, 무려 일 인치 크기의 활자가 독자들을 향해 목이 터져라 외치는 소식은 과연 무엇이었을까?

에베레스트의 여왕과 영화계 거물의 죽음

말라바르 힐의 이중 비극—

지브릴 파리슈타 실종

에베레스트 빌라의 저주 재발

존경받는 영화감독 S. S. 시소디아의 시신이 심장에 구멍이 뚫린 채 유명배우 지브릴 파리슈타 씨의 아파트 거실 한복판 양탄자에 쓰러진 것을 하인이 발견했다. 그리고 미스 알렐루야 콘이 이 고층 아파트 옥

* 국영 라디오 방송국(인도 국영방송국).

** 인도에서 여러 언어로 발행하는 각종 신문.

상에서 추락사한 일도 '관련 사건'으로 보이는데, 그곳은 이 년 전 레카메르찬트 부인이 자녀들과 함께 건물 아래 콘크리트로 투신한 장소이기도 하다.

조간신문에서도 파리슈타가 이번에 맡은 역할에 대해서만은 얼버무리는 기색이 별로 없었다. 파리슈타, 살인혐의, 잠적중.

"스캔들곳으로 가야겠어." 살라후딘이 말하자 지니는 마음속의 골방으로 깊이 숨어버리고 싶은 그의 심정을 오해하고 발끈 화를 냈다. "이봐요, 마음을 정하는 게 좋을 거예요." 떠날 때까지도 그는 그녀를 어떻게 안심시켜야 좋을지 몰랐다. 이 견딜 수 없는 죄책감, 이 책임감을 어떻게 설명할 것인가: 이 살인사건이 사실은 그가 오래전에 뿌려놓은 씨앗에서 피어난 검은 꽃임을 어찌 말할 수 있으랴? "생각할 시간이 필요할 뿐이야. 하루나 이틀만." 그가 힘없이 말했고 덕분에 그녀의 의심은 더욱 굳어졌다.

그녀가 모질게 쏘아붙였다. "살라드 바바, 이것만은 인정해줘야겠네. 당신 타이밍: 정말 절묘해."

∽

인간사슬 만들기에 동참했던 그날 밤, 살라후딘 참차왈라가 어린 시절의 자기 방에서 창밖에 펼쳐진 아라비아해의 밤 풍경을 바라볼 때 카스투르바가 다급하게 문을 두드렸다. "어떤 남자가 도련님을 찾아왔어요." 불만스러운 듯이 속닥거리는데 겁먹은 기색이 역력했다. 살라후딘은 누가 대문으로 들어서는 모습을 보지 못한 터였다. "하인들이 쓰는 문으로 들어왔거든요." 카스투르바가 그의 질문에 대답했다. "그런데 바바, 그 남자가 바로 지브릴이라고요. 지브릴 파리슈타, 신문마다 떠들어대는……" 목소리가 점점 잦아들더니 초조한 듯이 왼손 손톱을 잘근잘근 씹었다.

"지금 어디 있는데요?"

그러자 카스투르바가 외쳤다. "어쩌죠, 너무 무서웠어요. 그래서 아버님 서재로 가라고 했는데, 지금 거기서 기다려요. 어쩌면 도련님이 안 들어가는 편이 나을지도 몰라요. 경찰을 부를까요? *아이고*, 이런 일이 생기다니."

아뇨. 부르지 마요. 무슨 일로 왔는지 가볼 테니까.

지브릴은 낡은 램프를 손에 들고 창게즈의 침대에 걸터앉아 있었다. 더러운 흰색 쿠르타와 파자마를 입었는데, 보아하니 아무 데서나 자며 돌아다닌 행색이었다. 두 눈은 초점이 안 맞고 총기도 없어 흐리멍덩했다. 지브릴이 램프를 내저어 안락의자를 가리키며 힘없이 말했다. "스푸노. 내 집처럼 편히 앉게나."

"꼴이 엉망이군." 살라후딘이 대답했다. 그러자 상대방은 몽롱하고 냉소적이고 낯선 미소를 떠올렸다. 지브릴 파리슈타가 말했다. "앉아서 입 좀 다물어, 스푸노. 자네한테 어떤 이야기를 해주러 온 거야."

살라후딘은 깨달았다. 그렇다면 바로 너였구나. 정말 네가 그랬어: 네가 둘 다 죽여버렸어. 그러나 이때 지브릴은 눈을 감고 손끝을 모은 채 이야기를 시작했는데,—이는 수많은 이야기의 결말이기도 했으니,—이렇게:

칸 마 칸

피 카딤 아자만……

ശ

정말인지 아닌지 몰라도 까마득히 잊힌 한 옛날에

글쎄 아무튼 대충 이런 얘긴데

나도 잘 모르겠어 왜냐하면 두 사람이 찾아왔을 때는 내가 제정신이 아니라서 그래 친구 전혀 제정신이 아니었다고 어떤 날은 더 심해지는데 어떻게 설명하면 좋을까 어떤 병인지 대충 이런 병인데 나도 잘 모르겠어

언제나 내 일부가 내 바깥에 있는데 비명을 지르며 안 돼 제발 그러지 마 싫어 하지만 아무 소용도 없고 알겠나 병이 도지면

나는 천사가 돼버려 염병할 신의 천사 말이야 요즘은 매번 복수의 천사야 복수의 천사 지브릴 언제나 복수심에 불타지 왜냐

나도 잘 모르겠어 대충 이런 얘긴데 인간으로 태어난 죄 때문이라나

특히 여자들 하지만 여자들만은 아니고 인간은 죗값을 치러야 한다나

대충 그런 얘기지

그런데 그 작자가 알리를 데려왔어 나쁜 뜻은 없었겠지 지금은 나도 알아 그 작자는 우리가 다시 합치길 바랐을 뿐이야 왜 몸

몸 모르세요 그렇게 말하더군　　알리는 닷닷 당신을 잊지 못해요 어림도 없죠 다당신도　그러더라　당신도 여여전히 알리한테 푹 빱빱 빠졌잖아요　　모르는 사람이 없어요　　그 작자는 그저 우리가 우리가　우리가

그런데 내가 시를 들었어

알아듣겠나 스푸노

시 말 이 야

장밋빛 사과 레몬 파이　시스 붐 바

나는 커피도 좋아하네 홍차도 좋아하네

제비꽃은 파랗고　　장미는 빨갛지만　　나를 잊지 마세요　　내가 죽어도 죽어도 죽어도

그런 시 말이야

도저히 뇌리에서 지울 수 없었지　　그리고 알리가 내 눈앞에서 변해버렸어　　나는 욕설을 퍼부었지　　갈보 같은 년　　그렇게　　그리고 그 작자 나는 그 작자가 무슨 짓을 했는지도 알았는데

시소디아라고　　어디서 굴러먹던 개자식인지　　나는 두 사람의 속마음까지 알아차리고

나를 비웃다니　　그것도 내 집에서　　대충 그렇게 생각했지

나는 버터도 좋아하네 토스트도 좋아하네

시 말이야 스푸노 도대체 어떤 놈이 그따위 시를 지었을까

그래서 신의 분노를 갈구했지　　손가락으로 겨냥하고　　그 작자 심장을 쏴버렸어　　하지만 알리는　　잡년 나는 그렇게 생각했지 잡년 얼음처럼 냉정하게

그대로 서서 기다리더라 그냥 기다리더라고 그러다가 글쎄 나도 잘 모르겠는데 확실하진 않은데 그 자리에는 우리만 있는 게 아니었어

대충 이런 얘긴데

레카도 있었거든 양탄자 타고 둥실둥실 자네도 기억하지 스푸노

기억할 거야 양탄자 타고 다니는 레카 우리가 추락할 때 봤잖아 그리고 한 명 더 있었는데 미친놈 같은 스코틀랜드 복장을 하고 고라* 같던데

이름은 제대로 못 들었지만

알리도 그 둘을 봤는지 못 봤는지 나도 잘 모르겠어 알리는 그대로 서 있기만 했고

레카가 시킨 일이었어 알리를 위층으로 데려가라고 에베레스트 정상으로 정상에 오른 사람은 내려가는 길밖에 없다면서

나는 손가락으로 알리를 겨냥했고 우리는 위층으로 올라갔어

나는 알리를 밀지 않았어

레카가 밀었지

나는 절대로 알리를 밀어버릴 수 없었으니까

스푸노

내 마음을 알아줘 스푸노

빌어먹을

---

* 백인, 유럽인.

나는 그 여자를 사랑했다고.

∽

살라후딘은 전부터 사람들과 우연히 마주치는 범상치 않은 재간을 지녔던 시소디아가 (지브릴과는 런던에서 차량 행렬 앞으로 뛰어들었을 때, 살라후딘 자신과는 열린 비행기문 앞에서 겁먹었을 때, 이번엔 알렐루야 콘의 호텔 로비에서 그녀와도 마주친 모양이니) 급기야 죽음과 마주치고 말았구나 생각했고,—그리고 알리, 추락에서는 살라후딘 자신보다 운이 나빠서 (간절히 소망하던 에베레스트 단독 등정 대신) 그렇게 굴욕적이고 치명적인 하산을 해야 했던 그녀에 대해서도 생각했고,—그리고 시 때문에 자신은 어떤 죽음을 맞이하게 될까 하는 생각도 해보았고, 그러나 사형선고가 떨어지더라도 부당하다는 생각은 전혀 들지 않았다.

문 쪽에서 노크소리가 들렸다. 문 좀 여십시오. 경찰입니다. 카스투르바가 결국 경찰을 불렀구나.

지브릴은 창게즈 참차왈라의 마술 램프 뚜껑을 열어 방바닥에 땡그랑 떨어뜨렸다.

권총을 감춰놨구나, 살라후딘은 문득 알아차리고 소리쳤다. "조심하시오! 이 안에 무장한 사람이 있소." 노크소리가 멈추었고, 지브릴은 마술 램프 옆구리를 손바닥으로 문질렀다: 한 번, 두 번, 세 번.

그러자 리볼버가 튀어나와 반대쪽 손으로 들어갔다.

굉장히 크고 무서운 정령이 나타났습니다, 하고 살라후딘은 생각했다.

'그대의 소원은 무엇입니까? 저는 램프를 지니신 분의 종입니다.' 무기는 사람을 얼마나 속박하는가, 그런 생각을 하며 살라후딘은 지금 벌어지는 사건으로부터 멀찌감치 떨어진 듯 야릇한 기분을 느꼈다.—병이 도질 때마다 지브릴이 그랬듯이.—그래, 그렇고말고, 사람을 지독히도 구속하는 물건이지.—왜냐하면, 현시점에서 선택의 여지가 몇 가지나 되랴, 지브릴에게는 무기가 있고 나에게는 없는데, 우주가 얼마나 좁아져 버렸나! 옛날 진짜 정령들은 무한한 시공의 문을 열어젖히고 온갖 일을 가능케 하고 온갖 이적을 일으켰다. 그들에 비하면 저 현대판 도깨비는 얼마나 초라한가: 막강했던 조상들과 달리 미약하기 짝이 없는 후손, 20세기의 램프에서 빠져나온 한심한 노예.

"오래전에 자네한테 말했지." 지브릴 파리슈타가 조용히 말했다. "이 병이 영원히 안 낫는다는 생각이 들면, 언제까지나 계속 재발한다는 생각이 들면, 그때는 도저히 견디지 못할 거라고." 그러더니 살라후딘이 손가락 하나 까딱하기 전에 지브릴은 재빨리 총구를 입에 넣고 방아쇠를 당겼다. 그리고 자유를 얻었다.

그는 어린 시절의 창가에 서서 아라비아해를 바라보았다. 달은 거의 보름달이었다. 달빛이 스캔들곶의 암반에서 먼 수평선 쪽으로 뻗어나가 한줄기 은빛 길 같은 착각을 불러일으켰다. 바다의 반짝이는 머리카락을 좌우로 가르는 가르마 같기도 하고 어느 신비로운 나라로 향하는 길목 같기도 했다. 그는 머리를 흔들었다. 이제 그런 동화는 믿을 수 없다. 어린 시절은 이미 지나갔고 이 창가에서 내다보이는 풍경은 낡고 감상적인 메아리에 지나지 않는다. 다 꺼져버려라! 불도저를 불러라.

낡은 것이 죽지 않으면 새로운 것이 태어나지 못한다.

"따라와요." 어깨 너머에서 지나트 바킬의 목소리가 들렸다. 허다한 잘못과 결점과 죄악에도 불구하고—즉 인간인데도 불구하고—또 한 번의 기회가 주어진 모양이다. 사람의 행운은 설명할 길이 없다. 그것만은 분명하다. 지금 이렇게 행운이 손을 내밀어 그의 팔꿈치를 붙잡지 않나. "우리집으로." 지니가 말했다. "여기서 당장 나가자고."

"그래, 갈게." 그렇게 대답하며 그는 풍경을 등지고 돌아섰다.

문제작을 넘어 고전으로

만약 여러분이 아직 본문을 읽지 않았다면, 그리고 이 책을 둘러싼 온갖 편견과 논란을 접어두고 우선 이 특별하고 빼어난 문학작품을 마음껏 음미하고 싶다면, 해설을 읽기 전에 본문 첫머리부터 펼치시길 간곡히 권한다. 이 글을 먼저 읽고 머리가 복잡해지면 작품을 즐기는 데 지장이 있을지도 모른다. 작품 바깥의 소음에 휩쓸려 소홀히 대하기에는 너무 아깝고 소중한 작품이라고 믿는다. 아울러 이 글의 상당 부분은 예전에 썼던 글을 노골적으로 표절하고 보완했음을 밝히며 독자의 양해를 구한다. 루슈디의 작품을 여러 권 옮겼더니 이야깃거리가 떨어져간다.

1.

살만 루슈디는 1947년 6월 19일 인도 봄베이의 무슬림 가정에서 태어났다. 인도가 영국으로부터 독립하기 두 달 전이었다. 아버지는 변호사 출신의 사업가로 아랍과 유럽의 문학에 조예가 깊었고, 어머니는 교사, 친할아버지는 시인이었다. 루슈디는 가정에서 영어와 우르두어를 함께 사용했고 늘 책에 둘러싸여 살았다. 유복한 어린 시절이었으나 신생 독립국 인도의 1950년대는 이슬람교와 힌두교의 갈등이 극심한 시기였다.

1961년 루슈디는 영국으로 건너가 명문 사립인 럭비스쿨에 입학했다. 운동신경이 둔해 동료 학생들의 놀림을 받은데다 인종차별까지 겹쳐 그리 행복한 시절은 아니었다고 한다. 1964년 영국 시민이 되었고 케임브리지대학교 킹스칼리지에 진학하여 역사학을 공부했는데, 특히 아랍과 이슬람 문명에 관심이 많았다. 그해 루슈디의 가족이 봄베이를 떠나 파키스탄의 카라치로 이주했다. 1965년 가을, 방학을 맞아 카라치로 건너간 루슈디는 제2차 인도-파키스탄 전쟁의 참상을 직접 목격했다. 옛 조국과 새 조국의 싸움은 그에게 큰 충격을 주었다. 1968년 졸업 후 파키스탄으로 건너가 한동안 텔레비전 방송국에서 일했다. 그러나 곧 그곳의 억압적인 현실에 환멸을 느끼고 다시 영국으로 돌아와 런던의 한 극단에서 연극배우로 활동했다. 1970년부터 본격적인 창작을 시작했고 광고 카피라이터로 일하며 작품 활동을 병행했다. 이런 생활은 십 년 동안 계속되었다.

1975년 첫 장편 『그리머스』를 출간했으나 문단의 반응은 냉담했다.

그러다가 1981년 『한밤의 아이들』로 비로소 인생의 전환점을 맞이했다. 이 작품은 당시 각종 문학상을 휩쓸며 루슈디에게 세계적인 명성을 안겨주었다. 이를 계기로 광고계를 떠나 전업작가로 돌아섰다. 이후의 문학 인생은 내놓는 작품마다 세계 문단의 주목을 받는 탄탄대로였다. 그러나 곧 '20세기 최대의 필화사건'으로 불리는 이른바 '루슈디 사건'이 터지면서 그의 개인적인 삶은 뿌리째 뽑혀버렸다.

1988년 9월에 출간한 『악마의 시』가 문제였다. 발매되자마자 이 작품은 이슬람교를 모독하고 선지자 무함마드를 비하했다는 이유로 전 세계 무슬림의 집중포화를 받았다. 세계 각지에서 규탄 시위가 벌어지고 책이 불탔다. 이듬해 2월 14일, 이란 지도자 아야톨라 호메이니가 라디오 테헤란 방송을 통해 종교법령 '파트와'를 발표하고 무슬림들에게 루슈디를 즉각 처단하라고 명령했다. 그때부터 시위는 더욱 과격해지고 사상자가 속출했다. 도서관, 서점, 신문사 등에서 폭탄테러가 발생했다. 이탈리아, 일본, 터키, 노르웨이에서 번역가 및 출판인이 무슬림의 보복 공격으로 죽거나 다쳤다.

루슈디는 '표현의 자유'를 상징하는 대표적 인물로 떠올랐고 전 세계 지식인이 지지를 표명했다. 밀란 쿤데라는 무슬림이 『악마의 시』를 종교적 모독으로 여기는 것은 소설의 속성인 허구와 유머를 이해하지 못한 탓이라고 말했다. 루슈디를 둘러싼 논쟁의 여파로 영국이 이란과 단교하고 유럽공동체(EC)는 이란에 경제적, 외교적 제재 조치를 취했다. 그러나 무슬림의 영향력이 큰 인도, 파키스탄, 방글라데시, 수단, 남아프리카공화국, 스리랑카, 케냐, 태국, 탄자니아, 인도네시아, 싱가포르, 베네수엘라 등은 이 책을 금서 목록에 포함시켰다.

이슬람 세계도 루슈디를 증오하지만은 않았다. 아랍 및 무슬림 작가들이 편지, 시, 수필 등을 모은 문집 『루슈디를 위하여』를 출간하며 구명운동을 펼쳤다. 그중에는 『악마의 시』를 금서로 지정한 국가에 거주하여 소설을 읽어보지 못한 작가도 있고 루슈디의 의견에 동의하지 않는 작가도 많았지만 모두가 입을 모아 근본주의를 규탄하고 표현의 자유를 옹호했다. 그들은 자신의 의견이 존중받길 원한다면 남의 불쾌한 의견도 존중하고 그의 말할 권리를 지켜줘야 한다고 믿었다. 1993년 프랑스어로 출간된 이 책은 이듬해 영어로도 번역되었다. 레바논 태생의 프랑스 소설가 아민 말루프는 이렇게 말했다. "교리는 비판당하거나 공격당해도 죽지 않지만 비판을 용납하지 않는 교리는 죽을 수도 있다." 루슈디 자신도 한마디 거들었다. "언론의 자유는 본래 거슬리기 마련이다."

2.

그는 파트와가 발령된 다음날부터 영국 정부의 보호 속에서 기나긴 도피생활을 시작했다. 처음 4개월간 사용한 침대가 무려 56개였다고 한다. 거의 이틀에 한 번꼴로 거처를 옮긴 셈이다. 1989년, 아야톨라 호메이니가 사망했으나 파트와는 그대로 남았다. 파트와는 발령한 사람만 취소할 수 있다는 말도 있고 그렇지 않다는 말도 있다. 그리고 세월이 흘렀다. 숨막히는 도피생활중에도 루슈디는 각종 매체에 출연하여 언론의 자유, 종교적 관용, 문학의 사회적 역할에 대하여 발언했다. 그러다가 파트와가 발령된 지 칠 년째 되던 1996년 2월 14일, 그는 마침내 도피생활을 끝내겠다고 말했다. 그리고 1998년, 이란의 모하마드 하타미 대통령이 루시디의 사형선고를 철회한다고 발표했다. 『악마의 시』를 출간한 지 꼬박 십 년만의 일이었다. 그러나 이란 대통령의 발언은—"루슈디 암살 작전을 지지하지도 저지하지도 않겠다"—사실상 중립선언에 불과했다. 전 세계의 무슬림 근본주의자들은 아직 그를 용서하지 않았고 죽음의 위협은 고희를 훌쩍 넘긴 작가를 여전히 따라다닌다.

지난 2000년 루슈디는 사십 년 가까운 영국 생활을 청산하고 미국 뉴욕으로 이주했다. 영국에 살고 있을 때 루슈디는 자칭 '삼국 출신 작가'였는데, 이 말은 인도, 파키스탄, 영국이 자신의 정신적 토양이라는 의미였다. 이제 그는 아시아와 유럽에 이어 세번째 대륙에 새로 뿌리를 내렸고 2016년 미국 시민이 되었다.

자타가 공인하듯이 파트와는 루슈디의 삶을 이야기할 때 결코 빠뜨릴 수 없는 우울한 중대 사건이지만 예나 지금이나 그는 기회가 있을 때마다 정치적, 사회적 현안에 대하여 발언하기를 주저하지 않고 젊은 작가들을 돕는 일에도 적극적으로 앞장선다. 평론 분야에서도 활발한 활동을 보여주며 종종 〈브리짓 존스의 일기〉 같은 할리우드 영화에 단역으로 출연하기도 했다. 2012년에는 지난했던 도피생활을 중심으로 일생을 뒤돌아보는 회고록을 발표했다.

그렇게 모든 위험이 지나간 듯했던 2022년 여름, 그는 뉴욕 강연을 앞두고 무대에서 피습당해 크나큰 상처를 입었다. 범인은 루슈디가 이슬람을 무시했기 때문이라고 범행 동기를 밝히며 무죄를 주장했다.

3.

앞에서 언급한 『그리머스』 『한밤의 아이들』 『악마의 시』 말고도 루슈디는 지금까지 여덟 권의 장편소설을 더 펴냈다. 『수치』 『무어의 마지막 한숨』 『그녀가 밟은 땅』 『분노』 『광대 샬리마르』 『피렌체의 여마법사』 『2년 8개월 28일 밤』 『키호테』 등이다. 그 밖의 작품으로는 아들 자파르와 밀란이 각각 십대였을 때 그들을 위해 집필한 장편동화 『하룬과 이야기의 바다』와 그 속편 『루카와 생명의 불』, 단편집 『이스트, 웨스트』, 산문집 『가상의 조국』 『이 선을 넘어라』 『진실의 언어』, 그리고 기행문 『재규어의 미소』 등이 있다.

루슈디의 창작열은 때로 놀랍기만 하다. 파트와 때문에 온 세상이 떠들썩하던 1990년에 『하룬과 이야기의 바다』를 발표하고 미국에 정착한 이듬해 미국을 배경으로 한 장편소설 『분노』를 내놓은 것만 보아도 충분히 짐작할 수 있다. 그는 다섯 살 때부터 작가의 길을 꿈꾸었다고 하며 열 살 때 「무지개 너머」라는 제목으로 첫 단편소설을 썼다. 한 소년과 말하는 자동피아노가 등장하는 이 소설은 주디 갈런드 주연의 할리우드 영화 〈오즈의 마법사〉에서 영감을 얻은 작품이었다. 나중에 그는 이 영화에서 처음으로 문학적 영향을 받았다고 고백하며 평론서 『오즈의 마법사』를 쓰기도 했다.

루슈디는 인도와 유럽 각국의 권위 있는 문학상을 두루 휩쓸다시피 했고 그의 작품은 40여 개 언어로 번역되었다. 특히 특별상을 포함하여 부커상을 세 차례 수상한 『한밤의 아이들』은 인도는 물론이고 전 세계의 문학에 큰 영향을 미쳤다. 그때부터 인도문학이 진로를 바꿔 포스트모던 소설의 단계로 접어들었다는 평가와 함께 '포스트루슈디'라는 용어까지 등장했다. 영어권에서는 대학생들의 필독서로 자리잡은 지 오래다.

4.

루슈디의 작품세계를 이해하고자 할 때 가장 중요한 키워드는 '마술적 사실주의'다. 이 자기모순적인 용어는 작품 속에서 현실을 사실적으로 묘사하되 상식적 인과율을 벗어난 환상적 요소를 적극적으로 도입하는 문학적 경향을 가리킨다. 1925년 독일의 미술 평론가 프란츠 로가 종래의 사실주의에 반발하는 일군의 화가들을 설명하면서 처음 사용했는데, 이 용어가 현대적 의미로 사용된 것은 (논란의 여지는 있으나) 1955년 한 평론가가 호르헤 루이스 보르헤스의 문학세계를 마술적 사실주의라고 부를 때부터였다. 그후 이 개념은 미하일 불가코프와 가브리엘 가르시아 마르케스 같은 중남미 작가들이 속속 등장하면서 세계 평단의 주목을 받기 시작했다.

루슈디는 『천일야화』 『라마야나』 『마하바라타』 같은 고전문학과 더불어 유럽문학, 힌두교와 이슬람교의 신화와 전통, 미국 만화, 그리고 할리우드와 발리우드가 쏟아내는 수많은 영화를 한 몸에 흡수하며 성장했다. 그리고 다음과 같은 20세기 작가들로부터 많은 영향을 받았다고 한다: 귄터 그라스, 가르시아 마르케스, 불가코프, 이탈로 칼비노, 블라디미르 나보코프, 제임스 조이스, 보르헤스, 토머스 핀

천, 프란츠 카프카, 솔 벨로. 이들의 작품 성향을 찬찬히 살펴보면 루슈디의 마술적 사실주의가 결코 우연의 산물이 아니었음을 짐작할 수 있다.

루슈디의 소설 속에서 환상적 요소는 게임의 규칙처럼 이미 주어진 기정사실이다. 대낮에 유령이 나타나도 등장인물들은 아무도 신기하다고 말하지 않는다. 오히려 사람이 사람을 죽이는 현실에 더 놀랄 뿐이다. 그러므로 독자는 책을 읽기 시작하면서부터 개연성도 가능성도 없는 주장을 받아들여야 한다. 그러나 조앤 롤링의 '해리 포터' 시리즈 같은 환상소설과 달리 루슈디의 작품 속에서 이 황당무계한 요소들은 현실을 더욱더 설득력 있게 드러내는 문학적 장치로 이용된다.

루슈디의 작품세계를 한마디로 요약한다면 사이의 문학이 아닐까 싶다. 동양과 서양 사이, 신비주의와 합리주의 사이, 역사와 개인 사이, 환상과 현실 사이, 그리고 마술과 사실주의 사이의 어딘가에—아니, 심장부에!—루슈디가 있고 그의 문학이 있다.

5.

봄베이발 여객기가 런던 상공에서 폭발하고 두 남자가 살아남는다. 두 주인공은 각각 천사와 악마의 모습으로 변해간다. 이 소설은 그렇게 시작한다. 그러나 단순한 부분은 거기까지다. 한 소설을 두 번 번역한 지금도 주제가 무엇이냐는 질문에는 간략한 답을 찾지 못했다. 작가가 인간 세계에 존재하는 온갖 대립과 갈등을 그야말로 '욕심껏' 담아낸 탓이다. 선과 악, 남과 여, 제국과 식민지, 강자와 약자, 평등과 차별, 꿈과 현실, 사랑과 미움, 과거와 현재와 미래. 이 목록은 얼마든지 길어질 수 있다. 사람이 살아가며 겪는 모든 감정이 공존한다고 해도 과언이 아니다. 이토록 다채로운 작품에서 눈에 띄는 무엇을 찾아내고 얼마나 느끼는지는 오롯이 독자의 몫이다.

모두 아홉 개의 장으로 이루어진 이 소설은 홀수 장에서 현실이, 짝수 장에서는 천사로 변신한 지브릴 파리슈타의 꿈이 교대로 진행되는 구조다. 물론 그 '현실' 속에서는 사람이 초자연적 존재로 둔갑하는 초현실적 현상이 아무렇지도 않게 발생하며 종종 꿈과 현실이 겹쳐지기도 한다. 그리고 주로 '꿈'이 이슬람의 반발을 불렀지만 이 또한 우리가 아는 현실과 크게 다르지 않다. 이 작품이 마술적 사실주의의 대표작 중 하나로 손꼽히는 까닭이다. 아니나다를까, 장자와 나비의 경우처럼 우리는 소설 속의 세계에서 환상과 현실을 끝내 명확하게 가려내지 못하며 굳이 가려낼 필요도 없다.

우선 이 책을 둘러싼 논쟁에서 큰 부분을 차지했던 화자를 눈여겨봐야 한다. 그는 이른바 '전지적 작가 시점'이 누구보다 잘 어울리는 초월적 존재다. 작가는 이 존재의 정체를 얼버무리면서도 곳곳에 단서를 숨겨놓았다. 화자는 독자에게 말을 걸어 변명이나 푸념을 늘어놓기도 하고 사건에 직접 개입하기도 한다. 제3의 주인공이라고 해도 좋겠다. 다만 그가 기독교와 유대교와 이슬람교에서 말하는 '하느님'인지 아닌지는 독자의 판단에 맡긴다. 어쨌든 만만찮은 분량의 이 소설이 선과 악처럼 묵직한 주제를 다루는데다 때로는 미로처럼 느껴지는 만연체를 사용하는데도 시종 경쾌하고 해학적인 느낌을 주는 까닭은 작가의 현란한 말재간과 더불어 이 명랑한 존재에게 힘입은 바 크다. 그는 누구의 눈치도 보지 않으며 이런 '아우라'는 소설 전체를 지배한다.

두 주인공은 결국 초자연적 존재가 진행하는 '실험'의 희생물이다. 지금과는 다른 상황에 처했을 때 인간은 어떻게 반응하는가? 이 문제는 일찍이 세계 각지의 신화와 전설, 동화 등에서 자주 변주되었는데, 대표적인 예로는 성서의 '욥기'와 『파우스트』를 들 수 있겠다. 우리는 그들의 희로애락을 함께 경험하며 공감하거나 반발한다.

6.

이제 나 자신의 '편견'을 드러낼 차례다. 살만 루슈디는 동서고금을 통틀어, 죽었든 살았든, 내가 팬을 자처하면서도 책장을 넘기기 아까워할 만큼 애지중지하는 극소수 작가 중에서도 다섯 손가락 안에 반드시 들어가는 사람이다. 그리고 그의 작품 중에서도 『악마의 시』는 『한밤의 아이들』 『무어의 마지막 한숨』과 더불어 내가 가장 사랑하는 세 작품 가운데 하나다. 모두 내 손으로 국내에 소개하게 된 일은 기막힌 행운이 겹친 덕분이지만 이 사랑은 번역가로서가 아니라 독자로서 원서를 처음 읽을 때부터 싹텄다.

처음에 이 소설을 의뢰했던 출판사는 원서를 건네며 우선 읽고 생각해보라고 권했다. 이미 몇몇 번역가가 고사했다고 들었다. 작품 자체의 난이도나 호불호보다 책을 둘러싼 소음 때문이었으리라. 이 책에 얽힌 파란만장한 사연은 나도 모르지 않았다. 그러나 번역가가 작품에 반해 버리면 이미 선택의 여지가 없다.

그렇게 이 책을 처음 번역한 지 꼬박 이십일 년이 흘렀다. 그동안에도 번역가로서의 작업을 멈추지 않았으니 이십일 년 전의 번역을 다시 보는 심정은 참담했다. 비로소 부끄럽지만은 않은 작품을 선보이게 되어 행복하다. 과거의 번역에 비하면 한결 나아졌다고 자부하지만 내 마음은 아직 만족하지 못하고, 머지않아 더욱 흡족한 번역을 내놓으리라 다짐해본다.

7.

이 책에서 꿈과 현실은 거울의 안과 밖이다. 서로가 서로를 반영한다. 그런 까닭에 '진짜' 현실에서 온갖 말썽이 빚어졌지만 소설을 남보다 조금 더 깊이 읽을 수 있었던 나는 그 말썽의 대부분이 오해 때문이라는 결론을 내렸다. 살만 루슈디 영감님이 하루빨리 완쾌하길, 그리고 또하나의 작품으로 우리 모두를 놀라게 하길 간절히 빈다.

지난여름에 일어난 사건에 관련하여 뉴욕 주지사 캐시 호컬이 말했다. "칼을 쥔 자는 펜을 쥔 자를 침묵시킬 수 없습니다." 끝으로, 내가 편애하는 또 한 명의 작가 솔 벨로의 말. "누구나 알다시피 억압은 정밀하지도 정확하지도 않다. 무언가를 억누를 때는 그 옆에 있는 것들까지 함께 억누르기 마련이다."

김진준

1947년	6월 19일 인도 봄베이(지금의 뭄바이)의 무슬림 가정에서 태어남. 그로부터 두 달 후 인도는 영국으로부터 독립하는 동시에 두 나라로 분열되었으며 파키스탄은 8월 14일, 인도는 15일에 각각 독립국이 됨.
1961년	봄베이 명문 사립 존 코넌 대성당 학교를 거쳐 영국 명문 기숙학교인 럭비 중등학교로 유학하며 영국 생활이 시작됨.
1964년	루슈디의 가족이 파키스탄 카라치로 이주함.
1965년	제2차 인도-파키스탄 전쟁 발발. 당시 파키스탄에 머물던 루슈디도 전쟁을 목격함. 그해 가을 케임브리지대학교 킹스 칼리지에 입학해 아랍과 이슬람 역사를 전공.
1968년	대학 졸업 후 파키스탄 텔레비전 방송국에서 방송작가로 일하나 그해 말 런던으로 다시 돌아옴.
1970년	광고 카피라이터로 일하면서 이후 십 년간 창작활동을 병행함.
1975년	첫 장편 『그리머스*Grimus*』 출간.
1976년	클래리사 루어드와 결혼(1987년 이혼).
1979년	장남 자파르 출생. 봄베이에서 보낸 어린 시절 등 자전적 경험을 바탕으로 한 장편소설 『한밤의 아이들*Midnight's Children*』 초고를 완성함.
1981년	『한밤의 아이들』 출간. 이 작품으로 부커상과 제임스 테이트 블랙 메모리얼상 등을 수상하고 국제적 명성을 얻음.
1983년	파키스탄의 정치적 혼란을 묘사한 장편소설 『수치*Shame*』

를 출간해 또 다시 부커상 최종 후보에 오름. 1984년 프랑스 최우수 외국도서상 수상.

1984년 『한밤의 아이들』에서 서술된 내용을 두고 인디라 간디는 명예훼손죄로 루슈디와 조너선 케이프 출판사를 고소함. 해당 문장을 본문에서 삭제하고 공개 사과를 함. 그해 10월 인디라 간디는 자신의 경호원들 손에 암살당함.

1987년 니카라과 여행기 『재규어의 미소*The Jaguar Smile*』 출간.

1988년 장편소설 『악마의 시*The Satanic Verses*』 출간. 휫브레드 최우수 소설상 수상. 미국 소설가 메리앤 위긴스와 결혼(1993년 이혼).

1989년 2월 14일, 이란 지도자 아야톨라 호메이니는 『악마의 시』가 이슬람교와 예언자 무함마드를 모독했다는 이유로 신도들에게 루슈디를 처단하라는 종교 법령인 '파트와'를 발표, 이 사건으로 '표현의 자유'를 상징하는 인물로 전 세계 언론의 주목을 받게 됨. 영국 정부의 보호 아래 도피생활을 시작함. 독일 올해의 작가상 수상.

1990년 장편동화 『하룬과 이야기 바다*Haroun and the Sea of Stories*』 출간. 이 작품으로 1992년 영국 작가협회 최우수 아동문학상 수상.

1991년 수필집 『가상의 조국*Imaginary Homelands*』 출간.

1992년 스웨덴 투홀스키 문학상 수상.

1993년 『한밤의 아이들』로 부커상 25주년 기념 역대 수상작 중 최고의 작품을 뽑는 '부커 오브 부커스' 특별상 수상. 오스트리아 정부가 수여하는 유럽 문학상 수상. 스위스 콜레트 문학상 수상. 매사추세츠 공과대학(MIT) 명예교수로 추대.

1994년 단편집 『이스트, 웨스트』 출간.

1995년 인도 근대사와 가족사를 다룬 장편소설 『무어의 마지막 한숨*The Moor's Last Sigh*』 출간. 휫브레드 최우수 소설상 수상. 영국 올해의 작가상 수상.

1996년 파트와가 선언된 지 칠 년째 되던 날, 도피생활 종언을 공언함. 유럽연합 아리스테이온 상 수상.

1997년 엘리자베스 웨스트와 결혼(2004년 이혼). 차남 밀란 출생. 이탈리아 만토바 문학상 수상.

1998년 헝가리 부다페스트 문학대상 수상. 이란 정부가 루슈디의 사형선고를 철회함.

1999년 장편소설 『그녀가 밟은 땅*The Ground Beneath Her Feet*』 출간. 프랑스 '레지옹 도뇌르 코망되르 훈장'을 받음.

2000년 미국 뉴욕으로 이주.

2001년 장편소설 『분노*Fury*』 출간.

2002년 수필집 『이 선을 넘어라*Step Across This Line*』 출간. 로열 셰익스피어 극단이 『한밤의 아이들』 연극 초연.

2004년 국제펜클럽 미국본부장에 취임해 2006년까지 재임. 인도계 배우 겸 모델 파드마 락슈미와 결혼(2007년 이혼).

2005년 장편소설 『광대 샬리마르*Shalimar the Clown*』 출간. 인도 크로스워드 소설상 수상.

2007년 애틀랜타 에모리 대학에서 문학 강의 시작. 영국 왕실로부터 기사 작위를 받음.

2008년 『한밤의 아이들』로 부커상 40주년을 기념해 일반 독자들이 가장 사랑하는 역대 수상작을 뽑은 '베스트 오브 더 부커' 특별상 수상. 장편소설 『피렌체의 여마법사*The Enchantress of Florence*』 출간.

2010년 장편동화 『루카와 생명의 불*Luka and the Fire of Life*』 출간.

2012년 회고록 『조지프 앤턴*Joseph Anton*』 출간.

2015년 장편소설 『2년 8개월 28일 밤*Two Years Eight Months and*

Twenty-Eight Nights』 출간.

2019년 장편소설『키호테*Quichotte*』 출간.

2021년 산문집『진실의 언어*Languages of Truth: Essays 2003-2020*』 출간.

2022년 미국 뉴욕주 셔터쿼연구소 강연장에서 시아파 무슬림 청년에게 피습당함.

문학동네 세계문학전집 발간에 부쳐

세계문학은 국민문학 혹은 지역문학을 떠나 존재하는 문학이 아니지만 그것들의 총합도 아니다. 세계문학이라는 용어에는 그 나름의 언어와 전통을 갖고 있는 국민문학이나 지역문학의 존재를 인정하면서 그것을 넘어서는 문학의 보편적 질서에 대한 관념이 새겨져 있다. 그 용어를 처음 고안한 19세기 유럽인들은 유럽문학을 중심으로 그 질서를 구축했지만 풍부한 국민문학의 전통을 가지고 있는 현대의 문학 강국들은 나름의 방식으로 세계문학을 이해하면서 정전(正典)의 목록을 작성하고 또 수정한다.

한국에서도 세계문학 관념은 우리 사회와 문화의 변화 속에서 거듭 수정돼왔다. 어느 시기에는 제국 일본의 교양주의를 반영한 세계문학 관념이, 어느 시기에는 제3세계 민족주의에 동조한 세계문학 관념이 출현했고, 그러한 관념을 실천한 전집물이 출판됐다. 21세기 한국에 새로운 세계문학전집이 필요하다는 것은 명백하다. 우리의 지성과 감성의 기준에 부합하는 세계문학을 다시 구상할 때가 되었다.

문학동네 세계문학전집은 범세계적으로 통용되는 고전에 대한 상식을 존중하면서도 지난 반세기 동안 해외 주요 언어권에서 창작과 연구의 진전에 따라 일어난 정전의 변동을 고려하여 편성되었다. 그래서 불멸의 명작은 물론 동시대 세계의 중요한 정치·문화적 실천에 영감을 준 새로운 작품들을 두루 포함시켰다.

창립 이후 지금까지 한국문학 및 번역문학 출판에서 가장 전문적이고 생산적인 그룹을 대표해온 문학동네가 그간 축적한 문학 출판 경험을 바탕으로 새로운 세계문학전집을 펴낸다. 인류가 무지와 몽매의 어둠 속을 방황하면서도 끝내 길을 잃지 않은 것은 세계문학사의 하늘에 떠 있는 빛나는 별들이 길잡이가 되어주었기 때문이다. 우리가 자부심과 사명감 속에서 그리게 될 이 새로운 별자리가 독자들의 관심과 애정에 힘입어 우리 모두의 뿌듯한 자산이 되기를 소망한다.

문학동네 세계문학전집 편집위원

민은경, 박유하, 변현태, 송병선, 이재룡, 홍길표, 남진우, 황종연

지은이 **살만 루슈디**
1947년 인도에서 태어났다. 케임브리지대학교에서 역사학을 전공했고, 영국 광고회사에서 일하며 1975년 첫 소설 『그리머스』를 발표했다. 1981년 출간한 두번째 소설 『한밤의 아이들』로 부커상을 수상했다. 1988년 출간한 『악마의 시』로 이슬람교단의 처단 명령 '파트와'가 내려져 1995년까지 영국 정부의 보호 아래 도피생활을 하면서도 다양한 작품을 발표해 전 세계 유수의 문학상을 수상했다. 2000년 미국으로 이주했고 2012년 자서전 『조지프 앤턴』을 출간했다. 최신작으로 『키호테』 『진실의 언어』가 있다.

옮긴이 **김진준**
연세대학교 사회학과 및 영문과를 거쳐 마이애미대학교 대학원에서 영문학을 전공했다. 살만 루슈디의 『분노』 번역으로 제2회 유영번역상을 수상했고, 『한밤의 아이들』 『조지프 앤턴』(공역) 및 『롤리타』 『오늘을 잡아라』 등을 번역했다.

세계문학전집 218
악마의 시 2

초판 인쇄 2022년 9월 19일
초판 발행 2022년 9월 30일

지은이 살만 루슈디 | 옮긴이 김진준

책임편집 김경은
디자인 최윤미 이원경 이주영 | 저작권 박지영 형소진 이영은 김하림
마케팅 정민호 이숙재 박치우 한민아 이민경 안남영 김수현 정경주
브랜딩 함유지 함근아 김희숙 박민재 박진희 정승민
제작 강신은 김동욱 임현식 | 제작처 영신사

펴낸곳 (주)문학동네 | 펴낸이 김소영
출판등록 1993년 10월 22일 제2003-000045호
주소 10881 경기도 파주시 회동길 210
전자우편 editor@munhak.com | 대표전화 031)955-8888 | 팩스 031)955-8855
문의전화 031)955-3578(마케팅), 031)955-3560(편집)
문학동네카페 http://cafe.naver.com/mhdn
인스타그램 @munhakdongne | 트위터 @munhakdongne
북클럽문학동네 http://bookclubmunhak.com

ISBN 978-89-546-8828-4 (04840)
978-89-546-0901-2 (세트)

잘못된 책은 구입하신 서점에서 교환해드립니다.
기타 교환 문의 031) 955-2661, 3580

www.munhak.com

문학동네 세계문학전집

1, 2, 3 안나 카레니나 레프 톨스토이 | 박형규 옮김
4 판탈레온과 특별봉사대 마리오 바르가스 요사 | 송병선 옮김
5 황금 물고기 르 클레지오 | 최수철 옮김
6 템페스트 윌리엄 셰익스피어 | 이경식 옮김
7 위대한 개츠비 F. 스콧 피츠제럴드 | 김영하 옮김
8 아름다운 애너벨 리 싸늘하게 죽다 오에 겐자부로 | 박유하 옮김
9, 10 파우스트 요한 볼프강 폰 괴테 | 이인웅 옮김
11 가면의 고백 미시마 유키오 | 양윤옥 옮김
12 킴 러디어드 키플링 | 하창수 옮김
13 나귀 가죽 오노레 드 발자크 | 이철의 옮김
14 피아노 치는 여자 엘프리데 옐리네크 | 이병애 옮김
15 1984 조지 오웰 | 김기혁 옮김
16 벤야멘타 하인학교-야콥 폰 군텐 이야기 로베르트 발저 | 홍길표 옮김
17, 18 적과 흑 스탕달 | 이규식 옮김
19, 20 휴먼 스테인 필립 로스 | 박범수 옮김
21 체스 이야기·낯선 여인의 편지 슈테판 츠바이크 | 김연수 옮김
22 왼손잡이 니콜라이 레스코프 | 이상훈 옮김
23 소송 프란츠 카프카 | 권혁준 옮김
24 마크롤 가비에로의 모험 알바로 무티스 | 송병선 옮김
25 파계 시마자키 도손 | 노영희 옮김
26 내 생명 앗아가주오 앙헬레스 마스트레타 | 강성식 옮김
27 여명 시도니가브리엘 콜레트 | 송기정 옮김
28 한때 흑인이었던 남자의 자서전 제임스 웰든 존슨 | 천승걸 옮김
29 슬픈 짐승 모니카 마론 | 김미선 옮김
30 피로 물든 방 앤절라 카터 | 이귀우 옮김
31 숨그네 헤르타 뮐러 | 박경희 옮김
32 우리 시대의 영웅 미하일 레르몬토프 | 김연경 옮김
33, 34 실낙원 존 밀턴 | 조신권 옮김
35 복낙원 존 밀턴 | 조신권 옮김
36 포로기 오오카 쇼헤이 | 허호 옮김
37 동물농장·파리와 런던의 따라지 인생 조지 오웰 | 김기혁 옮김
38 루이 랑베르 오노레 드 발자크 | 송기정 옮김
39 코틀로반 안드레이 플라토노프 | 김철균 옮김
40 어두운 상점들의 거리 파트릭 모디아노 | 김화영 옮김
41 순교자 김은국 | 도정일 옮김
42 젊은 베르테르의 슬픔 요한 볼프강 폰 괴테 | 안장혁 옮김
43 더블린 사람들 제임스 조이스 | 진선주 옮김
44 설득 제인 오스틴 | 원영선, 전신화 옮김
45 인공호흡 리카르도 피글리아 | 엄지영 옮김
46 정글북 러디어드 키플링 | 손향숙 옮김
47 외로운 남자 외젠 이오네스코 | 이재룡 옮김
48 에피 브리스트 테오도어 폰타네 | 한미희 옮김

49 둔황 이노우에 야스시 | 임용택 옮김
50 미크로메가스·캉디드 혹은 낙관주의 볼테르 | 이병애 옮김
51, 52 염소의 축제 마리오 바르가스 요사 | 송병선 옮김
53 고야산 스님·초롱불 노래 이즈미 교카 | 임태균 옮김
54 다니엘서 E. L. 닥터로 | 정상준 옮김
55 이날을 위한 우산 빌헬름 게나치노 | 박교진 옮김
56 톰 소여의 모험 마크 트웨인 | 강미경 옮김
57 카사노바의 귀향·꿈의 노벨레 아르투어 슈니츨러 | 모명숙 옮김
58 바보들을 위한 학교 사샤 소콜로프 | 권정임 옮김
59 어느 어릿광대의 견해 하인리히 뵐 | 신동도 옮김
60 웃는 늑대 쓰시마 유코 | 김훈아 옮김
61 팔코너 존 치버 | 박영원 옮김
62 한눈팔기 나쓰메 소세키 | 조영석 옮김
63, 64 톰 아저씨의 오두막 해리엇 비처 스토 | 이종인 옮김
65 아버지와 아들 이반 투르게네프 | 이항재 옮김
66 베니스의 상인 윌리엄 셰익스피어 | 이경식 옮김
67 해부학자 페데리코 안다아시 | 조구호 옮김
68 긴 이별을 위한 짧은 편지 페터 한트케 | 안장혁 옮김
69 호텔 뒤락 애니타 브루크너 | 김정 옮김
70 잔해 쥘리앵 그린 | 김종우 옮김
71 절망 블라디미르 나보코프 | 최종술 옮김
72 더버빌가의 테스 토머스 하디 | 유명숙 옮김
73 감상소설 미하일 조셴코 | 백용식 옮김
74 빙하와 어둠의 공포 크리스토프 란스마이어 | 진일상 옮김
75 쓰가루·석별·옛날이야기 다자이 오사무 | 서재곤 옮김
76 이인 알베르 카뮈 | 이기언 옮김
77 달려라, 토끼 존 업다이크 | 정영목 옮김
78 몰락하는 자 토마스 베른하르트 | 박인원 옮김
79, 80 한밤의 아이들 살만 루슈디 | 김진준 옮김
81 죽은 군대의 장군 이스마일 카다레 | 이창실 옮김
82 페레이라가 주장하다 안토니오 타부키 | 이승수 옮김
83, 84 목로주점 에밀 졸라 | 박명숙 옮김
85 아베 일족 모리 오가이 | 권태민 옮김
86 폭풍의 언덕 에밀리 브론테 | 김정아 옮김
87, 88 늦여름 아달베르트 슈티프터 | 박종대 옮김
89 클레브 공작부인 라파예트 부인 | 류재화 옮김
90 P세대 빅토르 펠레빈 | 박혜경 옮김
91 노인과 바다 어니스트 헤밍웨이 | 이인규 옮김
92 물방울 메도루마 슌 | 유은경 옮김
93 도깨비불 피에르 드리외라로셸 | 이재룡 옮김
94 프랑켄슈타인 메리 셸리 | 김선형 옮김
95 래그타임 E. L. 닥터로 | 최용준 옮김

96 캔터빌의 유령 오스카 와일드 | 김미나 옮김
97 만(卍) · 시게모토 소장의 어머니 다니자키 준이치로 | 김춘미, 이호철 옮김
98 맨해튼 트랜스퍼 존 더스패서스 | 박경희 옮김
99 단순한 열정 아니 에르노 | 최정수 옮김
100 열세 걸음 모옌 | 임홍빈 옮김
101 데미안 헤르만 헤세 | 안인희 옮김
102 수레바퀴 아래서 헤르만 헤세 | 한미희 옮김
103 소리와 분노 윌리엄 포크너 | 공진호 옮김
104 곰 윌리엄 포크너 | 민은영 옮김
105 롤리타 블라디미르 나보코프 | 김진준 옮김
106, 107 부활 레프 톨스토이 | 백승무 옮김
108, 109 모래그릇 마쓰모토 세이초 | 이병진 옮김
110 은둔자 막심 고리키 | 이강은 옮김
111 불타버린 지도 아베 고보 | 이영미 옮김
112 말라볼리아가의 사람들 조반니 베르가 | 김운찬 옮김
113 디어 라이프 앨리스 먼로 | 정연희 옮김
114 돈 카를로스 프리드리히 실러 | 안인희 옮김
115 인간 짐승 에밀 졸라 | 이철의 옮김
116 빌러비드 토니 모리슨 | 최인자 옮김
117, 118 미국의 목가 필립 로스 | 정영목 옮김
119 대성당 레이먼드 카버 | 김연수 옮김
120 나나 에밀 졸라 | 김치수 옮김
121, 122 제르미날 에밀 졸라 | 박명숙 옮김
123 현기증. 감정들 W. G. 제발트 | 배수아 옮김
124 강 동쪽의 기담 나가이 가후 | 정병호 옮김
125 붉은 밤의 도시들 윌리엄 버로스 | 박인찬 옮김
126 수고양이 무어의 인생관 E. T. A. 호프만 | 박은경 옮김
127 맘브루 R. H. 모레노 두란 | 송병선 옮김
128 익사 오에 겐자부로 | 박유하 옮김
129 땅의 혜택 크누트 함순 | 안미란 옮김
130 불안의 책 페르난두 페소아 | 오진영 옮김
131, 132 사랑과 어둠의 이야기 아모스 오즈 | 최창모 옮김
133 페스트 알베르 카뮈 | 유호식 옮김
134 다마세누 몬테이루의 잃어버린 머리 안토니오 타부키 | 이현경 옮김
135 작은 것들의 신 아룬다티 로이 | 박찬원 옮김
136 시스터 캐리 시어도어 드라이저 | 송은주 옮김
137 고독한 산책자의 몽상 장자크 루소 | 문경자 옮김
138 용의자의 야간열차 다와다 요코 | 이영미 옮김
139 세기아의 고백 알프레드 드 뮈세 | 김미성 옮김
140 햄릿 윌리엄 셰익스피어 | 이경식 옮김
141 카산드라 크리스타 볼프 | 한미희 옮김
142 이 글을 읽는 사람에게 영원한 저주를 마누엘 푸익 | 송병선 옮김

143 마음 나쓰메 소세키 | 유은경 옮김
144 바다 존 밴빌 | 정영목 옮김
145, 146, 147, 148 전쟁과 평화 레프 톨스토이 | 박형규 옮김
149 세 가지 이야기 귀스타브 플로베르 | 고봉만 옮김
150 제5도살장 커트 보니것 | 정영목 옮김
151 알렉시·은총의 일격 마르그리트 유르스나르 | 윤진 옮김
152 말라 온다 알베르토 푸겟 | 엄지영 옮김
153 아르세니예프의 인생 이반 부닌 | 이항재 옮김
154 오만과 편견 제인 오스틴 | 류경희 옮김
155 돈 에밀 졸라 | 유기환 옮김
156 젊은 예술가의 초상 제임스 조이스 | 진선주 옮김
157, 158, 159 카라마조프가의 형제들 표도르 도스토옙스키 | 김희숙 옮김
160 진 브로디 선생의 전성기 뮤리얼 스파크 | 서정은 옮김
161 13인당 이야기 오노레 드 발자크 | 송기정 옮김
162 하지 무라트 레프 톨스토이 | 박형규 옮김
163 희망 앙드레 말로 | 김웅권 옮김
164 임멘 호수·백마의 기사·프시케 테오도어 슈토름 | 배정희 옮김
165 밤은 부드러워라 F. 스콧 피츠제럴드 | 정영목 옮김
166 야간비행 앙투안 드 생텍쥐페리 | 용경식 옮김
167 나이트우드 주나 반스 | 이예원 옮김
168 소년들 앙리 드 몽테를랑 | 유정애 옮김
169, 170 독립기념일 리처드 포드 | 박영원 옮김
171, 172 닥터 지바고 보리스 파스테르나크 | 박형규 옮김
173 싯다르타 헤르만 헤세 | 권혁준 옮김
174 야만인을 기다리며 J. M. 쿳시 | 왕은철 옮김
175 철학편지 볼테르 | 이봉지 옮김
176 거지 소녀 앨리스 먼로 | 민은영 옮김
177 창백한 불꽃 블라디미르 나보코프 | 김윤아 옮김
178 슈틸러 막스 프리슈 | 김인순 옮김
179 시핑 뉴스 애니 프루 | 민승남 옮김
180 이 세상의 왕국 알레호 카르펜티에르 | 조구호 옮김
181 철의 시대 J. M. 쿳시 | 왕은철 옮김
182 카시지 조이스 캐럴 오츠 | 공경희 옮김
183, 184 모비 딕 허먼 멜빌 | 황유원 옮김
185 솔로몬의 노래 토니 모리슨 | 김선형 옮김
186 무기여 잘 있거라 어니스트 헤밍웨이 | 권진아 옮김
187 컬러 퍼플 앨리스 워커 | 고정아 옮김
188, 189 죄와 벌 표도르 도스토옙스키 | 이문영 옮김
190 사랑 광기 그리고 죽음의 이야기 오라시오 키로가 | 엄지영 옮김
191 빅 슬립 레이먼드 챈들러 | 김진준 옮김
192 시간은 밤 류드밀라 페트루셉스카야 | 김혜란 옮김
193 타타르인의 사막 디노 부차티 | 한리나 옮김

194 고양이와 쥐 귄터 그라스 | 박경희 옮김
195 펠리시아의 여정 윌리엄 트레버 | 박찬원 옮김
196 마이클 K의 삶과 시대 J. M. 쿳시 | 왕은철 옮김
197, 198 오스카와 루신다 피터 케리 | 김시현 옮김
199 패싱 넬라 라슨 | 박경희 옮김
200 마담 보바리 귀스타브 플로베르 | 김남주 옮김
201 패주 에밀 졸라 | 유기환 옮김
202 도시와 개들 마리오 바르가스 요사 | 송병선 옮김
203 루시 저메이카 킨케이드 | 정소영 옮김
204 대지 에밀 졸라 | 조성애 옮김
205, 206 백치 표도르 도스토옙스키 | 김희숙 옮김
207 백야 표도르 도스토옙스키 | 박은정 옮김
208 순수의 시대 이디스 워턴 | 손영미 옮김
209 단순한 이야기 엘리자베스 인치볼드 | 이혜수 옮김
210 바닷가에서 압둘라자크 구르나 | 황유원 옮김
211 낙원 압둘라자크 구르나 | 왕은철 옮김
212 피라미드 이스마일 카다레 | 이창실 옮김
213 애니 존 저메이카 킨케이드 | 정소영 옮김
214 지고 말 것을 가와바타 야스나리 | 박혜성 옮김
215 부서진 사월 이스마일 카다레 | 유정희 옮김
216 사람은 무엇으로 사는가 레프 톨스토이 | 이항재 옮김
217, 218 악마의 시 살만 루슈디 | 김진준 옮김
219 오늘을 잡아라 솔 벨로 | 김진준 옮김

● 문학동네 세계문학전집은 계속 출간됩니다